Le serment interdit

Cette étincelle entre nous

ANNA DePALO

Le serment interdit

Passions

éditions HARLEQUIN

Collection : PASSIONS

Titre original : IMPROPERLY WED

Traduction française de AGATHE PASSANT

HARLEQUIN®
est une marque déposée par le Groupe Harlequin

PASSIONS®
est une marque déposée par Harlequin S.A.

Photo de couverture
Mariée : © BURAZIN / MASTERFILE
Réalisation graphique couverture : V. ROCH

83-85, boulevard Vincent-Auriol, 75646 PARIS CEDEX 13.
Service Lectrices — Tél. : 01 45 82 47 47
www.harlequin.fr
ISBN 978-2-2802-4672-9 — ISSN 1950-2761

- 1 -

— Si l’un d’entre vous a une raison quelconque de s’opposer à ce mariage, qu’il parle maintenant ou se taise à jamais.

Belinda laissa la formule résonner dans l’église puis, d’un sourire encourageant, invita l’évêque Newbury à poursuivre la cérémonie.

Le révérend la regarda avec indulgence, hocha un peu la tête et prit une courte inspiration pour aussitôt... refermer la bouche. Son regard, subitement fixe, s’était posé derrière elle.

Ne pouvant pas se retourner, après tout c’était elle la mariée, elle tendit l’oreille.

Il y avait de l’agitation parmi l’assistance. Des pas remontaient l’allée... approchaient de l’autel.

Non. Ce n’était pas possible !

— Je m’y oppose.

La déclaration, plus fracassante qu’un coup de tonnerre, s’abattit au milieu de la nef.

Prise de vertige, elle dut fermer les yeux.

Mais elle reconnaissait cette voix, son intonation légère et moqueuse. Elle l’avait entendue des millions de fois dans ses rêves, ou plutôt ses pires cauchemars, pour ne pas dire ses fantasmes les plus... humiliants ; ceux qu’elle n’arrivait pas à contrôler et qui la laissaient rouge de honte et d'écœurement au réveil. Et lorsqu'elle avait la chance de ne pas l'entendre au beau milieu de la nuit, elle avait le malheur de la surprendre dans une soirée mondaine, ou au hasard d'une interview télévisée.

Elle se força à soulever les paupières.

Un murmure parcourait l'assemblée. Tod, à son côté, s'était figé.

Quant à l'évêque Newbury, il semblait attendre la suite avec curiosité.

Elle se retourna lentement.

Elle savait à quoi, ou plus exactement, à *qui* s'attendre. Pourtant, en découvrant Colin Granville, marquis d'Easterbridge, celui qui aurait dû rester son ennemi juré, elle ne put s'empêcher, toute Wentworth qu'elle était, de tressaillir.

Il n'était pas seulement l'héritier de la famille contre laquelle la sienne était en guerre depuis des siècles, il était aussi le seul à connaître — et partager — son plus horrible secret.

Un élan de désir tout à fait malvenu la traversa. Elle n'eut heureusement pas l'occasion de s'y arrêter. Une vague d'appréhension, surgie à l'instant où elle croisait son regard, le remplaça. Elle devinait, malgré le voile qu'elle portait, son expression.

Et celle-ci, pleine de défi, affichait aussi la plus parfaite assurance.

Il s'était arrêté au pied de l'autel, mais sa silhouette n'en restait pas moins impressionnante. Tout comme son visage dur, et sa mâchoire carrée. Seuls des traits réguliers, un nez droit, l'empêchaient d'avoir l'air tout à fait cruel.

Ses cheveux étaient aussi noirs que le souvenir qu'elle

en avait gardé. Et, sous des sourcils arqués, son regard tout aussi noir était braqué sur elle.

Elle redressa le menton et parvint même à le toiser.

De quel droit osait-il troubler son mariage ? Et d'abord, comment avait-il fait pour se glisser parmi les invités ? Visiblement, un costume bleu marine parfaitement bien coupé et une cravate jaune canari avaient suffi. Au moins se présentait-il dans une tenue décente. Mais elle n'allait tout de même pas s'en réjouir !

De toute façon, Colin Granville, le célèbre magnat de l'immobilier, était toujours tiré à quatre épingles. Elle ne l'avait jamais vu que dans des costumes précisément adaptés à ses mensurations d'athlète. A l'exception de ce fameux soir où ils avaient…

— Que signifie ce raffut, Easterbridge ? intervint son oncle en se levant au premier rang.

Elle sursauta. Quelqu'un devait bien défendre l'honneur des Wentworth, se dit-elle en revenant au présent. Son oncle Hugh, en tant que chef de famille, lui paraissait le mieux placé.

Profitant de son intervention, elle parcourut du regard l'assemblée réunie dans l'église. La fine fleur de l'aristocratie new-yorkaise et londonienne était venue assister à son mariage avec Tod Dillingham. Du côté de sa famille, les visages étaient atterrés. Mais beaucoup d'autres semblaient fascinés par la scène qui se déroulait sous leurs yeux.

Ses demoiselles et garçons d'honneur n'en menaient pas large, même son amie Tamara Kincaid, d'habitude si imperturbable, était décomposée.

Un peu plus loin, Pia Lumley, son autre meilleure amie et l'organisatrice de son mariage, avait pâli.

— En effet, Easterbridge, renchérit Tod d'un ton à la fois outré et incertain. Vous n'étiez pas invité, que je sache.

Colin la quitta des yeux pour se focaliser sur son fiancé.

— Invité ou pas, j'estime qu'il est de mon devoir d'intervenir.

Elle sentit les centaines de paires d'yeux déjà braquées sur eux se rétrécir un peu plus. Le spectacle qu'ils offraient devant l'autel ne manquait certainement pas de piment.

L'évêque, clairement perplexe, fronça les sourcils.

— Bien, hum, toussota-t-il. Il me semble que je suis obligé de recourir à la question que je n'ai jamais posée auparavant.

Il se tut.

— Bien, voyons, reprit-il. Pour quelle raison vous opposez-vous à ce mariage ?

Sans se laisser démonter, le marquis d'Easterbridge se tourna vers elle et plongea les yeux dans son regard.

— Pour la raison, répondit-il clairement, que Belinda est ma femme.

Cette nouvelle déclaration, plus fracassante que la première, s'éleva entre les murs de l'église, portée jusqu'aux pinacles par les murmures de stupeur qui secouait les bancs.

Dans son dos, elle entendit l'évêque s'étrangler tandis qu'à côté d'elle, Tod s'était complètement pétrifié.

Elle plissa les yeux, d'abord incrédule. Mais c'était bien de l'amusement qu'elle lisait sur le visage de Colin. Elle le voyait briller dans son regard, flotter à l'encoignure de ses lèvres narquoises.

— Je crains qu'il ne s'agisse d'une erreur, affirma-t-elle vivement.

C'était une erreur. Ils avaient été mariés, mais brièvement, et surtout, ils ne l'étaient plus. Sa première frayeur passée, elle était soulagée de mettre un terme à cette situation absurde avant qu'elle ne dégénère.

Colin semblait pourtant très sûr de lui.

— Une erreur, notre visite dans une chapelle de Las Vegas, il y a deux ans ? la nargua-t-il. Je ne suis malheureusement pas de cet avis.

Un hoquet collectif secoua les invités.

De son côté, elle sentit d'abord le cœur lui manquer, puis la colère l'envahir. *Personne* n'était au courant de son escapade de Las Vegas et de l'éphémère union qui en avait résulté.

Le feu aux joues, elle s'interdit pourtant de répondre.

Qu'aurait-elle pu avancer ? Qu'elle était sûre que son mariage hâtif et clandestin avec le marquis d'Easterbridge avait été annulé ? Toutes ses protestations n'auraient fait qu'ajouter au désastre, déjà complet, et à l'humiliation qui s'abattait sur elle.

Elle devait déplacer cette scène dans un lieu moins exposé, un endroit où elle pourrait affronter ses démons, au premier rang desquels se tenait Colin Granville.

— Pourrions-nous régler cette affaire en privé ?

Sans attendre de réponse, elle rassembla les pans de sa lourde robe et descendit, avec toute la dignité possible, les quelques marches de l'autel.

La tête haute, en prenant soin de ne croiser aucun regard, elle s'élança vers les rayons du soleil qui, à travers les vitraux, découpaient de larges faisceaux lumineux devant elle.

Dehors, se dit-elle, c'était une magnifique journée du mois de juin. Ici, c'était une autre histoire.

Son mariage parfait, celui que sa mère et son oncle n'avaient cessé de lui vanter, était ruiné, saccagé par l'homme que l'histoire familiale, sinon l'histoire tout court, désignait comme le plus détestable au monde. Si elle avait été assez folle pour l'oublier — un soir de printemps en particulier —, ce n'était plus le cas.

Elle passa devant lui, sans même le regarder, et descendit l'allée centrale pour bifurquer, juste avant le portail, vers un couloir sur le côté. Sur ses talons, elle entendait Colin, suivi de Tod, son presque époux.

Plus elle s'éloignait, plus le brouhaha qu'elle laissait derrière elle lui semblait s'amplifier. Ce n'était pas surprenant. Les parties intéressées ayant quitté l'autel, les invités se sentaient sans doute autorisés à donner libre cours à leurs commentaires. Elle comptait sur Pia pour calmer les esprits, mais elle était assez lucide pour douter du succès de ses efforts. Qui pouvait réagir sereinement à un mariage interrompu en pleine cérémonie par un homme prétendant être le mari de la fiancée ?

Visiblement l'évêque, se dit-elle en l'entendant annoncer qu'un événement imprévu l'obligeait à surseoir à la cérémonie.

Elle ouvrit une porte. Aux rares meubles et à l'absence d'effets personnels, elle conclut qu'il s'agissait d'une remise.

Elle s'y engouffra et fit demi-tour pour regarder son presque époux et son prétendu mari la rejoindre.

Colin, d'une main tranquille, ferma la porte sur les visages curieux qui, depuis les bas-côtés, tentaient de les apercevoir.

Elle souleva son voile et s'attaqua à lui.

— Comment oses-tu ? lui lança-t-elle, vibrante de rage et de tension.

Il était si près qu'elle avait presque peur d'exploser. Il était son secret le mieux gardé et sa plus grande transgression. Elle avait tout fait, jusqu'à ce jour, pour l'éviter ou l'ignorer. Fuir n'était malheureusement plus une option.

Elle se concentra sur sa colère. C'était la réaction la plus logique et la plus facile à adopter.

— Vous avez intérêt à avoir une bonne explication, Easterbridge, renchérit Tod, menaçant. De quel droit venez-vous ruiner notre mariage avec ces balivernes extravagantes ?

— Des balivernes ? rétorqua Colin, parfaitement détendu. J'invoquerai plutôt le droit civil, mon cher. Et un certificat de mariage en bonne et due forme.

— J'ignore dans quel monde parallèle vous vivez, Easterbridge, répliqua Tod, mais vos plaisanteries n'amusent personne.

Colin, l'œil interrogateur, se contenta de se tourner vers elle.

— Notre mariage a été annulé ! se défendit-elle aussitôt. Il n'a jamais existé !

Tod se décomposa.

— C'est donc vrai ? Vous êtes mariés ?

— Nous l'avons été, le corrigea-t-elle, catégorique. C'est du passé. Cette aberration n'a duré que quelques heures et remonte à des années. Il n'y a strictement rien à en dire.

— Quelques heures ? répéta Colin, amusé. D'après

toi, combien d'heures font deux ans ? Selon mes calculs, dix-sept mille quatre cent soixante-douze exactement.

Elle maudit le don qu'il avait avec les chiffres. Cette faculté l'avait séduite — *il* l'avait séduite — aux tables de jeu de Las Vegas avant leur absurde envolée nuptiale. Et voilà qu'elle revenait la narguer !

Mais ce n'était pas la question, se reprit-elle, agacée de se laisser distraire. Comment pouvait-il prétendre qu'ils étaient mariés *depuis* deux ans ? Elle avait signé les formulaires d'annulation. Ces documents étaient censés tout effacer.

— Tu devais t'occuper de l'annulation, l'accusa-t-elle.

— En effet, répondit-il calmement. Mais il se trouve qu'elle n'a jamais été finalisée. Par conséquent, nous sommes toujours mariés.

Elle se vantait de ne jamais perdre son sang-froid. Experte en peinture impressionniste et commissaire-priseur chez Lansing — la célèbre maison new-yorkaise de vente aux enchères —, elle tenait tête à toutes sortes de clients farfelus. Mais cet homme, si elle en jugeait à la brève aventure qu'elle avait eue avec lui, avait le don inégalé de la mettre hors de ses gonds.

— Qu'entends-tu par « jamais finalisée » ? J'ai signé les papiers, je m'en souviens parfaitement.

Elle fronça les sourcils, prise d'une subite méfiance.

— M'aurais-tu fait signer autre chose ?

— Rien d'aussi dramatique, répondit-il avec un flegme de plus en plus exaspérant. Il se trouve seulement qu'une annulation ne se résume pas à une signature au bas d'un document. En ce qui nous concerne, les papiers n'ont pas été correctement transmis au tribunal, lequel n'a donc pas pu statuer, nous privant d'une dernière et décisive étape.

— Et à qui est-ce la faute ?

Il la regarda dans les yeux.

— Au temps, à l'oubli.

— Bien sûr ! Et tu as attendu aujourd'hui pour me l'annoncer ?

Il haussa les épaules.

— La question ne s'est pas posée avant.

Elle le regarda, médusée par son aplomb, puis un soupçon la traversa. Etait-ce sa manière de se venger de la façon dont elle l'avait quitté ? Elle ne voyait pas d'autre explication.

— Je n'arrive pas à y croire, lâcha Tod.

Son désarroi faisait écho à sa propre impuissance, mais il accrut son agacement. Au moment d'annuler son absurde mariage avec Colin, elle n'avait pas voulu recourir aux services d'un avocat. Elle ne connaissait rien à la législation, mais elle avait refusé que quiconque — même un homme de loi — soit au courant de son incroyable manque de discernement.

Elle regrettait maintenant cette décision, car elle lui révélait une double erreur d'appréciation. Elle n'avait pas seulement omis de vérifier l'issue de la procédure. Parce qu'elle avait voulu tout oublier de ce lamentable épisode à Las Vegas — et le plus vite possible —, elle s'en était entièrement remise à Colin.

Elle vit son regard glisser sur elle.

— Superbe, déclara-t-il d'un air approbateur. Rien à voir avec l'ensemble à paillettes rouges que tu portais pour notre cérémonie.

— Le rouge est la couleur du diable, rétorqua-t-elle.

Elle était de mise pour un mariage avec un de ses suppôts, tu ne crois pas ?

— Tu ne donnais pas l'impression d'épouser le diable, ce jour-là, répondit-il d'une voix tout à coup suave et profonde. Pour être franc, je me souviens que…

— Je n'étais pas moi-même, le coupa-t-elle.

Elle avait perdu la tête. C'était la vérité. Autrement, elle ne se serait jamais sentie aussi fébrile, voire possédée, ce jour-là. Elle était folle. Et la folie, elle en était certaine, était un motif d'annulation valable partout dans le monde.

— La démence ? reprit Colin comme s'il lisait dans ses pensées. Chercherais-tu à justifier ta bigamie ?

— Je ne suis pas bigame !

— Uniquement grâce à mon intervention. Si je n'étais pas arrivé in extremis…

— In extremis ? Quelle mauvaise foi ! s'exclama-t-elle, révoltée. Je te rappelle que, selon *tes* propres calculs, nous sommes mariés depuis deux ans !

— Mes calculs, je n'aurais pas mieux dit, admit-il avec une insupportable obligeance.

Son culot la sidérait. Il se sentait non seulement autorisé à lui parler sur ce ton parfaitement odieux, mais il semblait convaincu que son statut lui donnait, en plus, tous les droits sur Tod.

Il n'avait pas tout à fait tort, se rembrunit-elle, consternée. Elle devait bien reconnaître qu'il prenait le pas sur son fiancé. Même physiquement. Ils étaient aussi grands, mais Colin était plus musclé et dégageait une bien plus grande assurance.

Elle repoussa cette réflexion. Sa sensibilité persistante aux charmes du marquis n'était pas d'actualité, au contraire de la question qui restait en suspens et qu'elle était bien décidée à élucider.

— Depuis combien de temps exactement sais-tu que nous sommes toujours mariés ?

Il haussa les épaules.

— Quelle importance, puisque j'arrive à temps pour t'épargner le pire ?

Il évitait surtout de répondre, et cette dérobade confirmait ses soupçons. Il avait agi de façon délibérée. Il avait *voulu* créer un scandale.

Il restait pourtant de marbre.

— Mon avocat t'appellera, déclara-t-elle.

— Je suis impatient.

— J'obtiendrai l'annulation de ce mariage absurde.

— Très certainement, admit-il, mais pas aujourd'hui, hélas. Même l'administration du Nevada n'est pas aussi rapide.

Il marquait un point. Son mariage était bel et bien ruiné.

Elle lui décocha un regard furieux.

— Je suis sûre de mon droit, insista-t-elle. Les motifs sont légitimes. Je n'étais clairement pas dans mon état normal le jour où je t'ai épousé.

— Nous nous sommes en effet mis d'accord pour invoquer le manque de discernement dû à l'ivresse.

— Oui, la tienne !

Il s'inclina sans pour autant céder.

— Cette décision a été prise d'un commun accord, reprit-il. En l'absence de meilleure alternative.

— L'escroquerie aurait suffi ! répondit-elle sèchement. Tu m'as donné une image de toi complètement déformée, cette nuit-là, à Las Vegas, et après ce que tu viens de faire, personne ne prendra ta défense. Ce nouvel exemple de la fourberie des Granville restera dans les annales de l'histoire.

Il haussa un sourcil.

— Fourberie ?

— Parfaitement ! Venir le jour de mon mariage, annoncer en pleine cérémonie que tu n'as jamais transmis au tribunal l'annulation du nôtre, *c'est* une fourberie !

— Inutile d'impliquer mes ancêtres.

— Au contraire ! C'est à cause d'eux que nous en sommes là. C'est à cause d'eux que…

Elle pointa un doigt tremblant vers la nef.

— … que tous ces gens sont tellement excités à l'idée qu'une Wentworth ait épousé un Granville. Que sommes-nous censés faire ?

— Rester mariés ? suggéra-t-il, amusé.

— Jamais !

Elle partit en trombe au moment où son oncle Hugh et l'évêque faisaient irruption dans la pièce.

Elle passa devant eux sans s'arrêter.

— J'espère que vous avez une bonne explication, Easterbridge, entendit-elle son oncle menacer dans son dos. Parce que je suis curieux de l'entendre.

Elle n'avait pas besoin d'en savoir plus. Pour ce qui la concernait, le diable s'était invité à ses noces. Elle préférait s'enfuir plutôt que d'entendre ses ricanements.

Vengeance.

Un mot un peu sordide, songea Colin, et lourd d'antagonisme. Donc malvenu, décida-t-il en le rejetant. Car les Wentworth et les Granville, malgré tous leurs différends, ou justement à cause d'eux, entretenaient une certaine familiarité depuis des siècles.

Le terme de querelle ou de vendetta lui semblait mieux adapté.

Quoi qu'il en soit, ses relations avec Belinda étaient indissociables de la très longue histoire des Wentworth et des Granville. Cette vindicte ancestrale expliquait le puissant frisson d'interdit qui avait exacerbé leur passion à Las Vegas. Elle expliquait aussi la fuite de Belinda, le lendemain de leur nuit de noces.

Il n'avait rien oublié. Passablement surpris puis irrité, il s'était juré de tout faire pour la contraindre à reconnaître le lien viscéral qui existait entre eux — malgré leurs noms de famille. Le plan qu'il avait élaboré à cet effet comprenait des manœuvres complexes destinées à vaincre les Wentworth une bonne fois pour toutes et mettre un terme définitif à la vendetta qui séparait leurs familles.

Il se tourna vers la vue panoramique qui s'étendait au-delà des immenses baies vitrées de son luxueux duplex au trentième étage. Le Time Warner Center, érigé au carrefour de Colombus Circle au cœur de Manhattan, était l'endroit idéal pour les étrangers fortunés en quête d'un pied-à-terre pratique à New York.

Les mains dans les poches, n'attendant que la visite qu'il escomptait, il contempla la cime des arbres de Central Park. Il était en bras de chemise, parce qu'on était dimanche et que la journée était magnifique, aussi ensoleillée que la veille.

La veille. Le jour qui avait failli être celui du mariage de sa femme.

Belinda lui avait paru divine dans sa robe de mariée.

Au contraire de son expression lorsqu'elle s'était tournée vers lui. Elle n'avait à ce moment-là rien eu de céleste ou d'angélique. Non, elle lui avait plutôt semblé déchirée entre le désir de l'étrangler et la mortification.

Il accueillit en souriant l'image qui lui venait à l'esprit. Elle possédait, sous des dehors polis, une nature fougueuse et passionnée qui l'attirait. Il rêvait d'effacer ce vernis pour faire apparaître la femme qui se cachait dessous.

Il avait aussi constaté, non sans plaisir, qu'elle n'avait pas changé en deux ans. Elle faisait preuve de la même passion — à son égard, du moins. Quant à son fiancé, ou plutôt son *ex*-fiancé, il lui avait paru bien pâle. Dillingham n'était pas connu pour son humour, ni pour la verve de son enthousiasme. Belinda lui avait d'ailleurs semblé étrangement calme et sereine auprès de lui, belle mais détachée. Et cette jolie façade de porcelaine avait volé en éclats à l'instant où il avait interrompu la cérémonie.

Il n'avait rien oublié de sa beauté, des magnifiques cheveux noirs qui encadraient un visage d'une régularité parfaite, de ses sourcils délicatement arqués au-dessus d'yeux noisette et des lèvres dont le galbe frisait l'indécence. Sa robe de mariée, que seule la dentelle de ses manches et de son décolleté empêchait d'être impudique, épousait une silhouette aussi admirable.

Il avait beau s'en souvenir, il avait tout de même éprouvé un choc lorsqu'elle s'était tournée vers lui.

Il serra la mâchoire. Malgré son léger voile de tulle, sa beauté lui avait coupé le souffle. Comme le jour de leur mariage, se rappela-t-il. Mais lorsqu'elle l'avait épousé, elle débordait d'enthousiasme, ses yeux pétillaient et ses adorables lèvres affichaient un sourire éblouissant. Elle n'avait rien de l'arrogance guindée propre aux Wentworth, juste un mélange stupéfiant de passion et de sensualité. La distance, la froideur n'étaient réapparues que le lendemain matin.

Il balaya ce souvenir. Aujourd'hui, il était heureux de constater qu'il pouvait toujours la faire réagir.

Après leur confrontation dans la minuscule pièce où elle les avait entraînés, elle s'était de nouveau enfuie. Il n'aurait pas été surpris d'apprendre qu'elle avait sauté dans un taxi pour se précipiter chez son avocat. Sa dernière provocation, qu'ils restent mariés, avait été l'ultime goutte d'eau.

Il avait entendu dire que la réception avait été maintenue. A la demande de la famille Wentworth, Pia Lumley, l'amie de Belinda et l'organisatrice de son mariage, avait assuré son déroulement. Malheureusement, aucun des trois principaux protagonistes — la mariée, son mari et son prétendant — n'y avait assisté.

Il soupira. Ni le temps splendide, ni la vue époustouflante qui s'étendait sous ses yeux, et encore moins sa victoire de la veille, ne parvenaient à chasser son humeur sombre.

L'inimitié entre les Wentworth et les Granville était profonde. Les deux familles, propriétaires de domaines mitoyens dans le Berkshire, en Angleterre, étaient rivales depuis longtemps. D'escarmouches concernant les limites de leurs terres en calomnies sur de supposées trahisons à la couronne, en passant par d'odieuses séductions de jeunes filles de l'un ou l'autre clan, la discorde entre les deux lignées était légendaire.

En épousant Belinda Wentworth à Las Vegas, lui,

Colin Granville, marquis d'Easterbridge, n'avait bien sûr fait qu'ajouter un chapitre à cette très longue histoire.

Il devait dire qu'au fil des ans, Belinda avait éveillé sa curiosité. Il avait voulu mieux la connaître, et lorsque l'occasion s'était présentée — d'abord lors d'un cocktail chez l'un de ses amis à Las Vegas puis, très rapidement après, au casino de l'hôtel Bellagio —, il l'avait saisie.

Il avait compris, bien avant la fin de cette seconde soirée, qu'il la désirait plus que toute autre femme avant elle. Elle avait quelque chose de particulier, qui dépassait leur complicité d'anciens nageurs sportifs ou leur passion commune pour l'opéra.

Il avait été frappé par sa beauté et il avait trouvé son esprit vif et pétillant plus qu'à son goût. C'était cet esprit qui l'avait complètement pris de court lorsqu'elle avait déclaré, à la fin de la soirée, qu'il était hors de question qu'elle couche avec lui sans un mariage en bonne et due forme.

Il n'avait jamais su résister au défi. Sa chance à la roulette ou au blackjack l'avait peut-être persuadé, ce soir-là, qu'il pouvait gagner tous les paris, quels que soient les enjeux. Il s'était en tout cas senti plus que disposé à tout miser pour une nuit avec Belinda.

Elle ne l'avait pas déçu. Et ce souvenir, deux ans après, provoquait la même réaction chez lui.

Mais l'heure n'était pas aux fantasmes, se reprit-il en maîtrisant le désir qu'il sentait poindre pour revenir au fil de ses pensées.

Hier, il avait usé de la surprise pour briser le mariage de Belinda. Il n'avait pas eu le choix. Dès qu'il avait appris ses fiançailles, il avait compris que seul un vrai scandale pourrait mettre un terme à cette union.

S'il l'avait prévenue, elle aurait tout tenté pour obtenir l'annulation de leurs liens dans le plus grand secret. C'était aussi le seul moyen qu'il avait trouvé, en tout cas le plus radical, pour éloigner Dillingham. Celui-ci était tellement à cheval sur les principes et si sensible aux apparences, qu'il ne saurait de quelle façon dépasser et pardonner un tel affront. C'était en tout cas ce que Colin espérait.

La sonnerie de la porte d'entrée le tira de ses réflexions. Il consulta sa montre. Il était non seulement sûr de l'identité de sa visiteuse, mais en plus, elle arrivait exactement à l'heure qu'il avait prévue.

Il ouvrit la porte en souriant.

— Colin, déclara sa mère avant même de franchir le seuil, une rumeur absolument incroyable est parvenue jusqu'à moi. Tu dois la démentir immédiatement !

Il s'écarta pour la laisser entrer.

— Puisqu'elle te semble si incroyable, pourquoi viens-tu ici chercher un démenti ?

Le goût de sa mère pour le drame ne cessait de le surprendre. Depuis quelque temps, il était à l'abri de ses envolées, car elle considérait son appartement londonien comme sa résidence principale. Malheureusement, un voyage imprévu à New York pour rendre visite à quelques amis et assister à deux ou trois réceptions l'avait fait revenir au moment même du mariage de Belinda. Il eut une pensée pour sa jeune sœur, Sophie. Elle devait apprécier Londres, temporairement libérée de la présence de leur mère.

— Ce n'est pas le moment de faire de l'esprit, rétorqua-t-elle, pincée.

— Ce n'était pas de l'esprit, dit-il en fermant la porte.

— Sornettes ! L'honneur de la famille est traîné dans la boue.

Elle posa son sac Chanel et, après avoir donné son manteau à la domestique qui s'était matérialisée fort à propos, s'installa dans un fauteuil du salon.

— J'exige une explication.

— Bien sûr, répondit-il en croisant les bras, mais sans s'asseoir.

Il remercia la femme de chambre d'un signe de tête reconnaissant.

La présence de sa mère lui semblait incongrue dans ce mobilier contemporain. Il avait plus l'habitude de la voir dans son salon anglais, entourée de tapisseries, de chintz et de galons, au milieu d'anciennes photos de famille adroitement disposées sur les consoles victoriennes et le piano verni, servie par une multitude de domestiques.

Il resta silencieux jusqu'au moment où elle le gratifia d'un regard impatient et sévère.

Il s'éclaircit la gorge.

— Que dit la rumeur, exactement ?

— Comme si tu l'ignorais !

Il resta silencieux et elle finit par lâcher un soupir résigné.

— D'horribles racontars prétendent que tu as interrompu les noces de la petite Wentworth. Et pire, que tu aurais déclaré être marié avec elle.

Elle leva vivement la main.

— J'ai naturellement fait taire l'affreuse sorcière qui rapportait ces ignominies. Je l'ai informée que jamais tu ne mettrais les pieds dans un mariage Wentworth. Et que, par conséquent, tu n'avais pas pu dire…

— Qui est cette rapporteuse ?

Elle s'interrompit, fronça les sourcils et agita une main dédaigneuse.

— Une lectrice de Jane Hollings, cette femme qui tient une rubrique dans un journal.

— *Le New York Intelligencer.*

Elle le regarda, légèrement déconcertée.

— Oui, je crois que c'est cela. Elle travaille pour le comte de Melton. Je me demande bien pourquoi Melton a racheté une telle feuille de chou.

— Il semble que ce type de journal soit très rentable, surtout en ligne.

Sa mère lâcha un petit soupir agacé.

— Si même les comtes se mêlent de commerce, c'est la ruine de l'aristocratie.

— Au cas où cela t'aurait échappé, l'aristocratie est ruinée depuis la Première Guerre mondiale.

— Tu n'as certainement pas surgi au mariage de Wentworth sans y avoir été invité, répéta-t-elle.

— Bien sûr que non.

Elle se détendit.

— Lorsque le mariage de Belinda Wentworth a été célébré, il y a deux ans, dans une chapelle de Las Vegas, j'étais bel et bien convié. En tant que fiancé.

Elle eut un hoquet.

— Il se trouve, ma chère mère, que la noblesse de mon rang, due à des siècles d'alliances scrupuleuses, me contraint d'empêcher le crime lorsque je peux l'éviter. C'est exactement ce que j'ai fait quand j'ai appris que Belinda avait l'intention de se marier… encore.

Sa mère porta la main à sa gorge.

— Es-tu en train de me dire qu'une Wentworth m'a succédé au titre de marquise d'Easterbridge ?

— Précisément.

Elle le dévisagea comme s'il venait de la précipiter dans le vide ou de lui annoncer l'effondrement de la Bourse. Il comptait naturellement sur cette réaction ; sinon, elle n'aurait jamais supporté sa désinvolture.

— Ne me dis pas qu'elle a pris le nom des Granville, dans cette chapelle de Las Vegas.

Il hocha la tête.

— Elle a conservé son nom de jeune fille.

— Belinda Wentworth, marquise d'Easterbridge ? lâcha-t-elle frémissante. L'esprit se révolte à cette idée.

— Ne t'inquiète pas, lui offrit-il généreusement. Je ne crois pas qu'elle se soit servi du titre ni qu'elle ait l'intention de le faire.

Si c'était le cas, et afin d'éviter tout malentendu, sa mère serait obligée de se faire appeler marquise *douairière* d'Easterbridge. Ce qui ne ferait, il en était certain, qu'ajouter l'insulte à l'affront.

— Mais quelle mouche t'a piqué d'épouser une Wentworth ? s'exclama-t-elle, indignée.

Il haussa les épaules.

— J'imagine que la réponse se trouve dans la multitude de raisons qui font que les gens se marient.

Il n'était pas disposé à dévoiler sa vie privée à sa mère et certainement pas à lui parler de passion.

— Pourquoi père et toi vous êtes-vous mariés ?

Sa mère pinça aussitôt les lèvres.

Il savait que cette question couperait court à toute discussion sur ce point. Ses parents s'étaient mariés, au moins en partie, parce qu'ils étaient du même monde, un milieu dont peu de gens goûtaient l'air raffiné. Ce mariage, d'après ce qu'il avait pu en voir jusqu'à la mort de son père, survenue cinq ans plus tôt, n'avait pas été mal assorti. Mais il était convenu, autrement dit aussi convenable que conventionnel.

— Tu n'as tout de même pas l'intention de rester marié.

— Ne t'inquiète pas. Je ne serais pas surpris d'apprendre que Belinda, en ce moment même, consulte son avocat.

Il se demanda comment sa mère réagirait si elle apprenait que Belinda l'avait fui comme la peste le lendemain même de leur nuit de noces. Mais il se tut.

Ce point attendrait — s'il devait l'évoquer — le jour où il aurait atteint son but.

Ce qui lui rappela qu'il devait appeler son propre avocat afin de savoir où en étaient les négociations concernant l'achat de la propriété qu'il convoitait.

Cette affaire conclue, Belinda serait obligée de se tourner vers lui. Elle ne pourrait plus le fuir ni l'esquiver.

- 2 -

Avec un soupir, Belinda fourra un pull dans la valise posée sur son lit. Elle n'arrivait pas à comprendre comment sa vie lui avait à ce point échappé.

Jusqu'à cette soirée à Las Vegas, en compagnie de Colin Granville, elle s'était toujours parfaitement comportée.

Petite, elle avait répondu aux attentes de sa famille et fait le bonheur de ses parents. Sans être d'une obéissance parfaite, elle avait été une enfant sage et ne s'était jamais rebellée.

Ensuite, elle avait étudié l'histoire de l'art à Oxford, puis travaillé pour différentes salles des ventes avant d'être engagée comme spécialiste de la peinture impressionniste et de l'art moderne chez Lansing, l'une des plus célèbres maisons de ventes aux enchères new-yorkaises. Elle en tirait une grande satisfaction et une certaine fierté.

Elle était ponctuelle, ambitieuse sans être arriviste, et elle s'habillait avec goût. Elle se considérait comme une personne responsable et réfléchie.

Et surtout, elle n'avait jamais fait l'objet du moindre scandale. Jusqu'à la semaine dernière. Un faux pas éclatant qui, depuis, maintenait en haleine les lecteurs des pages roses de Mme Hollings dans le *New York*

Intelligencer. Sa dernière rubrique, dont elle se rappelait chacun des termes, ne cessait de la hanter.

Le mariage Wentworth-Dillingham devait être le plus retentissant de l'année et il l'aura été. Mais hélas, pas pour les raisons attendues.

Et pour cause !

Au cas où la nouvelle vous aurait épargnés, sachez, chers lecteurs, que la ville entière frémit encore de l'apparition fracassante, au beau milieu de la cérémonie, du marquis d'Easterbridge en personne. La réputation du bel aristocrate anglais, à la tête d'un empire immobilier, n'est plus à faire. Il s'est néanmoins chargé de créer une nouvelle fois l'événement en annonçant haut et fort — juste au moment où les promis s'apprêtaient à prononcer leurs vœux — que son mariage avec l'adorable Belinda Wentworth, célébré deux ans plus tôt à Las Vegas — quelle sensation ! — n'avait jamais été annulé.

Le souvenir de ce commentaire lui arracha une grimace. Mme Hollings n'avait pourtant lancé que la première salve.

Au diable les réseaux sociaux ! ragea-t-elle. A cause d'eux, en trois petits jours, le fiasco qui avait éclaté à l'église Saint Bart s'était répandu aux quatre coins de la planète comme une traînée de poudre.

Elle ne voulait même pas penser aux réactions de sa famille. Sa mère et son oncle tentaient désespérément de la joindre, mais elle refusait de prendre leurs appels. Elle savait bien qu'elle serait obligée de leur parler, mais elle n'était pas encore prête.

Avant de les affronter, elle avait cherché du réconfort auprès de ses deux meilleures amies, Tamara et Pia. Elles avaient longuement parlé au téléphone, la veille. Chacune s'était montrée pleine de sollicitude. Leur compréhension était d'autant plus grande qu'elles lui avaient appris que ce presque mariage leur avait aussi causé bien des désagréments. Tamara lui avait avoué tout le mal qu'elle avait eu à éviter l'un des garçons d'honneur, Sawyer Langsford, comte de Melton ; elle ne voulait pas le voir parce qu'elle refusait de se plier au mariage de raison auquel leurs familles respectives les poussaient depuis longtemps. De son côté, Pia avait découvert en la personne de James « Hawk » Carsdale, duc de Hawkshire, l'homme dont elle était tombée amoureuse, trois ans plus tôt, qui s'était présenté à elle sous le nom de James Fielding, et qui, après une nuit d'amour, l'avait laissée sans nouvelle ni la moindre explication.

Au final, constata Belinda, ce mariage avorté se révélait un désastre pour toutes les trois.

Elle avait heureusement une échappatoire. Elle quitterait, dès le lendemain matin, son petit studio de l'Upper West Side pour un déplacement professionnel en Angleterre. Ce séjour était prévu depuis longtemps. Bien avant le naufrage de leur union, Tod et elle avaient en effet décidé de repousser leur voyage de noces à une date plus pratique pour leurs emplois du temps. Ce déplacement, aujourd'hui, la soulageait. Elle ne pouvait pas fuir ses problèmes, mais la possibilité de quitter la scène du crime — en l'occurrence New York — lui apporterait le recul dont elle avait tant besoin pour mieux les affronter.

Elle soupira. Alors que le jour de son mariage avec Tod était censé consacrer l'image à laquelle elle aspirait, celle d'une superbe fiancée parfaitement digne de son rang et auréolée de respectabilité, elle avait obtenu

— à cause de Colin — l'exact opposé. Son apothéose, dévastée par l'opprobre et la honte, s'était misérablement transformée, pour finir en déconfiture.

Tout de même, une annulation ou un divorce ne devaient pas être si difficiles à obtenir. Combien de couples revenaient chaque jour sur les vœux qu'ils avaient prononcés la veille ? Elle-même avait cru faire l'objet d'une telle procédure.

Elle s'interrompit, un pull à la main, les yeux posés sur le fouillis de papiers accumulés sur sa commode.

Elle se souvenait très bien du jour où elle avait reçu le formulaire. Mettant sa pointe de souffrance sur le compte des mauvais souvenirs, elle avait signé sa déclaration, trop heureuse d'effacer une erreur de parcours navrante dont strictement personne n'avait besoin d'être informé.

En matière de discrétion, elle était servie, se dit-elle, accablée.

Sentant naître un début de migraine, elle posa son pull dans sa valise et se prit la tête entre les mains.

Si seulement elle avait pu, d'un coup de baguette magique, faire disparaître le déplaisant marquis qui venait de resurgir si brusquement dans sa vie…

Leur première rencontre ne datait pas de cette funeste soirée à Las Vegas. Elle le connaissait depuis l'enfance, du moins l'avait-elle aperçu dans les alentours de Downlands, le manoir historique des Wentworth où elle passait ses vacances. Elle l'avait ensuite régulièrement croisé à l'occasion d'un cocktail, d'un vernissage ou de tout autre événement mondain auquel, en raison de leur statut, ils étaient tous les deux invités. Chaque fois, elle avait trouvé son charme… envoûtant. Mais elle était bien trop consciente de l'histoire de leurs familles pour s'aventurer à lui parler. Il était en outre bien trop viril, bien trop beau, bien trop… absolument tout, pour qu'elle veuille se laisser séduire. Concentrée sur ses priorités, attachée à la maîtrise de ses émotions et de son destin, elle n'avait aucune envie d'approcher quelqu'un dont la seule vue suffisait à la troubler.

Mais elle avait dû se rendre à Las Vegas pour estimer la collection privée d'un promoteur immobilier, grand amateur d'art moderne et multimillionnaire. Lorsqu'elle avait aperçu Colin au cocktail organisé le soir même par son client, elle s'était sentie obligée de lui parler. Elle n'avait pas prévu de se sentir si attirée. Elle avait eu tort.

Dans cette soirée où elle ne connaissait personne, dans cet environnement inhabituel, elle s'était spontanément tournée vers ce visage familier et ne s'était pas méfiée de la réaction tout à fait inconnue, mais agréable, qu'il lui avait inspirée. Leur conversation, menée sur le ton badin propre à ce type de réceptions, lui avait appris qu'il avait été, comme elle, un excellent nageur pendant ses études, qu'il adorait, comme elle, l'opéra — ils fréquentaient tous les deux le Lincoln Center de New York et l'Opéra royal de Londres — et qu'il était, comme elle, engagé dans les mêmes associations d'aide aux chômeurs.

Ces points communs l'avaient déconcertée.

L'aventure se serait toutefois arrêtée là, si elle ne l'avait pas de nouveau croisé. C'était la veille de son départ, dans le hall de l'hôtel casino du Bellagio. Elle avait hésité, ne sachant quelle attitude adopter, mais il s'était montré plus hardi qu'elle en l'invitant à boire un verre. La glace avait été brisée au bar, lorsqu'ils avaient découvert qu'ils étaient descendus au même hôtel, celui du Bellagio précisément.

Elle était d'humeur à s'amuser, du moins à fêter le marché qu'elle venait de conclure. Son collectionneur — qui n'était autre qu'un ami de Colin — avait en effet accepté de vendre chez Lansing certaines de ses œuvres les plus importantes. L'événement serait marquant, et elle devait une partie de son succès à Colin. Il était en effet intervenu dans sa conversation pendant le cocktail, et ses remarques, aussi fines que judicieuses, lui avaient été utiles.

Elle avait accepté de l'accompagner au bar, portée par cet élan de reconnaissance. Leur premier verre avait débouché sur un dîner, lui-même suivi d'un détour par les tables de jeu. La chance de Colin l'avait impressionnée autant que son adresse.

Après ces moments si agréables, poursuivre la soirée dans la suite luxueuse qu'il occupait au dernier étage lui avait paru l'enchaînement le plus naturel du monde.

Lorsqu'il s'était montré entreprenant, elle s'était récriée en plaisantant qu'elle ne pouvait pas coucher avec lui s'ils n'étaient pas mariés. Elle avait compté sur cette boutade pour mettre un terme au jeu de séduction auquel ils s'étaient livrés toute la soirée. Après tout, elle venait de rompre une relation qui, au terme d'un an, n'avait strictement rien donné. Pourquoi Colin, qu'elle venait à peine de rencontrer, serait-il prêt à s'engager dans quelque chose d'aussi absurde qu'un mariage avec une inconnue ?

Il l'avait totalement désarçonnée. Non seulement il l'avait prise au mot, mais il avait surenchéri en la défiant de le suivre au bureau des mariages, chercher une licence. Ils avaient aussitôt fait demi-tour et repris l'ascenseur.

Leur escapade farfelue l'avait à la fois amusée et horrifiée, surtout lorsqu'ils s'étaient mis en quête d'une chapelle. Ce qu'elle considérait comme le folklore de Las Vegas ne l'avait jamais fascinée. Cette nuit, elle s'y était pourtant livrée, et la chapelle avait été bien trop facile à trouver.

Plus tard, bien sûr, elle s'était reproché l'imprudence, tout à fait exceptionnelle, qui l'avait poussée à boire un verre ou deux dans un environnement aussi délétère que celui de Las Vegas. Elle avait mis la provocation de sa plaisanterie sur le compte de sa récente rupture qui, à trente ans, la laissait célibataire. Elle avait tour à tour accusé la pression de sa famille qui voulait à tout prix la voir mariée, le fait — déprimant — que la presque totalité de ses camarades de classe de Marlborough College étaient déjà fiancées ou mariées. Elle avait même accusé son élan de bienveillance à l'égard de Colin, qui l'avait si bien aidée à conclure le marché qu'elle était venue signer. Au final, tout et tout le monde lui avait semblé coupable, à commencer par elle-même.

Le lendemain matin, lorsque son téléphone portable l'avait réveillée et qu'elle avait vaguement identifié le numéro de sa mère, la réalité s'était abattue sur elle, plus violente qu'une douche glaciale. Atterrée par les événements de la nuit, elle avait exigé l'annulation discrète et immédiate de l'épouvantable mariage qu'elle venait de contracter.

Colin s'était d'abord amusé de sa panique. Puis, lorsqu'il avait compris que son angoisse n'était ni feinte ni temporaire, son visage s'était fermé avant d'afficher une froideur qui voilait à peine sa colère.

La sonnerie de son téléphone la fit sursauter.

Oubliant ses souvenirs malheureux — toutes les interruptions valaient mieux que ce ressassement inutile —, elle se leva.

Dénichant son téléphone portable dans le fouillis de papiers rassemblés sur sa commode, elle le prit et constata avec soulagement que l'appel ne venait ni de sa mère ni de son oncle, mais de Pia.

Elle prit son oreillette, pour pouvoir terminer sa valise, et décrocha.

— Tu n'es pas à Atlanta ? demanda-t-elle à son amie sans préambule. Je croyais tu devais organiser un mariage.

— Si, lui répondit Pia, mais j'ai un peu de temps avant le grand baroud final.

Belinda avait connu Pia en même temps que Tamara. Toutes les trois s'étaient installées à New York à la fin de leurs études universitaires. Elles n'habitaient pas les mêmes quartiers de Manhattan, et elles étaient très prises par leurs carrières débutantes — Tamara dessinait des bijoux tandis que Pia, réalisant son rêve, se faisait un nom dans l'organisation de mariages —, mais elles étaient devenues très proches et se voyaient le plus souvent possible.

Tamara, bien que fille d'un vicomte anglais, n'avait pas grandi au milieu de l'aristocratie britannique. Elle avait suivi sa mère qui, après avoir divorcé de son noble époux, était rentrée aux Etats-Unis. C'était dommage pour Belinda, car l'esprit libre et bohème de son amie aurait apporté un joyeux courant d'air dans son adolescence guindée. Tamara, qui ne suivait aucun courant ni aucune mode, faisait preuve d'une indépendance d'esprit qu'elle ne pouvait s'empêcher d'admirer. Pia, issue de la classe moyenne de Pennsylvanie, lui ressemblait davantage.

— Ne t'inquiète pas, lui lança-t-elle en devinant la raison de son appel. Je suis toujours en vie et plus décidée que jamais à arracher ma liberté des mains du marquis.

— Oh ! B-Belinda, j'-j'-j'aimerais t-tellement t-t-t'aider, répondit Pia dans une très rare manifestation de son bégaiement.

— Colin et moi sommes les seuls responsables de cette pagaille, c'est donc à nous de nous en sortir.

Elle s'en voulait aussi terriblement des conséquences de ce fiasco sur la réputation professionnelle de son amie. C'était pour appuyer sa carrière qu'elle lui avait demandé de s'occuper de son mariage au lieu d'être demoiselle d'honneur, alors que Pia était d'un romantisme à toute épreuve. Malheureusement, rien ne s'était déroulé comme prévu.

Elle maudit une nouvelle fois Colin.

Mais elle sentait que Pia ne l'appelait pas pour bavarder. Elles avaient eu une longue conversation à trois, la veille, et Pia venait tout juste d'arriver à Atlanta. N'étant pas du genre à esquiver les problèmes, sauf s'ils impliquaient son mari — à ne pas confondre avec celui qui avait failli l'être —, Belinda alla droit au but.

— Je t'écoute.

— B-Bon, commença Pia délicatement, j'aurais préféré attendre, mais après, heu, les événements, je voulais savoir si tu souhaites faire une… déclaration. Il y a aussi la question des cadeaux…

— Renvoie-les tous, trancha-t-elle sans hésiter.

Elle était optimiste, mais surtout réaliste. Elle n'avait aucune idée du temps qu'il lui faudrait pour obtenir de Colin l'annulation de leur mariage ou un divorce.

— Bien, répondit Pia, soulagée. Tu es sûre, parce que…

— Je suis sûre, la coupa-t-elle. Et je ne crois pas qu'une déclaration soit nécessaire. Un nouveau faire-part serait déplacé, et quoi que ce soit d'autre serait inutile. Grâce à Mme Hollings, tout le monde est au courant de ce qui s'est passé samedi.

— Et… Tod et toi ? lui demanda Pia. Tu crois que vous pourrez, heu, recoller les morceaux ?

En pensée, Belinda revint aux événements de samedi.

Tod l'avait rejointe devant l'église, très peu de temps après qu'elle l'eut laissé avec son oncle, l'évêque et Colin. Ils avaient eu une courte et pénible conversation. Il lui avait paru, malgré les apparences, tout à la fois secoué, mécontent et embarrassé.

Certaine de faire ce qui s'imposait — ne venait-elle pas de découvrir qu'elle était mariée à un autre ? —, elle lui avait rendu sa bague de fiançailles.

Il l'avait prise sans protester, puis elle s'était engouffrée dans la Rolls Royce blanche stationnée devant le porche. A l'abri des regards, elle s'était rendu compte qu'elle tremblait depuis que la voix de Colin s'était élevée — ou abattue — dans la nef.

Elle soupira.

— Tod est désemparé et en colère. Je ne peux pas lui en vouloir.

Elle s'aperçut tout à coup qu'elle avait complètement oublié de parler à Tod des circonstances de son mariage absurde avec Colin. Cette omission — tout à fait incorrecte — lui arracha une grimace. Sa seule excuse était qu'elle supportait à peine de s'en souvenir elle-même. C'était trop douloureux.

Elle n'avait jamais pu se pardonner son égarement, et il venait de resurgir sous les traits du bel aristocrate, dont la seule présence lui inspirait des réactions passionnées.

— Alors, reprit Pia en toussotant, les choses entre toi et Tod sont…

— En suspens, confirma-t-elle. Et jusqu'à nouvel ordre. Il attend que je règle le problème. Quand ce sera fait, nous prendrons une décision.

— Donc, reprit Pia après un long silence, tu ne souhaites faire aucune déclaration pour… clarifier les choses ?

— Tu veux être mon agent ? plaisanta-t-elle.

— Ce ne serait pas la première fois que je rédige un communiqué pour une mariée. Aucun mariage, surtout mondain, ne s'organise plus sans relations avec la presse !

— Que pourrais-je dire sinon que je suis effectivement mariée au marquis d'Easterbridge ? soupira-t-elle.

— Je comprends tes réticences, concéda Pia. Je pensais que tu voudrais peut-être répondre à Mme Hollings.

— Non, merci.

Elle ne voulait pas que le scandale s'étale davantage dans la presse. Or, un communiqué ne ferait que pousser Colin à livrer ses propres éclaircissements. Elle préférait traiter directement avec lui, en privé — même si cela signifiait affronter le lion dans sa tanière. Elle savait qu'un divorce, de batailles d'avocats en lettres de menaces, pouvait très facilement tourner à l'affrontement puis, de déclarations fracassantes en accusations ignobles, virer au véritable pugilat dont la presse de caniveau adorait se faire l'écho. Elle ne voulait surtout pas de ce genre de publicité.

— Mais que diable t'est-il passé par la tête, Belinda ? s'exclama son oncle.

A peine venait-elle d'entrer dans la bibliothèque de leur résidence londonienne, à Mayfair, qu'il bondissait hors de son siège pour faire le tour de son bureau et se planter devant elle, un air scandalisé sur le visage.

Elle avait été sommée de venir s'expliquer. Elle, Belinda Wentworth, avait perpétré un crime qu'aucun de ses ancêtres n'aurait osé envisager. En se mariant avec un Granville, elle n'avait pas seulement trahi l'histoire familiale, elle jetait l'opprobre sur leur nom et leur honneur en pâture.

Elle savait, en venant à Londres, qu'elle serait obligée de passer par Mayfair. En quittant l'église tout de suite après l'esclandre, en laissant Pia régler pour elle la suite des événements, elle avait évité toute discussion — et toute confrontation — avec sa famille. Celle-ci, très occupée à sauver la face devant les invités, dans la mesure où un tel exploit était possible, n'avait d'ailleurs pas eu le temps de la rattraper.

Elle posa les yeux sur le portrait de Sir Jonas Wentworth — réalisé par Gainsborough — accroché au-dessus de la cheminée. Le pauvre homme devait se retourner dans sa tombe.

Cette magnifique demeure, bâtie au cœur de la cité

de Westminster, appartenait à la famille depuis des générations. Comme de nombreuses lignées aristocratiques, les Wentworth s'étaient battus bec et ongles pour conserver cette adresse illustre même si, à cause du nombre croissant de nouvelles fortunes qui s'y étaient installées, vivre dans l'entourage des palais de Buckingham ou de Whitehall n'était plus forcément le signe d'un privilège de naissance.

Ils n'en possédaient pas le titre, mais les Wentworth descendaient d'une branche cadette des ducs de Pelham, et ils avaient noué, au cours des siècles, une succession d'alliances avec de nombreuses familles aristocrates, à l'exception desquelles, évidemment, la méprisable famille Granville. Ils se considéraient comme aussi nobles que n'importe qui.

— Tu as provoqué un esclandre de taille, poursuivit son oncle, tandis qu'un domestique apportait la table roulante chargée du thé de l'après-midi.

— Je sais, répondit-elle en se mordillant les lèvres.

— Il faut y remédier sur-le-champ.

— Bien sûr.

Le domestique parti, son oncle lui demanda de s'asseoir. Elle prit place sur le canapé.

— Bien. Comment comptes-tu réparer les dégâts ? poursuivit-il en s'installant dans le fauteuil face à elle.

Dans un réflexe résultant de la bonne éducation qu'elle avait reçue, elle se pencha pour servir le thé. Cette occupation lui donnait contenance et l'illusion, en évitant le regard de son oncle, de contrôler la situation.

— En obtenant une annulation, bien sûr, ou un divorce, répondit-elle posément.

Malgré toute son assurance, il n'y avait strictement rien de *sûr*, à part son intention.

Elle considéra la table. En Angleterre, un thé digne de ce nom ne se limitait pas à de l'eau chaude et quelques biscuits. S'y ajoutaient les traditionnels petits sandwichs, les gâteaux au beurre et les scones tièdes.

Elle pourrait se damner pour ces derniers. Il y en avait à la myrtille, aux raisins, aux irrésistibles pépites de chocolat…

Non, se reprit-elle, pas irrésistibles. Surtout pas irrésistibles. Ce terme lui rappelait trop l'extravagance qui l'avait saisie un soir à Las Vegas et qui, après l'avoir menée au désastre, l'avait conduite à la catastrophe actuelle.

Elle n'était pas décadente, se dit-elle fermement. Ce comportement n'était pas le sien.

Cette réflexion n'empêcha pourtant pas une image de lui sauter à l'esprit. Elle se revoyait, en compagnie de Colin Granville, allongée au beau milieu d'un immense lit, partageant avec lui des fraises délicieuses et du champagne exquis, au-dessus des lumières de la ville.

Ce tableau de perdition la fit violement rougir.

— … une erreur de jeunesse ?

La théière vacilla dans sa main.

— Que dis-tu ? s'exclama-t-elle en sursautant.

Son oncle haussa un sourcil surpris.

— Je te demandais si cette déplorable situation était le résultat d'une erreur de jeunesse.

Au moins, la culpabilité qu'elle sentait s'épanouir sur son visage n'était pas feinte.

— A trente ans, répondit-elle pourtant, je ne suis pas sûre que la jeunesse soit une excuse.

Son oncle la contempla d'un œil pensif et indulgent.

— Je ne suis pas vieux au point d'avoir oublié combien on peut être stupide et insouciant, même après ses vingt ans.

— Tu as raison, céda-t-elle, trop heureuse d'accepter ce prétexte. Ce doit être à cause de cela.

Il prit la tasse et la sous-tasse qu'elle lui tendait.

— Je reste tout de même surpris, Belinda, poursuivit-il après une gorgée. Tu as toujours été sage. Tu as suivi une excellente scolarité dans les meilleurs établissements, puis à Oxford. Personne ne s'attendait, de ta part, à ce genre… d'aventure.

Elle aurait dû se douter qu'il n'abandonnerait pas le sujet si facilement.

Elle réprima une grimace. L'une des anciennes élèves les plus célèbres de Marlborough College, pour ne pas dire *la* plus célèbre, était Kate Middleton, duchesse de Cambridge, et très certainement future reine du Royaume-Uni. Elle, dans une comparaison affligeante — au moins sur le plan matrimonial —, avait misérablement échoué. Elle ne comptait pas un, mais *deux* naufrages nuptiaux.

Elle détestait décevoir son oncle Hugh. Depuis la mort de son père, survenue après un long combat contre le cancer lorsqu'elle avait treize ans, il avait toujours été près d'elle. En tant que frère aîné et chef de la famille Wentworth, son oncle avait naturellement endossé le rôle et la figure paternelle. Veuf depuis longtemps, il ne s'était pas remarié et n'avait jamais eu d'enfant.

De son côté, elle avait fait de son mieux pour combler ses attentes. Elle avait grandi sur son domaine, appris chez lui, pendant les grandes vacances, à nager, à faire du vélo. Elle avait eu de bonnes notes à l'école, avait évité les excès de l'adolescence et son nom n'avait jamais été mêlé aux ragots des tabloïds. Tout cela s'était pourtant écroulé…

Il soupira et hocha plusieurs fois sa tête blanchie par les ans.

— Trois siècles de défiance et de précautions pour en arriver là. Sais-tu que ton ancêtre Emma a été séduite par un de ces vauriens de Granville ? La famille a heureusement étouffé l'affaire et arrangé le mariage honorable de la pauvre enfant avec le fils d'un baronnet.

Il fronça les sourcils.

— Et je ne parle pas de l'éternelle convoitise des Granville sur nos terres. Cette bataille a duré plus d'un siècle. Les tribunaux ont heureusement fini par nous donner raison et trancher, très clairement, la limite entre notre domaine et celui de ces bandits.

Elle connaissait ces histoires par cœur. Elle allait protester, dire combien son mariage avec Colin n'avait aucun rapport, quand elle fut brutalement interrompue.

— Ah ! Je vois que tu as finalement décidé de venir t'expliquer.

Belinda se tourna juste à temps pour voir sa mère débouler dans la pièce. Elle referma la bouche pour éviter d'être désagréable, mais ne put s'empêcher de soupirer.

Sa mère tendit son sac à main et son étole de soie à la jeune femme de chambre apparue dans son sillage et qui s'effaça tout aussi discrètement, puis se tourna vers elle. A son habitude, elle était d'une élégance parfaite, comme si elle revenait d'un déjeuner chez Annabelle ou d'une de ses visites mondaines coutumières. Sa coiffure était impeccable, sa robe d'un chic indémodable — sans doute une création St. John — et ses bijoux ancestraux complétaient son allure distinguée.

Le contraste entre elles était frappant. Belinda était non seulement vêtue d'un chemisier bouffant à manches courtes et d'un chino trouvés dans un magasin de prêt-à-porter, assortis à des créations très abordables de Tamara, mais en plus, alors que sa mère était une blonde menue, elle avait hérité de son père une silhouette sculpturale et ses cheveux d'un noir d'ébène. Elles n'auraient pu être plus différentes.

— Maman, répondit-elle, nous avons discuté juste après la cérémonie.

Sa mère la dévisagea un instant, puis afficha un air de reproche étonné.

— Discuté ? Tes réponses vagues et rudimentaires ne constituent pas ce que j'appelle une discussion, chérie.

Elle rougit.

— Je t'ai dit ce que je savais.

Sa mère balaya cet argument d'une main impatiente.

— Oui, oui, je sais. Tu ne t'attendais pas à l'apparition du marquis ni à ses déclarations absurdes. Mais cela ne répond toujours pas à la question. Pourquoi t'es-tu mariée ? Et comment ce mariage a pu durer deux ans sans que personne ne soit au courant ?

— Je te l'ai dit, maman. J'ai demandé une annulation. Il affirme qu'elle n'a jamais abouti. Je suis en train de le vérifier et de remédier à cette situation.

Plutôt qu'engager un avocat, et risquer de relancer le scandale, elle avait appelé un notaire de Las Vegas afin de savoir si oui ou non Colin et elle étaient toujours mariés. Elle attendait le résultat de ses recherches.

Sa mère, après avoir cherché le soutien de son oncle, revint vers elle.

— Cet odieux scandale court de New York à Londres, commença-t-elle. De quelle façon comptes-tu t'y prendre pour faire taire les ragots ?

Visiblement consciente qu'elle n'obtiendrait aucune réponse sur les raisons de son mariage avec Colin, sa mère changeait de stratégie.

Belinda se mordit la lèvre.

Cet interrogatoire ne manquait pas d'humour, se dit-elle, caustique. Il suffisait de songer à toutes les vagues que le comportement de sa mère soulevait dans leur microcosme. Elle avait depuis longtemps cessé d'y être sensible, mais sa mère n'avait jamais dissimulé ses affaires de cœur ; elle adorait même y faire allusion lorsque les potins ne lui semblaient pas aller suffisamment bon train. Mais ses frasques n'intéressaient pas Belinda. Moins elle en savait, mieux elle se portait.

— Et Dillingham, reprit sa mère d'un ton qui montait vers les aigus. Comment allons-nous régler cette histoire avec eux ? C'est affreux !

— Allons, allons, Clarissa, intervint son oncle en posant sa tasse de thé. Calme-toi. Il est inutile d'en rajouter.

Belinda ravala son commentaire et soupira. Ses relations avec sa mère n'avaient jamais été faciles. Elles étaient trop différentes, et elle avait souffert, en grandissant, de la découvrir frivole, irresponsable ou égoïste, parfois les trois à la fois.

Comme pour lui donner raison, sa mère se laissa glisser dans un fauteuil avec la grâce consommée d'une actrice jouant la plus totale affliction devant l'épreuve, insurmontable, qui l'accablait.

— Belinda, Belinda, soupira-t-elle d'une voix subitement abattue, comment peux-tu te montrer aussi insouciante ?

Cette question, malheureusement, ne cessait de la hanter — parce qu'elle s'était bel et bien comportée de façon *insouciante*.

— Tu devais faire un bon mariage, poursuivit sa mère sur le registre des lamentations. Ton oncle et moi fondions de grands espoirs sur cette union. Presque toutes tes camarades de classe ont noué des alliances avantageuses. Pourquoi n'y arrives-tu pas ?

Elle faillit rétorquer qu'elle avait fait un excellent mariage, que toutes les célibataires encore présentes dans son entourage rêvaient d'un époux aussi beau, aussi riche, aussi noble et titré que le marquis d'Easterbridge. Mais Colin était un Granville, un homme auquel on ne pouvait pas faire confiance. Et le pire des partis pour une Wentworth.

— Nous avons passé tellement de temps à courtiser les Dillingham, continuait sa mère sur le même ton plaintif. Ils étaient prêts à rénover Downlands afin que vous puissiez, Tod et toi, recevoir dignement.

Elle n'avait pas besoin qu'on lui rappelle la restauration, conditionnée à son mariage, de la plus ancienne propriété des Wentworth dans le Berkshire. Elle connaissait parfaitement l'état de leur fortune. Et celle-ci, sans être tout à fait ridicule, était loin d'être immense. Sa famille n'avait pas les moyens d'entreprendre les travaux dont le berceau familial avait grandement besoin.

Pour être sincère, ni elle ni Tod n'avaient été transportés par la passion. Leur engagement était beaucoup plus concret. Ils se connaissaient depuis l'enfance et ils s'étaient toujours suffisamment bien entendus. A trente-deux ans, elle avait largement atteint, voire dépassé, l'âge de convoler. De son côté, Tod cherchait une épouse digne de son rang et de son milieu social. Leurs intérêts convergeaient et ils étaient parfaitement assortis.

Devant l'église, il lui avait dit qu'il comptait sur elle pour régler la situation et qu'il attendrait. Toutefois, se rappela-t-elle, il n'avait à aucun moment précisé combien de temps.

Sa mère soupira, puis une lueur traversa son regard.

— Crois-tu que ce mariage accidentel de deux ans te donne des droits sur les propriétés d'Easterbridge ?

— Maman ! s'exclama-t-elle, offusquée.

Sa mère écarquilla des yeux innocents.

— Eh bien quoi ! Beaucoup de vrais mariages n'ont pas duré aussi longtemps.

— Peut-être, se résigna-t-elle en renonçant à la sermonner. Mais pour que je puisse prétendre à quelque chose, encore faudrait-il que ce soit lui qui demande le divorce !

Or, elle se souvenait très bien qu'il lui avait suggéré de rester mariés. C'était évidemment une plaisanterie, douteuse, mais au-delà du plaisir évident qu'il avait pris à la provoquer, elle avait parfaitement saisi l'allusion. Il n'avait aucune intention de la tirer de l'embarras dans lequel il l'avait plongée. Qu'il en soit responsable ne changeait rien. Si elle voulait une séparation, ce serait à elle d'entamer et de régler la procédure.

— Tu n'as signé aucun contrat de mariage avant de

t'engouffrer dans cette chapelle de Las Vegas, n'est-ce pas ? insista sa mère. Je ne serais pas surprise d'apprendre qu'Easterbridge s'est montré plus prudent que toi.

— Maman !

— Un homme aussi retors que lui ne prendrait jamais le risque de se voir dépossédé, renchérit son oncle. Il se sera assuré de protéger ses biens. D'un autre côté, nous ne voulons pas qu'il puisse prétendre à un droit quelconque sur les nôtres.

— Heureusement qu'aucune de nos propriétés n'est à ton nom, lâcha sa mère.

— En effet, approuva son oncle, mais Belinda est l'héritière de la fortune des Wentworth. Si elle reste la femme d'Easterbridge, il finira par avoir des droits sur ses biens, surtout s'il n'existe aucun contrat stipulant leur répartition.

— C'est parfaitement intolérable, trancha sa mère.

Pour sa part, Belinda n'avait pas le sentiment d'être une héritière. Non seulement la fortune des Wentworth n'avait rien d'extravagant — la petite rente qu'elle tenait de son père complétait tout juste son salaire pour lui permettre de vivre correctement à Manhattan —, mais leur patrimoine l'écrasait bien plus qu'il ne la libérait. Surtout à cause des ambitions matrimoniales que sa mère et son oncle faisaient peser sur ses épaules.

Elle avait grandi bercée par la légende familiale. Plus tard, consciente des exigences liées à son nom et à son statut, elle avait admis que son devoir, à l'instar de ses ancêtres, était de défendre l'honneur et la fortune des Wentworth afin de les transmettre intacts, sinon renforcés, à sa descendance. Fille unique, elle n'avait jamais eu l'occasion d'oublier cet impératif ni la mission qui l'accompagnait. C'était une des raisons pour lesquelles son égarement de Las Vegas n'aurait pu être plus désastreux.

Elle était néanmoins responsable de cette faute, c'était donc à elle de la réparer.

— Je vais négocier avec le marquis, dit-elle en se mordillant les lèvres.

D'une manière ou d'une autre, elle parviendrait à annuler ce mariage et redresser ses torts. Il en allait de son honneur, de sa fierté et surtout des engagements qu'elle avait toujours pris.

Nouer une quelconque relation ou pire, céder à la moindre complaisance à l'égard d'un Granville, n'en faisait absolument pas partie.

- 3 -

— Merci de me recevoir, dit-elle en pénétrant dans une salle de réunion du Time Warner Center.

Sa formule était conventionnelle, et légèrement incongrue, mais elle se trouvait dans les bureaux de Colin et elle s'était juré de mener leur discussion sur le ton courtois et productif qui convenait.

— Tu es la bienvenue, lui répondit-il en l'accueillant d'un bref hochement de tête.

Elle vit son regard se poser sur son annulaire, maintenant dépourvu de bague de fiançailles, et s'y arrêter ostensiblement. Son cœur s'emballa.

Elle avait voulu un cadre privé pour leur discussion, mais pas trop. Elle savait, entre autres informations qu'elle n'avait pu éviter de lire ou d'entendre au cours des deux dernières années, qu'il possédait un penthouse spectaculaire au dernier étage de cet immeuble. Elle avait toutefois préféré ne pas l'affronter chez lui. Quant à le recevoir chez elle, un peu plus au nord de Manhattan, son studio était beaucoup trop petit pour qu'elle veuille s'y trouver avec lui.

De toute façon, rien n'aurait pu faciliter cette rencontre. Il était riche, noble, imposant. Sans compter qu'il était aussi rusé, perspicace et calculateur. Il avait en outre été son amant et pouvait affirmer la connaître intimement. Quoi qu'elle fasse, cette nuit — leur nuit de noces — resterait éternellement entre eux. D'ailleurs, elle se souvenait très bien de ce qu'ils avaient fait dans cette chambre d'hôtel. Elle avait pu se rendre compte de ce dont ils étaient capables et…

Elle sursauta. Ce qu'ils pouvaient faire chez lui ou ailleurs n'était pas le sujet. Du tout. Et ne le serait jamais.

Elle l'étudia avec méfiance.

Sous son costume impeccable, elle devinait toute la puissance et la désinvolture d'une panthère prête à s'amuser avec un chaton. Le sang d'une génération de conquérants coulait dans ses veines, et cela se voyait.

Elle sentit un frisson glisser sur sa peau, dont une bonne partie était découverte. S'étant débrouillée pour obtenir ce rendez-vous pendant sa pause déjeuner, elle portait une robe légère et décolletée et des escarpins à lanière.

Il lui désigna le bar près de la fenêtre.

— Un café, du thé ?

Elle posa son sac à main sur la longue table de conférence.

— Non, merci.

Il l'examina à son tour, avec beaucoup trop d'insistance à son goût.

— Tu as l'air bien calme, observa-t-il. Quel contraste par rapport à la semaine dernière.

— J'ai décidé de rester calme, répliqua-t-elle. La rumeur s'est déchaînée, le futur marié a décampé de l'autre côté de l'Atlantique et les cadeaux de mariage ont tous été renvoyés.

— Ah, dit-il en s'appuyant au coin de la table.

— J'espère que tu es content.

— C'est un bon début.

Elle se sentit frémir, mais bâillonna sa colère pour le regarder dans les yeux.

— Je suis venue te faire entendre raison.

Il lâcha un petit rire.

— Je sais que tu es occupé…

Trop occupé pour avoir le temps d'annuler un mariage.

— … alors j'irai droit au but. Comment se fait-il que nous soyons toujours mariés ?

Il haussa les épaules.

— Le tribunal n'a jamais statué.

— Tu me l'as déjà dit.

Il avait beau se montrer désinvolte, elle sentait toute sa fourberie ou, plus exactement, toute la ruse aristocratique derrière son attitude.

— J'espère que tu as renvoyé ton avocat, lâcha-t-elle. Parce qu'il ne mérite pas son salaire.

Le notaire qu'elle avait consulté lui avait confirmé qu'aucune annulation n'avait été enregistrée ni même aucune demande déposée.

Elle frémissait d'indignation, mais l'affaire, que cela lui plaise ou non, en était là.

— Inutile de ruminer le passé, dit-il comme s'il lisait dans ses pensées. La question est : que faisons-nous maintenant ?

Elle écarquilla les yeux.

— Ce que nous faisons *maintenant* ? s'étrangla-t-elle. Nous obtenons une annulation ou un divorce, bien sûr ! L'Etat de New York vient de me faire l'immense faveur de reconnaître le divorce non fautif. Je n'ai plus besoin de prouver que tu m'as trompée ou abandonnée. Une simple recherche m'a suffi pour le découvrir.

— Ah, le temps béni où le mariage était indestructible et où seul le mari pouvait dénoncer l'adultère.

Elle n'aimait pas du tout son humour.

— Oui, quel dommage pour toi.

Il pinça les lèvres.

— Il n'y a qu'un seul petit problème.

— Oh ! un seul ? ne put-elle s'empêcher d'ironiser.

— Oui. Un divorce non fautif peut être contesté.

Elle le dévisagea, complètement incrédule. Où voulait-il en venir ?

— Es-tu en train de dire…

— Que je ne vais pas t'accorder un divorce facile, que tu le demandes à New York ou ailleurs ? Oui, c'est bien ça.

— Tu as saccagé mon mariage et tu veux maintenant massacrer mon divorce ? s'exclama-t-elle, sidérée.

— Ton prétendu mariage était de toute façon ruiné parce que nous sommes mariés. Même sans mon intervention, tes vœux avec Dillingham n'auraient eu aucune valeur. Ils auraient été frappés de nullité *ab initio* pour cause de bigamie. La cérémonie n'y aurait rien changé.

Elle pinça les lèvres.

— Je sais, admit Colin. C'est très désagréable de penser qu'entre les deux, c'est ton mariage avec Dillingham qui aurait été annulé.

— Tu l'as fait exprès, l'accusa-t-elle. Tu as fait exprès de choisir le pire moment pour faire ta révélation fracassante. Pourquoi attendre la cérémonie, sinon ?

— Ne devrais-tu pas plutôt me remercier de t'avoir épargné de commettre un délit ?

Elle ignora sa riposte.

— Mais surtout, poursuivit-elle, vibrante de colère, tu as détruit mon mariage en ne t'assurant pas que l'annulation était effectivement enregistrée.

— De quel mariage parles-tu ? De celui avec Tod, qui n'a jamais existé, ou bien du nôtre ? Parce que pour la plupart des gens, le meilleur moyen de ne pas détruire un mariage, c'est d'éviter son annulation.

Elle n'appréciait pas du tout sa façon de détourner ses propos. Elle était venue pour discuter de la meilleure manière de dissoudre leur union, pas pour se laisser distraire par des digressions dont elle n'avait cure.

— Je suis surpris que tu aies réussi à garder secrète notre escapade de Las Vegas, reprit-il en se frottant le menton d'un air pensif. Tu n'en as même pas parlé à Dillingham. Il semblait passablement surpris.

Elle se sentit rougir.

— Tod me soutient.

— Autrement dit, tu ne l'as pas informé.

Elle vit son regard se poser de nouveau sur sa main.

— Par ailleurs, tu ne portes plus sa bague de fiançailles. Jusqu'où précisément va son soutien ? Ne se limiterait-il pas à attendre en coulisse que toute cette surprenante affaire soit réglée ? Mais combien de temps est-il disposé à attendre ?

— Aussi longtemps qu'il le faudra.

Elle se força à soutenir son regard sans ciller. Elle n'avait aucune idée de la patience dont Tod ferait preuve. Le fiasco de la cérémonie lui avait réellement causé un choc.

Colin inclina la tête, sans cesser de la contempler.

— Tu ne lui as même pas dit que tu avais déjà été mariée. Craignais-tu ce qu'un ancien élève d'Eton aussi sérieux que Dillingham aurait pu penser de tes frasques passées à Las Vegas ?

— La seule chose qui l'aurait vraiment peiné, rétorqua-t-elle, c'est le nom du marié.

— Si tu le dis. Il n'en reste pas moins que tu as menti sur ta déclaration de mariage.

Elle rougit de plus belle, car lorsqu'elle avait rempli les documents préliminaires, elle avait en effet omis de mentionner la cérémonie de Las Vegas. Mais son union avec Colin, contractée dans un autre Etat, avait été très brève et elle avait fait l'objet, elle en était alors certaine, d'une annulation. Cette procédure n'effaçait-elle pas toute référence dans les registres administratifs ? N'était-ce pas précisément le sens d'une annulation ?

Elle se ressaisit.

— Tu sembles bien informé sur la législation du mariage. Aurais-tu déjà parlé à un avocat ?

— Tu l'as bien fait, répondit-il, énigmatique. Pourquoi devrais-je m'en priver ?

— C'est toute la différente entre toi et Tod, répliqua-t-elle, satisfaite de le moucher. Il n'a pas consulté d'avocat, lui !

Et heureusement, car la dernière chose dont elle avait besoin, c'était de voir les Dillingham lui réclamer le remboursement des frais qu'ils avaient engagés dans un mariage qui n'avait pas eu lieu.

— Quel dommage, ironisa Colin. Parce que s'il l'avait fait, son avocat lui aurait dit exactement ce que le mien m'a appris. Si je décide de contester ta demande de divorce, tu resteras mon épouse encore un certain temps.

— Parce que tu as l'intention de contester ?

— Je te l'ai dit. De toutes mes forces et par tous les moyens.

— Je finirai par gagner.

— Peut-être, mais je doute fort que les Wentworth apprécient la publicité qui ne manquera pas d'être faite autour de leur famille.

Il avait raison. Ni sa mère ni son oncle ne supporteraient un scandale prolongé. Elle ne pensait même pas à la réaction des Dillingham.

— Tu es la marquise d'Easterbridge, reprit Colin en précisant sa pensée avec la perfidie d'un tortionnaire. Autant commencer à te servir de ton titre.

Belinda Wentworth, marquise d'Easterbridge, se dit-elle, horrifiée. Heureusement que ses ancêtres n'étaient pas là pour entendre ce blasphème.

— Tu as bien fait de garder ton nom de jeune fille sur notre licence de mariage, poursuivit-il. Sinon, j'aurais pu t'accuser de t'être frauduleusement appelée Belinda Wentworth, au lieu de Belinda Granville, pendant deux ans.

— Je me souviens de ce choix. Je n'étais pas folle au point de tout oublier.

Il lui avait peut-être semblé judicieux d'épouser Colin, mais pas de prendre son nom.

Devenir Belinda *Granville* lui semblait pire que marquise d'Easterbridge. Easterbridge n'était que le titre de Colin, alors que Granville était le nom porté de toute éternité par ses odieux ancêtres.

— Pourquoi ? lâcha-t-elle tout à coup. Pourquoi fais-tu cela ? Pourquoi ne pas accepter un divorce civilisé ou mieux, une annulation ?

Il avança vers elle, d'une démarche nonchalante de félin sûr de saisir sa proie.

— Tu ne comprends pas ? fit-il, mine de s'étonner. Il n'existe rien de civilisé entre les Wentworth et les Granville, et cela depuis des siècles. L'aboutissement de notre… rencontre à Las Vegas en est la preuve.

Elle écarquilla les yeux.

— Alors tout se résume à cela ?

Il s'arrêta devant elle.

— J'ai l'intention de conquérir les Wentworth une bonne fois pour toutes…

Son regard glissa lentement sur elle.

— A commencer par toi, mon adorable épouse.

Maintenant, songea Colin, la guerre pouvait commencer.

Il avait longuement mûri son plan, échafaudé toutes les hypothèses et sélectionné son meilleur angle d'attaque. Le moment qu'il attendait depuis deux ans était enfin arrivé.

— Excellent, dit-il au téléphone. A-t-il posé beaucoup de questions ?

— Non, lui répondit son directeur-adjoint. Lorsqu'il a compris que vous ne discutiez pas son prix, il a accepté.

Et il ne serait pas déçu.

— Je crois qu'il vous prend pour un oligarque russe désireux de faire une excellente affaire.

— Encore mieux.

Si ses informations étaient exactes, et il n'avait aucune raison d'en douter, Belinda s'employait depuis quelques semaines à trouver, dans la plus grande discrétion, le meilleur moyen de défaire leur union. Il possédait maintenant un atout de maître.

Il raccrocha et se tourna vers ses deux invités. Malgré l'heure tardive, et la présence de ses amis, il n'avait pu résister à prendre son appel. Il était trop pressé d'entendre les nouvelles qu'il attendait.

Confortablement installés dans son salon londonien, Sawyer Langsford, comte de Melton, et James Carsdale, duc de Hawkshire, échangèrent un regard.

De passage à Londres au même moment, ils s'étaient retrouvés chez lui pour boire un verre. Ils avaient ôté leurs vestes et dénoué leurs cravates.

Comme ses deux amis, Colin menait une vie itinérante. Mais en dépit de leurs incessants voyages — ou peut-être à cause d'eux — lui, Sawyer et Hawk étaient devenus très proches. Une amitié renforcée par l'amusante coïncidence qui les voyait tous les trois vivre au même moment, mais de manière bien différente, des histoires de cœur mouvementées.

Sawyer, de manière imprévue, s'était fiancé à Tamara Kincaid, l'une des demoiselles d'honneur de Belinda, tandis que Hawk poursuivait Pia Lumley, l'organisatrice du mariage de Belinda, dans l'espoir de se faire pardonner l'attitude peu glorieuse qu'il avait eue avec elle, deux ou trois ans plus tôt.

Ses deux amis remportaient plus de succès que lui, même si, et ce n'était pas surprenant, les amies de Belinda s'étaient également révélées plutôt difficiles à courtiser. Dans la mesure où Belinda était déjà sa femme, Colin avait un avantage. Mais le fait qu'elle refuse toute discussion sinon par l'entremise de son avocat constituait un sérieux obstacle.

Il balaya cette contrariété pour se concentrer sur l'essentiel. Ils étaient toujours mariés et, avec l'affaire qu'il venait de conclure, Belinda allait être obligée de s'adresser directement à lui.

— Que manigances-tu, Easterbridge ? s'enquit Hawk.

— Un coup dont la mise est élevée, j'en ai peur. Mais parlons d'autre chose.

Hawk leva un sourcil.

Sawyer haussa les épaules.

— Tu as toujours su cacher ton jeu, Colin.

— Je fais de mon mieux pour honorer le nom des Granville, plaisanta-t-il.

Et quel meilleur moyen de l'honorer qu'écraser l'ennemi héréditaire de la famille ?

Il ne s'était jamais vraiment intéressé à ses voisins du Berkshire. On était au XXIe siècle, et la norme — au moins en termes de voisinage et sauf provocation notoire — était la politesse. Et puis, dans le petit monde de l'aristocratie, il n'était pas de bon ton d'afficher ouvertement son mépris, les dissensions ou les rivalités.

En trente-sept ans d'existence, désireux d'oublier le passé, il n'avait pas cherché la compagnie des Wentworth. Il n'avait pas davantage relancé les hostilités. Maintenir une distance raisonnable et prudente, dans la mesure où rien n'était en jeu, lui avait paru la meilleure stratégie.

Jusqu'au jour où il avait vraiment rencontré Belinda, par hasard, à Las Vegas. Il était aussi sensible qu'un autre aux charmes d'une très jolie brune tout en jambes et au regard brûlant.

Elle l'avait toujours intrigué, du reste. En tout cas chaque fois qu'il l'avait croisée, ce qui n'était pas arrivé très souvent. Elle avait cinq ou six ans de moins que lui. Leurs séjours dans le Berkshire avaient coïncidé mais, à treize ans, il avait été envoyé au collège d'Eton et il était rarement revenu chez lui. Lorsqu'il posait les premières pierres de son empire immobilier, elle était à l'université.

L'occasion de la rencontrer s'était finalement présentée d'elle-même à Las Vegas, au cours d'un cocktail organisé par l'un de ses amis. Il ne l'avait pas laissée passer et s'était trouvé ravi de satisfaire au moins sa curiosité.

Ce soir-là, ils s'étaient contentés de bavarder, mais leur conversation l'avait laissé sur sa faim. Aussi, lorsqu'il l'avait de nouveau croisée, cette fois dans l'entrée du Bellagio deux jours plus tard, il avait saisi cette nouvelle occasion et l'avait invitée à boire un verre. Le verre s'était transformé en dîner, puis ils étaient allés faire un tour aux tables de jeu. La chance lui souriant, il avait fait une brillante démonstration de ses talents.

A ce stade, bien sûr, il la désirait *vraiment*. Elle était non seulement d'une beauté exceptionnelle, mais elle le touchait profondément. Si bien qu'à la fin de la soirée, il était sur des charbons ardents et transporté par une euphorie dont il n'avait jamais fait l'expérience.

Il l'avait alors invitée à boire une dernière coupe de champagne. Dans l'ascenseur qui les conduisait vers sa suite, elle s'était tournée vers lui et l'avait averti, en plaisantant, qu'elle n'irait pas plus loin sans être mariée.

Il savait reconnaître un défi.

Il avait toutefois cherché son regard, en quête d'une trace d'ivresse, ou de folie, mais il n'y avait lu qu'une franche gaieté et une lueur dont la vivacité l'avait électrisé.

Les portes de l'ascenseur s'étaient ouvertes. Ils étaient sortis sur le palier.

— Je ne peux pas t'épouser sans t'avoir embrassée, avait-il murmuré d'une voix nouée par le désir.

Ses yeux noisette avaient pétillé.

— Je ne ferai rien de plus sans promesse. Tu sais, comme dans la chanson *Single Ladies*.

Elle plaisantait, sa voix était légère, mais il avait perçu une intonation tout à coup plus grave.

— Quelqu'un t'a fait du mal.

Elle avait haussé les épaules.

— Oh ! pas tant que ça.

Un élan de rage à l'égard du salopard l'avait traversé, aussitôt suivi par le désir fou d'embrasser la femme tout à coup désemparée qui se tenait devant lui.

Il avait pris son visage entre ses mains et passé un pouce sur sa bouche. Elle avait fermé les yeux en même temps qu'un soupir avait franchi ses lèvres, et il s'était penché vers elle.

Ses lèvres étaient douces, si douces, s'était-il dit avant de glisser dans leur baiser.

Ils avaient tout oublié, jusqu'aux portes de l'ascenseur qui pouvaient s'ouvrir à tout instant…

Il avait toujours aimé le risque. Il en avait pris dans le domaine professionnel. Il avait aussi fait du parachutisme, du saut à l'élastique et généralement tenté toutes les expériences extrêmes à la mode, au plus grand désespoir de sa mère qui n'avait jamais apprécié de le voir risquer sa peau.

Il revint à ses pensées.

La soirée ne s'était bien sûr pas arrêtée à ce baiser.

— Nous sommes à Las Vegas, lui avait-il murmuré. Tu sais ce que cela signifie.

Elle l'avait regardé sans comprendre.

— Il doit y avoir une chapelle pas très loin.

Voilà comment la boutade s'était transformée et les avait emportés.

Ils avaient repris l'ascenseur et n'avaient eu aucun mal, en effet, à trouver une chapelle.

De toutes les femmes qu'il avait connues, aucune ne s'était risquée à surenchérir avec lui. Elle était la première. Cette audace était un aphrodisiaque puissant et, de retour à l'hôtel, lorsque enfin ils avaient fait l'amour, le naturel dont elle avait fait preuve, sa liberté, et même sa hardiesse, l'avaient galvanisé.

Le lendemain matin, c'était pourtant à côté d'une tout autre femme qu'il s'était réveillé. Alors qu'il envisageait la journée qui s'annonçait et toutes celles qui suivraient, elle s'était détournée de lui, horrifiée, et l'avait… planté là. Son amour-propre en avait pris un coup.

Dès lors, évidemment, la vendetta entre les Wentworth et les Granville avait pris un tour personnel. Cette guerre absurde n'avait que trop duré. Déterminé à ne pas en faire les frais, il s'était juré d'y mettre un terme, définitif cette fois.

Il ne jouait que pour gagner. Il s'était donc engagé dans une négociation secrète afin d'acheter, à l'insu des Wentworth, le joyau de leurs propriétés londoniennes, leur maison de Mayfair.

— Fais attention, Easterbridge, reprit Hawk en interrompant ses pensées. Même les parieurs les plus chevronnés connaissent des défaites.

— Il y a longtemps que je ne t'ai pas battu au poker,

renchérit Sawyer. Tu sais ce qu'on dit, la chance tourne, mon vieux.

Il sourit à ses amis.

— Pour l'heure, les cartes que j'ai en main me conviennent parfaitement.

- 4 -

Sept mois plus tard.

Belinda engagea sa voiture de location dans l'allée de la propriété où elle se rendait et se força à se détendre.

Elle allait bientôt retrouver sa liberté, en tout cas son statut de célibataire, car elle n'était pas sûre d'échapper aux injonctions de sa mère et de son oncle qui se désespéraient de la voir réellement mariée un jour, et avec un bon parti.

Pour l'heure, elle n'était pas mécontente. L'Etat du Nevada était connu pour la rapidité de ses procédures de mariage, divorces et annulations compris. Heureusement pour elle — parce qu'elle s'était mariée ici, à Las Vegas —, elle n'avait même pas besoin de justifier d'un séjour de six semaines dans la ville.

Colin la maintenait ligotée depuis trop longtemps. De son côté, elle avait attendu que le fiasco du mois de juin s'efface des mémoires. Craignant de relancer le scandale, elle avait rongé son frein pendant des mois. Mais elle avait assez patienté. L'heure était venue de dissoudre discrètement son mariage, comme elle l'avait toujours espéré.

Elle avait décidé de jouer le tout pour le tout et de demander une annulation plutôt qu'un divorce. La procédure était relativement simple au Nevada, en tout cas bien plus qu'à New York. Cette annulation prononcée, son mariage avec Colin disparaîtrait comme s'il n'avait jamais existé. Cette perspective la réjouissait.

Au contraire de ses relations avec Tod, se rembrunit-elle. Celles-ci n'avaient pas survécu aux mois de patience dont elle avait fait preuve. Ils avaient rompu, et elle ne pouvait pas en vouloir à Tod. Quel homme accepterait, en effet, après l'esclandre de son mariage interrompu en pleine cérémonie, de rester fiancé à celle dont le mari avait fait irruption au beau milieu de l'église pour empêcher cette union ?

Elle avait attendu le prétexte d'un déplacement professionnel au Nevada pour entamer ses démarches. La demande d'un collectionneur anonyme, désireux de faire expertiser sa collection privée d'impressionnistes français était tombée à point nommé.

Elle arrivait en ce moment même chez lui. Sa mission réalisée, elle n'aurait plus qu'à se rendre chez l'avocat avec lequel elle avait pris rendez-vous, le lendemain.

Elle descendit de voiture devant une magnifique villa de type hacienda et prit une profonde inspiration. Le jardin était aussi splendide que la maison. Les nombreuses fleurs de cactus éclataient en taches de couleurs vives un peu partout. Le temps, doux et ensoleillé dans cette banlieue de Las Vegas, offrait un agréable contraste au climat new-yorkais ou londonien auquel elle était habituée en cette saison. Une brise légère caressait ses bras nus. Elle avait bien fait de choisir sa robe de coton crème.

L'agent qu'elle avait eu au téléphone lui avait précisé que cette habitation tenait davantage d'un investissement immobilier que d'une résidence. L'endroit lui semblait néanmoins très accueillant. Le propriétaire, même s'il habitait ailleurs, prenait de toute évidence grand soin de son placement.

Elle regarda autour d'elle. Aucune voiture n'était visible, mais le même agent lui avait aussi appris que la demeure était surveillée et entretenue par du personnel à demeure.

D'ailleurs, la gouvernante qui avait répondu à l'Interphone et actionné l'ouverture du portail se présentait sur le porche. Avec un sourire aimable, la femme d'un certain âge l'invita à entrer.

Elle refusa le rafraîchissement qu'elle lui offrait et la suivit dans une visite rapide du rez-de-chaussée. Elle appréciait de connaître l'environnement de ses clients. Ce détail l'aidait dans son travail. Ici, les pièces étaient vastes et décorées avec beaucoup de goût, mais elle ne voyait aucune photo encadrée ni les menus bibelots qui d'habitude donnaient leur touche personnelle à une maison. Cette absence n'était pas étonnante, puisque personne n'habitait vraiment là.

Un quart d'heure plus tard, elle suivait la gouvernante à l'étage, curieuse de découvrir ce qu'elle lui décrivait comme l'endroit de la maison « servant plus ou moins de galerie d'art ».

En même temps qu'elle achevait sa phrase, l'employée ouvrait la porte à double battant devant laquelle elles s'étaient arrêtées, puis s'effaça pour la laisser entrer.

La pièce était immense et son contenu, au premier regard, lui coupa le souffle.

Il y avait un Monet… un Renoir… un Degas.

Il ne s'agissait pas, bien sûr, d'œuvres majeures, se

dit-elle, interdite, les plus célèbres étaient accrochées dans les musées du monde entier. Ces toiles n'en restaient pas moins splendides et, pour son œil d'experte, tout aussi précieuses.

Ce n'était pourtant pas le plus confondant, s'apercevait-elle désorientée. Ces tableaux étaient aussi ceux qu'elle avait vendus chez Lansing, quelques années plus tôt. Les enchères s'étaient si bien passées qu'elles lui avaient valu une promotion.

A l'époque, elle s'était demandé qui pouvait être son mystérieux acheteur. Il n'était pas rare que les clients veuillent conserver l'anonymat ; il arrivait même qu'ils fassent des acquisitions à travers une société écran, mais cette fois, elle avait envié le collectionneur inconnu.

Ces toiles mouchetées de lumière, d'une facture remarquable et d'inspiration romantique, étaient absolument superbes. Elle regrettait de n'être pas assez riche pour se les offrir. Elle était aussi frappée par la sensibilité de leur propriétaire et l'intelligence de son accrochage.

Il leur avait consacré un véritable mini-musée, constatait-elle en regardant autour d'elle. Les murs étaient blancs, la pièce était assez vaste pour mettre ses œuvres en valeur et elle était pourvue d'un système d'aération contrôlée pour les protéger. Quelques sièges, adroitement disposés, offraient en outre une excellente perspective, quel que soit l'endroit où l'on choisissait de s'asseoir.

Elle se tourna vers la gouvernante.

Celle-ci répondit à sa stupeur par un sourire plein d'indulgence, et s'inclina légèrement.

— Je vous laisse travailler, lui offrit-elle aimablement.

— Merci.

Se trouvant seule, elle avança au centre de la pièce. Elle se tourna d'abord vers le Renoir, puis le Monet, puis le Degas, et elle s'assit.

Elle était enchantée de retrouver ces toiles réunies. De toutes celles qu'elle avait eu la chance d'accueillir dans son bureau, elles étaient ses préférées. Le jour des enchères, elle les avait vendues au plus offrant à des prix très élevés et amplement justifiés. Elle avait cru, avec un pincement de regret, les disperser aux quatre coins du monde, mais elle avait rempli son rôle.

Et voilà qu'elle les retrouvait ensemble, magnifiquement disposées. Son plaisir était immense.

Le Monet représentait un homme et une femme conversant devant un paysage verdoyant. Le Renoir figurait un couple enlacé dans une danse. Et le Degas immobilisait une danseuse dans sa pirouette.

Après quelques minutes de contemplation, elle se leva et approcha du Renoir pour l'étudier de plus près.

La facture était exactement celle dont elle se souvenait. Le tableau n'avait subi aucun dommage.

Plongée dans son examen, elle entendit à peine la porte s'ouvrir.

— Je crois qu'elles valent plus que le prix auquel je les achetées.

Le ton était net, amusé et… curieusement familier.

Elle se figea, le cœur battant, et pivota.

— Toi ! s'exclama-t-elle en découvrant Colin.

Il sourit.

— « Mon mari » conviendrait mieux.

— Comment es-tu entré ici ?

Son sourire s'élargit.

— Je suis chez moi.

Elle le dévisagea avec stupéfaction, puis l'observa, suspicieuse, avant de se rendre à l'évidence.

Il semblait parfaitement à son aise et il était vêtu de façon assez désinvolte pour donner l'impression d'être, en effet, chez lui. Elle aurait parié que sa chemise de coton blanc et son pantalon noir venaient tout droit de Savile Row, la rue chic où les Anglais fortunés achetaient leurs costumes et où les Granville s'habillaient sur mesure depuis des générations.

Il était aussi, comme à son habitude, parfaitement détendu et sûr de lui. Mais pour une fois, il n'avait pas l'air du chat qui vient de manger le canari.

— De retour sur la scène du crime ? lui lança-t-elle en espérant masquer le trouble, et la colère, que sa présence lui inspirait.

Car s'il n'avait pas l'air du chat, il venait tout de même de la piéger, *chez lui* de surcroît. Mais elle n'allait certainement pas céder aux reproches bien sentis qu'une telle conduite méritait.

— La scène du crime, répéta-t-il. Tu parles de notre mariage ? C'est notre troisième anniversaire, tu sais ?

Elle se passa la main dans les cheveux, feignant la plus parfaite indifférence.

— Vraiment ? Je ne m'en souviens pas. Le seul anniversaire que j'attends, c'est celui de l'annulation de nos vœux.

Il avança vers elle.

— C'est donc pour cela que tu es venue à Las Vegas.

— Evidemment, répliqua-t-elle sans se laisser impressionner par son allure. Et que tu coopères ou non m'importe peu.

Sa détermination ne lui fit pourtant aucun effet. Dans

ses rêves, la procédure était instantanée, elle n'avait aucun besoin de lui pour dissoudre leur mariage. Mais dans ses rêves, hélas, elle était aussi régulièrement perturbée par le souvenir de leur nuit passionnée à Las Vegas.

Il désigna la pièce.

— J'espère que tu apprécies de voir ces toiles ici.

Elle le considéra avec méfiance.

— Que manigances-tu ?

— N'est-ce pas évident ? rétorqua-t-il dans un sourire.

— Tu m'as piégée.

— Pas du tout. Tu es venue de ton propre gré à Las Vegas, pour obtenir, ainsi que tu viens de le dire, l'annulation de notre mariage.

Il se tut et la regarda.

— D'accord, reprit-il en voyant qu'elle ne cédait pas, j'avoue avoir deviné que tu finirais par revenir. Disons que j'ai voulu… rentabiliser ton déplacement.

— En faisant expertiser ta collection, ironisa-t-elle. As-tu l'intention de vendre ?

Malgré toute sa colère, l'idée qu'il puisse disperser ces magnifiques tableaux l'attristait. Si seulement elle avait eu les moyens de lui faire une offre…

— Non, répondit-il, je n'ai aucune intention de vendre. Pour l'heure, je ne m'intéresse qu'au rendement de mes investissements.

Elle était soulagée.

— Ton acquisition est récente. Ces toiles n'ont pas eu le temps de prendre de la valeur. Pourquoi les faire évaluer ? Elles sont authentiques, tu le sais. J'en réponds, crut-elle bon d'ajouter.

— Ah, l'authenticité, murmura-t-il. Voilà ce que je recherche.

Elle s'écarta, désarçonnée par la tournure de sa réplique. Elle sentait un nouveau piège sans pour autant l'identifier.

— Comme je le disais, reprit-il, je ne veux que la confirmation de les avoir payées en dessous de leur valeur. Je pense, comme la plupart de mes investissements, qu'elles valent bien plus que le prix que j'ai payé pour les obtenir.

De nouveau, elle fut frappée par son intonation et le sentiment qu'il parlait d'autre chose que ses peintures.

— Il est difficile de fixer le prix d'une œuvre d'art, répondit-elle néanmoins. Après tout, la beauté est dans l'œil de celui qui regarde.

— C'est tout à fait mon point de vue, répliqua-t-il d'une voix curieusement douce.

Elle vit en même temps son regard glisser de son visage — discrètement maquillé — à la pointe de ses orteils visibles dans les escarpins à lanière qu'elle avait choisis pour cette belle journée de printemps.

Au passage, sa courte mais sensible halte sur sa poitrine, puis sur ses hanches, l'avait fait frissonner.

C'était un regard admiratif, en tout cas suffisamment ambigu pour éveiller aussitôt toute sa méfiance et sa combativité.

— A quoi joues-tu ? lui demanda-t-elle, exaspérée par son manège.

— Disons que j'aimerais peut-être être celui qui mettra enfin un terme à la querelle qui oppose les Wentworth et les Granville.

Au moins ne feignait-il pas d'esquiver sa question, mais son regard — comme sa réponse — restait énigmatique.

— Si tu veux réellement mettre un terme à ce qui *nous* sépare, décida-t-elle de comprendre, il te suffit de signer les papiers de l'annulation.

— Nous pouvons difficilement prétendre à ce recours. Les délais sont largement dépassés.

— Tu peux toujours demander le divorce pour adultère, suggéra-t-elle, pleine d'espoir.

L'éclat qui traversa son regard lui fit regretter son argument.

— Le tien ou le mien ? répliqua-t-il.

— Le mien, bien sûr.

Il pouvait toujours prétendre qu'elle l'avait trompé avec Tod. N'avait-elle pas failli se marier avec lui, après tout ?

— Quelle piètre menteuse.

— Pourquoi dis-tu cela ?

— Tu le sais parfaitement. Tu n'as jamais couché avec Dillingham.

Son culot lui coupa le souffle.

— Voyez-vous cela, répliqua-t-elle, piquée au vif. Et comment le saurais-tu ? Serais-tu prétentieux au point de croire qu'après toi, je ne pourrais jamais coucher avec aucun autre ?

Un sourire s'étira sur ses lèvres.

— Non, mais un mariage dont le but est de sauver le patrimoine familial est rarement fondé sur la passion.

Elle en eut le hoquet.

— Sans compter que tu as couché avec moi ici, à Las Vegas, il y a trois ans, tout juste après que nous nous sommes mariés. Que faut-il en déduire ? Que tu cherchais un mari pour de bon ? A mon avis, tu n'étais pas très pressée de te retrouver au lit avec Tod. Tu l'as fait lambiner.

Elle s'aperçut qu'elle se mordillait la lèvre et s'arrêta brusquement. Ceux qui la connaissaient savaient très bien que ce tic trahissait sa nervosité. Elle ne voulait pas montrer son trouble à Colin, et elle ne voulait pas lui dire que, trois ans plus tôt, elle était sous le coup de la rupture qu'elle venait de vivre. Tout ce qu'elle avait fait ce soir-là, et tout ce qui avait suivi au cours de la nuit, n'était que la conséquence de cette blessure encore vive.

Elle se contenta de l'écouter.

— Et je suis intervenu pour briser cette belle histoire juste avant son dénouement. Quelle tristesse, n'est-ce pas ? Et à présent, poursuivit-il, acculé au désespoir, voilà ton oncle Hugh forcé de prendre les choses en mains. Je parie que tu n'as aucune idée de l'état lamentable des finances de la famille Wentworth.

Elle écarquilla les yeux.

— Que veux-tu dire ? s'exclama-t-elle, prise d'inquiétude.

— As-tu parlé à ton oncle dernièrement ?

— Non, répondit-elle en fouillant sa mémoire. Il a des problèmes ?

— Non, mais il a quitté sa maison de Mayfair.

Elle savait que son oncle changeait souvent de résidence.

— Cela n'a rien d'inhabituel…

— Définitivement.

Elle plissa les yeux.

— Pourquoi ferait-il une chose pareille ?

— Parce qu'il a vendu. La maison de Mayfair m'appartient désormais.

— Elle t'appartient ? Je ne te crois pas ! C'est impossible.

Quelques mois plus tôt, elle était encore à Londres, dans cette maison qui appartenait à sa famille depuis des générations. Certes, son oncle lui avait semblé tendu et préoccupé, mais de là à imaginer…

— C'est pourtant vrai, reprit-il. L'acte de propriété a été dûment enregistré, contrairement à notre annulation. Ton oncle peut toujours résider à cette adresse, mais à ma seule discrétion.

Elle le dévisagea avec stupéfaction.

— Pour quelle raison oncle Hugh aurait-il accepté de *te* vendre la maison ? Tu es la dernière personne au monde avec laquelle il accepterait de traiter !

— C'est très simple. Il ne savait pas qui était l'acheteur. Il a vendu à une société dont il ignore que je suis l'actionnaire principal. J'imagine qu'il pensait vendre à l'un de ces oligarques russes nouvellement enrichis qui prisent tout particulièrement les nobles résidences londoniennes.

Le cœur de Belinda manqua un battement. Non, c'était impossible…

D'un autre côté, elle aurait dû se douter que Colin avait un as dans sa manche. Elle l'avait vu exercer ses talents aux tables de jeu du casino, son bluff s'était montré d'une efficacité redoutable. Elle savait aussi qu'il avait un don exceptionnel avec les chiffres, et son empire immobilier prouvait son flair en matière d'investissements, d'argent, et certainement… de coups bas.

Il haussa les épaules.

— C'était une vente facile et très avantageuse. Apparemment, ton oncle avait un besoin urgent de liquidités.

Elle redressa le menton et le toisa.

— Quel est le rapport avec moi ? lui demanda-t-elle fièrement.

— J'ai également acquis la plus grande de vos deux propriétés du Berkshire.

Pour le coup, elle sentit ses épaules s'affaisser.

La famille Wentworth possédait deux manoirs dans le Berkshire. Le plus petit était entré dans le patrimoine par le mariage de son arrière-arrière-grand-mère. Le plus grand en revanche — celui que possédait maintenant Colin, s'il fallait l'en croire — appartenait aux Wentworth depuis l'époque du roi Edouard III. Downlands, comme on l'appelait, jouxtait les terres des Granville, et la limite entre ces deux domaines avait précisément fait l'objet d'un violent litige entre les deux familles tout au long du XIXe siècle.

Prise de vertige, elle s'intima au calme. Elle n'était pas concernée par le patrimoine des Wentworth. Elle n'avait jamais compté sur ses rentes. Elle habitait New York et vivait de son travail d'experte et de commissaire-priseur. Elle était loin, très, très loin des chicaneries familiales.

En était-elle si sûre ? se demanda-t-elle brusquement.

— J'imagine que tu as usé du même stratagème pour acquérir Downlands. La société dont tu t'es servi pour conserver l'anonymat ne serait pas LG Management, par hasard ?

C'était le nom de la mystérieuse compagnie qu'elle savait propriétaire de cette hacienda.

Il s'inclina.

— LG Management, en effet. Je dirais même Lord Granville Management, pour être plus précis.

— Quelle habileté, ironisa-t-elle.

— Merci du compliment.

Elle écarta son hypocrite obligeance pour se concentrer sur une question bien plus préoccupante. Comment la fortune familiale pouvait-elle être à ce point diminuée et surtout, comment avait-elle pu l'ignorer ? La situation devait être vraiment dramatique pour que son oncle…

— Combien t'ont coûté tes noces somptueuses avec Tod ? lui demanda-t-il avec un à-propos insupportable.

— Cela ne te regarde pas, répliqua-t-elle en repoussant son sentiment de culpabilité naissant.

Il enfonça les mains dans ses poches.

— Je suppose, répondit-il à sa place, que les Dillingham ont pris une partie des frais, sans doute importante, à leur charge. Mais je ne crois pas, quelle que soit la participation des Wentworth, que tu aies pu l'assumer.

Elle avait contribué au financement de son mariage. Mais lorsque son oncle et sa mère avaient insisté pour une cérémonie luxueuse, « digne de leur rang », elle avait cédé. A la condition qu'ils se chargent des dépenses supplémentaires.

— Je suis sûr que ton oncle Hugh considérait ce mariage comme Napoléon, sa fuite d'Elbe. L'ultime chance de sauver le patrimoine familial en lui injectant la fortune des Dillingham. Cette échappatoire, malheureusement, s'est révélée être son Waterloo.

Un Waterloo qui avait débouché sur la passation du patrimoine Wentworth aux mains d'un Granville.

Elle n'arrivait pas à y croire.

C'était aussi inconcevable que voir une Wentworth — elle en l'occurrence — mariée à un Granville. Or, c'était bien le cas.

Peut-être, réagit-elle, mais tout n'était pas perdu.

— Tu peux posséder ces deux propriétés, avança-t-elle, combative, je garde un droit sur elles. Nous sommes mariés, après tout.

Elle avait au moins appris une chose en consultant le notaire.

Elle vit ses yeux briller et constata avec satisfaction qu'il était bien forcé d'admettre ce point.

— En effet. Tu ne peux toutefois prétendre qu'à la moitié des biens, tout au plus.

Il l'empêcha de parler pour poursuivre d'une voix tranquille :

— D'accord, admettons que tu obtiennes le divorce. A supposer que tu obtiennes aussi la mise en vente de ces propriétés, ce que tu peux naturellement réclamer, tu n'auras en mettant les choses au mieux qu'une partie de la somme.

L'ignoble personnage ! Il allait contester toutes ses démarches sans la moindre pitié. Elle aurait dû se douter qu'il était inutile d'attendre la moindre compassion d'un homme de son espèce. Il n'était pas seulement un Granville, sournois dans l'âme ; des magnats dans son genre avaient des bataillons d'avocats — grassement payés — à leur disposition.

— Et tout ce que tu as acquis pendant la durée de notre non-mariage ? lui lança-t-elle en repartant à l'assaut. Tout cela ne sera-t-il pas versé au patrimoine conjugal à partager lors du divorce ? Nous n'avons pas signé de contrat.

— Etant donné la brièveté de notre union et sa mort au lendemain même des noces — il ne disait pas « à cause de toi », mais elle sentait l'accusation —, je doute qu'un tribunal les mette au compte du partage. Quoi qu'il en soit, je suppose que ta priorité sera les domaines Wentworth.

Elle sentit la défaite s'abattre sur ses épaules, il avait évidemment raison.

— Il semble que nous soyons dans une impasse, conclut-il.

— Que tu as soigneusement préparée.

— En effet, mais trois ans laissent beaucoup de temps pour ruminer le fait d'être marié sans jouir des droits conjugaux.

Belinda se sentit rougir.

— Qu'est-ce qui te fait croire que je me soucie d'une vieille bâtisse et d'un morceau de terre de l'autre côté de l'Atlantique ?

— Oh ! mais ils comptent pour toi, rétorqua-t-il d'une voix doucereuse. Tu as passé ton enfance dans cette maison de Mayfair et le manoir du Berkshire.

Elle se mordit la lèvre.

— Je ne t'observais que de loin, ajouta-t-il de façon moqueuse, mais tes allées et venues ne m'ont pas échappé.

Il avait, une fois de plus, raison. Elle se souvenait de ses explorations dans les couloirs de la maison de Mayfair à l'âge de quatre ou cinq ans ; plus tard, c'était dans le Berkshire qu'elle avait appris à monter à cheval. Et puis, il y avait tous ces dîners donnés dans l'une ou l'autre de ces propriétés. Petite, elle regardait sa mère se préparer, choisir parmi ses longues robes magnifiques et coûteuses celle qui la mettrait le mieux en valeur, puis élire parmi les joyaux conservés dans le coffre de sa chambre, le bijou qui s'accorderait le mieux à sa tenue. Adolescente, elle avait été si heureuse de se joindre aux invités. C'était au cours de ces réceptions qu'elle avait pour la première fois rencontré des artistes de renommée nationale ou internationale et découvert, auprès d'eux, l'amour de l'art dont elle avait fait son métier.

Ces souvenirs l'attachaient à ces endroits, mais elle n'allait certainement pas s'en ouvrir à Colin.

— Que veux-tu ? lui demanda-t-elle à la place.

— Je veux la femme que j'ai épousée. Celle qui prend ses propres décisions, au lieu de suivre le chemin tracé par sa famille. Pour une femme comme celle-ci, je serais même prêt à envisager, disons… quelques compromis dans mes dispositions immobilières.

— Je ne suis pas rebelle au point de vouloir rester ta femme !

— Oh ! tu es beaucoup plus rebelle que tu ne le crois, Belinda, répliqua-t-il d'une voix profonde en approchant d'elle.

— Rebelle ? répéta-t-elle en le toisant d'un sourcil moqueur.

— Certains pourraient considérer ton installation à New York, loin des Wentworth, comme un signe discret, mais patent, de rébellion.

Elle se sentit tout à coup fragilisée.

— Le choix t'appartient, poursuivit-il. Tu peux décider d'être la princesse Leila ou Han Solo. Tu peux décider d'être un vieux croûton rabat-joie et annuler notre mariage pour un autre mari convenable et approuvé par ta famille, ou bien tu peux choisir de vivre selon tes propres désirs. Que vas-tu faire ?

— Franchement, tu veux savoir ce que je pense ?

Il opina.

— J'ai l'impression d'entendre Dark Vador, répliqua-t-elle vivement pour mieux chasser son trouble.

Elle vit ses yeux se plisser, et puis il éclata de rire.

Elle avala le nœud qui lui serrait la gorge. Elle avait beau avoir de la repartie, la suggestion de Colin trouvait un écho au fond d'elle. Mais que savait-il de ses choix, de ses aspirations, de sa vie ? Elle n'était pas un vieux croûton rabat-joie ! Elle s'efforçait seulement d'être responsable.

Et cette conversation la minait.

— Que cherches-tu ?

— Je te l'ai dit. Je ne veux que faire fructifier un investissement.

Elle réprima l'envie furieuse de taper du pied, ou même de le gifler.

— Je ne comprends pas ce que cela veut dire !

— Quelle importance ? répliqua-t-il. Ton choix est clair. Tu peux faire ce qu'exige ta famille et mettre un terme à notre mariage. Mais cela implique que je conserve la main sur le patrimoine des Wentworth. Est-ce là ce que tu désires ?

Il l'avait si bien embrouillée qu'elle n'avait plus aucune idée de ce qu'elle voulait ! Trop de choses étaient en jeu, et il était beaucoup trop près pour qu'elle puisse réfléchir sereinement.

— L'autre option est plus avantageuse, la tenta-t-il. En restant ma femme, tu peux à la fois te rebeller et jouer la fille ou la nièce modèle. Une telle occasion se présente rarement dans l'existence.

Elle s'efforça de se concentrer sur ses propos.

— Reste mon épouse et tu pourras emporter ces toiles à Downlands.

— A Downlands ? répéta-t-elle, la gorge subitement sèche. Downlands ne m'appartient plus.

— Tu peux en être l'unique propriétaire. Si tu restes ma femme, je te cède mes droits de propriété.

Elle n'était pas prête à écouter ces… balivernes. Elle avait besoin de temps pour recouvrer ses esprits, réfléchir, et…

Mais il ne lui donnait ni le temps, ni l'espace dont elle avait besoin. Au contraire, il s'était encore approché d'elle, pour n'être plus qu'à quelques centimètres.

Ses cheveux courts étaient soyeux comme du vison, ses prunelles étaient noires et son regard, impénétrable. Elle remarqua, avec un frissonnement, les petites rides autour de ses yeux. Elles étaient à peine plus prononcées que l'image qu'elle en avait gardée.

Elle baissa les yeux sur ses pommettes, son nez droit, sa bouche. Ses lèvres étaient si douces, se souvint-elle tout à coup.

Elle le savait parfaitement. Le soir de leur nuit de noces, elles l'avaient longuement parcourue tandis qu'elle était allongée sur les draps de satin noir, au milieu des pétales de rose qu'il s'était procuré en hâte et qu'ils avaient dispersées sur le lit.

Il les avait d'ailleurs utilisées pour la caresser encore et encore, jusqu'à la faire gémir de plaisir et d'impatience.

Elle n'avait pas été la seule à être bouleversée. Il avait eu la même ardeur. Elle avait senti les battements sourds et rapides de son cœur et, lorsqu'il l'avait pénétrée, le désir qu'elle lui inspirait ne lui avait laissé aucun doute.

Ensuite… Ensuite, elle n'avait jamais rien fait ni vécu d'aussi… délicieusement décadent.

Elle vit ses lèvres remuer.

— Tu as l'air bien absorbée.

Elle releva vivement les yeux et se sentit violemment rougir.

Il avait l'air amusé mais très attentif.

— A quoi pensais-tu ? A la dernière fois que nous étions à Las Vegas ?

Si seulement elle s'était contentée d'y penser…, songea-t-elle, consternée. Elle sentait malheureusement tous ces souvenirs la parcourir, comme une caresse.

— C'était une erreur, répliqua-t-elle machinalement.

— Comment le sais-tu ? Tu refuses de tenter l'expérience.

— Je n'ai pas besoin de remettre la main dans les flammes pour savoir que le feu brûle.

En voyant ses yeux pétiller, elle regretta aussitôt sa comparaison.

— Un choix lexical intéressant, murmura-t-il. Nous étions en effet dans un brasier. Sommes-nous pour autant partis en fumée ?

— Ce n'est pas ce que…

Il posa un doigt sur ses lèvres pour la faire taire.

Ils se dévisagèrent, parfaitement immobiles, puis il laissa descendre son doigt sur son menton, le long de sa gorge, dans une caresse d'une infinie douceur. Sa main glissa alors sur sa nuque, tandis que son pouce se posait à l'endroit précis où frémissait son pouls.

Les battements désordonnés de son cœur trahissaient son émoi, et ils s'en apercevaient tous les deux.

— C'était bien, n'est-ce pas ? lui demanda-t-il en massant doucement son cou. Incroyablement bien.

Elle déglutit, laissa ses lèvres s'entrouvrir. Elle s'était efforcée de ne jamais penser à ce qu'ils avaient vécu et partagé, mais c'était vrai. Cette nuit avait été la plus extraordinaire de sa vie.

— Dois-je me sentir flattée ? rétorqua-t-elle avec une ironie forcée.

Il éclata de rire.

— Plutôt chanceuse, parce que tu peux revivre de telles nuits pour rien du tout.

— Tout a un prix.

— Que je ne demande qu'à payer.

— Et moi, que devrai-je payer ?

— Rien comparé à ce que tu recevras, à ce que nous pouvons partager, que nous avons *déjà* partagé. Tu te souviens ?

Elle prit une courte inspiration.

— C'était Las Vegas, le temple de toutes les tentations.

— Nous sommes à Las Vegas, et c'est notre anniversaire.

Elle se sentit faiblir.

— Nos familles sont ennemies, se défendit-elle. Nous avons goûté la saveur de l'interdit. C'était sulfureux et sexuel, rien de plus.

— Nous sommes mariés. Je t'appartiens aussi légitimement que tu m'appartiens.

— Parce que tu n'as pas joué franc jeu.

— C'est toi qui as voulu ce mariage. Tu ne voulais pas d'un lâche comme celui qui venait de t'imposer la rupture. Et pourtant… c'est toi qui es partie le lendemain matin.

— Qu'est-ce que tu veux, une nuit de revanche ?

Il sourit de la même énigmatique façon.

— Est-ce que ce sera ton excuse si notre rencontre est aussi explosive que la première fois ?

Elle allait lui dire non, mais il s'empara de sa bouche avant qu'elle puisse formuler la moindre syllabe.

Trois ans, se dit-elle en accueillant ses lèvres. Trois ans qu'elle refusait de penser à leurs baisers, à ce que lui avait inspiré son abandon entre les bras de Colin Granville, marquis d'Easterbridge. Et voilà qu'elle goûtait, sans même le repousser, au même plaisir enivrant.

S'il s'était montré pressant, exigeant, elle aurait pu le repousser. Mais son baiser était léger, infiniment léger, comme s'il craignait de rompre un charme, et ses lèvres étaient douces, presque sucrées. Aussi, lorsqu'il chercha sa langue pour approfondit leur baiser, elle ne tenta même pas de lui résister.

A la place, elle s'abîma dans le tourbillon de sensations qui l'emportaient. Et lorsqu'il glissa une main sur ses reins pour la serrer contre lui, et qu'elle sentit, en même temps que son érection, le bout de ses seins s'écraser contre son torse, elle crut défaillir.

Le tissu de sa robe était si fin qu'elle avait l'impression d'être nue.

Elle avait toujours cru que ses souvenirs étaient exagérés. Elle s'apercevait, étourdie, qu'elle s'était non seulement trompée, mais que la réalité les surpassait largement.

Elle éprouvait un sentiment de danger imminent en même temps qu'une profonde sécurité. Comme si elle était au bord d'un précipice et qu'il l'invitait à plonger avec lui dans l'inconnu. Il était fort, solide, et elle avait l'impression déconcertante d'être libre. Comme si, avec lui, elle pouvait enfin être elle-même.

Il lui semblait même pouvoir décharger un peu de son fardeau sur ses épaules.

Mais il était né Granville, se rappela-t-elle, et elle n'était toujours pas sûre de comprendre le jeu auquel il se livrait. Le fait de voir confirmée l'attirance viscérale qu'il lui inspirait ne l'aidait pas.

Elle se raidit et recula.

Il la lâcha, visiblement à contrecœur, et ils se dévisagèrent en reprenant leur souffle.

Son regard était brûlant, mais il se maîtrisa et étouffa son ardeur.

Elle ne pouvait qu'imaginer l'impression qu'elle donnait. Ses lèvres frémissaient encore de son baiser, et elle luttait contre le désir de se jeter dans ses bras pour recommencer.

Elle leva une main vers sa bouche. S'apercevant qu'il suivait son geste avec une attention de prédateur, elle la laissa brusquement retomber.

Elle cligna plusieurs fois des yeux, puis attrapa son sac et se précipita vers la porte.

Elle se fichait de savoir qu'elle s'enfuyait — et qu'il ne faisait pas un geste pour la retenir.

— Les toiles, l'entendit-elle lancer dans son dos.

— Le prix est trop élevé.

- 5 -

Belinda embrassa du regard l'élégante décoration de la maison de Mayfair. Rien n'avait changé depuis sa dernière visite. A un détail près… La vaste et belle demeure qui avait fait la fierté de générations de Wentworth ne leur appartenait plus.

Son oncle, désormais, se contentait de l'occuper. Les meubles anciens, les tableaux de maître, les lampes ajourées et les tapisseries pouvaient donner une impression d'éternité, ils n'étaient qu'illusion.

Son oncle conservait un droit de résidence, mais à la seule et unique grâce du marquis d'Easterbridge. Le magnifique tapis persan pouvait, d'une seconde à l'autre, lui être retiré de sous les pieds.

— Dis-moi que ce n'est pas vrai, lui lança-t-elle sans préambule en pénétrant dans la bibliothèque.

Elle ne l'avait pas prévenu de sa visite. Cette conversation était trop importante pour être abordée au téléphone. Belinda avait donc préféré, dès son retour de Las Vegas — sans avoir avancé d'un pouce sur son divorce —, prendre le premier avion pour Londres.

Son oncle leva les yeux, l'air bienveillant.

— De quoi parles-tu, ma chérie ? Je ne savais même pas que tu étais de passage à Londres. Tu mènes une vie agitée, ces derniers temps.

— J'ai atterri ce matin, répondit-elle en jetant un regard circulaire dans la pièce avant de revenir sur lui. Dis-moi que tu n'as pas vendu cette maison.

Le flegme de son oncle se fissura.

— Comment l'as-tu appris ?

— Quelle importance ?

Elle avait quitté Colin persuadée qu'il n'attendrait pas une seconde pour téléphoner à son oncle. Elle l'imaginait trop heureux de lui annoncer — sans aucun ménagement — l'identité de son véritable acheteur. Cette hypothèse l'avait paniquée.

Visiblement, il ne l'avait pas fait.

Son soulagement, malheureusement, ne fut que de courte durée. Il ne l'avait pas fait par charité à l'égard du vieil homme, mais pour lui laisser le soin, évidemment, d'annoncer elle-même l'odieuse nouvelle !

Connaissant la perfidie des Granville, elle aurait dû se douter que Colin voudrait épuiser toutes les satisfactions de sa victoire contre les Wentworth. Que ce soit en semant la discorde entre la nièce et l'oncle, ou en la laissant annoncer la nouvelle, plutôt que s'en charger lui-même.

— Personne n'était censé être au courant, se défendit son oncle. On m'avait promis la plus grande discrétion. Je garde le droit de vivre ici, comme dans le manoir du Berkshire.

Elle le regarda, complètement accablée.

— *Qui* t'a promis la discrétion et jusqu'à quand ? Le milliardaire russe en quête de bons investissements auquel tu crois avoir vendu ?

Il opina.

— La transaction stipule mon droit de vivre ici, répéta-t-il. Mais comment l'as-tu appris ? Est-ce que…

— Tu es tombé dans un piège, le coupa-t-elle. Ton acheteur n'est autre que le marquis d'Easterbridge.

Elle vit son visage se décomposer, puis il se prit la tête entre les mains.

— Pourquoi ne m'as-tu pas dit que nos finances étaient si désastreuses ?

— Tu n'aurais rien pu faire.

— Comment en sommes-nous arrivés là ?

Elle avait le droit de savoir, surtout si elle était en mesure de sortir sa famille de ce bourbier. L'enjeu n'était pas une question matérielle — sa mère et son oncle ne seraient jamais complètement à la rue, puisqu'il leur restait heureusement d'autres biens —, mais une question… d'honneur. Leur identité, leur histoire, étaient liées à ces propriétés. Et ils ne les possédaient plus.

Son oncle releva la tête et la secoua, le regard impuissant.

— Nos investissements ont beaucoup perdu au cours de ces dernières années. Ta mère jouit d'une rente importante…

Il n'avait pas besoin d'en dire plus. Elle connaissait le train de vie dispendieux de sa mère et les goûts luxueux de son oncle. Celui-ci ne les qualifierait jamais de tels, mais combien coûtait, par exemple, un costume sur mesure réalisé chez l'un des plus grands couturiers de Londres ? Une fortune. Mais ce n'était certainement pas un luxe pour un homme qui en avait porté toute sa vie.

De son côté, elle n'avait jamais demandé de pension. Elle complétait son salaire avec l'héritage, sagement géré, que ses grands-parents et son père lui avaient légué.

Il n'était pas si important, mais si elle avait connu les difficultés de son oncle, elle l'aurait volontiers utilisé pour empêcher le naufrage financier qu'elle découvrait. Cet apport ne les aurait pas sauvés, mais il leur aurait donné un peu de temps.

Elle observa son oncle. Il l'avait toujours impressionnée. Aujourd'hui encore, elle devait lever la tête pour lui parler, et elle avait grandi sous son toit. Mais à présent, il lui semblait diminué, et pas seulement par les ans. L'autorité, tout à coup, semblait avoir changé de mains, et elle avait l'impression désagréable de devoir chapitrer un enfant dissipé et imprudent.

— Tout est perdu, lâcha-t-il en se prenant de nouveau la tête dans les mains.

— Pas encore.

Elle savait ce qu'était un désastre, l'abattement qu'il provoquait. Elle en avait fait l'expérience douloureuse le jour de son mariage. Elle comprenait donc ce qu'éprouvait son oncle. Mais son élan de compassion ne l'empêchait pas d'éprouver aussi une pointe d'agacement. Car tandis qu'il lui reprochait sévèrement d'avoir épousé un Granville, il lui vendait en même temps les biens de la famille. Il ignorait peut-être l'identité de son acheteur, mais qui avait porté le plus grand coup à l'honneur familial ?

Il releva les yeux.

— Que veux-tu dire ?

— Colin refuse de m'accorder le divorce. Je ne comprends pas pourquoi, s'empressa-t-elle d'ajouter, mais il sera bien obligé de s'y résoudre.

Elle découvrait qu'une situation n'est jamais aussi désespérée qu'on peut le croire.

Le visage de son oncle s'illumina.

— Nous allons faire pression.

— C'est exactement mon point de vue.

— Oui, oui, répéta-t-il en s'animant. Tu dois rester mariée avec lui.

Elle sursauta. Cette possibilité n'entrait pas dans ses intentions. Elle avait même refusé d'y penser depuis son retour de Las Vegas.

Son oncle se redressa.

— Bien sûr ! s'exclama-t-il, subitement radieux. Il ne veut pas divorcer ? Fort bien ! Dis-lui que tu acceptes de rester sa femme en échange des titres de propriété.

Elle écarquilla les yeux et s'effondra dans un fauteuil, atterrée. La tournure de leur conversation n'était pas du tout celle qu'elle avait prévue.

— Pour quelle raison serait-il d'accord ? protesta-t-elle. Il comprendra que je demanderai le divorce dès les papiers signés, et il aura raison !

— Alors négocie, répliqua son oncle en posant les mains sur son bureau. Demande-lui de te céder les titres un à un.

— De quoi parles-tu ? demanda-t-elle, déstabilisée. D'un arrangement… postnuptial ?

— Exactement. Ce type de contrat se pratique tous les jours, surtout entre époux fortunés.

Elle se mordilla les lèvres. Ce marché était peut-être envisageable, mais pourquoi devrait-elle l'accepter ? Ce n'était pas elle qui avait dilapidé le patrimoine. Pourquoi serait-elle chargée de le récupérer ? En restant mariée à un Granville, de surcroît. Et avec la bénédiction de son oncle. C'était le monde à l'envers !

Les propos de Colin lui revinrent tout à coup à la

mémoire. Il prétendait que rester sa femme lui donnait l'occasion de se rebeller, en tout cas de s'émanciper des attentes de sa famille, tout en s'y pliant. Il n'avait pas tout à fait tort. Mais elle n'aurait jamais cru que son oncle accepterait avec tant d'enthousiasme ce qui restait, au regard de leur histoire, un mariage infâmant. Ce qu'il lui demandait revenait à troquer son honneur en échange de leur patrimoine. C'était à la fois grotesque et scandaleux. Ni lui ni sa mère n'avaient jamais été aussi loin. Pourtant… elle y réfléchissait. Et elle butait sur la même interrogation.

— Pourquoi veut-il rester marié avec moi ? demanda-t-elle à voix haute.

— C'est au marquis de répondre à cette question, répliqua son oncle en lui souriant, mais chacun sait que tu es une jeune femme séduisante. Et puis, peut-être veut-il sauver la face. Ton mariage avec un autre, alors que tu étais toujours sa femme, était une situation passablement vexante. Rétablir ses droits sur toi, montrer à tous que vous formez bien un couple, est une façon de laver son honneur.

Belinda sentit ses épaules s'affaisser. Colin se fichait pas mal du qu'en dira-t-on, il n'avait pas hésité à faire un esclandre le jour de son mariage, mais laver son honneur ? Oui, c'était un mobile crédible. Elle l'avait quitté le lendemain de leurs noces. Horrifiée par ce qu'elle venait de commettre, elle avait fait volte-face et s'était prestement détournée du chemin hasardeux dans lequel elle s'était fourvoyée. Elle l'avait probablement humilié, et il avait voulu se venger. En ruinant publiquement son mariage d'abord, en lui refusant le divorce ensuite et en faisant, pour terminer, main basse sur leur patrimoine.

Elle n'avait jamais envisagé la question sous cet angle, mais si elle avait, par son comportement, éveillé la vindicte de Colin et, du même coup, ranimé la guerre entre les Wentworth et les Granville, n'était-elle pas responsable et obligée d'en assumer les conséquences ?

Une chose était certaine, sa vie n'avait plus les contours définis qu'elle avait toujours envisagés. De nouvelles couleurs, vives et éclatantes, avaient fait leur apparition.

Il n'était plus seulement question de résoudre le problème relativement simple de sa séparation avec Colin. Le patrimoine des Wentworth était tombé aux mains des Granville. Son sens des responsabilités lui interdisait de se détourner sans tenter de le sauver, surtout si elle était à l'origine, même en partie, de cette situation.

Etait-elle pour autant capable de se mesurer à un joueur aussi retors que Colin ?

La brève sonnerie de son téléphone portable l'empêcha de répondre à cette question. Elle le chercha dans son sac et lut le texto qu'elle venait de recevoir.

Rendez-vous à Halstead — ton cher époux.

Elle fronça les sourcils. Elle ne connaissait pas le numéro d'appel, mais l'identité de l'émetteur ne faisait aucun doute. Seul Colin était en droit de se désigner sous une telle appellation. Et son message, qu'il s'agisse d'un ordre ou d'une invitation, était clair : il l'attendait à Halstead Hall, le siège de la famille Granville dans le Berkshire.

Si elle voulait sauver les biens des Wentworth, elle n'avait qu'une seule façon de s'y prendre : affronter leur ennemi dans son fief.

Elle ne remporterait peut-être pas la victoire, mais au moins ne serait-elle pas vaincue sans lutter.

— Je vais rester ta femme, déclara Belinda, à peine entrée dans le grand salon d'Halstead Hall.

Accepter l'invitation de Colin revenait à reconnaître sa défaite. Tout préambule était donc inutile. Elle se sentait d'ailleurs comme le général contraint de signer un armistice dont tous les termes sont dictés par le vainqueur. Sa seule marge de manœuvre consistait à sauver ce qui pouvait encore l'être.

En accord avec la fraîcheur du mois de mars, son armure se composait d'une robe de lainage à col boule assortie à une paire de bottes à talons.

Colin, à côté de la cheminée, vêtu d'un pull de laine à torsades et d'un pantalon de flanelle beige, offrait l'image typique d'un gentleman anglais en visite sur ses terres.

Il haussa un sourcil, l'air attentif.

— A certaines conditions, précisa-t-elle, à quelques pas de lui.

Elle avait refusé de s'asseoir et s'efforçait de ne pas trop regarder autour d'elle. Elle ne voulait pas se laisser intimider. Elle connaissait bien sûr le manoir d'Easterbridge. Il faisait partie du paysage du Berkshire, et elle avait grandi tout à côté. Mais elle n'avait jamais mis les pieds dans la demeure des Granville.

De l'extérieur, Halstead Hall était un immense monolithe pourvu de l'austère beauté propre à ce type d'architecture. Le bâtiment principal avait été érigé au cours du XVIe siècle. Plusieurs fois agrandi, il comprenait assez de tourelles, d'arches et de fenêtres à croisées pour impressionner le plus averti des connaisseurs.

Elle avait trouvé presque comique d'être accueillie sur le perron par la gouvernante sous le nom de Lady Granville. Colin avait de toute évidence donné des instructions à son personnel. A son crédit, la gouvernante s'était comportée comme si son arrivée était la plus banale des occurrences.

Elle savait qu'elle prenait un risque en venant affronter Easterbridge dans son bastion. Leurs dernières conversations lui avaient appris que leurs négociations, quelles qu'elles soient, se feraient selon les termes que Colin voudrait bien leur donner. La balle était dans son camp, et elle n'avait pas le choix.

Si de l'extérieur, Halstead Hall offrait le témoignage impressionnant de siècles de richesse et de pouvoir, l'intérieur disait le prestige et la fortune de son occupant actuel. Tout avait été rénové et mis aux normes les plus exigeantes du confort moderne, sans pour autant trahir ou sacrifier l'histoire et la majesté des lieux.

Le plancher de chêne massif craquait à peine. Sous des plafonds ornés de délicates moulures, les meubles, les bustes de marbre étaient d'époque, et elle reconnaissait, parmi d'autres peintres célèbres, des toiles de Rubens et Gainsborough.

La comparaison avec les propriétés des Wentworth était déprimante. La plomberie et le chauffage de Downlands exigeaient d'être modernisés depuis des années ; même la toiture de la maison de Mayfair devait être refaite. Et si elle avait grandi au milieu des porcelaines victoriennes de sa grand-mère, aucune n'égalait celles rassemblées dans cet unique salon.

— Des conditions, bien sûr, répondit Colin d'une voix égale. L'une d'entre elles concernerait-elle une cérémonie de mariage ailleurs que dans une chapelle de Las Vegas ?

— Certainement pas, répliqua-t-elle, pincée.

Elle ne goûtait pas la plaisanterie. Il était assez pénible de venir lui rendre les armes.

— J'ai dit que j'acceptais de rester ta femme, pas que j'allais me remarier avec toi.

Elle avait survécu à deux passages désastreux devant l'autel. Elle ne risquait pas de tenter le sort une troisième fois.

— Il y a une différence ? lui demanda-t-il, moqueur.

Sa réaction l'étonnait. Il avait l'air de s'amuser, si elle en jugeait au pétillement qui brillait dans son regard, mais il manifestait aussi une certaine... prudence.

— Bien sûr ! Tu imagines ce que feraient nos deux familles, côte à côte à l'église ?

— La paix, suggéra-t-il, malicieux.

— Plutôt la guerre !

— Cela pourrait faire un bon spectacle.

— Je préfère encore une imitation d'Elvis.

— Tu aurais pu l'avoir.

— Oh ! s'il te plaît ! gémit-elle.

Il faisait allusion au clone d'Elvis Presley qu'on leur avait proposé comme témoin de mariage, et qu'elle avait failli accepter. Si seulement elle avait eu la même lucidité au moment de dire oui...

— Quelles sont tes conditions ? reprit-il.

— Je veux que tu transfères les propriétés des Wentworth à mon nom.

— Ah.

Visiblement, il s'attendait à cette demande.

— Le marché est équitable, réagit-elle en dressant le menton. Après tout, c'est à cause d'elles que notre mariage n'est pas dissout.

Il pencha un peu la tête et la considéra un instant.

— Vu la faiblesse de ta position, c'est une demande bien audacieuse. Dois-je te rappeler que ton seul atout, c'est ta menace de divorce ? Or, dans ce cas-là, rien ne te garantit de récupérer Downlands ou la maison de Mayfair, au contraire.

Elle se sentit rougir, mais ne céda pas.

Sa carrière de marchande d'art lui avait appris deux ou trois choses. La première était de toujours débuter une négociation en demandant bien plus que ce qu'il était raisonnable d'espérer. C'était à Colin de faire une contre-proposition.

— Et surtout, poursuivit-il, qu'est-ce qui m'assure que tu ne vas pas filer à Las Vegas demander le divorce dès les papiers signés ?

— Ma parole.

Il éclata de rire.

— Tu es réellement adorable, Belinda, mais tu es une Wentworth.

— Et tu es un Granville, répliqua-t-elle en ignorant la brusque accélération de son pouls lorsqu'il avait prononcé le mot « adorable ».

— Tout se résume donc à cela ?

Elle lui décocha un regard clairement intraitable.

— Je suggère un compromis, finit-il par répondre.

Enfin, songea-t-elle en se détendant légèrement.

— Un compromis ?

— Oui. J'accepte de te céder les titres de propriété,

mais un à un, et selon un calendrier précis. Plus longtemps nous resterons mariés, plus tu auras de droits au moment du divorce.

Une vague de soulagement l'envahit. Colin lui proposait exactement ce que son oncle lui avait suggéré trois jours plus tôt. D'un autre côté, découvrir que les deux hommes avaient anticipé la situation, et dans les mêmes termes, la mettait vaguement mal à l'aise. Pour un peu, elle les aurait imaginés complotant dans son dos.

Elle repoussa cette réflexion absurde pour revenir à la proposition de Colin, qui lui semblait avantageuse. Elle finirait par obtenir tout ce qu'elle voulait — une annulation ou un divorce, plus la propriété des biens familiaux —, tandis qu'il aurait le mariage de façade qu'il attendait.

Leur union durerait un certain temps, mais ne serait pas éternelle.

— Une propriété tous les six mois, avança-t-elle en se forçant à ne pas ciller.

A sa plus grande surprise, Colin resta de marbre. Mais il avait l'habitude de bluffer, se rappela-t-elle.

— Tu es une excellente négociatrice.

— Mon travail consiste à évaluer et vendre des œuvres d'art aux enchères.

Il hocha la tête.

— Alors nous sommes pareils, aussi doués en affaires l'un que l'autre.

Elle repoussa ce constat. Aussi flatteur soit-il, elle ne voulait pas savoir qu'ils avaient un nouveau point commun. Ils en avaient déjà trop.

— Nous sommes d'accord ?

Il prit un air grave.

— Un an pour chaque propriété. De cette façon, au terme de deux années de mariage, la maison de Mayfair et le manoir du Berkshire seront à toi.

Deux ans ! Elle faillit protester, mais se ravisa. Son offre était honnête. Dans deux ans, son mariage oublié, elle aurait tout le temps de reprendre son existence.

— D'accord. Mais n'imagine surtout pas que tu pourras, à ce moment-là, m'empêcher de divorcer.

Elle vit un sourire énigmatique se dessiner sur ses lèvres.

— A ce moment-là, je compte peut-être sur le fait que tu ne voudras plus divorcer.

Stupéfaite, elle eut un mouvement de recul. Elle s'était préparée à tous les scénarios avant de venir. Sauf à celui-là. Il était censé répondre qu'il voulait laver son honneur. Elle, en retour, était censée l'accuser de nourrir des mobiles aussi futiles que méprisables.

Mais au lieu de cela, il envisageait qu'elle puisse *vouloir* rester sa femme ?! Son audace lui coupa le souffle.

— Le titre et la position de marquise font partie des avantages, poursuivit-il d'une voix pleine de séduction. Les domaines, les voitures, les voyages…

— Je fréquente des gens riches tous les jours, chez Lansing. Tu ne m'impressionnes pas.

Il haussa les épaules avec aisance et désinvolture.

— Avec quoi puis-je te tenter, alors ?

— Tu ne te places pas tout en haut de la liste ? Je suis surprise, le provoqua-t-elle.

Il éclata de rire.

— D'accord, céda-t-il en ouvrant les bras. Je peux te tenter avec *moi.*

Elle se sentit frémir comme s'il l'avait caressée, ou pire, embrassée. Elle se ressaisit immédiatement. Elle ne pouvait se laisser aller à cette faiblesse. Trois ans plus tôt, elle avait été incapable de résister à la perspective de passer une nuit avec lui. Elle ne voulait surtout pas se laisser de nouveau glisser sur ce terrain mouvant. Sinon, comment tiendrait-elle le coup pendant *deux ans* ?

Elle s'aperçut tout à coup qu'il la regardait avec intensité. De toute évidence, il songeait, tout comme elle, à leur étreinte passée.

— C'était bien, n'est-ce pas ? Nous étions bons.

Elle refusait de s'en souvenir.

— Je n'avais pas toute ma tête.

— A cause de la passion, ne le nie pas.

— J'avais bu.

— Un Kamikaze ? lui demanda-t-il, l'air dubitatif.

— Le nom suffit à expliquer mon état. Et tu oublies le Sex on the beach qui a suivi, même si je ne l'ai pas terminé.

— C'était des heures plus tôt.

— Ces cocktails m'ont tout de même embrumé l'esprit.

Il sourit.

— Le sexe n'était pas *on the beach*, reprit-il d'une voix caressante, mais ce n'était pas très loin, non ? Je me souviens de cette odeur de soleil et d'océan, et de m'être tout à coup aperçu qu'elle venait de toi.

— Tais-toi !

Elle n'avait plus jamais porté ce parfum, il lui rappelait trop de souvenirs.

Elle le considéra un instant. Elle n'avait aucune raison de prendre ses digressions au sérieux. Il dirait n'importe quoi pour gagner, mais elle n'arrivait pas à comprendre la raison de son jeu.

— Pourquoi fais-tu cela ? lâcha-t-elle, irritée.

— J'ai peut-être envie d'aller où aucun Granville ne s'est risqué.

— En enfer ?

Il éclata de rire.

— Dois-je te rappeler qu'un de tes infâmes ancêtres a déjà odieusement séduit une Wentworth ? poursuivit-elle.

— Un rapt, c'est ce qu'elle a prétendu ? se moqua-t-il. Il semble plutôt qu'elle soit tombée amoureuse, et ses parents l'ont expédiée Dieu sait où.

— Je ne m'étonne pas que la version Granville diffère de celle des Wentworth.

— Hélas, le pauvre garçon n'a pas eu la moindre chance de l'épouser. Quelle tragédie… J'ai accompli en revanche ce qu'aucun Granville n'a jamais fait.

— Ce sera une victoire à la Pyrrhus.

— Laisse-moi le soin d'en juger, dit-il dans un sourire.

Son expression s'était brusquement adoucie, mais au lieu de venir vers elle, comme elle le redoutait, il se redressa et s'en alla vers un petit secrétaire.

Elle le regarda, déconcertée, ouvrir le tiroir de ce qui était probablement une pièce de mobilier unique du XVIIIe siècle. La fortune des Granville dépassait largement celle des Wentworth et cela très certainement depuis des siècles. Elle admira tout à coup le cran de ses ancêtres à tenir tête à la plus puissante de toutes les familles nobles du voisinage.

Il revint vers elle, une petite bourse de velours à la main.

Elle le regarda défaire les cordons, puis vider le contenu du sac dans sa paume.

Elle baissa les yeux sur les deux anneaux d'or qu'il lui montrait et reconnut, stupéfaite, les alliances qu'ils avaient achetées ensemble, juste avant de se rendre à la chapelle.

Le plus large était creusé d'un délicat sillon ; l'autre était gravé d'un motif plus féminin.

Ils relevèrent les yeux au même instant, et le regard de Colin, qui lui semblait brûlant et plein de promesses, la fit frémir.

Elle vit un sourire se dessiner sur ses lèvres.

— Pour sceller notre accord, lui dit-il.

Elle le regarda passer l'anneau le plus large à son doigt, puis glisser la bourse dans sa poche avant de lui prendre la main.

Avec une lenteur délibérée, mais sans la moindre hésitation, il glissa alors l'autre alliance à son doigt.

Elle fit de son mieux pour réprimer ses tremblements. Elle savait ce qu'elle faisait, se rassura-t-elle. Elle était forte et parfaitement lucide.

Elle ne put cependant s'empêcher de vaciller lorsqu'il porta ensuite sa main à ses lèvres pour y déposer, sans la quitter des yeux, un baiser.

Ce n'était qu'un baisemain, se dit-elle. Mais au lieu de s'arrêter là, comme elle s'y attendait, il la surprit en retournant sa main pour embrasser, tout doucement, le bout de chacun de ses doigts.

Son parcours achevé, il ferma les yeux et pressa les lèvres au creux de sa paume.

A cet instant, malgré tous ses efforts pour se raisonner, son cœur battait la chamade, et elle avait le plus grand mal à respirer. La chaleur de son baiser, la douceur de ses lèvres lui faisaient plus d'effet qu'une étreinte brûlante et passionnée.

Pourquoi cet homme était-il si bien capable de la troubler ?

La réponse était évidente. Il se montrait simplement à l'exacte hauteur de sa réputation. Elle connaissait son héritage, sa culture et son éducation comme la lignée de conquérants dont il était issu. Elle savait à quoi s'attendre.

Il arrivait pourtant à la surprendre.

D'autant plus qu'elle devinait les émotions qui semblaient également l'agiter. Son assurance était un peu trop rigide, et son regard, lorsqu'il rouvrit les yeux, un peu trop brûlant.

Si elle le laissait faire, il se jetterait sur elle. Il suffisait d'un signe.

La passion avec laquelle ils s'étaient donnés l'un à l'autre à Las Vegas lui revint brusquement à la mémoire. Elle n'avait cessé de vouloir effacer ces images, mais elle n'avait jamais pu les oublier.

Et elles dansaient maintenant dans le regard qu'il posait sur elle.

Elle s'humecta les lèvres.

Il suivit le bout de sa langue comme une abeille attirée vers le pollen. S'il l'embrassait, elle était sûre de ressentir l'aiguillon de sa piqûre.

Il ne faisait rien à moitié, se dit-elle tout à coup. Sa guerre contre les Wentworth, qu'il voulait sans pitié, n'échappait pas à cette règle.

Elle se ressaisit et dégagea sa main.

Il pouvait se montrer aussi séduisant qu'il voulait, il

n'en restait pas moins décidé à ruiner sa famille. Elle n'était qu'un pion dans son jeu. Un pion dont se servait peut-être aussi son oncle pour sauver les Wentworth de la débâcle, mais elle ne se laisserait pas dominer par son mari. En tout cas, pas maintenant. Ni tant que leur accord ne serait pas couché noir sur blanc.

Il sourit.

— Nous aurons le temps de choisir d'autres alliances. Garrard est le joaillier des Granville depuis un siècle. Tu peux aussi, naturellement, porter une bague des Wentworth.

— Celles-ci feront parfaitement l'affaire, répondit-elle en refermant la main sur le bout des doigts qu'il venait d'embrasser.

Les anneaux auraient au moins le mérite de lui rappeler les circonstances de leur rencontre et le mariage précipité qui l'avait mise dans cette situation. Elle pressentait que ce souvenir, d'une manière ou d'une autre, ne lui serait pas inutile.

— Il te faut aussi une bague de fiançailles.

L'attirance qui les avait ensorcelés s'était heureusement estompée. Elle se sentait néanmoins assiégée.

— Je m'étonne que tu ne l'aies pas déjà choisie, répliqua-t-elle, volontairement moqueuse. Ce rendez-vous a les allures d'un traquenard, et toi, tu ressembles au vainqueur inventoriant son butin de guerre.

Un sourire, cette fois très large, s'étira sur ses lèvres.

— Tu te considères comme un butin ? C'est drôle, je t'aurais plutôt comparée à Hélène de Troie.

— Celle dont l'enlèvement a lancé une flotte de mille navires sur la mer ? Je doute que tu disposes d'une telle armada.

Il éclata de rire.

— Alors, il va me falloir être beaucoup plus ingénieux.

Son cœur fit un bond. Il s'était déjà montré d'une ruse diabolique, elle ne voulait pas imaginer ce qu'il pouvait inventer de plus.

Il se pencha. Devinant son intention de l'embrasser, elle lui échappa vivement.

— Je ne suis pas prête à franchir cette…

Un coup frappé à la porte, suivi d'un toussotement discret, l'interrompit.

Elle soupira, soulagée de voir entrer le majordome.

— La marquise douairière d'Easterbridge est arrivée, monsieur.

- 6 -

Colin, contrarié de voir interrompu son intermède prometteur avec Belinda, étouffa un juron.

Sa mère allait et venait à Halstead Hall sans prendre la peine d'annoncer ses visites. Elle refusait d'employer la technologie moderne. Un texto, un courriel, ou même l'usage du simple téléphone était bien trop vulgaire pour elle.

Belinda semblait aussi déroutée que lui par cette interruption, mais pour de tout autres raisons, il en était certain.

— Colin ! s'exclama la marquise en s'engouffrant dans la pièce. Depuis quand me qualifie-t-on de douairière ? Je te saurais gré d'informer ton personnel que je ne suis pas encore reléguée au…

Elle se tut, les yeux écarquillés sur Belinda.

— Permets-moi de te présenter ma femme, Belinda.

Il avait beau éviter les titres et noms problématiques, il n'en restait pas moins que l'une était la marquise d'Easterbridge et l'autre la marquise *douairière*.

Un terme qui, à lui seul, marquait le gouffre qui séparait les deux femmes.

De nombreuses émotions traversèrent le visage de sa mère, puis elle ouvrit la bouche… et la ferma.

— Belinda habite ici.

Cette précision, d'un mari à propos de sa femme, avait quelque chose de comique. Mais la situation n'avait rien de drôle, et ils le savaient tous les trois. Pourquoi aurait-il fait semblant ?

— Je te croyais en quête d'une épouse convenable, lâcha sa mère dans un souffle.

Il n'était visiblement pas le seul décidé à faire tomber les masques.

— Belinda est parfaitement convenable, maman.

— C'est une Wentworth, laissa-t-elle tomber d'une voix blanche.

— Tu as, de ce point de vue, raison, répliqua-t-il. Belinda a en effet choisi de conserver son nom de jeune fille.

Un petit reniflement de mépris lui répondit.

En un siècle, la tolérance sociale s'était largement répandue. On ne stigmatisait plus, et depuis longtemps, les divorcées, les mères célibataires. Partout en Europe, des descendants de mineurs épousaient des princes ou des princesses de rang. Mais dans le Berkshire, on ne pardonnait toujours pas les querelles de voisinage, ni les vendettas auxquelles elles avaient conduit.

— Comment allez-vous ? avança Belinda.

Compte-tenu des circonstances, elle affichait un sang-froid remarquable. Il se demandait tout de même si elle avait conscience de l'ironie de sa question. Car il était très clair que la marquise mère, en cette seconde, allait très mal.

— Colin dit vrai, poursuivit-elle, je garde mon nom de jeune fille. De cette façon, si vous restez Lady Granville et que l'on me désigne sous le nom de Lady

Wentworth, nous n'aurons aucun mal à éviter toute confusion.

Sa mère lui répondit par un regard hautain.

Tout en tailleur de tweed, soie et perles, sa tenue correspondait parfaitement à son expression.

— Vous n'en resterez pas moins la marquise d'Easterbridge, n'est-ce pas ?

Colin ravala un soupir de résignation. Il détestait la capacité de certaines femmes à tirer les couteaux avec leurs semblables. Sa mère excellait dans cet exercice.

— Je suis sûr, maman, dit-il d'une voix assez ferme, que tu vas mettre Belinda à l'aise. Elle doit se familiariser avec *notre* maison, et celle-ci est plutôt vaste.

Il s'était subtilement mais clairement arrêté sur le pronom personnel. Leur maison était désormais aussi celle de Belinda, et sa mère allait devoir se faire à cette réalité.

— Je travaille à New York, avança Belinda en se tournant vers lui. Comment imagines-tu que je puisse habiter ici tout en poursuivant mon travail chez Lansing ?

— En effet, renchérit sa mère. Je suis curieuse de le savoir, chéri.

Il ne put s'empêcher de sourire. Il ne savait pas comment il s'y était pris, mais Belinda et sa mère se retrouvaient tout à coup sur un terrain d'entente. Elles étaient certes liguées contre lui, mais elles étaient tout de même d'accord. Pour un peu, il s'en serait félicité.

— Tu peux demander une mutation au siège londonien de Lansing, répliqua-t-il. Nous habiterons Londres durant la semaine et Halstead Hall le week-end.

Sa suggestion était brillante. Il se réjouissait de sa

trouvaille, lorsqu'il surprit l'expression courroucée de Belinda.

— Je ne suis absolument pas sûre d'obtenir une quelconque mutation, précisa-t-elle à sa mère, un sourire forcé aux lèvres.

Elle se tourna alors vers lui pour lui décocher un regard noir.

— Il se pourrait que je reste indéfiniment à New York, poursuivit-elle. Colin et moi n'avons pas encore discuté de notre organisation conjugale.

— Allez-vous continuer de travailler ? s'enquit sa mère.

— Naturellement, affirma Belinda en souriant de plus belle. Au moins jusqu'au jour où j'aurai retrouvé la pleine propriété de nos biens familiaux. Selon les termes de notre contrat postnuptial.

Sa mère afficha un air horrifié.

Quant à lui, la détermination de Belinda n'était pas loin de l'amuser. Il s'apercevait, non sans plaisir, qu'il avait épousé une fière et pétulante beauté britannique.

Il croisa les bras.

— Qu'est-ce qui te choque, maman ? Le fait que nous n'ayons pas établi de contrat *avant* le mariage, ou le fait que nous en négociions un *après* ?

— J'aurais dû me douter qu'une Wentworth ne serait guidée que par l'argent, fit-elle d'un ton méprisant.

— Oh ! détrompez-vous, Lady Granville. Votre fils ne m'intéresse absolument pas. Je l'aurais repoussé si les propriétés que j'ai l'intention de récupérer n'étaient pas en jeu.

— Merci de cette clarification, intervint-il en riant.

L'indignation de Belinda à se voir accusée de cupidité la rendait plus belle que jamais.

Sa mère les dévisagea tour à tour avant de poser finalement les yeux sur lui.

— Je te verrai au dîner, Colin.

Elle tourna les talons et, sans un mot de plus, se dirigea vers la porte. Il n'avait pas besoin de sous-titres pour décrypter son départ : elle avait l'intention de rester jusqu'au soir et comptait, avec un peu de chance, s'apercevoir au dîner que toute cette scène n'était qu'un affreux cauchemar.

La porte fermée, il revint à Belinda.

— La rencontre s'est plutôt bien passée, avança-t-il.

— J'ai hâte de passer à table, répliqua-t-elle, mordante.

Le repas ne faisait que commencer et l'ambiance était déjà pesante. Colin regardait sa sœur Sophie jeter de brefs coups d'œil autour d'elle.

Ils n'étaient que quatre, mais le couvert, à la demande de sa mère, avait été dressé dans la grande salle à manger, et le service était des plus guindés. Même le plan de table avait donné lieu à des tensions. Le majordome, plutôt embarrassé, était venu demander à Colin ses instructions pendant qu'il s'habillait.

Il l'avait informé qu'il prendrait sa place habituelle, en tête de table, et que Belinda serait assise à sa droite. Pour cette raison, sa mère s'installerait à sa gauche, et Sophie à côté d'elle.

Avec un soupir, il releva les yeux sur sa sœur. Il savait qu'elle aurait préféré être à l'écart de la mêlée. La longue table victorienne laissait heureusement beaucoup d'espace entre les convives. Il avait compté sur cet espace pour empêcher sa mère et sa femme de se lancer des piques. Le résultat dépassait toutes ses espérances. Le dîner était d'un ennui mortel et les conversations étaient laborieuses.

Sa mère ignorait Belinda, qui le lui rendait bien, et Sophie, d'habitude enjouée et bavarde, se montrait particulièrement réservée.

Sa sœur, de huit ans sa cadette, lui ressemblait. Mais elle avait beaucoup plus de mal que lui à s'émanciper de l'influence de leur mère, parce qu'elle était plus jeune et parce que leur mère nourrissait des ambitions particulières pour sa fille.

Il glissa les yeux sur Belinda. Sa femme et sa sœur auraient dû se sentir complices, en tout cas proches. Au moins parce qu'elles étaient pratiquement du même âge et qu'elles avaient grandi dans les mêmes cercles.

Il s'éclaircit la gorge.

— J'aurais cru, Sophie, que toi et Belinda vous seriez déjà rencontrées.

Sa sœur lui jeta un regard inquiet, avant de se tourner rapidement vers leur mère et de revenir sur lui.

— Nous avons dû nous croiser à quelques réceptions, mais nous nous sommes à peine parlé.

Chacun savait, évidemment, pourquoi. L'animosité entre les Granville et les Wentworth était légendaire et, s'il en jugeait à leur dîner, l'incapacité de communiquer était aussi inscrite dans leurs gènes.

Il n'allait pas se laisser décourager.

— Ma sœur est graphiste, Belinda. Elle passe son temps à faire des croquis inspirés d'artistes célèbres.

Elles échangèrent un regard prudent.

— En fait, reprit sa sœur, je suis surtout influencée

par les mangas japonais. Je suis allée plusieurs fois au Japon.

— J'y suis également allée, pour le compte de Lansing, répondit Belinda.

Sophie opina… et la conversation s'arrêta là.

Colin serra les mâchoires.

Quels que soient ses efforts, il devinait qu'il n'arriverait pas à faire briller l'esprit de Belinda ce soir. Le même constat était valable pour Sophie.

Sa mère, naturellement, était une cause perdue.

Les seules choses manifestant de l'éclat étaient leurs robes et leurs bijoux. Le haut brodé de perles de Belinda rivalisait de scintillements avec le collier de rubis de sa mère.

Il vit subitement se dessiner la longue file des mois qui l'attendaient. Sa famille et Belinda pouvaient à peine se parler, il allait devoir les séparer.

Ce ne serait pas difficile. Il possédait plusieurs maisons, et Halstead Hall était immense. Mais ce recours lui répugnait. Il voulait faire tomber les murs qui se dressaient de part et d'autre de son bonheur.

Ce repas aurait dû être un moment de réjouissance, parce que Belinda était à lui.

Dès son arrivée, une gouvernante avait indiqué à la jeune femme la suite qui lui était réservée. Elle y avait déposé son sac de voyage, mais elle ne l'occuperait pas éternellement. Maintenant qu'elle avait accepté de rester sa femme, ce n'était qu'une question de temps avant qu'il réussisse à la convaincre que le rejoindre dans son lit était une bonne idée.

Il l'étudia quelques instants. Ses cheveux noirs descendaient presque sur sa poitrine. Ses lèvres étaient pulpeuses, brillantes, et la lumière de la pièce soulignait la jolie courbe de son visage.

Il la désirait.

Ardemment.

Il avait hâte de revivre l'alchimie qu'ils avaient découverte et partagée dans cet hôtel de Las Vegas. Une ambiance explosive qui était loin, très loin de celle qui régnait à présent autour d'eux.

Il était temps d'allumer la mèche. Il s'éclaircit une nouvelle fois la gorge, et trois paires d'yeux se tournèrent vers lui.

— Belinda et moi sommes invités au mariage du duc de Hawkshire et de Pia Lumley, déclara-t-il. Cet événement sera notre première apparition publique en tant que couple.

Si l'on exceptait, naturellement, son arrivée fracassante lors de la presque noce de Belinda, près d'un an plus tôt.

Belinda écarquilla les yeux. Elle avait de toute évidence oublié cette cérémonie prévue dans une semaine, et elle s'apercevait, leur accord établi, qu'ils y assisteraient en tant que mari et femme.

Sa mère, quant à elle, semblait atterrée.

Elle pensait sans aucun doute que ce délai ne lui laissait aucune chance de le faire changer d'avis.

Il prit sa dernière bouchée, satisfait de reprendre les choses en mains.

— Tu as réussi ! s'exclama son oncle en claquant les mains sur ses genoux avant de les poser, l'air radieux, sur les accoudoirs de son fauteuil de cuir.

Belinda, du canapé où elle était assise, se contenta

d'opiner. En cette seconde, elle était sûre de ne pas avoir la même conception de la réussite que lui.

— J'espère que tu es content.

Sa réplique ressemblait étrangement à celle qu'elle avait lancée à Colin avant de partir. Mais elle n'y pouvait rien.

Elle n'avait passé qu'une nuit à Halstead Hall.

Son oncle semblait nettement plus vigoureux qu'à sa dernière visite. Quant à sa mère, avec son élégance coutumière, elle buvait tranquillement son thé.

De l'extérieur, rien ne distinguait leur réunion familiale de toutes celles qui s'étaient déroulées dans ce salon.

Sauf que cette maison, se rappela-t-elle pour la centième fois, n'était plus la leur. Colin en était le propriétaire, et elle ne pouvait pas l'oublier.

Elle contenait quelques belles pièces de mobilier, mais rien de nature à impressionner un marquis habitué à vivre au milieu des œuvres d'art. Colin possédait de magnifiques demeures, même en plein cœur de Londres, et il ne partageait rien de l'histoire des Wentworth. Quel intérêt pouvait-il donc avoir à posséder cette maison ?

« J'ai l'intention de vaincre les Wentworth une bonne fois pour toutes. »

Son affirmation était devenue beaucoup plus concrète que tout ce qu'elle aurait pu imaginer.

Lorsqu'elle était arrivée à Halstead Hall, deux jours plus tôt, une femme de chambre l'avait immédiatement conduite à la suite qui lui était réservée. Après, elle n'avait eu aucun mal à éviter Colin, surtout grâce à la présence de sa mère et de sa sœur dans la maison.

Le matin suivant le dîner familial guindé, elle s'était excusée et avait annoncé son départ pour Londres, puis New York, au prétexte de régler quelques affaires personnelles et professionnelles ; une nécessité d'autant plus urgente qu'elle était désormais contrainte de passer plus de temps en Angleterre.

Colin n'avait pas apprécié, mais il n'avait rien dit. Il avait, de toute façon, ses propres activités. Au fond, il jouait avec elle comme le chat avec la souris. Il attendait son heure, mais elle savait qu'il avait l'intention, tôt ou tard, de l'attirer dans son lit. Et elle ne pourrait pas éternellement lui échapper.

Sa mère, en reposant sa tasse, la fit sursauter.

— Lorsque je t'ai demandé de quelle façon tu comptais étouffer le scandale, commença-t-elle, je n'imaginais évidemment pas que tu le ferais en restant mariée à Easterbridge.

Elle ravala la lassitude que lui inspirait ce reproche. Sa mère n'était jamais contente.

— Qu'espérais-tu que je fasse, maman ?

Sa mère aurait dû se réjouir, comme son oncle Hugh. Mais au contraire de lui, elle n'avait jamais réglé une seule facture. L'idée même d'être financièrement responsable ne l'avait jamais effleurée. Comment aurait-elle pu comprendre que ce mariage était une nécessité ?

— A quoi va ressembler ta vie, maintenant ?

Bonne question. Si bonne qu'elle se l'était posée des millions de fois depuis qu'elle avait accepté de rester mariée à Colin.

Elle avait le plus grand mal à envisager leur existence. Peut-être, comme la plupart des couples, composeraient-ils au fil des jours.

Belinda se mordilla les lèvres. Et si, malgré toutes les précautions, elle tombait enceinte ? Elle ne pouvait qu'imaginer la réaction de leurs familles. Et quelle serait la vie de leur enfant, prisonnier de ce conflit ?

Elle secoua la tête. Il n'était pas question d'avoir un enfant. Elle avait passé un accord avec Colin ; dans deux ans, ils reprendraient chacun leur existence. Faire un bébé n'entrait pas du tout dans ce projet.

Elle avait trente-trois ans. Lorsqu'elle aurait recouvré la propriété de leurs biens, elle en aurait trente-cinq. Elle aurait encore le temps de fonder une famille.

« Je compte peut-être sur le fait que tu ne voudras plus divorcer », lui avait-il Colin.

Un drôle de frisson la traversa. Elle n'arrivait décidément pas à comprendre ses intentions, et cela la perturbait.

Le toussotement de sa mère la tira de ses réflexions.

— Tu devrais peut-être voir Tod. Pour te faire… pardonner.

— Me faire pardonner ?

Elle en restait bouche bée.

— Oui, chérie, pour ne te fermer aucune option. N'oublie pas que tu vas te retrouver célibataire.

Alors qu'elle s'inquiétait du risque terrible bien qu'infime d'avoir un enfant de Colin, sa mère songeait déjà à son prochain mari ?!

Et celle-ci n'avait de toute évidence pas renoncé aux Dillingham.

— Tu sais que je ne suis pas éternel, renchérit son oncle. Tod sera un excellent gestionnaire de notre patrimoine.

— Notre patrimoine, pour l'heure, est aux mains des Granville, rétorqua-t-elle d'une voix vibrante.

Elle exagérait un tout petit peu. Il leur restait le

domaine du Berkshire et deux immeubles plus récents, en location, sur Elmer Street. Ils ne seraient donc jamais dans la misère. Mais l'essentiel des biens historiques de la famille avait bel et bien changé de main.

— Ton mariage avec Easterbridge n'est qu'un regrettable accident, reprit son oncle. Votre accord honoré, tu retourneras à ton fiancé légitime et reprendras ta vie là où elle s'est interrompue.

Elle s'apercevait, un peu tard, de toute la rancœur que son oncle nourrissait à l'égard de Colin. Le vieil homme s'était si bien fait déposséder — par le pire ennemi de la famille — qu'il était prêt à la repousser sur-le-champ dans les bras de Tod.

Sa mère était pire encore. A mots à peine couverts, elle lui suggérait de courtiser Tod, sans même attendre d'être divorcée, afin de garder toutes ses chances.

— Tod n'est plus dans le paysage, répondit-elle sèchement.

Elle se pencha et posa sa tasse de thé avec plus de force que nécessaire.

— Allons, allons, Belinda, lui dit sa mère d'une voix apaisante, ne sois pas si susceptible. Ton oncle ne pense pas à mal.

— Nous avons seulement tes intérêts à cœur.

— *Mes* intérêts, vraiment ? répliqua-t-elle en se levant. Alors pourquoi est-ce à moi de sauver la fortune familiale ?

Sur cette question très pertinente, elle prit son sac à main et quitta la maison.

Elle allait rejoindre son hôtel, puis s'envoler pour New York. Sa vie avait pris un détour — qui l'avait conduite à Halstead Hall —, mais elle allait reprendre son cours.

- 7 -

En voyant Pia marcher jusqu'à l'autel, Belinda sentit ses yeux s'embuer.

Son amie était splendide dans sa robe de mariée. Elle tenait entre ses mains un petit bouquet de roses rouges, et un diadème d'une incroyable finesse, offert par son fiancé pour le jour de leur mariage, ornait ses cheveux.

En hommage au pays d'origine de son futur époux, Pia avait opté pour un jeune couturier britannique. Tout aussi soucieuse de respecter la tradition, sa robe était longue et ses manches trois-quarts exclusivement composées de dentelle. L'ensemble était d'une légèreté aérienne, à l'image de Pia.

Lorsque son amie arriva devant l'autel, Belinda arrangea les plis de sa robe et se chargea de son bouquet, tout en refusant obstinément de croiser le regard d'Easterbridge. Il n'était qu'à quelques pas d'elle, à côté du fiancé.

La cérémonie avait lieu dans l'église paroissiale de Sildery Park, le domaine du duc d'Hawkshire dans le comté d'Oxford.

Belinda était la seule demoiselle d'honneur de la mariée. Tamara, enceinte de plusieurs mois, avait préféré rester confortablement assise parmi les invités.

Et Colin, à sa plus grande consternation, était le seul

garçon d'honneur de Hawk. Elle se demandait si Pia, en romantique impénitente, n'était pas à l'origine de ce choix. Ne lui avait-elle pas glissé que, d'après elle, Colin la dévorait des yeux ?

Le sourire tremblant et lumineux de Pia la tira de ses conjectures.

Elle était sincèrement heureuse pour son amie, mais elle ne partageait pas son point de vue. Le couple qu'elle formait avec Colin n'offrait pas l'ombre d'une ressemblance avec celui de Roméo et Juliette, même si l'antagonisme de leurs familles — elle devait bien l'admettre — rivalisait avec celui des Capulet et des Montaigu.

Elle se concentra sur le pasteur anglican dès qu'il ouvrit la bouche et se força à ne pas le quitter des yeux. Au moment des vœux, pourtant, son attention vacilla. Elle ne put s'empêcher de penser à ceux qu'elle avait échangés avec Colin.

— Acceptez-vous de prendre cette femme pour épouse…

Elle glissa un regard dans sa direction, le trouva calme et serein, jusqu'au moment où il se tourna vers elle. L'ardeur de son regard la transperça.

— Jurez-vous de l'aimer, de la soutenir, de l'accompagner et de l'honorer dans le bonheur et les épreuves, la santé et la maladie, jusqu'à ce que la mort vous sépare ?

Sous son regard, plus enveloppant qu'une caresse, elle se sentit frémir.

Le souvenir de leur propre mariage s'était élevé entre eux. Ils n'étaient ce soir-là que tous les deux, le prêtre, son aide et le témoin fourni par la chapelle. La cérémonie avait été dominée par la gaieté, le sentiment joyeux et incrédule de ce qu'ils étaient vraiment en train de faire. Ils avaient la même hâte de consommer leur mariage.

— Acceptez-vous de prendre cet homme pour époux…

Un jour, elle avait répondu oui à cette question, et l'homme qu'elle concernait était de nouveau à côté d'elle et ne la quittait pas des yeux.

— Jurez-vous de l'aimer, de le soutenir, de l'accompagner et de l'honorer dans le bonheur et les épreuves, la santé et la maladie, jusqu'à ce que la mort vous sépare ?

Pia avait choisi de moderniser le consentement mutuel en refusant de mentionner l'obéissance traditionnellement demandée à la femme. Ses vœux étaient donc l'exact reflet de ceux de Hawk.

Elle vit un imperceptible sourire flotter sur les lèvres de Colin.

Elle lui répondit par un infime haussement de menton. Elle aussi avait refusé d'obéir. Et elle avait bien fait, car le lendemain de leurs noces, elle avait même refusé de rester une seconde de plus avec lui.

Elle n'avait pas oublié sa stupeur, ni la façon dont il s'était raidi et fermé lorsqu'elle s'était presque échappée de leur chambre d'hôtel, horrifiée par ce qu'elle avait fait.

Elle n'aurait jamais cru qu'il puisse la prendre au mot et accepter de l'épouser pour pouvoir, ensuite, coucher avec elle. Elle aurait pu tout arrêter, mais à la place, elle avait continué, parce qu'elle était déjà emportée par une spirale enivrante et parce que Las Vegas était la ville de toutes les folies.

Etre désirée à ce point lui avait aussi semblé incroyablement envoûtant. Voir à présent Colin revendiquer ses droits sur elle, remuer même ciel et terre pour l'obliger à revenir vers lui, lui donnait presque l'impression d'être… aimée.

Un frémissement la parcourut de la tête aux pieds. Sa robe n'était qu'une simple mousseline de soie couleur pêche, mais sous son regard, elle avait l'impression d'être irrésistible, et elle aimait cette impression.

Il avait l'air de vouloir s'enfuir avec elle pour l'emporter jusqu'à un lit — *son* lit.

Si elle n'était pas aimée, se dit-elle, troublée, au moins était-elle désirée.

Elle retint un soupir. Elle aimerait tant qu'un homme lui jure, sincèrement, son amour éternel. Elle n'avait pas eu l'occasion d'entendre Tod. Quant à Colin… S'il avait juré de l'aimer le jour de leur cérémonie, ce n'était que des mots, juste une formalité. Comment aurait-il pu l'aimer, alors qu'ils se connaissaient à peine ?

Sentant un brusque accès de larmes lui monter aux yeux, elle se raidit.

Elle ne voulait pas lui donner le plaisir de la voir dans cet état. Il n'y avait, bien sûr, rien d'anormal à pleurer lors un mariage, mais elle savait que Colin se demanderait si elle pleurait à cause du bonheur de Pia ou bien à cause de ses propres souvenirs.

Elle parvint heureusement à ne pas flancher.

Plus tard, lors de la réception donnée à Sildery Park, Belinda retrouva Pia et la serra entre ses bras.

Tamara arriva au même instant.

— J'adorerais me joindre à vous, leur dit-elle en riant avant de baisser un regard éloquent sur son ventre. Mais un ballon de basket m'en empêche !

— Je suis si heureuse pour toi, Pia, reprit Belinda en clignant furieusement des yeux. Pour toi aussi, Tamara, bien que tu aies l'air outrageusement radieux pour une femme enceinte !

— Oh ! c'est parce que mes nausées matinales sont terminées, répliqua son amie avant de se tourner vers Pia. J'imagine que nous devons maintenant t'appeler « duchesse ».

— Madame suffira, très chère !

En tant que duchesse, Pia surpassait désormais Belinda et Tamara, respectivement marquise et comtesse.

Belinda était sincèrement heureuse du bonheur de ses deux amies. De son côté, elle avait beau être marquise, elle savait parfaitement que son mariage n'était pas fait pour durer.

Pia et Tamara avaient bien sûr traversé quelques épreuves avant d'accéder au bonheur. Pia avait eu une aventure avec le duc d'Hawkshire. Sous le nom de James Fielding, il l'avait cruellement blessée et ils avaient rompu. Mais lorsqu'il l'avait retrouvée, des années plus tard, il avait eu la chance de regagner et de garder son amour. Tamara, quant à elle, avait fini par céder aux pressions familiales. Elle s'était engagée dans un mariage de raison avec le comte de Melton, mais cette union s'était vite transformée en véritable passion. Belinda doutait qu'un tel phénomène se produise entre elle et le marquis d'Easterbridge.

Comme si elle devinait ses pensées, Pia se pencha vers elle, un air de conspiratrice sur le visage.

— Comment vont les choses entre toi et Colin ?

— Pia, c'est le jour de ton mariage ! protesta-t-elle. Je ne veux parler que de ça.

— Suis-je obligée d'user de mon rang de duchesse ? la taquina gentiment son amie.

Elle fut bien obligée de lui rendre son sourire et comme Tamara, de son côté, lui adressait un clin d'œil encourageant, elle céda.

— Puisque vous semblez croire qu'il n'y a pas de meilleur moment pour en parler, sachez que je ne cherche plus à dissoudre mon mariage avec Easterbridge.

— Oh ! Belinda ! s'exclama Pia en battant des mains. Vous avez décidé de vous donner une chance, quelle bonne nouvelle !

Tamara semblait heureusement plus circonspecte.

— Je ne suis pas sûre que Belinda pense à une bonne nouvelle, Pia. Je devine même qu'elle ne nous dit pas tout.

— C'est vrai ? lui demanda Pia, stupéfaite.

Belinda soupira.

— Je vous ai dit que ce n'était pas le moment de parler de ça.

— Au contraire, protesta Pia, nous t'écoutons.

— Disons que Colin partage avec Sawyer et Hawk l'amour des relations complexes.

Ses amies avaient l'air aussi perplexe que soucieux.

— Il te fait chanter ? hasarda Pia.

— Pourquoi un mot aussi laid que *chantage* alors que *marchandage* ferait parfaitement l'affaire ?

Tamara plissa les yeux.

— Et que te propose-t-il, exactement ?

— Colin est aujourd'hui l'heureux propriétaire de la maison familiale des Wentworth, à Mayfair, comme de notre domaine ancestral du Berkshire.

Pia s'étrangla, tandis que Tamara la considérait avec sympathie.

— Apparemment, poursuivit-elle, mon oncle a cru vendre, sous couvert d'une société écran, à un riche étranger souhaitant garder l'anonymat. Il ne savait pas qu'il s'agissait d'Easterbridge, jusqu'à ce que je lui apprenne la nouvelle.

— Eh bien ! lâcha Pia, consternée.

— Naturellement, cet achat est ultrasecret. Personne n'est censé le savoir. Oncle Hugh continue d'ailleurs d'habiter Mayfair, comme si de rien n'était.

— Rassure-toi, lui assura Pia, ce secret au moins est bien gardé. Pour autant que je le sache, Mme Hollings n'a pas eu vent de cet aspect de l'histoire.

Belinda fronça les sourcils.

— Que veux-tu dire par *cet* aspect ? Il en existe un autre ?

Elle vit Pia et Tamara échanger un regard incertain.

— Allez-y, leur dit-elle. Au point où j'en suis, je ne vois pas ce qui pourrait m'arriver de pire.

Pia afficha un sourire contraint et se lança.

— Mme Hollings vient d'annoncer, dans sa dernière rubrique, que tu t'installes à Halstead Hall et que toi et Colin avez décidé de partir d'un nouveau pied.

La gorge nouée, Belinda ferma les yeux.

— Le jour de ton mariage !

— Quelle importance ? répliqua Pia. Mon mariage fera l'objet de son prochain billet, demain. En fait, c'est cette annonce qui m'a poussée à t'interroger sur toi et Colin.

— Je ne voulais pas t'embêter avec cette nouvelle

avant la cérémonie, soupira Belinda. Et Tamara a d'autres chats à fouetter.

En fait, elle ne s'était pas entièrement faite à son nouveau statut et elle n'avait pas su comment en parler à ses amies.

Elle n'avait aucune idée de la façon dont Mme Hollings obtenait ses informations, mais la journaliste semblait avoir des contacts partout. D'un autre côté, Belinda devait reconnaître qu'elle ne s'était pas vraiment cachée. Elle était arrivée chez Colin la semaine dernière, un sac de voyage à la main, et elle avait annoncé au bureau son séjour à Halstead Hall. Pour le meilleur ou pour le pire, elle avait accepté d'être la femme de Colin pendant deux ans ; la nouvelle était destinée à devenir publique.

Son statut marital soulevait la curiosité chez Lansing et continuait de donner lieu à toutes sortes de spéculations à New York comme à Londres. Tout le monde était au courant de la débâcle de l'église St. Bart l'an passé, certains y avaient même assisté.

Au fond, le billet de Mme Hollings ne faisait qu'entériner la décision qu'elle avait prise. Et il aurait au moins une vertu. Ses collègues arrêteraient de s'interroger sur son état civil et les rumeurs seraient définitivement enterrées.

Tamara sortit son téléphone portable de son petit sac à main et, après avoir ouvert l'application qu'elle cherchait et affiché son contenu, le lui tendit.

Belinda posa les yeux sur l'écran.

> L'auteur de ces lignes est en mesure d'affirmer qu'un certain marquis et son épouse ont installé leur nid dans le Berkshire, près de H, en Angleterre. Se pourrait-il qu'un oisillon voie le jour au printemps prochain ?

Elle ne put s'empêcher de faire la grimace.

— Tu ne peux pas intervenir pour la faire taire ? demanda-t-elle à Tamara en lui rendant son téléphone. Son journal n'appartient pas au groupe de Sawyer ?

Son amie rangea son appareil en haussant les épaules.

— Mme Hollings est une parfaite renégate, et tout le monde le sait. Sawyer n'en défend pas moins la liberté de la presse et la complète indépendance de ses titres du reste des activités de son groupe. Il n'interviendra pas.

« Qu'un oisillon voie le jour », se répéta-t-elle, dégoûtée. Elle n'avait même pas couché avec Colin, ni remis les pieds à Halstead Hall. Elle était arrivée juste à temps pour assister au mariage de Pia.

— Que vas-tu faire ? reprit Tamara.

— Que veux-tu que je fasse ? Rien. Je ne peux ni divorcer, ni annuler le mariage.

— Tu vas rester mariée, jusqu'à… ce que la mort vous sépare ?

— Pas exactement, admit-elle, hésitante. En fait, j'ai convaincu Easterbridge d'accepter une sorte d'accord postnuptial. Plus nous restons mariés, plus je récupère de biens au moment du divorce.

Colin avait chargé son avocat de rédiger le document. Dès qu'il serait prêt, elle le ferait relire par son propre avocat et n'aurait plus qu'à le signer.

Pia semblait consternée.

— Il se peut tout de même que Colin tienne réellement à toi, observa-t-elle en secouant obstinément la tête. Sinon, pourquoi accepterait-il un arrangement pareil ?

— Cela m'étonnerait.

— Tu as donc l'intention de rester mariée le temps

de récupérer tes titres de propriété ? s'enquit Tamara, l'air intrigué.

— Exactement.

Elle vit ses deux amies échanger un regard.

— Alors fais attention, reprit enfin Tamara. Je suis bien placée pour savoir qu'un mariage de raison peut se révéler beaucoup plus retors que tu ne le penses.

Tamara faisait référence à la situation qu'elle avait vécue avec Sawyer. Son futur époux lui avait présenté leur mariage comme le meilleur moyen d'obtenir chacun ce qu'ils voulaient. Elle s'était laissée convaincre et ce n'était qu'après qu'ils étaient tombés follement amoureux l'un de l'autre.

Belinda se mordilla la lèvre.

— Je le sais. Mais je te rappelle que je suis déjà mariée avec Easterbridge. Je n'ai aucune intention de perdre la tête une seconde fois.

Elle ne se laisserait pas surprendre. Elle devait se méfier de Colin, elle le savait d'autant mieux qu'elle n'avait ni boule de cristal ni le moindre indice pour comprendre ses manigances.

Pia semblait toujours dubitative.

— Etant donné que vous êtes mariés, commença-t-elle, la seule chose qui peut vous arriver, c'est de…

— Rien du tout, trancha Belinda.

Colin, dans un coin de la salle de bal, ne lâchait pas Belinda des yeux. Il savait que le désir se lisait sur son visage et qu'il avait le mauvais goût de convoiter ouvertement sa femme.

Il s'en fichait éperdument.

Après la cérémonie, puis le vin d'honneur, tous les

invités s'étaient retirés pour se préparer à l'élégant dîner dansant donné dans les salons de Sildery Park.

Lorsque Belinda lui était apparue, dans une robe fourreau de soie pourpre, sa beauté l'avait époustouflé. Elle portait un pendentif de rubis et diamant assorti à ses boucles d'oreilles, et un diadème aux délicats motifs floraux ornait ses cheveux relevés en chignon.

Il lui avait présenté ces bijoux lorsqu'elle était arrivée à leur hôtel une heure avant la cérémonie. Il lui avait demandé la couleur de sa robe par texto. Si cette question l'avait étonnée, elle n'en avait rien dit. Ce soir, il voulait que tout le monde sache que Belinda était à lui. Il n'y avait pas seulement de nombreux représentants de *Debrett's Peerage*, le fameux guide de l'aristocratie britannique, il avait aussi repéré au moins un photographe du *Tatler*, le célèbre magazine anglais qui consacrait ses pages à tous les événements mondains de la haute société.

De l'autre côté de la pièce, le rubis niché au creux du décolleté de Belinda dardait ses feux jusqu'à lui. S'il s'était cru tenté pendant la cérémonie, il se découvrait — à cause de sa robe pourpre — au supplice. Il brûlait de traverser la foule et d'arracher sa femme à la conversation qu'elle avait avec une comtesse espagnole.

Elle n'était arrivée de Londres que le matin même et avait juste eu le temps de poser ses affaires et de se changer pour la cérémonie. Elle lui avait manqué toute la semaine. Leurs dernières escarmouches n'avaient fait qu'accroître le désir qu'elle lui inspirait.

Profitant du passage d'un serveur, il se débarrassa de son verre et avança résolument vers elle.

Il n'était qu'à un pas lorsqu'elle tourna la tête. Ses yeux, en le découvrant, s'écarquillèrent.

— Chérie, dit-il en déposant un baiser sur sa joue avant qu'elle puisse se détourner.

La comtesse les dévisagea avec un grand sourire.

— Colin, puis-je te présenter…

— Nous avons déjà fait connaissance, l'interrompit-il, charmant. Ravi de vous revoir, comtesse.

— Moi aussi, mon cher.

Il prit le coude de Belinda.

— Me permettez-vous de vous enlever ma délicieuse épouse le temps d'une valse ?

La comtesse s'inclina, pleine d'indulgence.

— Oh ! bien sûr que oui.

— Mais…

Il la tourna vers la piste.

— Le morceau va débuter.

Elle hésita une seconde, puis se laissa entraîner.

Arrivé au milieu de la piste, il la fit pivoter face à lui.

— Bravo pour ta manœuvre, lui dit-elle aussitôt, le front buté.

Ce n'était pas un compliment, mais il sourit.

— Merci. Je suppose que tu sais danser la valse ?

— Evidemment, répliqua-t-elle, pincée. On m'a obligée à suivre des cours de savoir-vivre à quinze ans.

Son sourire s'élargit.

— J'en vois le résultat. Tes manières sont exquises, ma chère femme, particulièrement à mon égard.

— Je ne suis pas sensible à tes sarcasmes, grommela-t-elle.

Il la prit par la taille et, à l'instant où elle posait la main dans la sienne, il l'attira contre lui.

Elle prit une courte inspiration.

— J'aurais dû me douter qu'une romantique comme Pia ne voudrait que des valses à son mariage.

— Tant mieux pour moi, répliqua-t-il.

Il rêvait de la toucher depuis des heures, même si c'était à travers la soie de sa robe.

La musique débuta et ils s'élancèrent autour de la pièce, en harmonie avec les autres couples.

Emporté par les notes des *Vagues du Danube*, il posa les yeux sur ceux de Belinda.

D'un vert sombre mêlé d'éclats ambre, ils reflétaient ses émotions ou, plus exactement, les trahissaient d'une façon qu'elle n'aurait pas appréciée, mais qu'il jugeait fascinante. Et utile pour un joueur tel que lui.

Ils lui disaient combien leur proximité la troublait, malgré tous ses efforts à ne rien laisser paraître.

Il sentait la tiédeur de son corps sous sa main. Ses lèvres, d'un rouge profond et légèrement entrouvertes, l'appelaient.

Ce spectacle l'empêchait de se laisser hypnotiser par le rubis qu'elle portait autour du cou. S'il n'était pas très digne de dévorer sa femme des yeux en public, fixer son décolleté était encore plus pitoyable.

— Si tu continues de me regarder comme ça, nous allons finir en feu, lâcha-t-elle d'une voix précipitée.

— C'est toi qui portes du rouge.

— Oui, et c'est malin de m'avoir prêté des bijoux aussi splendides, mais aussi peu discrets. On dirait que je porte un signal d'alarme autour du cou.

Il s'esclaffa.

— Un signe d'avertissement m'a paru nécessaire.

— Tu veux dire un sceau d'appartenance…

Il s'inclina, sans protester, car tel était le message dont il avait en effet voulu charger ce présent.

— Ou une excuse pour te permettre de lorgner tranquillement dans mon décolleté, acheva-t-elle.

Ce qu'il fit, uniquement pour l'embêter.

Ils n'avaient pas cessé de danser, et elle gardait un sourire de façade bien fixé sur ses lèvres.

— C'est un superbe rubis, murmura-t-il. Sa beauté rehaussée de diamants est encore plus splendide sur le crémeux de ta poitrine. C'est exactement l'effet auquel je pensais lorsque je l'ai choisi, avec le diadème, parmi les bijoux des Easterbridge. Quant aux boucles d'oreilles, je les ai trouvées cette semaine chez Garrard.

Elle le gratifia d'un regard incendiaire, mais il percevait sa confusion. Sans doute se demandait-elle si elle devait s'offusquer de son badinage ouvertement licencieux, le remercier de son attention, ou bien céder à l'attirance — indéniable — qui existait entre eux.

La valse arriva au même instant à son terme. Il la relâcha, à contrecœur, et s'écarta.

— Accompagne-moi dans le jardin.

Elle le dévisagea avec stupeur.

— Mais il fait froid dehors !

— Hawk possède une serre splendide. Son jardinier y fait pousser toutes les merveilles qu'il transplante ensuite dans la propriété.

— Je ne crois pas que…

— Nous sommes censés donner l'image d'un couple en excellente voie de reconstruction.

C'était un prétexte fallacieux, mais convaincant. Elle avait vu, comme lui, les regards intrigués qui s'étaient posés sur eux toute la journée. Le meilleur moyen de faire taire les mauvaises langues n'était-il pas de jouer le jeu ?

Elle soupira.

— Tu as besoin de prendre un peu l'air, prétendit-il. L'atmosphère est devenue étouffante, ici.

Surtout pour eux.

Elle le dévisagea un moment, puis un air résigné traversa son regard.

— Très bien. Je t'accompagne.

Ils quittèrent la salle de bal, franchirent les portes-fenêtres ouvertes sur une terrasse chauffée et s'en allèrent jusqu'à la serre.

Ils n'étaient pas les seuls, constata-t-il en ouvrant la porte pour la laisser entrer. D'autres invités avaient choisi de venir flâner au milieu des nombreux spécimens de plantes exotiques et les jeunes pousses jalousement entretenues.

Ils se promenèrent, s'arrêtant de temps en temps, elle pour observer quelques boutures particulières, lui pour faire semblant.

L'œil aux aguets, il observait les allées et venues, jusqu'au moment où il s'aperçut qu'il ne restait plus qu'un couple, de l'autre côté du bâtiment de métal et de verre. C'était à peine s'il entendait leurs voix.

— J'ai l'impression que le jardinier de Hawk essaie de créer une rose hybride, remarqua-t-elle.

Elle était penchée sur une table de bois chargée d'outils, de plants et de petits pots de verre soigneusement étiquetés.

Il admira son profil.

— Je n'en serais pas surpris. Max, mon jardinier, fait la même chose à Halstead Hall.

Elle lui glissa un regard, à la fois méfiant et interrogateur, comme si elle se demandait ce que cachait son commentaire.

Le parfum entêtant des roses se mêlait à celui, humide et chaud, de la terre. L'air semblait s'tre épaissi, et la végétation, abondante, frémissait d'une force mystérieuse tapie dans la pénombre. Il n'aurait jamais cru qu'une serre puisse dégager une ambiance aussi érotique, mais c'était le cas.

Pris du désir de la toucher, il lui effleura le bras du bout des doigts. Des frissons apparurent sur sa peau, dans une réaction qu'il jugea fascinante.

Elle ne le regarda pas, ne se tourna même pas vers lui, mais sa soudaine immobilité l'encouragea à aller un peu plus loin.

Il approcha, posa la main sur son bras et se pencha pour caresser sa tempe du bout des lèvres.

— Que fais-tu ? lui demanda-t-elle d'une voix étouffée.

— Rien de grave, répondit-il d'un ton rieur et léger. J'essaie seulement de deviner l'odeur de ton parfum.

— Nous ne sommes pas seuls.

— Il n'y a rien de mal à vouloir distinguer le parfum de sa femme parmi toutes les odeurs qui flottent dans l'air.

— On pourrait mal interpréter ton geste.

— Serait-ce ma faute ? murmura-t-il, taquin.

La porte de la serre s'ouvrit et se ferma. Cette fois, ils étaient seuls.

Alors, il lui caressa les bras. Elle avait la plus douce des peaux. Il le savait, mais la sentir frémir sous ses doigts ravivait ses souvenirs et attisait son désir.

Il posa les lèvres sur son cou.

— Je doute que tu puisses reconnaître mon parfum au milieu de toutes ces fragrances.

— Lis tigré, dit-il avant de prendre une nouvelle inspiration. C'est du savon, ou une lotion.

Elle tourna la tête et le dévisagea avec stupéfaction.

— Comment as-tu deviné ?

Il retint son sourire.

— C'est un parfum assez courant…

— Oh !

— Et j'ai remarqué tes produits de beauté parmi tes affaires de toilette à l'hôtel.

— Oh ! s'exclama-t-elle, cette fois partagée entre la colère et la confusion.

— Je n'ai malheureusement pas un nez de parfumeur, avoua-t-il.

— Cela semble évident.

— C'est la raison pour laquelle je n'ai qu'une façon de vérifier mes hypothèses, murmura-t-il en la tournant vers lui.

Sans lui laisser la moindre chance de réagir, il posa les lèvres sur les siennes, les goûta, comme s'il avait l'éternité devant lui, puis les caressa du bout de la langue, tout doucement, pour l'inviter à partager ses sensations avec lui.

Elle commença à se détendre, sans pour autant lui accorder la réaction passionnée qu'il espérait.

Sa bouche était fraîche, délicate.

Il se donnait du mal pour vaincre sa résistance. Il lui caressait le dos, la pressait contre lui, attentif à toutes ses réactions.

Elle embrassait divinement. Il l'avait découvert la nuit

de leur mariage à Las Vegas, et il en avait un nouvel aperçu, ce soir.

Comme il l'attirait un peu plus contre lui, elle poussa un faible gémissement de plaisir.

Il avait suggéré cette visite de la serre dans l'espoir, bien sûr, de trouver un peu d'intimité. Mais il savait très bien, malgré la force de son désir, qu'il ne pouvait pas l'allonger par terre pour lui faire l'amour.

D'un autre côté, songea-t-il en dégrafant le crochet dans le dos de sa robe, il pouvait fermer la porte à clé…

Il fit glisser la fermeture Eclair.

Elle laissa, dans un soupir, le tissu glisser sur sa poitrine.

Il retint son souffle, fasciné par l'image absolument parfaite qu'elle lui offrait.

Ses lèvres entrouvertes brillaient dans la pénombre, elle avait les yeux mi-clos et ses seins, d'un galbe magnifique, tendaient leurs pointes vers lui.

Il se pencha et prit un téton entre ses lèvres.

Elle flancha, manquant de les renverser tous les deux sur le sol. Il la rattrapa et, la maintenant face à lui, se concentra sur l'unique tâche qu'il avait en tête : lui donner et prendre du plaisir.

Il aspira la pointe de son sein, la caressa de la langue, la mordilla, puis la relâcha avant de revenir à la charge. Elle frémissait, et ses gémissements entrecoupés de soupirs ne faisaient qu'accroître le plaisir et le désir fou qui l'enivraient.

La porte de la serre s'ouvrit et se ferma brusquement. Un courant d'air, suivi d'un bruit de voix étouffées, parvint jusqu'à eux.

Elle recula et remonta vivement sa robe.

Il aurait dû fermer à clé, maugréa-t-il, le souffle court.

— Nous ne pouvons pas faire ça ! s'exclama-t-elle en fixant sa fermeture Eclair.

— Nous ne sommes plus seuls, en effet.

— Notre accord n'est toujours pas signé.

— C'est ce qui te retient ?

— C'est ce qui *nous* retient.

Sa précision avait le mérite de la clarté. Tant que leur accord ne serait pas signé, elle lui imposerait l'abstinence.

Il prit une profonde inspiration et se força à étouffer son désir. Si le seul frein de Belinda était le contrat, il allait s'en occuper, et vite.

— Je veux sortir d'ici.

Il ne put s'empêcher de sourire. Lui aussi voulait partir. Il devait même le faire avant de vouloir reprendre — accord ou pas — où ils venaient d'être malencontreusement interrompus.

Il lui prit le menton et passa le pouce sur ses lèvres. Elle écarquilla les yeux.

— Ton rouge à lèvres est défait, tu es toute rouge…

Il vit ses épaules s'affaisser.

— Et tôt ou tard, poursuivit-il en luttant contre le désir fou de l'embrasser, tu finiras dans mon lit.

Elle sursauta et s'écarta brusquement.

— Peut-être, mais pour l'instant, je dois me rafraîchir et me rendre présentable.

Elle s'en alla, et il la suivit d'un pas beaucoup plus calme.

Il savait désormais que Belinda le désirait.

Il n'avait plus qu'à le lui faire admettre.

Et il aurait enfin atteint le but qu'il s'était fixé après leur nuit à Las Vegas.

Bientôt, très bientôt, Belinda serait à lui — et pas seulement par son nom.

- 8 -

Belinda ne pouvait s'empêcher d'admirer sa chambre. Elle connaissait le luxe, la beauté des meubles anciens, les tissus fins, les toiles de maîtres, mais le goût sûr et harmonieux qui régnait dans tous les détails d'Halstead Hall était d'un autre niveau.

Les rideaux de la fenêtre étaient de soie damassée, les murs d'un bleu céleste, et les meubles — tous de collection — étaient d'une facture remarquable. Son lit à baldaquin était immense, le manteau de la cheminée était en marbre et une superbe coiffeuse victorienne trônait dans un coin de la pièce. Depuis sa fenêtre, la vue était l'une des plus belles de la maison. Au-delà de la pelouse et du parc, elle s'ouvrait sur la campagne et la forêt.

Cette chambre et son salon constituaient les appartements privés de la marquise d'Easterbridge. Ceux du marquis étaient, naturellement, contigus. Elle savait que Colin n'attendait que la signature de leur contrat postnuptial pour l'attirer dans son lit. Alors, elle ne pourrait plus reculer.

Que ce document ne soit toujours pas finalisé lui donnait un peu de répit. Mais il ne serait que de courte durée, car elle venait d'apprendre, de la bouche même de son avocat, que Colin y travaillait d'arrache-pied depuis le mariage de Pia, la semaine précédente.

Cette perspective la tétanisait. Elle avait déjà couché avec Colin, une seule et unique fois, mais cette expérience lui avait fait l'effet d'un véritable… séisme.

Elle prit une profonde inspiration, sans parvenir à se calmer. Leur intermède dans la serre ne cessait de l'assaillir, elle n'arrivait pas à oublier ses lèvres sur ses seins, ses mains sur sa peau, ni toutes les sensations qui en avaient résulté. Elles revenaient, gravées comme au fer rouge, la hanter au beau milieu de ses rêves ou même en pleine journée.

Elle ne pouvait pas se laisser séduire de cette façon. Ni d'aucune autre, s'imposa-t-elle en réprimant les battements affolés de son cœur. Elle se rappela tous les méfaits dont Colin était coupable. A commencer par son rachat, parfaitement déloyal, des domaines Wentworth.

Elle n'était qu'un jouet entre ses mains. Qu'il la manipule pour son plaisir ou qu'il l'utilise comme un pion dans un dessein plus vaste ne changeait rien à l'affaire. Il était odieux et elle ne devait pas se laisser influencer par son charme ou ses baisers.

Ses propres occupations l'avaient heureusement éloignée de lui un moment. Au moins assez pour l'empêcher de ruminer son lamentable sort.

Tout de suite après le mariage de Pia, elle était repartie pour New York. Elle avait passé la semaine à rassembler ses affaires. Elle avait aussi demandé un congé chez Lansing. Juste le temps, avait-elle précisé, de s'installer à Halstead Hall.

Sa prudence n'avait toutefois pas eu l'effet escompté.

Ses supérieurs avaient eux-mêmes soulevé l'idée de la muter définitivement dans l'agence londonienne. Apparemment, la richesse de Colin, son titre de noblesse et le réseau social qui l'accompagnait, les avaient beaucoup impressionnés. Convaincus qu'ils faisaient une bonne affaire en l'envoyant de l'autre côté de l'Atlantique, persuadés que c'était aussi son plus cher désir, ils s'étaient montrés extrêmement conciliants.

Elle n'avait pas protesté. Pour l'instant, elle préférait laisser ses chefs et ses collègues penser ce qu'ils voulaient. Mais elle savait qu'elle serait obligée de clarifier la situation *avant* d'être réellement — et définitivement — transférée à Londres.

Qu'elle ait accepté de rester mariée à Colin ne signifiait pas qu'elle soit prête à bouleverser sa vie. Elle espérait d'ailleurs le moins de changement possible. Après tout, il passait lui-même beaucoup de temps à New York, ses affaires y étaient florissantes. S'il voulait tellement vivre avec elle, il n'avait qu'à s'adapter à ses propres exigences.

Elle regarda sa montre et quitta sa chambre pour déjeuner. Colin était à Londres, sans aucun doute dans le bureau de son avocat. Qu'il le termine, ce contrat ! songea-t-elle, de nouveau prête à se défendre. La partie n'était pas terminée.

Ses belles résolutions s'effondrèrent malheureusement au détour du couloir. La mère de Colin venait dans sa direction.

Elle se figea.

A la mort de son mari, la marquise avait cédé la résidence principale d'Halstead Hall à son fils pour s'installer à Londres, dans le quartier très huppé de

Knightsbridge. Belinda tenait ces détails de Colin et de son personnel.

La marquise était néanmoins de visite, constata-t-elle. Et si elle en jugeait à son expression, elle semblait aussi surprise et embarrassée qu'elle par leur rencontre. Le personnel lui avait appris que « madame » se servait d'Halstead Hall comme d'un hôtel et qu'elle arrivait généralement sans prévenir.

Elles se firent un signe de tête en même temps.

— Alors, vous vous installez ? lui demanda la mère de Colin avec un sourire froid.

— Oui, répondit-elle, sûre que cette nouvelle la contrariait.

Elle pinça en effet les lèvres et décida de s'arrêter.

— Le chef attend vos instructions pour le dîner de la semaine prochaine. Et la gouvernante, Mme Brown, attend vos précisions quant à la façon dont vous souhaitez organiser le service. Il me semble que plusieurs invitations attendent aussi vos réponses.

Son intonation, comme toute son attitude, exprimait à la fois le dédain, l'hostilité et la provocation. Comme si elle la défiait de remplir correctement une seule de ces missions.

— J'ai prévu de rencontrer Mme Brown demain, répondit Belinda en affichant un sourire détendu.

— Parfait.

— Et je parlerai au chef aujourd'hui même.

— Vous n'êtes pas habituée au fonctionnement d'Halstead Hall.

Première pique, se dit-elle, mais elle pouvait difficilement nier l'évidence.

— En effet.

— Vous allez devoir apprendre.

— Je m'en réjouis.

Sur un bref hochement de tête, la marquise reprit son chemin, et elles se croisèrent comme deux vaisseaux ennemis, mais renonçant — pour l'instant — à ouvrir les hostilités.

Restée seule, Belinda soupira. Elle s'interrogeait sur le nombre d'escarmouches semblables qu'il lui faudrait encore essuyer, lorsqu'elle tomba, en bas de l'escalier, sur Sophie.

La jeune femme, aussitôt, s'immobilisa.

— Bonjour, lui dit-elle, embarrassée.

— Bonjour, Sophie.

— Je viens juste d'arriver. Je suis venue chercher quelques affaires. Je repars demain.

Elle se tut, comme essoufflée par sa tirade, ou comme si elle prenait brusquement conscience de l'ambiguïté de ses propos. Venait-elle reprendre *toutes* ses affaires, maintenant que Belinda s'installait dans la maison ? Avait-elle *hâte* de s'en aller ?

Que pouvait-elle répondre qui ne donne pas lieu au même malentendu ? « Je vous en prie, prenez tout votre temps. Puis-je vous aider ? »

Elle sentait cependant que Sophie ne lui était pas aussi hostile que sa mère. Elle semblait plutôt déconcertée par cette situation étrange et finalement embarrassante.

Elle ne pouvait pas lui en vouloir. Elles étaient à peu près du même âge, mais elles ne s'étaient jamais vraiment parlé. Les événements mondains qui les réunissaient, tels que les courses du Royal Ascot ou les tournois de Wimbledon, rassemblaient assez de monde pour que les Granville et les Wentworth ne soient pas obligés de se croiser.

Belinda ouvrit la bouche et formula la première réflexion un peu intelligente qui lui venait à l'esprit :

— Je n'ai pas encore trouvé l'atelier d'art ou le salon de peinture.

— Il n'y en a pas, lui répondit Sophie, légèrement surprise.

— Vous n'en avez jamais installé ? s'étonna-t-elle. Pourtant, avec votre métier…

— Je travaille rarement ici et j'ai emporté tout mon matériel lorsque j'ai aménagé à Londres. Ma mère n'apprécie pas le graphisme ni…

Elle s'interrompit, brusquement gênée par ce qui se rapprochait de toute évidence d'un aveu.

Apprendre qu'elle n'était pas la seule à s'attirer la désapprobation de la mère de Colin soulagea Belinda.

— Je vais peut-être en installer un, alors, avança-t-elle. Je suis sûre que les plus jeunes des Granville apprécieront, et le personnel a certainement des enfants et des petits-enfants qui en feraient bon usage.

Elle vit une lueur d'intérêt traverser le regard de Sophie et se sentit curieusement réconfortée.

Leurs professions artistiques les rapprochaient, elle ne serait d'ailleurs pas surprise d'apprendre que la sœur de Colin aimait la peinture des XIXe et XXe siècles. Finalement, les deux années qui s'annonçaient ne seraient peut-être pas aussi pénibles qu'elle le craignait.

— Sophie ?

La voix de la marquise s'éleva au-dessus d'elles. Sophie lui lança un regard désolé avant de s'élancer dans l'escalier.

Belinda poursuivit sa route jusqu'à la salle à manger.

Tout n'était peut-être pas perdu, se dit-elle, réconfortée. Elle se sentait au moins capable de survivre à cette journée…

Voir un marquis faire ses courses avait quelque chose d'incongru, se dit Belinda en regardant Colin.

Au beau milieu du rayon, il examinait un assortiment de tapenades importées et de pâtes à tartiner.

Elle était à Halstead Hall depuis deux jours et s'apprêtait à se rendre au supermarché, lorsqu'il avait fait son apparition. Il avait aussitôt décidé de l'accompagner — à son plus grand regret.

Elle choisit un pain français à la belle croûte odorante et le rejoignit.

— Il t'arrive souvent d'acheter ton lait toi-même ? lui demanda-t-elle, perplexe.

— De temps en temps, répondit-il distraitement.

Elle scruta son regard.

— C'est plus fréquent depuis qu'une marquise de ma connaissance insiste pour choisir elle-même son jambon, plaisanta-t-il.

— Qu'en sais-tu ? C'est la première fois que nous faisons des courses ensemble.

— Si le prince William et son épouse Catherine vont au marché main dans la main, et pour le plus grand bonheur de leurs sujets, poursuivit-il sur le même ton badin, je suppose qu'un marquis peut bien faire ses emplettes chez l'épicier.

— A ceci près que nous ne sommes pas chez l'épicier, objecta-t-elle, mais chez Waitrose.

Et il savait aussi bien qu'elle que la chaîne de

supermarchés haut de gamme, gérée en coopérative et courue par les milieux aisés, n'avait rien d'un petit magasin de quartier.

— Si tu veux m'impressionner, acheva-t-elle, il va falloir trouver autre chose.

— Alors je vais chercher, lui dit-il en souriant.

Elle se détourna vivement, frappée par la chaleur qui tout à coup s'élevait entre eux, et poussa son chariot vers le rayon suivant.

Colin lui emboîta le pas, mais elle se concentra sur les rayons. Il était plus facile de l'ignorer, ou de le considérer comme un aristocrate prétentieux et hautain, que de reconnaître qu'il l'avait agréablement surprise en voulant faire des courses avec elle.

Ils continuèrent leur parcours, arrêtés de temps à autre par des clients qui le reconnaissaient. A chaque interruption, Colin la présentait comme son épouse sans que cette précision ne soulève le moindre étonnement. Elle en conclut que la récente notoriété du marquis et de la marquise d'Easterbridge n'avait échappé à aucun habitant de ce coin du Berkshire. Grâce à Mme Hollings.

Quoi qu'il en soit, elle était soulagée de n'avoir à fournir aucune explication sur la façon dont elle était devenue la femme de Colin, d'autant qu'aucune réception n'avait été donnée pour annoncer officiellement leur union. Et encore moins de mariage — qui ne soit pas brisé — dans lequel elle aurait été la fiancée et lui, Colin Granville, son promis.

Leurs courses achevées — sans autre encombre que ses réflexions désordonnées —, elle rejoignit les caisses avec plaisir.

Après avoir, comme tout le monde, attendu son tour,

Colin régla avec sa carte de crédit et refusa l'aide du jeune employé qui se proposait de porter leurs sacs jusqu'à leur voiture.

Ils rejoignirent le parking, rangèrent leurs achats dans le coffre, puis elle le laissa rapporter leur chariot vide vers le magasin.

Il n'avait fait que quelques pas lorsqu'une dame âgée, petite, menue et très élégamment vêtue, l'interpella.

— Jeune homme, pourriez-vous m'aider pour un échange ? Ma voiture est juste là. Si vous pouviez approcher votre chariot, termina-t-elle en désignant son coffre.

Elle le prenait pour un employé, se dit Belinda, amusée, ou peut-être pour le directeur du magasin. Elle devait croire qu'il rapportait un chariot après avoir aidé un client.

Elle allait intervenir lorsqu'elle surprit le regard de Colin et son très léger mouvement de tête pour l'arrêter.

Elle haussa les épaules et le laissa faire.

En quelques secondes, il déchargea ce qui ressemblait à une machine à café et s'éloigna vers la porte du magasin, la vieille dame sur ses talons.

Un véritable employé de Waitrose les aperçut alors. Comprenant l'effroyable méprise, il se précipita vers eux.

Décidée à joindre sa touche d'espièglerie à la scène comique qui s'annonçait, Belinda s'élança à son tour.

— Oh ! fit-elle d'une voix navrée à l'intention de Colin, je m'aperçois que j'ai oublié de vous donner votre pourboire.

Colin et la vieille dame se tournèrent vers elle du même élan. Colin lui adressa un regard interloqué, auquel elle répondit par un sourire avant d'ouvrir son sac.

L'employé de Waitrose arriva au même instant.

— Puis-je vous aider, monseigneur ? offrit-il tout essoufflé.

Le visage de la vieille dame se figea de stupeur. Le titre, évidemment, trahissait la condition de Colin et sa méprise. Seuls quelques membres de l'aristocratie avaient droit à cette distinction.

— Oh ! mon Dieu ! souffla la pauvre femme en les regardant tour à tour. Je n'avais pas la moindre idée… Je ne suis pas de la région et je…

— Permettez-moi de vous présenter le marquis d'Easterbridge, fit Belinda, venant à son secours.

La vieille dame tourna des yeux écarquillés vers Colin.

— A votre service, madame.

— Je… Oh ! mon Dieu, répéta-t-elle d'une voix fluette désemparée.

— Ne vous inquiétez pas, lui glissa Colin aimablement. Je suis ici incognito. Mon nom de code, d'habitude, est Colin.

L'employé les regardait, trop médusé pour intervenir.

De son côté, elle faisait de son mieux pour ne pas éclater de rire, lorsque Colin se pencha à son oreille.

— Tu te fais bien passer pour Belinda Wentworth, murmura-t-il, pourquoi ne serais-je pas Chuck l'épicier ?

— D'abord parce que tu ne t'appelles pas Chuck, rétorqua-t-elle sur le même ton. Et puis parce que c'est toi le châtelain local.

— Toi aussi.

Elle lui jeta un regard de travers.

— Ce n'est pas la même chose, protesta-t-elle à voix basse. Je n'ai pas été élevée comme une héritière, et je ne suis pas à la tête d'un marquisat.

Il allait lui répondre, mais elle se tourna vers la vieille dame et se pencha vers elle, d'un air de confidence entendue.

— Il a belle allure en employé de supermarché, mais il manque un peu de prestance pour un marquis, vous ne trouvez pas ?

Son interlocutrice, au comble de l'embarras, se tourna vers Colin.

— Mon mari et moi-même serions très honorés de vous recevoir pour le thé, monseigneur. Afin de vous remercier de votre aide, bien sûr.

Il jeta un coup d'œil sur le chariot.

— J'imagine qu'un café n'est pas possible, lança-t-il dans un sourire espiègle.

La femme gloussa.

— Je suis certaine que cette machine sera très vite remplacée.

— Nous serons très heureux de répondre à votre invitation, avança Belinda en souriant.

— Puis-je vous présenter ma femme ?

Ce qu'il fit, avant de se tourner vers l'employé qui suivait maintenant la scène d'un air perplexe.

— Seriez-vous assez aimable, lui dit-il, pour aider cette charmante dame à procéder à son échange ?

— Bien sûr, monseigneur, répondit prestement le jeune homme.

— Parfait.

Ils attendirent que l'employé et la cliente s'en aillent pour rejoindre leur voiture.

Colin fut le premier à reprendre la parole.

— Merci d'avoir accepté l'invitation.

— De rien, répondit-elle, ironique. Mais elle ne connait pas ton adresse.

— Je suis sûr qu'une petite enquête lui permettra très facilement de la trouver.

— Cela t'arrive souvent ?

— Quoi ?

Elle agita la main dans la direction d'où ils venaient.

— Tu sais, *ça*.

— De temps à autre.

— C'était plutôt gentil de ta part de lui offrir ton aide au lieu de lui dire tout de suite qu'elle se méprenait.

Elle s'efforçait de ne pas se sentir séduite, mais elle avait du mal.

— Elle m'a appelé « jeune homme », confia-t-il dans un clin d'œil. De la part d'une septuagénaire, c'est relatif, mais tout de même, c'est flatteur.

— Venir au supermarché habillé comme tout le monde, tu n'as que ce que tu mérites.

— Tu voudrais que je porte un badge avec « marquis » écrit en gros ? Ou mieux, « Granville » ?

— Oh ! de grâce, soupira-t-elle.

— Ce serait sans doute plus facile que d'admettre l'affreuse, l'inconcevable possibilité que tous les Granville ne sont pas d'ignobles vauriens.

Comme ils étaient devant leur voiture, il lui ouvrit la portière.

Elle leva les yeux sur lui pour les détourner aussitôt. Ils s'aventuraient en eaux beaucoup trop troubles à son goût.

— Maintenant, reprit-il, amusé, et pour en revenir au pourboire que tu dois à un employé de belle allure…

Le rire qu'elle percevait dans sa voix glissa sur sa

peau. Elle ferma sa portière avant de se sentir complètement submergée.

Sur le seuil, Colin regardait Belinda échanger des sourires complices avec la fillette de neuf ans de son cousin.

Daphné se tenait devant un chevalet, une palette à la main, et Belinda l'encourageait tout en lui donnant quelques indications pour approfondir sa peinture.

Au troisième étage du manoir, à côté de la nurserie elle-même abandonnée, la grande salle de jeu avait été transformée pour devenir un atelier entièrement consacré à la peinture et à la création artistique. Une bâche recouvrait le plancher de chêne, et les fenêtres débarrassées de leurs rideaux laissaient entrer toute la lumière du matin.

Une demi-douzaine d'enfants étaient rassemblés. Ils portaient tous une blouse plus ou moins tachée de peinture par-dessus leurs vêtements, et toutes les paires de chaussures avaient été remplacées par des sabots ou des baskets. Certains faisaient du modelage, d'autres du découpage, tandis que d'autres encore se tenaient parfaitement concentrés devant leur chevalet. Il y avait la fille de dix ans de son palefrenier, le petit-fils de sa gouvernante, et Emily, la sœur cadette de Daphné.

Belinda avait suggéré la création de cet atelier dès qu'elle avait appris la présence d'enfants dans l'entourage d'Halstead Hall. Et ils étaient nombreux, qu'il s'agisse de la progéniture de ses cousins et cousines, ou de celle des membres du personnel. L'ouverture avait remporté un franc succès. Les Granville en dessous de douze ans s'entendaient à merveille avec Belinda. Et

Sophie avait accepté de passer un peu de temps avec les enfants, en compagnie de Belinda.

Il glissa les mains dans ses poches. Elle n'était pas sur ses gardes, parce qu'elle ne s'était pas encore aperçue de sa présence sur le seuil.

Il en profita pour l'observer.

En tenue aussi décontractée que les enfants, elle portait un jean et un pull lavande. Sa blouse dissimulait sa silhouette, mais il la savait délicieuse. Et son visage, encadré par les petites mèches qui s'étaient échappées de son chignon, rayonnait.

Une émotion l'étreignit. Elle s'accrut lorsque, répondant au sourire espiègle de Daphné, elle éclata de rire.

Elle était dans son élément. Eclaboussée de peinture et de rire, elle était détendue, naturelle, heureuse.

Tout cela parce qu'elle ne l'avait pas encore remarqué.

Comme pour lui donner raison, elle leva tout à coup les yeux et croisa son regard. Elle se figea, évidemment, dans la seconde. Il lui adressa un sourire teinté de son habituelle ironie.

En vérité, chaque fois qu'il posait les yeux sur elle, tout ce qui s'était passé dans leur chambre d'hôtel à Las Vegas lui revenait à la mémoire. Et il se souvenait, cette fois encore, de la douceur de ses lèvres, du satin de sa peau sous ses caresses, du galbe de ses cuisses, de ses soupirs et de ses frémissements sous ses baisers.

Elle baissa les yeux pour répondre à Daphné qui la tirait par la manche. Lorsque la fillette revint à son tableau, il décida d'entrer dans la pièce.

Belinda le regarda avancer avec méfiance.

— Qui aurait cru qu'un atelier d'art manquait à cette maison ? dit-il en écartant les mains.

— Elle possède déjà une double bibliothèque, deux celliers et une salle de théâtre, répondit-elle, caustique.

— Bienvenue à cette nouvelle pierre dans l'édifice ancestral, lâcha-t-il dans un sourire.

— J'ai commis un impair ? s'inquiéta-t-elle.

— Pas du tout. Tu viens d'ajouter *la* pièce manquante, un atelier d'art.

— C'est pourtant toi qui possèdes un Renoir dans tes appartements.

— Peut-être pour te tenter.

Elle rougit.

— Merci, mais les toiles exposées dans les musées, ou même les reproductions dans les livres, me conviennent parfaitement.

Il rit.

— Si jamais tu changes d'avis…

— Je ne changerai pas d'avis.

— J'ai apporté le contrat. Il n'attend plus que ta relecture et ta signature.

La dernière barrière entre eux serait alors levée.

— Oui, je sais, fit-elle en détournant le regard. Je m'en occupe dès que j'ai le temps.

— Ne traîne pas trop, lâcha-t-il d'une voix pleine de promesses.

Il surprit la nouvelle rougeur de ses joues sur son profil avant qu'elle ne s'approche d'un autre enfant.

Un sourire aux lèvres, il la regarda s'éloigner.

Il avait passé la semaine entre Londres et New York absorbé par son travail, prenant des douches froides pour calmer son ardeur et poussant son avocat à ne pas perdre une seconde. Il n'était pas mécontent qu'elle ressente à son tour un peu du stress qu'il avait éprouvé.

Il devait maintenir la pression. C'était à ce prix qu'il parviendrait à l'attirer, volontairement, dans son lit.

Il aurait alors atteint son but, la pousser à reconnaître qu'elle désirait un Granville et que leur nuit de noces à Las Vegas n'était pas un hasard.

Et heureusement, car désormais, il en allait de son équilibre.

- 9 -

Lorsque Colin lui avait proposé d'assister à un spectacle, dans la superbe salle du Covent Garden, Belinda n'avait pu refuser. Il s'agissait d'*Aïda* et elle adorait cet opéra.

Le sud du Berkshire — où se trouvaient Downlands et Halstead Hall — était très proche de Londres. Elle avait toujours apprécié cette proximité qui permettait de passer facilement une soirée en ville.

Elle se réjouissait que Colin ait pu réserver des places très bien situées ; elles étaient peu nombreuses, donc difficiles à obtenir et pour cette raison hors de prix. Elle voulait croire qu'il avait pensé à elle en les achetant, mais elle était suffisamment lucide pour se souvenir des propos de son oncle Hugh : Colin avait été assez humilié par sa tentative de mariage avec un autre pour vouloir s'afficher le plus possible en public avec elle.

Elle avait choisi une robe du soir bleu nuit, découverte sur une épaule, et des escarpins de cuir assortis. Elle avait aussi opté pour un chignon. Elle savait que Colin serait en costume-cravate.

Elle descendit l'escalier le cœur palpitant de plaisir, sous le regard de Colin qui l'attendait, aussi séduisant que distingué, au bas des marches.

Elle venait juste de relire et signer leur contrat

postnuptial. Aucune barrière ne la séparait plus de son lit… Mais on était au XXIe siècle, tentait-elle de se rassurer. Tout marquis qu'il était, son mari ne pouvait pas l'obliger à coucher avec lui. Elle se sentait pourtant tenue de respecter ses engagements.

Elle tâcha de se concentrer sur l'aspect purement matériel de leur accord. Elle ne voulait surtout pas s'imaginer devant lui, dans sa chambre, livrée à son regard brûlant tandis que ses mains glisseraient sur elle, attisant son désir d'être entièrement déshabillée.

Elle refusait de penser au plaisir qu'elle éprouverait d'être tenue entre ses bras.

C'était hors de question.

Ayant dîné, ils quittèrent Halstead Hall sans traîner. Colin avait décliné les services de son chauffeur et conduisait lui-même son Aston Martin.

La foule, devant l'Opéra royal, était déjà très dense. Dans le hall, Colin la présenta à un couple d'amis qui le saluait. Elle sourit, prononça quelques phrases de politesse, et se jugea parfaitement à la hauteur.

Lorsqu'ils finirent par se séparer du couple, pour rejoindre leurs places, elle sentit brusquement toute sa nervosité renaître. Elle aurait apprécié la présence, et le soutien, de Pia et Tamara. Leurs maris étaient des amis de Colin, mais elle se sentait à l'aise avec eux.

Elle se détendit en pénétrant dans leur loge. Ils étaient si près de la scène, constata-t-elle, aux anges, qu'elle ne perdrait rien du spectacle.

Elle se plongea dans la lecture du programme jusqu'au moment où les lumières faiblirent, puis s'éteignirent. Elle s'installa alors confortablement et écouta les premières notes s'élever dans un silence religieux.

Elle se laissait tout juste emporter par la musique, lorsqu'elle sentit la main de Colin se poser sur la sienne et ses doigts glisser doucement entre les siens. Elle avait beau se concentrer sur la musique, elle ne pouvait ignorer ce contact.

Sa main était plus grande, plus forte et plus rugueuse que la sienne. A l'image de leur relation. Son étreinte était pourtant étrangement douce, et elle lui procurait une gamme de sensations infinies qui débutaient sur sa main, remontaient le long de son bras, lui caressaient les épaules, s'enroulaient autour de sa gorge, provoquant une tempête d'émotions aussi puissantes que celles du drame qui se jouait sur la scène.

Au fond, elle assistait à deux spectacles, ce soir. Celui incarné par les chanteurs et celui qu'interprétait Colin, à son seul bénéfice.

Son pouce la caressait dans un mouvement léger. Et ce geste lent, rythmé, qu'elle confondait parfois avec l'admirable musique de Verdi, ne faisait qu'accroître la tension qui se nouait en elle.

Elle lui jeta un regard discret, mais il fixait la scène et son visage était impénétrable. Son seul mouvement provenait des va-et-vient sur sa main.

Ils lui rappelaient combien il se montrait charmant ces derniers temps, et elle était bien obligée de reconnaître, malgré toutes ses réticences, qu'elle avait de plus en plus de mal à lui résister.

Elle poussa un soupir et revint au spectacle.

Le capitaine Radamès exprimait son déchirement entre son amour pour Aïda, une princesse prisonnière, et sa loyauté envers son pharaon dont la fille, Amneris, était éprise de lui.

Alors que l'opéra approchait de son point culminant, elle se sentait de plus en plus émue. Elle n'était pas sûre de supporter la scène finale, celle où Radamès et Aïda mouraient ensemble.

Elle ravala le nœud qui s'était formé dans sa gorge et cligna rapidement des yeux. Elle s'aperçut que Colin lui serrait un peu plus la main, et qu'il glissait doucement son pouce sur le creux palpitant de son poignet.

La dernière note s'éleva dans les airs suivie d'un tonnerre d'applaudissements. Elle se mordit la lèvre et accepta d'un signe de tête le mouchoir que Colin lui tendait. Elle se sentait ridicule. Elle connaissait la fin de l'opéra de Verdi, pourtant elle pleurait.

L'histoire des amants maudits était un classique, se dit-elle, pour reprendre contenance. Aïda et Radamès n'étaient que les Roméo et Juliette d'une ère ancienne. Et ces couples n'avaient aucune ressemblance avec elle et Colin.

Absolument aucune.

— Tu as aimé le spectacle ? lui demanda Colin d'une voix basse et profonde.

— J'ai adoré, souffla-t-elle dans un hoquet.

Il rit, et elle fut obligée d'en faire autant, parce qu'elle avait éclaté en sanglots.

— Viens, lui glissa-t-il, rentrons chez nous.

Une nouvelle vague d'émotion la traversa. C'était la première fois qu'il désignait Halstead Hall de cette façon. Elle savait, bien sûr, qu'il ne donnait aucun sens particulier à cette formule. Mais elle, commençait-elle à considérer le manoir comme leur foyer ?

Ils rentrèrent dans un silence confortable, à peine rompu par une conversation décousue.

— Je croyais te faire plaisir en t'emmenant voir *Aïda*, plaisanta-t-il à un moment donné, mais on dirait que cela te fait pleurer.

— Tu n'étais pas insensible toi non plus. Sinon, tu n'aimerais pas autant l'opéra.

Il quitta un instant la route des yeux pour la regarder. Un sourire flottait sur ses lèvres.

— J'ai autant aimé le spectacle que te regarder.

— Tu ne me regardais pas !

— Comment le sais-tu ?

Elle se mordit la langue, consciente de s'être trahie.

— Je le sais, insista-t-elle pourtant. Tu étais trop occupé avec ma main.

Il éclata d'un rire profond et grave.

Elle se tourna vers la fenêtre, trop sensible à la brusque intimité qui était née entre eux pour parler. Et ils n'étaient même pas à Halstead Hall, songea-t-elle, découragée.

Lorsqu'ils arrivèrent, le manoir était plongé dans l'obscurité. Colin avait prévenu son majordome de ne pas les attendre, et la plupart des membres du personnel étaient en congé.

Dans l'entrée, elle hésita.

— Un dernier verre ? lui offrit Colin.

— Volontiers, répondit-elle, soulagée de reporter le moment où ils monteraient ensemble l'escalier.

Elle le suivit dans la bibliothèque et se débarrassa de son sac et de son manteau, tandis qu'il se dirigeait vers le bar.

Lorsqu'il revint, elle accepta volontiers le verre qu'il lui tendait.

— Aux nouveaux départs, lança-t-il en levant son verre.

Elle prit une gorgée en même temps que lui et faillit s'étrangler.

— Mais… c'est de l'eau !

— Oui.

Il lui prit son verre des mains et le posa avec le sien sur un petit bureau.

Ce n'était pas du tout ce qu'elle avait prévu, songea-t-elle, alarmée. En acceptant son invitation, elle espérait un alcool fort, de nature à la remonter.

Il glissa un doigt le long de son bras.

— Il vaut mieux rester sobre, lui dit-il.

— Pourquoi ? bredouilla-t-elle. Pour ne pas faire des choses que nous regretterions ?

— Non, pour ne pas avoir d'excuses lorsque nous les ferons.

Elle sentit son cœur bondir et battre furieusement dans sa poitrine.

— Il faut arrêter, souffla-t-elle.

— Vraiment ? plaisanta-t-il. Nous sommes mariés, si je ne m'abuse. Nous vivons même ensemble, ici.

— Le marquis séduisant sa femme dans la bibliothèque ? On dirait une mauvaise partie de Cluedo.

— Je te proposerais bien de jouer, si je n'avais autre chose en tête.

— Jouer, n'est-ce pas exactement ce que tu fais ? Tout ceci n'est qu'un jeu.

— Alors pourquoi suis-je tellement sérieux ?

— Parce que tu veux gagner.

— Exactement. Embrasse-moi.

— Tu ne t'embarrasses pas de formules, tenta-t-elle

pour maîtriser les nouvelles palpitations de son cœur. Tu n'as pas de répliques plus romantiques dans ton répertoire ?

— Si, mais j'ai attendu trois ans.

— Cette nuit n'était qu'un coup de chance.

— C'est ce que tu penses ? lui demanda-t-il en lui prenant la main pour la poser bien à plat sur son torse. Touche-moi, Belinda.

Elle sentait, complètement affolée, les battements forts et réguliers de son cœur sous sa paume. Ce contact, enivrant, lui rappelait la marche des trompettes saluant le triomphe de Radamès.

— Nous avons peut-être grandi dans la haine de nos familles, reprit-il, mais sur ce plan, nous ne faisons qu'un.

— Ce n'est que de la passion…

— Assez puissante pour construire le reste, murmura-t-il en se penchant très lentement vers elle.

Elle le vit hésiter — comme s'il ne savait où ni comment l'embrasser — puis, lorsqu'il se décida pour sa bouche, lorsque ses lèvres se posèrent sur les siennes dans un baiser d'une incroyable douceur, elle ne put que lui répondre.

Son goût viril et mentholé fouetta son désir. Elle s'approcha imperceptiblement et accueillit avec bonheur ses mains sur ses épaules.

Elle avait tout fait pour oublier ce qui s'était passé entre eux. Elle avait enfermé ses souvenirs et s'était efforcée d'étouffer la passion et l'ardeur de leur nuit à Las Vegas. Mais en cet instant, tout ce qu'ils avaient vécu lui revenait avec une force inouïe à la mémoire. Ses baisers, ses caresses, leur abandon absolu et mutuel…

Elle sentait sa poitrine gonfler, ses jambes faiblir, et il glissait les mains sur son dos.

— Je ne trouve pas la fermeture Eclair, murmura-t-il entre deux baisers.

— C'est tout le problème, répondit-elle contre sa bouche.

— Je ne veux pas déchirer ta robe. Elle te va à ravir et j'espère que tu la porteras souvent. J'adore la façon dont elle me jette à tes pieds.

— Tu n'es pas à mes pieds, répondit-elle en repoussant les sentiments que lui inspiraient ses propos.

Il s'écarta.

— Tu veux que je m'agenouille ? l'interrogea-t-il en scrutant son regard.

Un frémissement la parcourut. La dernière fois qu'ils s'étaient défiés, ils avaient fini dans une chapelle.

Il glissa un doigt paresseux de son épaule à son décolleté, effleura le bout d'un de ses seins et s'arrêta au-dessus de son nombril.

— Si j'étais à genoux, reprit-il, je crois que mes lèvres arriveraient juste ici.

Elle s'aperçut qu'elle retenait son souffle.

— Et si tu te penchais un tout petit peu, poursuivit-il, elles se poseraient à peu près là.

Son pouce était posé sur son sein. Elle écarquilla les yeux.

— Tu te pencherais un peu vers moi ?

— C'est… de la rhétorique, répondit-elle d'une voix nouée.

— Rien ne nous empêche de passer à la pratique.

Il s'empara de ses lèvres et sa réponse mourut dans sa gorge.

Cette fois, il la prit entre ses bras et elle posa les mains sur ses épaules. Il trouva aussi la fermeture Eclair, nichée dans la couture de sa robe, et la fit descendre doucement.

Elle frissonna, mais il glissait déjà les lèvres derrière son oreille, déposait un baiser sur son cou, d'autres, successifs et langoureux, le long de sa gorge.

Les images, les paroles, les parfums de leur nuit à Las Vegas se déversaient sur elle en flots tumultueux. Ils avaient ri, plaisanté, joué, avant de basculer dans un lit, tout à coup sérieux.

La passion les avait emportés, et Belinda n'avait jamais rien connu de tel. Colin s'était montré tendre, prévenant, patient, jusqu'au moment où il l'avait sentie brûlée par le même désir que lui et incapable d'y résister. Alors, il l'avait emportée avec lui dans une spirale de plaisir dont les volutes, toujours plus puissantes, les avaient stupéfaits.

Et il recommençait.

Sa robe glissa à ses pieds.

Il recula.

— Viens, s'il te plaît, lui dit-il en s'appuyant contre le bord de son bureau.

S'il s'était montré arrogant, autoritaire ou pressé, elle aurait pu lui résister, mais il attendait, les bras ouverts, un sourire presque timide aux lèvres. Alors elle avança et se nicha entre ses jambes.

Comme il se penchait, effleurant son épaule nue du bout des lèvres, elle ferma les yeux.

Il descendit, embrassa un de ses seins, puis l'autre, recommença.

Il avivait si bien le brasier qui la consumait qu'elle

glissa la main dans ses cheveux et se cambra, incapable de retenir son gémissement, à la rencontre de ses lèvres.

Délicieusement vivante, frémissante de désir, elle se pressa contre son érection. Il répondit par un grognement sourd et une étreinte plus vigoureuse. Leurs mains, leurs baisers, devinrent plus fiévreux.

C'était à la fois trop et pas assez. C'était comme si elle voulait tout, tout de suite, et qu'elle craignait en même temps de brûler trop vite les étapes.

Leurs vêtements, dans une succession de gestes tour à tour lents et fébriles, tombèrent les uns après les autres. Lorsqu'il la souleva entre ses bras, sans rompre leur baiser, ne restait plus que le pantalon de Colin pour les séparer.

Elle se débarrassa de ses talons aiguilles, qui rejoignirent le sol dans un bruit mat.

Devant le canapé, il la fit lentement glisser contre lui. Elle éprouva tous les reliefs de ses muscles tendus avant de sentir ses seins frôler son torse et ses pieds toucher terre.

Un feu brûlait dans la cheminée, la lueur des flammes jouait sur le tapis persan.

Elle releva les yeux sur lui.

— Je croyais être en sûreté dans une pièce sans lit.

Il déposa un baiser sur sa tempe.

— Il n'y a pas que les lits, murmura-t-il. Et puis nous avons déjà testé cette formule.

— Le Renoir, dans ta chambre, n'est pas l'élément clé de ta séduction ?

Il rit.

— Accuse-moi d'arrogance ou de témérité, mais je croyais suffire.

Ses mains glissèrent sur ses cuisses, remontèrent jusqu'à sa taille, puis il l'allongea sur le canapé avant de s'étendre à son tour.

Il la contempla longuement, le regard brûlant, puis posa la main sur son sexe. Elle retint son souffle, trop fascinée pour risquer le moindre geste.

Il se mit alors à la caresser, tout doucement, jusqu'au moment où ses doigts, résolus à trouver leur chemin, glissèrent en elle. Avec un soupir, elle ferma les yeux, baignée par des ondes de plaisir aussi douces et pénétrantes que ses caresses, et se mordit la lèvre.

— Tu me rends fou quand tu fais ça.

— Oh… Oh ! répéta-t-elle en comprenant à quoi il faisait allusion.

— Je rêve de mordiller ce bout de lèvre. Je te veux, lâcha-t-il d'une voix rauque.

Il se leva, ôta son pantalon et enfila le préservatif qu'il avait sorti de sa poche.

La lueur du feu jouait sur ses muscles d'airain. Dressé dans sa superbe nudité et fort de son désir, il était splendide. Ce spectacle, ce qu'il signifiait et annonçait, souleva un flot brûlant dans ses veines.

Il revint vers elle, lui écarta doucement les jambes.

— Je suis sûre que ce canapé est très ancien, tenta-t-elle de protester.

— Alors il en aura vu d'autres.

Sans un mot de plus, il se glissa en elle.

Le même soupir, intense et profond, franchit leurs lèvres, le même frisson — elle le sentit — les traversa.

Cela faisait si longtemps. Trois ans…

Etait-ce du soulagement qu'elle éprouvait ? Avait-elle attendu, espéré ce moment si longtemps ?

Mais elle n'eut pas le temps de s'interroger. Il s'était mis à bouger, et seuls comptaient le rythme ensorcelant, le plaisir auquel il les conviait.

— C'est tellement bon, lâcha-t-il.

— Oh ! oui !

C'était si vrai, tellement incroyable, que rien ne lui semblait plus vital, plus important, plus *juste*, que cet instant. Et la passion qui les consumait était si intense, si urgente, que son esprit vacillait.

Elle était aussi impressionnée par l'adresse de Colin à lui donner autant de plaisir et à en prendre. Il ne semblait pas seulement connaître ses plus infimes réactions, elle avait l'impression qu'il les *anticipait*. Exactement comme à Las Vegas.

La même sensualité l'enveloppait que lors de leur nuit de noces et c'était elle, vague après vague, qui la poussait vers le vertige, inouï, dans lequel, *avec Colin*, elle voulait s'abîmer.

Un frisson la traversa. Un cri naquit dans sa gorge. C'était si bon… si bon que merveilleusement maintenue par son étreinte, galvanisée par sa force, elle laissa ce cri grandir, s'échapper puis exploser avec elle.

Son ravissement, pourtant, ne s'arrêta pas là. Lorsqu'il reprit leur rythme un instant suspendu, lorsqu'il lâcha lui-même un cri rauque, elle se laissa, une seconde fois, transporter.

Ils retombèrent ensemble sur le canapé, épuisés, hors d'haleine.

S'il lui restait le moindre doute quant à la nature de ce qu'ils avaient partagé à Las Vegas, il s'était envolé.

Elle ne pouvait plus croire que leur nuit n'était qu'un hasard.

- 10 -

— Félicitations, Melton, lança Colin avec un grand sourire.

Il se trouvait dans la bibliothèque de la superbe demeure de son ami, à Londres, en compagnie de Hawk. Tamara, la femme de Sawyer, était rentrée de l'hôpital la veille, où elle avait donné naissance au vicomte d'Averil. Elle, Pia et Belinda s'occupaient du bébé dans la nurserie.

— Merci, répondit Sawyer. Que diriez-vous d'un scotch pour fêter l'événement ?

— La situation l'impose, commenta Hawk dans un rire.

— Et comment ! renchérit Colin. Le jeune vicomte est en parfaite santé, mais il est arrivé un peu tôt.

Belinda avait appris la naissance quelques jours après leur soirée à Covent Garden. Ils étaient revenus à Londres dès que Tamara était rentrée à la maison.

Leur bref séjour à Halstead Hall avait dépassé les espérances de Colin. Trois années n'avaient pas effacé le souvenir de leur nuit de noces à Las Vegas, et celle qui avait suivi la représentation d'*Aïda* avait été à la hauteur.

Il éprouvait une vive satisfaction, un peu comme le joueur qui a conservé son as et le pose, victorieux, à la fin d'une partie. Mais plus que la victoire, dont il connaissait les effets, il ressentait un apaisement profond. Et ce sentiment, tout aussi exaltant, aucune femme ne le lui avait jamais inspiré.

Il ne lui restait plus qu'à faire admettre à Belinda qu'il avait, lui, le redoutable, l'odieux Granville, le même effet sur elle. Ce n'était qu'un détail, mais un détail majeur.

— La naissance nous a en effet pris par surprise, reprit Sawyer. Heureusement que Tamara n'a pas attendu une semaine de plus, le bébé pesait près de quatre kilos.

— Et grâce à la double nationalité de sa mère, observa Colin, le jeune héritier sera aussi américain.

— De quoi faire se retourner au moins l'un de mes ancêtres dans sa tombe, répliqua Sawyer en se dirigeant vers le bar. Celui qui soutenait George III contre les indépendantistes de Nouvelle-Angleterre.

— Paix à son âme.

— Tamara a trouvé…

— Amusant de venger ses ancêtres ? le coupa Hawk en riant.

Sawyer se retourna et lui rendit son sourire.

— Tu peux faire le malin. Je suis surtout soulagé d'avoir été à proximité d'un hôpital quand elle a rompu la poche des eaux. Maintenant que le bébé est là, c'est une nouvelle vie qui commence.

— En parlant de nouvelle vie, reprit Hawk en se tournant vers Colin, vous semblez avoir de meilleures relations, toi et Belinda.

— Tu veux dire qu'elle n'a plus l'air de vouloir me fusiller ?

Sawyer, la bouteille au-dessus des verres, leva les yeux.

— En tout cas, observa ce dernier, les tirs sont moins fréquents.

— C'est bien simple, intervint Hawk en levant un regard faussement consterné au plafond. Depuis que vous êtes arrivés, je n'ai pas goûté une seule de vos piques.

— Oui, ce n'est pas très gentil de ma part de vous priver de ce divertissement.

— Allons, ne fais pas cette tête, Easterbridge, s'amusa Sawyer en apportant leurs verres. Nous sommes de tout cœur avec toi. N'oublie pas que nous sommes passés par là, il n'y a pas si longtemps.

Ni Sawyer ni Hawk n'avaient eu un chemin facile jusqu'à l'autel, il le savait, mais ils nageaient aujourd'hui dans le bonheur.

— N'empêche, ajouta Hawk en acceptant son verre avec un sourire, c'est toujours passionnant de voir le colosse rendre les armes.

— Le colosse, si c'est de moi que tu parles, te remercie. Mais qu'est-ce qui te fait croire que je me suis rendu, ou même que j'ai plié ?

Hawk et Sawyer échangèrent un regard, puis Hawk — l'air hilare — revint à Colin.

— Tu veux jouer au plus fin ? Pas de problème ! Mais dans ce cas, compte sur moi pour être là le jour où tu capituleras !

La sonnerie de son téléphone portable lui épargna de répondre. Colin sortit l'appareil de sa poche et consulta son message.

— Vous pouvez me féliciter, messieurs, annonça-t-il en prenant le verre que Sawyer lui tendait. Vous avez devant vous le nouveau propriétaire de l'immeuble Wentworth sur Elmer Street.

— Tu as recommencé ? s'étonna Hawk, bouche bée.

— Ce n'est pas une grosse affaire.

— Laisse-moi deviner, intervint Sawyer. Cette fois encore, personne ne sait que tu es l'acheteur.

— Sauf ceux qui connaissent l'exacte composition de la société Halbridge Properties, répondit-il suavement.

Hawk secoua la tête.

— Halbridge, répéta-t-il, la contraction d'Halstead et d'Easterbridge.

Colin resta silencieux.

— J'espère que tu sais ce que tu fais, finit par reprendre Hawk.

— Fais attention, renchérit Sawyer. Autant j'admire tes prouesses professionnelles, autant tu pourrais regretter celle-ci. Tu t'aventures en terre inconnue.

— J'ai l'habitude du risque, répliqua-t-il en levant son verre. Alors… à mes succès.

Belinda baissa les yeux sur le berceau et sentit son cœur se serrer. L'adorable bébé dormait d'un sommeil paisible. Selon le vœu de ses parents, il s'appelait Elliot. Mais son nom complet — en raison du rang de son père dans la noblesse — était Elliot Langsford vicomte d'Averil.

Elle releva les yeux et contempla la nurserie, décorée dans les tons gris palombe et blanc, puis elle revint au bébé.

Malgré toute son admiration et l'amour qu'elle ressentait déjà pour le nourrisson, elle ne pouvait s'empêcher de penser à la nuit qu'elle avait passée avec Colin.

Une nuit à la fois glorieuse et… déconcertante. Elle ne pouvait plus se trouver en compagnie de Colin sans avoir envie de se jeter sur lui. Et si elle en jugeait aux regards qu'il lui lançait, il semblait prêt à se jeter sur elle à la moindre occasion.

Mais cet emballement était temporaire, elle le savait. Leur accord se limitait aux deux prochaines années et aux propriétés qu'elle voulait récupérer. Il n'y aurait jamais de bébé à la peau veloutée, proférant de petits bruits, son petit cœur palpitant dans sa minuscule poitrine.

Ils utilisaient des préservatifs pour s'en assurer.

Elle ravala le nœud qui lui serrait la gorge. Son émotion était passagère. Elle était due au fait qu'elle ne serait pas mère avant d'être séparée de Colin. Elle ne voulait bien sûr pas tomber enceinte. Cela ne faisait pas partie de son accord avec Colin.

— Vous ne voulez pas vous asseoir ? murmura Pia, en jetant un coup d'œil inquiet à Tamara.

Celle-ci lui répondit par un sourire fatigué mais radieux.

— Seulement si vous me donnez une bouée.

Pia gloussa, et elles se dirigèrent toutes les trois vers la pièce adjacente, transformée en salle de jeu.

Tamara s'installa dans le fauteuil à bascule tandis que Pia, enlevant la girafe en peluche qui s'y trouvait, prenait place sur le coffre à jouets.

Belinda choisit de se glisser dans un petit fauteuil d'enfant.

Contrairement à la chambre, décorée dans des tons pastel et apaisants, cette pièce destinée à l'éveil éclatait de couleurs vives.

— Je crois que je ferais mieux d'oublier mes impressionnistes et de renouer avec les palettes de couleurs primaires, lança-t-elle, amusée.

Pia et Tamara éclatèrent de rire.

— Les tubes t'attendent, répondit Tamara en lui montrant une étagère. Fais-toi plaisir, il y en a pour tous les âges !

— En parlant de plaisir, reprit Pia, subitement intriguée, on dirait que Colin et toi vous entendez très bien. J'ai rêvé, ou il t'a furtivement embrassée tout de suite après votre arrivée ?

Belinda rougit. Pia était une romantique incorrigible, mais elle ne voulait pas lui donner de faux espoirs. Elle et Colin étaient devenus — redevenus — amants, leur relation s'arrêtait là, même s'ils étaient mariés.

— Quelque chose me dit, renchérit Tamara en se redressant, que Belinda considère Colin avec plus de bienveillance ces derniers temps.

— Oh ! tant mieux ! s'enthousiasma Pia en battant des mains. J'ai toujours pensé que toi et Colin…

— Il ne s'agit pas de ça, trancha-t-elle.

— C'est pire ? demanda Tamara.

Oui, c'était pire, songea-t-elle en se mordillant la lèvre sous le regard intrigué de ses amies. Elle était devenue sensible à Colin, et beaucoup plus qu'elle n'était prête à l'admettre.

— J'ai couché avec lui, avoua-t-elle, consternée.

Pia sursauta et Tamara éclata de rire.

— Rassure-toi, nous sommes toutes passées par là, j'ai un bébé pour le prouver !

Sauf qu'elle n'aurait pas de bébé. En tout cas pas avec Colin.

— Fais juste attention, reprit Tamara, plus sérieuse. J'ai bien peur que Colin ne soit de la même étoffe que ses deux compères en bas, le mari de Pia et, aussi adorable soit-il, le mien. En d'autres termes, on tombe dans leur filet, et sous leur charme, avant même de s'en rendre compte.

Elle n'avait pas besoin de cette mise en garde, quand tout son corps vibrait grâce à la seule présence de Colin.

— Le chemin qui mène au véritable amour n'est jamais simple, lui offrit Pia, compatissante.

Elle se contenta de lui sourire. Il ne servait à rien de vouloir raisonner son amie sur ce sujet. Son romantisme était aussi farouche et bien ancré que la haine qui séparait les Wentworth et les Granville.

Deux jours après sa visite chez Sawyer et Tamara, Belinda se préparait à la réception donnée dans le voisinage d'Halstead Hall en l'honneur d'une exposition d'art chinois du XVIIIe siècle. La visite, organisée pour les seuls invités, serait suivie d'un dîner dansant.

Devant son armoire, elle se demandait si Colin avait accepté cette invitation pour lui faire plaisir. Il connaissait sa passion pour l'art et son attachement à son métier… Tout en faisant défiler ses cintres, elle se rappelait aussi les dispositions qu'il lui avait annoncées. Elle bénéficiait désormais, et en toute liberté, de la rente associée à son titre.

C'était très généreux de sa part, mais elle préférait choisir une de ses robes. Elle n'avait pas le temps de faire les magasins et puis, elle avait son propre vestiaire. Représenter Lansing à toutes sortes de vernissages et de soirées mondaines faisait partie de son travail. Elle ne possédait peut-être pas grand-chose, mais elle avait du goût, et elle savait profiter des soldes de créateurs.

Après réflexion, elle opta pour une robe fourreau beige, longue et brodée de perles, qui lui allait très bien.

La réaction de Colin, lorsqu'elle arriva quelques minutes plus tard dans le salon où il l'attendait, se montra à la hauteur de ses espérances.

Et même au-delà, se dit-elle en frémissant sous son regard.

Son cœur aussi s'était mis à palpiter. Il était en smoking, et cette tenue sublimait — elle ne voyait pas d'autre terme — son élégance naturelle. Ses cheveux brillaient dans la lumière, sa stature noble et athlétique était encore plus frappante, et elle ne parlait même pas de la virilité qui se dégageait de toute sa personne.

Si elle s'était crue habituée à sa prestance, elle s'était lourdement trompée.

L'apparition du chauffeur sur le seuil la sortit heureusement de son trouble.

— La voiture est prête, monseigneur.

Colin la quitta une seconde des yeux.

— Merci, Thomas.

Elle se ressaisit et profita de cette diversion pour s'assurer que le diadème qu'il lui avait donné pour le mariage de Pia était correctement posé sur ses cheveux.

— Tu es d'une beauté… fascinante, lui dit-il.

— Merci, répondit-elle, touchée par la vibration profonde de sa voix.

— J'ai quelque chose pour toi.

Elle le regarda prendre un écrin posé sur une console et avancer jusqu'à elle.

Elle baissa les yeux sur son contenu et sentit le souffle lui manquer.

— Il semble que nous ayons, une fois de plus, les mêmes intuitions, reprit-il.

Le boîtier contenait un stupéfiant collier de diamants. Son style ancien en faisait un bijou de l'époque victorienne ou edwardienne et son éclat offrait l'idéal contrepoint à la tonalité de sa robe.

— Il est entré dans la famille avec mon arrière-arrière-grand-mère. Elle n'était pas Granville de naissance, ajouta-t-il avec un soupçon d'humour.

Elle releva les yeux.

— Il est splendide, dit-elle, étranglée par l'émotion. Je ne sais pas si je vais oser le…

— Ne t'inquiète pas. Je vais t'aider à le mettre.

Il déposa l'écrin et sortit le bijou qui brilla de tous ses feux.

Elle le regarda approcher, puis sentit la fraîcheur des diamants glisser contre sa peau, tandis que les doigts de Colin, frôlant sa nuque, faisaient jouer le fermoir.

Sa tâche achevée, il s'immobilisa. Leurs lèvres n'étaient qu'à quelques centimètres. Elle retint son souffle.

Ils restèrent ainsi quelques secondes qui lui semblèrent une éternité, puis il sourit.

— J'ai hâte d'être à cette soirée, lui dit-il d'une voix légèrement âpre.

Elle se sentit frémir. Sa voix, son attitude, ses gestes étaient tellement sensuels et à la fois si doux, qu'elle ne savait plus du tout où elle en était.

Il se redressa, un sourire presque hésitant aux lèvres.

— Je crois que je vais te laisser mettre les boucles d'oreilles toute seule.

Le charme était rompu.

Légèrement étourdie, elle se tourna vers le miroir, tandis que la gouvernante entrait leur annoncer que la pluie menaçait et que les parapluies étaient de mise.

Quelques instants plus tard, ils étaient en voiture.

Dès leur arrivée, elle se sentit immédiatement à l'aise. Ce n'était pas la première fois qu'elle sortait en public avec son époux et elle avait l'habitude de ce genre de soirées.

Deux des cousins de Colin étaient présents avec leur femme. Elle les salua, d'abord un peu embarrassée, puis se détendit dès que la conversation glissa sur leurs enfants. Elle avait accueilli les petits dans son atelier d'art, et ils étaient visiblement impressionnés par le travail qu'elle avait réalisé avec eux.

Un peu plus tard, elle quittait un vicomte anglais et son épouse, lorsqu'une silhouette familière attira son regard.

Elle se figea, prise de panique.

Elle ne s'était pas une seconde préparée à croiser Tod. Elle chercha Colin des yeux et s'aperçut qu'il l'avait vu lui aussi.

Elle faillit courir vers lui, mais se retint. Rencontrer son ex-fiancé était inévitable. Londres n'était pas une si grande ville et ils fréquentaient le même milieu. Mais pourquoi cette rencontre devait-elle se produire ce soir ?

Tod approchait.

— Lady Wentworth, la salua-t-il. Ou dois-je vous appeler Lady Granville ?

Colin, arrivé presque en même temps, lui adressa un bref hochement de tête.

— Dans tous les cas, trancha-t-il, Belinda est marquise d'Easterbridge.

Elle le regarda, un peu désemparée par son agressivité. Rien ne l'obligeait à se montrer aussi direct. Ils savaient tous les trois qu'elle était la femme de Colin, et la question de Tod n'était pas déplacée, puisqu'elle avait conservé son nom de jeune fille.

L'agacement que lui inspirait la réaction de Colin ne l'empêcha toutefois pas de comparer les deux hommes. Comme le jour de son non-mariage, Tod semblait écrasé par la présence de Colin. Il ne manquait pas de prestance, mais il y avait une différence notable entre eux. Colin débordait de puissance.

Les différences, bien sûr, ne se limitaient pas au physique. Tod avait cédé à la pression sociale et familiale pour la conduire à l'autel, alors que Colin, n'écoutant que la passion et bravant tous les interdits familiaux, l'avait épousée sur un coup de tête à Las Vegas.

Tod se tourna vers elle.

— M'accorderiez-vous la prochaine danse ?

— La prochaine danse est réservée, répondit Colin avant qu'elle ne puisse ouvrir la bouche.

Son agacement grimpa d'un cran, mais Tod et Colin se faisaient déjà face.

— La suivante, alors, avança Tod.

— Elle est également prise.

— Belinda peut peut-être s'exprimer seule.

— C'est inutile, puisque je vous ai répondu.

Elle se tourna vers Colin qui, le visage fermé, avait l'air presque menaçant, puis vers Tod dont la mâchoire était serrée. Ils semblaient sur le point d'en venir aux mains. Et pire, on commençait à les regarder.

— D'abord vous l'enfermez dans le mariage, murmura Tod d'une voix frémissante, puis vous la coupez du monde ?

— Vous remarquerez, Dillingham, si vous regardez autour de vous, que Belinda assiste en ce moment même à une soirée *mondaine*, répliqua Colin d'un ton glacial.

— C'est donc contre moi que vous en avez ?

— Et pour ce qui est du mariage, poursuivit-il sans s'arrêter, Belinda et moi nous sommes mariés parce que nous avions hâte de nous retrouver au lit.

Elle s'étrangla.

Ces derniers mots étaient une insulte à peine déguisée. Ils sous-entendaient, bien sûr, qu'elle et Tod n'avaient jamais connu un tel empressement.

Que ce soit vrai ne rendait l'affront que plus humiliant.

Elle vit la mâchoire de Tod frémir et les poings de Colin se serrer davantage. Il était temps d'intervenir.

— Cette scène est ridicule, leur lança-t-elle. *Vous* êtes ridicules !

Incapable d'en supporter davantage, elle tourna les talons et s'en alla, fulminant contre l'imbécilité masculine tout en tâchant de maîtriser sa colère et le rouge qu'elle sentait lui monter aux joues.

Dire qu'elle s'était rapprochée ce soir de certains membres du clan des Granville. Elle avait même commencé à croire que Colin ne ressemblait pas forcément à ses odieux ancêtres. Quelle idiote !

Et comme si cela ne suffisait pas, la seule chose dont tous les invités se souviendraient maintenant, c'était l'altercation entre Tod et Colin. Elle était intervenue à temps, mais elle avait bien vu les regards qu'on leur avait lancés.

Elle se sentait meurtrie. Ce n'était pas parce qu'elle avait accepté de rester sa femme que Colin avait le droit, dans sa conquête des Wentworth, de lui infliger une telle humiliation.

Elle passa le reste de la soirée à les éviter tous les deux. Ce ne fut pas difficile, elle avait l'habitude de nouer des contacts et, comme il était d'usage dans ce type d'événements, elle et Colin n'étaient pas assis côte à côte au dîner. Elle ne s'était pas davantage retrouvée — heureusement — placée à côté de Tod.

Elle ne retrouva Colin qu'au moment de partir. Ils s'en allèrent ensemble, conduits par le chauffeur, en silence.

De retour à Halstead Hall, laissant Colin donner ses instructions au majordome, elle monta directement dans sa chambre.

Sa porte fermée, elle poussa un soupir de soulagement et se dirigea vers sa coiffeuse. Elle ôta ses bijoux, puis se regarda dans le miroir.

Son reflet lui renvoyait l'image d'une jeune femme posée, ne trahissant aucune des émotions qui l'agitaient. Son maquillage n'avait pas bougé. Seuls ses yeux noisette, brillants et grands ouverts, semblaient manifester un reste d'étonnement irrité devant les événements de la soirée.

A chaque instant, elle s'attendait à entendre Colin monter l'escalier et entrer dans sa propre chambre, mais la maison restait silencieuse.

Elle pinça les lèvres, tâchant d'oublier sa colère, plus vive à chaque minute écoulée.

Comment osait-il ?

N'y tenant plus, elle finit par se lever.

S'il croyait s'en tirer de cette façon, se dit-elle en quittant sa chambre, il se trompait.

Elle le trouva dans la bibliothèque. Il leva les yeux sur elle, une carafe de cristal dans une main, un verre dans l'autre. Son nœud papillon pendait sur sa chemise et ses cheveux étaient passablement ébouriffés. Mais son charme, en dépit de son allure un peu débraillée, restait intact.

— Tu veux un verre ?

Elle refusa.

— Comme tu voudras, répliqua-t-il en se servant.

Sa rudesse l'inquiéta. Il était toujours affable, même lorsqu'il écrasait un ennemi.

— Tu as été odieux avec Tod.

— Vraiment ? Pauvre Dillingham, je le pensais plus coriace.

Elle pinça les lèvres.

— Tu as cru que j'allais l'étrangler ? reprit-il en buvant une gorgée. Remarque, ce n'est pas que l'idée m'aurait déplu.

— Tu as été blessant. Ce n'était pas nécessaire.

— Voyez-vous cela, ironisa-t-il avec une grimace exagérée. Mais que penses-tu, ma chère épouse, des blessures que tu m'infliges ?

Elle sursauta, interloquée.

— Songes-tu à moi qui, malheureux suspendu à tes lèvres, guette le moindre de tes regards ?

— Je n'ai jamais rien entendu d'aussi ridicule.

— Vraiment ? répliqua-t-il avant de poser son verre et de venir vers elle.

Elle se força à ne pas bouger.

— Notre accord ne te permet pas d'insulter Tod.

— Vraiment ? Oublierais-tu que tu étais prête à l'épouser alors que tu étais déjà *ma* femme ?

— J'ignorais que nous étions toujours mariés.

— Mais maintenant, tu sais.

Elle resta un moment interdite. L'accusait-il réellement de savoir *maintenant* ce qu'elle ignorait *alors* ? Ce n'était tout de même pas sa faute ! Consciente de se laisser embrouiller, elle chercha une réponse capable de prouver à Colin sa mauvaise foi. Mais il lui dama le pion.

— D'accord, admit-il en s'arrêtant devant elle. Tu ne savais pas. Il n'en reste pas moins qu'*aujourd'hui*, nous savons tous que tu allais bel et bien te marier alors que tu étais *ma* femme.

Elle le dévisagea, intriguée par son intonation, puis comprit tout à coup. Il était jaloux ! Et cela le rendait étrangement vulnérable.

Ce constat, parfaitement inattendu — mais évident —, la laissait sans voix. Elle n'avait pas besoin de cet éclairage inopiné sur son comportement ; elle voulait continuer de lui en vouloir. Mais il lui effleura le bras et une décharge, aussitôt, la traversa.

Il s'en aperçut aussi bien qu'elle.

— C'est toujours entre nous, murmura-t-il. N'est-ce pas ?

Elle aurait eu du mal à le nier.

Il lâcha un petit rire de dérision.

— Définitivement incontrôlable, et parfois déplacé.

— Comme maintenant.

Il hocha la tête, si près qu'elle voyait les lueurs qui dansaient dans ses yeux.

— Je dois t'embrasser.

Joignant le geste à la parole, il s'empara de ses lèvres. Et elle, au lieu de protester, se découvrit en train de l'enlacer, tandis que ses bras puissants se refermaient sur elle.

Ils s'embrassèrent avec passion, comme deux âmes sœurs désespérées de s'unir l'une à l'autre. L'attirance physique faisait bien sûr partie de l'impératif qui les poussait l'un vers l'autre, mais elle n'était pas tout.

Elle n'eut pourtant pas le loisir d'approfondir ses réflexions. Il lui enlevait sa robe, et elle était trop heureuse de l'y aider.

— Imaginer Dillingham danser avec ma femme presque nue m'a rendu fou. J'aurais pu lui tordre le cou.

— Je sais.

Enfin, elle le savait *maintenant*. Et si elle éprouvait encore un peu de colère, elle se sentait nettement plus compréhensive.

Elle s'attaquait à son nœud papillon et, tandis qu'il s'occupait avec la même vigueur de défaire ses boutons, elle l'aida à se débarrasser de sa veste, puis de sa chemise.

Elle glissa alors les mains sur son torse et les laissa descendre jusqu'à la toison qui naissait au-dessus de sa ceinture. Il la déboucla et quitta son pantalon en même temps que ses chaussures.

Alors qu'ils étaient presque nus l'un devant l'autre, elle caressa son érection d'une main légère.

— Oh oui, lâcha-t-il d'une voix rauque et tendue, touche-moi, Belinda.

Elle fit glisser son caleçon sur ses hanches et l'accompagna jusqu'à ses pieds. A genoux devant lui, elle le prit alors dans sa bouche.

— Oh ! Belinda…

Galvanisée par son soupir, elle goûta tout le plaisir qu'elle lui donnait jusqu'au moment où, n'y tenant plus, il la redressa pour la débarrasser de sa culotte et l'entraîner sur le canapé. Elle accueillit avec bonheur son poids sur elle et enroula les jambes autour de sa taille.

La bibliothèque était en train de devenir leur endroit favori, songea-t-elle, amusée. A croire qu'ils étaient incapables de faire le trajet jusqu'à un lit.

Mais comment auraient-ils pu attendre quand ils brûlaient de se donner l'un à l'autre ? Elle sentait les lèvres de Colin courir sur sa gorge, ses mains pressantes remonter le long de ses cuisses, s'arrêter un instant sur sa taille, s'emparer de sa poitrine.

Leurs souffles se mêlèrent ; leurs gestes, leurs baisers, leurs caresses se répondaient si bien qu'elle se laissa glisser dans le tourbillon de sensations qui les emportait.

Il s'écarta, le temps de mettre un préservatif, et la reprit dans ses bras.

— Tu sais, murmura-t-il d'une voix brûlante, avant toi, je ne m'étais jamais aperçu que ma bibliothèque était aussi érotique.

— Je peux être une bibliothécaire très avenante, avança-t-elle, taquine.

— Je le sais. Tu as déjà été mon adorable ange gardien de Las Vegas.

— Tu veux dire ton porte-bonheur aux tables de jeu.

— Viens, dit-il avant de la prendre avec fougue.

Elle l'accueillit avec un long cri de plaisir. Son ardeur lui convenait parfaitement. De toute façon, elle ne voulait pas lui résister. Elle n'en était même pas capable.

Et si elle n'en était pas capable maintenant, elle ne le serait jamais. Autrement dit…

Elle repoussa la conclusion qui s'imposait. L'heure n'était pas à la réflexion.

- 11 -

Colin, son maillet de polo bien en main, dominait le terrain et la partie. Il ne ménageait pas son cheval, et ne laissait aucun répit à ses adversaires.

De son côté, au milieu des spectateurs, Belinda s'éventait avec le programme. Avril sonnait l'ouverture de la saison de polo, et le temps était doux. Mais voir son mari en culotte de cheval ne ménager aucun effort pour aider son équipe à remporter la victoire, produisait un drôle d'effet sur sa température.

Le match était organisé au profit d'un hôpital pour enfants dans la région d'Halstead Hall. L'enjeu avait beau être caritatif, les joueurs se défendaient avec férocité.

Et Colin était un battant, se dit-elle, fière malgré elle. Il était né et il avait été élevé pour gagner.

Une semaine s'était écoulée depuis qu'elle avait croisé Tod. Cette rencontre inopinée avait provoqué entre elle et Colin une étrange et très puissante décharge émotionnelle et physique. Leur rapport de force lui semblait même s'être modifié.

La réaction de Colin avait été si surprenante ce soir-là — si proche de la douleur — qu'elle s'était sentie ébranlée. Elle avait aussi compris qu'il n'était pas insensible à l'envoûtement dont elle avait cru jusque-là être la seule victime. Au fond, ils étaient soumis au même sortilège qui les poussait, malgré eux, l'un vers l'autre.

Elle n'oubliait pas qu'il était un Granville, qu'ils avaient signé un accord, et qu'il tenait l'héritage des Wentworth entre ses mains. Mais elle avait pris conscience de sa propre force, sinon de l'emprise qu'elle avait sur lui. Et elle avait découvert que leur relation ne dépendait plus seulement de lui, mais de chacun d'entre eux.

Ils avaient passé la semaine dans les bras l'un de l'autre. Elle ne comptait plus les moments, les endroits ni le nombre de fois qu'ils avaient fait l'amour. Bien sûr, dans son lit — elle s'était presque installée dans sa chambre —, mais aussi dans la bibliothèque, dans le salon, et même — ce souvenir la faisait encore rougir — dans l'écurie, après une promenade à cheval.

Il s'infiltrait dans ses pensées aussi merveilleusement qu'il se glissait en elle. Si bien qu'elle commençait à oublier la raison pour laquelle elle avait accepté de rester sa femme. Elle gardait tout de même un peu de lucidité.

Reprendre les biens que Colin avait lâchement dérobés à sa famille restait son objectif, et son unique préoccupation.

La vibration de son téléphone portable la fit sursauter. Elle le sortit de son sac pour découvrir qu'elle venait de rater un appel de son oncle. Elle écouta son message, le front plissé. Il lui demandait de venir sans tarder à Downlands.

Il n'avait pas l'air souffrant, se dit-elle en rangeant son appareil. D'un autre côté, elle se demandait ce qui pouvait bien se passer.

Elle chassa son inquiétude dans un soupir. Le seul

moyen de savoir de quoi il retournait était de lui obéir. La distance entre Halstead Hall et Downlands n'était heureusement pas grande.

Elle releva les yeux et vit Colin quitter le terrain de polo pour venir à sa rencontre. Son col ouvert laissait entrevoir sa peau luisante de sueur et son costume était à tordre.

Il s'arrêta et se pencha pour déposer un baiser sur ses lèvres.

— Nous avons gagné, déclara-t-il en se redressant.

— Ah bon ? Je ne m'en suis pas aperçue.

Son sourire s'élargit.

— Nous allons devoir approfondir ta connaissance du sport des rois.

— Tu ne préfères pas que je me concentre sur toi ? le taquina-t-elle.

— Si tels sont tes désirs, répondit-il sur le même ton, j'aurais mauvaise grâce à ne pas les exaucer.

Il se pencha et l'embrassa encore.

Son odeur, son goût, sa chaleur, l'inondèrent. Elle prenait trop de plaisir à ce contact, songea-t-elle sans pour autant s'en détacher. Si elle n'y prenait garde, elle risquait de devenir dépendante. Il s'écarta.

— Nous sommes en public, bredouilla-t-elle.

— Aux vainqueurs le butin, répliqua-t-il dans un murmure, le regard pétillant. Tu ne veux pas faire un tour aux écuries ?

Elle s'efforça d'avoir l'air choqué.

— Nous y sommes déjà allés.

— Et c'était bien.

Elle se sentit rougir.

— Je ne peux vraiment pas, Colin. Mon oncle vient

de me laisser un message plutôt énigmatique. Je dois aller à Downlands vérifier que tout va bien.

— D'accord. Je t'attends à la maison.

Lorsque Belinda arriva, son oncle arpentait la bibliothèque.

Elle avait passé de si bons moments dans cette maison, se dit-elle, prise d'un accès de nostalgie. La propriété était plus petite et beaucoup moins impressionnante que le manoir d'Halstead Hall, mais les pièces étaient grandes, lumineuses, et le jardin était magnifique. Elle avait du mal à croire que le domaine fût vendu. Mais tout rentrerait vite dans l'ordre, et le mieux du monde, si elle songeait à l'harmonie des moments qu'elle passait désormais avec Colin.

— Que se passe-t-il ? demanda-t-elle.

Son oncle se tourna vers elle, visiblement agité.

Son silence raviva son inquiétude.

— A moins qu'il ne s'agisse d'une question de vie ou de mort, je ne…

— Ton mari a acheté et vendu l'immeuble d'Elmer Street.

— Quoi ? s'exclama-t-elle, stupéfaite. Acheté, vendu ? Quand, comment ?

Elle ne savait même pas que l'immeuble était à vendre. C'était un bâtiment résidentiel de quatre étages, situé à Covent Garden, et entièrement loué. Cet usage en faisait très certainement un bien difficile à vendre.

— Je l'ai vendu à une société du nom d'Halbridge Properties, commença son oncle en se frottant nerveusement les mains. Je viens de découvrir qu'il s'agit d'une des innombrables couvertures de ton mari. Et ce malotru ne perd pas de temps ! Il tente de vendre à quelqu'un d'autre.

Il pouvait frémir de colère, elle sentait le cœur lui manquer.

— Tu as vendu une autre de nos propriétés ?

Elle était abasourdie, mais se sentait surtout trahie, et de tous les côtés. Elle avait non seulement accepté de rester mariée à Colin pour récupérer les titres des propriétés que son oncle lui avait *déjà* vendues, mais celui-ci, non content de recommencer les mêmes erreurs, l'enfonçait un peu plus dans un marché dont elle avait le plus grand mal à supporter tous les tenants et les aboutissants.

— Pourquoi as-tu vendu ?

— Belinda, s'il te plaît.

— S'il me plaît ? s'étrangla-t-elle.

— Tu n'as aucune idée de l'état désastreux de nos finances.

— Apparemment non, répliqua-t-elle sans le moindre égard pour son air tourmenté. Et te faire de nouveau avoir par Colin !

Cette fois, il rougit.

Elle devait reconnaître que son oncle n'était certainement pas le seul à se faire rouler par Colin. Elle connaissait l'habileté de son époux. Et ses talents ne se limitaient pas aux tables des casinos. Il était l'un des magnats de l'immobilier les plus célèbres de Londres.

Et l'homme qui lui faisait passionnément l'amour pendant… qu'il visait le rachat et la revente d'une autre parcelle Wentworth.

Elle se sentait trahie, humiliée, mais pis, en colère.

— Où en sont tes relations avec Easterbridge ? reprit

tout à coup son oncle. Tu ne savais rien d'Halbridge Properties et de son dernier achat ?

Ce fut à son tour de se sentir mal à l'aise. Elle n'avait pensé qu'à la douceur des caresses de Colin, à sa tendresse quand il lui faisait l'amour. Elle avait cru qu'ils se rapprochaient, elle avait cru que…

Elle secoua la tête. Peu importait ce qu'elle avait cru. Durant tout ce temps, Colin continuait ses combines contre les Wentworth.

Son oncle pencha la tête, dans un curieux mélange de fourberie et de désespoir.

— Toutes les manœuvres sont possibles entre un mari et sa femme, avança-t-il. Tu as déjà joué de ton charme avec Easterbridge, par conséquent…

Il laissa sa phrase en suspens, mais elle n'avait aucun mal à déchiffrer ses intentions. Il lui suggérait tout simplement de récupérer Elmer Street en séduisant Colin.

Si elle avait encore nourri le moindre doute, le sous-entendu de son oncle révélait de manière aveuglante ce qu'il pensait de son mariage. Pour lui et pour sa mère, il n'était qu'un moyen de parvenir à leurs fins, et elle n'était qu'un jouet.

Elle n'avait même pas le cœur d'exprimer sa pensée. Alors, au lieu de hurler que le Berkshire et le patrimoine des Wentworth pouvaient partir en fumée, si on attendait d'elle qu'elle recouche avec Colin, elle quitta la pièce.

Une fois de plus, elle était obligée d'affronter Colin.

En découvrant Belinda sur le seuil de son bureau, Colin sentit une vague de désir l'envahir.

Elle portait les vêtements qu'elle avait choisis pour assister au match de polo, de hautes bottes noires et une robe de tweed serrée à la taille par une ceinture, mais il avait hâte de la déshabiller.

Profitant de sa visite à Downlands, il avait pris le temps de se doucher et de se changer, mais il était prêt à se dévêtir de nouveau pour elle. Pourvu qu'ils finissent au lit, ou ailleurs, du moment qu'ils faisaient l'amour.

Il était d'ailleurs tenté de fermer la porte de son bureau à clé…

Il franchit la pièce.

— Comment as-tu osé ? lui lança-t-elle.

Interrompu au moment où il se penchait pour l'embrasser, il recula.

— Osé quoi ?

— Acheter et revendre, dans le plus grand secret, notre immeuble d'Elmer Street ?

Il s'immobilisa. Il avait prévu de lui parler de cette opération, mais plus tard.

— Comment l'as-tu appris ?

Elle le prenait de court, et il était obligé d'improviser.

— Oncle Hugh m'a informée.

— Chic type, ton oncle.

— Un de ses associés a découvert le pot aux roses, reprit-elle sans se laisser démonter. Il s'est renseigné sur Halbridge Properties et a transmis à mon oncle la véritable identité de l'acheteur.

— Suis-je bête, répliqua-t-il, ironique. J'aurais dû me douter qu'oncle Hugh prendrait ses précautions. Ou devrais-je dire qu'il chargerait — mais un peu tard — l'un de ses amis de s'en occuper à sa place ?

— Au moins a-t-il les intérêts de la famille Wentworth à cœur !

— Vraiment ? C'est tout de même lui qui a mis

l'immeuble en vente. Mais je ne le condamne pas, s'empressa-t-il d'ajouter. Vu l'état délabré du bâtiment, c'était une sage décision. Il devait être vendu, et l'argent doit être injecté dans les autres domaines Wentworth.

Cette déclaration, pourtant pleine de bon sens, ne fit qu'accroître la fureur de Belinda.

— Tu admets donc avoir eu l'intention de le revendre dès le rachat ? s'emporta-t-elle.

— Oui, afin de dégager les liquidités nécessaires à…

— Tout ce que tu fais se résume donc à une question de chiffres ? le coupa-t-elle sans l'écouter. Et l'émotion, les sentiments ? Je n'arrive pas à croire que tu sois l'homme qui m'a épousée sur un coup de tête à Las Vegas !

Il serra les mâchoires.

— Qu'est-ce qui te dit que ce mariage n'était pas mon plus grand pari ?

— C'était donc ça ? Un simple calcul de risques et de bénéfices potentiels ?

Il ne cherchait qu'à mettre un peu d'ordre et de pragmatisme dans le chaos financier des Wentworth. C'était pour cette raison qu'il avait acheté l'immeuble d'Elmer Street. Il avait bien sûr anticipé la réaction de sa femme, il avait donc attendu le meilleur moment pour lui en parler. Mais elle venait de découvrir ce rachat, de la pire façon possible, et elle ne semblait pas du tout en mesure de l'écouter ni de comprendre son point de vue.

— J'ai dit que c'était un pari, répliqua-t-il alors, pas que l'émotion n'y entrait pas. Quant à l'immeuble d'Elmer Street, que représente-t-il pour toi ? Tu n'y as jamais vécu.

— Il appartient aux Wentworth depuis deux générations, déclara-t-elle en relevant fièrement le menton.

— Ce prétexte illustre précisément les causes de votre débâcle financière. Votre attachement aveugle à des…

— Je suis une Wentworth ! répliqua-t-elle en posant les mains sur ses hanches. Nous avions un accord. Tu t'étais engagé à ne vendre aucune de nos propriétés.

— Je me suis engagé à te céder les titres de celles en ma possession au moment de la signature. L'immeuble d'Elmer Street n'entre pas dans notre accord, je l'ai acheté après.

— Je comprends que mon oncle n'ait eu aucun soupçon, fulmina-t-elle. Il te croyait lié par notre contrat.

— Je n'ai pas rompu notre accord.

— Tu en as violé l'esprit, sinon la lettre. Nous sommes restés mariés pour ne pas démanteler l'héritage Wentworth.

— Et il sera protégé. L'argent de la vente d'Elmer Street va servir à moderniser les autres propriétés.

— Pourquoi te croirais-je ? Tu as acheté et vendu Elmer Street sans même daigner m'en informer.

L'agacement de Colin monta d'un cran. Il essayait seulement de sortir sa famille du bourbier financier dans lequel elle s'était enfoncée. Mais elle refusait de l'écouter.

— Je ne me suis pas engagé à te fournir un rapport quotidien sur la gestion du patrimoine, répliqua-t-il.

— Alors il n'y a rien à dire, c'est ça ?

Sans lui laisser le temps de répondre, elle tourna les talons et s'en alla, furieuse.

*
* *

Belinda regarda son oncle froncer les sourcils.

— D'après les rumeurs qui courent dans la presse, dit-il en serrant ses accoudoirs, il paraît que tu as quitté Colin. Et j'ai bien peur que les commentaires te concernant ne soient pas très flatteurs.

Sa mère, assise avec circonspection à la droite de son oncle, opina.

Mais Belinda se fichait complètement des ragots. Elle se sentait plus malheureuse qu'elle ne l'avait jamais été, plus effondrée que le jour où elle s'était enfuie de cet hôtel de Las Vegas.

Elle était dans le salon de la maison de Mayfair, chez son oncle. Enfin, chez son mari. Tout était tellement compliqué…

Après avoir quitté Halstead Hall et Colin, la veille, elle avait trouvé refuge dans l'appartement londonien de Tamara et Sawyer. Tamara n'avait pas hésité à le lui prêter, surtout qu'elle, Sawyer et leur bébé étaient partis dans le berceau familial, dans le Gloucestershire.

Sa demande intempestive avait bien surpris son amie, mais elle était trop secouée pour lui donner la moindre explication.

Heureusement que personne n'avait été témoin de sa nuit déchirante et sans sommeil. Elle s'était tournée et retournée dans son lit, incapable de retenir les larmes qui ruisselaient sur son visage.

A l'aube, elle avait dû affronter la réalité.

Elle aimait l'intelligence de Colin, son humour, sa confiance et, oui, ses talents amoureux. Ils avaient beaucoup de points communs, mais surtout, ils se complétaient. Avec lui, elle se sentait vivante.

Elle était tombée amoureuse de lui.

C'était la raison pour laquelle sa trahison lui avait fait l'effet d'un poignard en plein cœur.

Pour lui, elle n'était qu'une conquête, un trophée de chasse incarnant la victoire des Granville sur les Wentworth. Si elle avait un peu compté, il ne se serait jamais montré aussi cavalier dans la vente d'Elmer Street. Elle ravala ses larmes.

Son oncle pianotait sur ses accoudoirs.

Il était arrivé de Downlands un peu plus tôt dans la journée. Apprenant qu'elle était en ville, il lui avait demandé de venir prendre le thé avec lui et sa mère.

— Je suis sûr que nous devons ces rumeurs aux Granville, reprit-il, la voix vibrante de colère. Ils ont peut-être remporté la victoire des médias, mais la guerre n'est pas terminée.

Elle sentit son cœur se serrer. Colin s'était-il vengé dans la presse pour s'assurer, dans la perspective d'un divorce, le bénéfice de la première salve ? Elle n'était partie que la veille. Qui d'autre aurait pu informer les médias ?

Son oncle se frotta les mains.

— Nous allons engager les meilleurs avocats. Nous contesterons la vente d'Elmer Street. Nous accuserons Easterbridge d'avoir violé votre contrat postnuptial, nous demanderons le divorce, et nous exigerons que tu obtiennes tous les titres de nos propriétés. Lorsque j'aurai récupéré la gestion du patrimoine, je m'assurerai que les Granville ne s'en approchent plus jamais.

— Non.

Sa protestation la stupéfia presque autant que son oncle et sa mère.

— Non ? l'interrogea son oncle, interloqué. Que veux-tu dire par là ?

Elle prit une profonde inspiration.

— Je veux dire que je ne céderai jamais le contrôle du patrimoine Wentworth.

— Bien sûr que non, ma chérie, fit son oncle, l'air détendu. N'est-ce pas précisément ce que nous essayons d'obtenir, avec un peu de chance et l'aide de quelques bons avocats ?

La situation se dessina tout à coup devant ses yeux avec une clarté qu'elle n'avait jamais éprouvée. Elle s'apercevait que son oncle, s'il en avait la moindre possibilité, vendrait ou hypothèquerait tous leurs biens jusqu'au dernier centime. Même avec les meilleures intentions, il était tout simplement incapable de gérer leur patrimoine.

Elle comprenait du même coup que Colin leur avait rendu un immense service. Si son oncle Hugh n'avait pas involontairement trouvé un acheteur avide en sa personne, il aurait bradé toutes leurs propriétés jusqu'à la ruine. Déchus, les Wentworth auraient alors cessé d'être invités. Sans le moindre sou, victimes de l'opprobre, ils auraient fini au ban de l'aristocratie, puis de la société.

Sa mère et son oncle s'étaient démenés pour qu'elle épouse Tod Dillingham. Elle avait cru qu'ils se souciaient de lui voir faire un bon mariage. Elle n'avait pas compris combien ils étaient désespérés de sauver la fortune familiale.

Or, il y avait une très grande différence entre pousser quelqu'un au mariage, fût-il de raison, et le sacrifier, encore et encore, pour sauver la famille de la ruine.

Elle aimait sa famille, de tout son cœur, mais sa mère et son oncle étaient humains, donc imparfaits — très imparfaits.

Que lui avait dit un jour Colin ? Qu'elle avait le choix entre devenir un vieux croûton rabat-joie ou une femme libre.

Son oncle semblait toujours ne pas comprendre.

— Je m'occuperai bien sûr de la gestion du patrimoine, disait-il, ou Tod, quand tu l'auras épousé.

— Non, répéta-t-elle fermement. Je n'épouserai pas Tod. Il ne fait plus partie de mes projets. Quand je divorcerai de Colin, si je divorce, et que j'aurai récupéré nos biens, nous ferons les choses à *ma* manière.

Quel changement, songea-t-elle, le cœur battant. Oui, peut-être même une forme de rebellion.

Sa mère lui lança un regard narquois.

— Belinda, c'est absurde !

— Pas le moins du monde, répliqua-t-elle en se levant. C'est même la meilleure décision que j'aie prise depuis longtemps. Et, pour être tout à fait franche, j'ai plutôt hâte de me lancer dans l'immobilier. Au revoir.

Son mari lui avait appris beaucoup de choses, se dit-elle en fermant la porte sur son oncle et sa mère médusés. L'une d'entre elles, et non des moindres, était qu'elle était bien plus forte qu'elle ne le croyait.

Elle venait juste de le prouver à sa famille. Il ne lui restait plus qu'à s'occuper de Colin.

- 12 -

— Qu'as-tu encore fait, maman ? soupira Colin.

— Ne t'inquiète pas, chéri. Tout est dans l'art d'utiliser les médias, aujourd'hui.

— Crois-le ou non, répliqua-t-il en se forçant à la patience, je fais partie de ceux qui persistent à penser qu'il y a une réalité en dehors des journaux.

— Balivernes ! Cette conception est d'un autre âge.

Venant de sa mère, cette réplique ne manquait pas de saveur. Car c'était lui qui avait fait franchir le nouveau millénaire aux Granville. Et il s'y était pris en consolidant la fortune familiale à travers l'astucieuse construction de son empire immobilier. Loin du tapage médiatique, justement.

Ils déjeunaient dans la salle à manger familiale — autrefois le salon de musique —, dont les grandes portes-fenêtres offraient une vue splendide sur le parc d'Halstead Hall.

Une domestique lui avait annoncé, peu de temps avant le déjeuner, que sa mère était arrivée et qu'elle se joindrait à lui pour le repas. Celle-ci s'était présentée, comme d'habitude, impeccablement vêtue, ses perles parfaitement alignées autour du cou et pas un cheveu en désordre.

Il se sentait, en comparaison, débraillé et mal en

point. Il ne s'était pas rasé en se levant, et ni sa chemise ni son pantalon propres ne pouvaient effacer le laisser-aller dans lequel il s'enfonçait.

Il connaissait bien sûr l'origine de son abattement. Belinda était partie depuis deux jours.

— Tu devrais prendre exemple sur ton ami Melton, reprit sa mère en buvant une gorgée de thé. Il est bien dans la communication, n'est-ce pas ?

Il se demanda, avec une nouvelle pointe d'ironie, si sa mère incluait le mariage dans l'exemplarité de Sawyer. Après tout, Tamara, malgré le titre de vicomte de son père, était une Américaine plutôt affranchie, voire franchement iconoclaste. Elle était en outre l'une des deux meilleures amies de Belinda.

— Melton va être vexé de s'apercevoir que tu n'as pas utilisé l'un de ses titres pour tes révélations publiques, reprit-il d'une voix lasse. Mais, rassure-toi, je vais lui demander de ne pas prendre cet affront personnellement.

Sa mère balaya cet argument d'une main catégorique.

— Je ne supporte pas son horrible chroniqueuse, Mme Hollings. Comment ose-t-elle continuer de parler de ton apparition au mariage Wentworth-Dillingham ?

— C'est très aimable à toi de riposter en t'abstenant de nourrir *ses* ragots sur Belinda.

— C'est la moindre des choses, répliqua sa mère avec une moue. Je ne comprends d'ailleurs pas pourquoi tu t'énerves. Qu'ai-je dit qui ne soit pas l'exacte vérité ? Belinda t'a quitté après avoir obtenu, par ton rachat d'un de leurs immeubles les plus décrépits, l'aide financière très largement attendue dont les Wentworth ont besoin.

— Je ne suis pas sûr que Belinda fasse la même analyse.

Elle haussa les sourcils.

— C'est bien ce que je veux dire.

Depuis son départ, Colin avait eu le temps de réfléchir et de... broyer du noir. Déprimé, incapable de travailler, il ne cessait de se répéter qu'elle avait eu raison.

Il était tellement attaché au résultat de ses efforts qu'il avait négligé ce qui comptait vraiment pour elle. La famille, l'histoire, les sentiments faisaient évidemment partie des valeurs auxquelles Belinda était attachée. Après tout, elle était passionnée d'impressionnisme, un courant qui résumait presque à lui seul tout le romantisme du XIXe siècle.

Sa mère se redressa.

— Nous devons agir vite et prendre la main sur les médias, afin que la presse et l'opinion publique soient de notre côté. Je me soucie de ta réputation.

— Ma réputation n'a pas besoin d'être secourue.

Contrairement à lui, songea-t-il, désabusé. Seule Belinda pouvait sauver son âme de mercenaire joueur et calculateur.

Parce qu'il l'aimait.

Il sursauta, d'abord complètement pris au dépourvu, puis traversé par un flot d'allégresse. Il l'aimait ! C'était la seule explication au sentiment qu'il éprouvait depuis son départ.

Mais ce n'était pas le moment d'exulter, pas quand sa mère était dans la pièce. Elle le considérait avec attention.

— Colin, déclara-t-elle subitement, tu pourrais avoir le choix en matière de prétendantes.

— En effet, comment oublier l'échantillon que tu cites dans le conte lancé par tes soins dans la presse ?

— Ce sont toutes de parfaites jeunes filles, affirma sa mère, les yeux brillants. Je le répète, tu as le choix.

— Mais je n'en veux qu'une. Et elle s'appelle Belinda. Pourquoi continues-tu de lui tourner le dos, alors que le reste de la famille s'est montré chaleureux avec elle ?

— C'est une Wentworth.

— Il est temps d'enterrer la hache de guerre, maman. Les hostilités sont terminées.

— Bien sûr qu'elles sont terminées ! s'exclama sa mère. Tu as gagné. Les Wentworth sont ruinés.

— Qu'ai-je gagné ? murmura-t-il.

Sa mère leva les yeux au ciel puis les ferma, consternée.

— Belinda est la marquise d'Easterbridge, maman. Tu ferais mieux de t'habituer à cette idée, car si elle le désire, elle va le rester.

Il s'apercevait, avec une éclatante lucidité, que sa prétendue victoire sur les Wentworth n'avait aucun sens sans Belinda.

Belinda ouvrit la porte de l'appartement et se figea. Colin était sur le seuil.

— Comment m'as-tu trouvée ?

Elle vit un sourire flotter sur ses lèvres.

— Un petit oiseau m'a dit où tu étais.

— Sawyer.

Il inclina la tête.

— C'est son appartement, après tout.

— Bel exemple de solidarité masculine. Que je déteste, ajouta-t-elle au cas où il aurait eu un doute.

— Et là, tu me détestes particulièrement.

Elle laissa son silence parler pour elle, mais elle était évidemment furieuse et blessée. Comment ne l'aurait-elle pas été ? Alors qu'elle savait pertinemment que Colin se jouait d'elle, elle n'avait rien trouvé de mieux que tomber amoureuse de lui.

Comment pouvait-elle critiquer la légèreté de son oncle lorsqu'elle était la première à manquer du plus élémentaire discernement ?

La preuve, l'arrivée de Colin la remplissait d'allégresse. Elle ne parlait même pas du plaisir qu'elle éprouvait à le regarder. Ses cheveux d'habitude si bien coiffés avaient beau être en bataille, et sa mâchoire d'habitude bien rasée afficher une barbe de plusieurs jours, il était toujours aussi séduisant. Et elle, toujours aussi… stupide.

— Puis-je entrer ? lui demanda-t-il.

— Ai-je le choix ?

Il grimaça.

— Disons que Sawyer m'a très obligeamment prêté son appartement le temps de mon séjour à Londres.

— Comme c'est aimable à lui, railla-t-elle. Mais ton besoin de logement m'étonne, compte tenu du nombre de résidences que tu as acquises ces derniers temps.

— Celle de Mayfair est occupée.

— Oh ! Comment ai-je pu l'oublier ? Votre générosité honore votre noblesse, monseigneur. Et mon oncle Hugh vous transmet ses respects.

Il lâcha un rire désarmé.

— J'imagine que je mérite tes reproches.

Elle balaya son apparente contrition d'un geste de la main.

— Je suis sûre que ta mère ou ta sœur ont un canapé pour t'accueillir.

— Sawyer pense peut-être que ma place est avec toi.

Une brusque émotion l'envahit.

— Malgré toutes les propriétés à ta disposition ? parvint-elle tout de même à ironiser.

Il la dévisagea avec attention avant de murmurer :

— En fait, c'est à cause d'elles que je suis là.

Elle se raidit, puis fit mine de scruter le couloir derrière lui.

— Je suis surprise de ne pas voir tes avocats.

— S'il le plaît, Belinda, sommes-nous obligés d'avoir cette discussion sur le palier ?

Elle hésita, puis se résigna à le laisser entrer.

Il se débarrassa de son manteau. Le temps était nuageux, comme souvent à Londres, mais pas encore à la pluie. Il portait une chemise blanche, au col ouvert, et un pantalon noir.

Elle était soulagée d'avoir trouvé la force de se changer. Elle avait passé la matinée, des tranches de concombre sur les yeux pour dégonfler ses paupières bouffies par les larmes, mais elle s'était douchée et avait troqué, juste avant l'arrivée de Colin, son pyjama contre une robe de coton bleu et ses chaussettes contre des chaussures plates.

Comme elle le conduisait vers le salon, elle surprit son air accablé. Il ne perdait tout de même rien de sa superbe, se dit-elle en chassant, le cœur serré, le souvenir de ses caresses si douces et de ses tendres murmures.

— L'immeuble d'Elmer Street ne sera pas vendu.

Elle sursauta. Elle ne s'attendait pas à cette déclaration, mais à de nouvelles négociations.

— Je croyais que l'affaire était réglée, finit-elle par dire.

— L'acheteur n'a pas encore signé.

— Oh.

Elle se tut.

— Pourquoi as-tu changé d'avis ?

Il chercha son regard.

— J'ai décidé de te le vendre, dit-il lorsqu'il l'eut capté.

Elle plissa le front.

— Pour une livre sterling, ajouta-t-il.

Cette fois, son cœur fit un bond.

— Chercherais-tu à modifier notre accord ?

— Oui, et pour toujours.

Elle le regarda, interloquée, venir vers elle. Sa démarche, pleine d'assurance, était la même, mais son regard lui disait tout autre chose. Il exprimait le désir et une émotion qu'elle n'arrivait pas à définir.

— En quels termes ? demanda-t-elle, sur la défensive.

— Ceux que tu voudras, répondit-il sans la quitter des yeux. Mon intention est de te céder, dès aujourd'hui, tous les titres des propriétés Wentworth en ma possession pour un montant symbolique. En échange, je ne désire qu'une chose… que tu m'acceptes. Si tu le souhaites.

Un nœud terrible s'était formé dans sa gorge, en même temps qu'un sentiment nouveau l'envahissait.

— Bien sûr, parvint-elle à répondre, j'aurais dû me douter que tu avais une idée derrière la tête.

Elle vit un sourire flotter sur ses lèvres.

— Un joueur a toujours une stratégie, et je crois que celle-ci est la meilleure de ma vie.

— La meilleure ? Dois-je comprendre que j'aurais tort de me mettre en travers de son exécution ?

— Absolument.

Il mit alors un genou à terre et lui prit la main.

— Belinda, acceptes-tu de me faire l'immense faveur de rester mon épouse ?

Elle le regarda, sans bien comprendre ce qu'il disait, mais elle sentait les larmes lui monter aux yeux. Etait-il en train de lui faire sa demande ?

— Quelle stratégie, balbutia-t-elle.

— Je t'aime, Belinda, à la folie.

Il l'aimait ? A la folie ? N'était-ce pas plutôt elle qui perdait la raison ?

— Oui, murmura-t-elle, stupéfaite, je veux bien croire que c'est la meilleure stratégie que tu aies jamais élaborée.

Elle essuya la larme qui roulait sur sa joue.

— Belinda, s'il te plaît, dis-moi quelque chose.

— Je t'aime aussi, avoua-t-elle, brusquement submergée par les sanglots. Je suppose… par conséquent, que le mieux que je puisse faire est… en effet, de rester ta femme.

Elle se retrouva aussitôt dans ses bras, assaillie par un baiser passionné.

— Tu as conscience, bien sûr, du scandale que nous allons provoquer dans nos familles ? lui dit-elle lorsqu'ils se relâchèrent.

— Quelle importance ? Nous résisterons à toutes les tentatives de nous séparer.

— La haine éternelle des Wentworth et des Granville…

— Nous allons y mettre un terme, répondit-il dans un sourire. Je suggère même que nous commencions à faire la paix, et l'amour, sur-le-champ.

— Nous sommes chez Sawyer, protesta-t-elle.

— En effet, constata-t-il en regardant autour d'eux.

Et l'endroit me paraît très confortable. Vois-tu autre chose à faire par une journée aussi grise ?

— Colin…

Il l'attira contre lui et l'entraîna sur l'épais tapis devant la cheminée, en saisissant au passage la couverture posée sur le canapé.

Sous cet abri, leurs rires cédèrent très vite la place aux mots d'amour, puis aux caresses…

Plus tard, nichée dans les bras de Colin, Belinda regardait la pluie battre la fenêtre quand il s'éclaircit la gorge.

— J'ai laissé, pendant trois ans, la vengeance me dominer, commença-t-il. C'était un mobile facile, et un excellent prétexte pour ne pas m'interroger au-delà de ce que j'éprouvais.

— A cause de mon départ, souffla-t-elle, prise de remords.

— Ton départ ? s'exclama-t-il, faussement indigné. Tu ne t'es pas contentée de partir. Tu t'es enfuie.

— Sur des talons aiguilles de douze centimètres et en minijupe à paillettes rouge ?

Elle vit un sourire danser sur ses lèvres.

— A la seconde où je t'ai vue, j'ai voulu te déshabiller.

— Et tu l'as fait, murmura-t-elle.

— Tu n'aurais pu choisir de tenue plus aguichante. A quoi pensais-tu en t'habillant de la sorte ?

— Au fait que j'étais à Las Vegas et que j'allais en profiter.

— Je vois. Tu voulais déjà n'en faire qu'à ta tête.

— Et peut-être, mais juste peut-être, qu'après t'avoir vu à l'hôtel, je voulais m'assurer que tu me remarquerais.

— Enfin une confession, lâcha-t-il, l'air satisfait. A mon tour de t'en faire une : je savais que tu étais descendue au Bellagio.

Elle écarquilla les yeux.

— Tu le savais ?

— Et je comptais bien te retrouver. J'étais sûr de ne pas t'avoir laissée indifférente au cocktail.

— Ton ego était en pleine floraison, dis-moi !

— Mais mon cœur, répliqua-t-il en posant la main sur son torse, s'est desséché pendant trois ans.

Elle se redressa.

— As-tu fini par comprendre pourquoi l'annulation de notre mariage n'a jamais été finalisée ?

— Je dois te faire un autre aveu. Et celui-là est délicat.

Elle le considéra d'un œil intrigué et attendit la suite.

— J'ai formellement interdit à mon avocat de remplir les papiers.

Elle faillit s'étrangler, puis éclata de rire.

— J'en étais sûre !

— J'ai cherché tous les prétextes pour te faire revenir, jusqu'à comprendre que le seul moyen était de mettre un terme à la vendetta entre nos deux familles. Pourquoi penses-tu que je suis devenu collectionneur d'art ?

— A cause de moi ?

Il opina.

— Oh ! Colin, lâcha-t-elle, la gorge nouée, c'est tellement romantique !

Il déposa un baiser sur ses lèvres.

— Je suis désolée de t'avoir quitté de cette façon à Las Vegas.

Elle l'empêcha de parler en posant un doigt sur sa bouche.

— Lorsque je me suis réveillée, j'étais tellement effrayée par notre mariage et le torrent d'émotions que tu avais déclenché en moi que je n'ai pas su comment réagir. Tu étais prêt à courir un risque que je n'étais pas prête à assumer. Tu avais surgi dans ma vie et tu étais, tout d'un coup, beaucoup trop… présent pour que je sache… te faire face.

Elle lui vola un autre baiser.

— Tu m'as parfaitement fait face au cours de cette nuit, répliqua-t-il, les yeux brillants. Quant au risque, tu as pris celui énorme de m'épouser, ce soir-là. C'était plutôt téméraire. Disons que tu avais besoin d'un peu de temps pour me laisser t'apprivoiser et t'habituer à ma présence, une bonne fois pour toutes, dans ta vie.

Elle rit.

— J'espère que tu auras beaucoup d'occasions de m'habituer à ta présence !

— J'étais un marquis sans cœur, et je ne le savais pas.

— Tous les Wentworth te l'auraient dit !

— Je n'avais pas de cœur, poursuivit-il en plongeant dans son regard, parce que tu me l'avais volé et que tu t'étais enfuie avec à New York.

— Oncle Hugh dirait que c'est toi le voleur, se défendit-elle, piquée par une pointe de remords. C'est toi qui as volé le patrimoine des Wentworth, la maison de Londres, l'immeuble d'Elmer Street…

— Tu ne comprenais pas que tu étais pour moi le plus précieux des biens et que j'essayais seulement de reprendre mon cœur.

— Tu as pris le joyau familial, le domaine du Berkshire.

— Le seul joyau que j'ai dérobé, c'est toi.

— Vais-je devoir prendre le nom des Granville ?

— J'imagine que oui, admit-il dans un sourire. Si tu le souhaites.

— Tu n'y songes pas ! Me faire appeler Lady Granville, marquise d'Easterbridge, et provoquer l'hystérie générale, dont celle de ta mère ?

— Peu m'importe, tant que tu restes la marquise de mon cœur.

— Oh.

— Belinda, veux-tu renouveler nos vœux ?

— Au cas où tu ne l'aurais pas remarqué, parvint-elle à prononcer, je fais une mariée désastreuse.

Il déposa un nouveau baiser sur ses lèvres.

— Je ne suis pas de cet avis. Et ce qui compte, c'est que tu sois une épouse adorable. Ce sur quoi je n'ai aucun doute.

— C'est gentil de le croire.

— Je ne le crois pas. J'en suis convaincu. Je suis même prêt à relancer le pari.

— Dans ce cas, j'accepte de t'épouser encore une fois.

— L'église paroissiale d'Halstead sera parfaite. Les habitants de la région vont adorer le spectacle.

— Même si je ne suis pas en paillettes rouges ?

— Et surtout si j'évite le costume blanc d'Elvis !

Elle éclata de rire.

Il l'embrassa longuement, puis s'écarta.

— Reste la question de nos familles, reprit-il sérieusement. Car si j'ai voulu d'abord écraser les Wentworth, si je croyais, en signant leur défaite, mettre un terme à la guerre entre nos parents, j'ai lamentablement échoué. Non seulement j'ai découvert l'amour, mais la guerre…

— N'est pas terminée, poursuivit-elle pour lui.

— C'est donc à nous de trouver les moyens, beaucoup plus satisfaisants, de faire la paix.

— J'ai hâte d'écouter ta stratégie.

Epilogue

C'était Noël. Le Berkshire était sous la neige et Belinda, entourée de ceux qu'elle aimait, était aux anges.

Qu'aurait-elle pu désirer de plus ?

Un immense sapin décoré de boules colorées et de guirlandes lumineuses trônait dans un coin du grand salon d'Halstead Hall. Un feu magnifique répandait sa lueur chaleureuse dans la pièce.

Colin, à côté du sapin, discutait avec Hawk.

Il croisa son regard à l'instant où elle posait les yeux sur lui, et elle sentit, dans un frémissement complice, toute la force de son amour et de son désir la traverser. Il avait hâte de se trouver seul avec elle.

Il lui fit un clin d'œil et son sourire s'élargit.

Elle était enceinte de six mois et attendait… une fille et un garçon. L'an prochain, ils fêteraient Noël en famille, comme leurs amis.

Accroupie sur le tapis, Pia jouait avec son fils de sept mois. Le jeune William, fils aîné du duc d'Hawkshire — et à ce titre également comte d'Eastchester — s'emparait de la balle que lui lançait le fils de Tamara, Elliot Langsford vicomte d'Averil, de huit mois son aîné. Lorsqu'il tenta de la lui rendre, avec une belle détermination, Belinda éclata de rire avec ses deux amies.

Assis sur le canapé, un biberon de jus de fruits à la

main, Sawyer, le mari de Tamara, suivait la scène avec attendrissement.

L'an prochain, songea-t-elle, William et Elliot auraient deux compagnons de plus. Elle-même serait accroupie sur le tapis, même si elle avait, en cette seconde, le plus grand mal à s'imaginer dans cette position, tant son ventre s'était arrondi.

Elle espérait qu'ils passeraient tous leurs Noëls avec leurs meilleurs amis.

Les Wentworth et les Granville n'étaient pas tout à fait réconciliées, mais elle et Colin y travaillaient. Ils avaient célébré un mariage officiel très réussi dans l'église paroissiale, suivi d'une réception à Halstead Hall. Pour cette journée, elle avait choisi une robe longue et moulante sans manches — un modèle de jeune créateur — assortie de longs gants blancs et d'escarpins délicats qui lui avaient valu le regard admiratif de Colin. De son côté, il avait opté pour un costume queue-de-pie gris perle, rehaussé d'une large ceinture rouge.

Ils avaient même invité Mme Hollings. La célèbre chroniqueuse des petits et grands moments de la vie mondaine s'était fait une joie de venir, et ils avaient découvert une femme d'une soixantaine d'années, fidèle sujet de la couronne britannique, mais new-yorkaise d'adoption.

Pour Belinda, ce troisième mariage s'était déroulé à la perfection. Aucune anicroche ni aucun drame n'avaient interrompu la cérémonie, malgré la présence en nombre de Wentworth et de Granville. Que les deux familles aient respecté la tradition en se plaçant scrupuleusement de part et d'autre de l'allée centrale n'était bien sûr pas étranger à cette tranquillité.

L'arrivée de la future génération des Wentworth-Granville avait poussé au second plan son accession au titre de marquise d'Easterbridge, sous le nom de Belinda Granville. Même la mère de Colin s'était fait une raison ; à ses yeux, ses petits-enfants seraient — bien sûr — toujours des Granville, mais elle s'était adoucie.

Hawk se pencha pour prendre son fils dans ses bras. Colin en profita pour la rejoindre.

— Heureuse ? lui demanda-t-il en glissant la main dans son dos.

— Bien sûr. C'est merveilleux d'avoir nos amis auprès de nous.

Il lui sourit.

— Malgré l'arrivée de nos parents dans deux jours ?

— Ils ont intérêt à bien se tenir, plaisanta-t-elle, sinon…

— Si oncle Hugh persiste à battre ma mère aux échecs, il risque d'y avoir du sang sur le tapis.

Elle éclata de rire.

— Qui aurait cru qu'ils avaient cette passion commune ?

Son oncle continuait d'habiter la maison de Mayfair et le manoir des Wentworth voisin.

L'immeuble d'Elmer Street avait été vendu — elle avait elle-même insisté — et le produit de la vente avait été investi dans la rénovation de Mayfair et de Downlands.

Elle avait de la chance, et elle le savait.

Elle avait demandé et obtenu sa mutation au siège londonien de Lansing. Elle y avait travaillé jusqu'à sa démission, deux semaines plus tôt. Elle espérait toutefois rester proche du monde des arts. Les œuvres réunies au manoir d'Halstead Hall et la collection privée de Colin l'aideraient à conserver sa passion intacte.

Pour le moment, elle était trop occupée par sa grossesse, la gestion du personnel des différentes propriétés de Colin, et ses engagements en tant que marquise d'Easterbridge pour songer à autre chose.

— La vie est magnifique, déclara-t-elle.

— Ce commentaire est un peu court pour une experte en œuvres d'art, la taquina-t-il. Est-elle impressionniste, réaliste ? Ou serait-elle, comme l'art moderne, ce que nous en faisons ? La beauté, après tout, n'est-elle pas dans l'œil de celui qui regarde ?

— Embrasse-moi, répliqua-t-elle en riant, tu verras ce que j'en pense.

— Je suis conquis, mais rien ne me plaît tant que vous obligez, marquise.

Il s'inclina, les yeux pétillants d'humour et de désir, et s'empara délicieusement de ses lèvres.

Peu importait le style des émotions qu'elle éprouvait. Leur palette était celle de l'amour, ses nuances étaient infinies et ils avaient la vie entière pour composer la toile de leurs rêves.

VICTORIA PADE

Cette étincelle entre nous

Passions

éditions HARLEQUIN

Titre original : MOMMY IN THE MAKING

Traduction française de JULIA LOPEZ-ORTEGA

83-85, boulevard Vincent-Auriol, 75646 PARIS CEDEX 13.
Service Lectrices — Tél. : 01 45 82 47 47
www.harlequin.fr

- 1 -

— Ash ! Reviens ici tout de suite !

La voix d'homme, tel un murmure, éveilla Issa McKendrick du profond sommeil où elle était plongée. Elle crut d'abord qu'elle était encore en train de rêver jusqu'à ce qu'elle entende, tout près de son oreille, deux syllabes distinctes.

— Zo-li.

Zoli ?

Encore tout ensommeillée, elle parvint à entrouvrir les yeux…

Pour se retrouver nez à nez avec un garçonnet inconnu.

— Coucou ! salua-t-il gaiement.

— Excusez-nous, nous ne voulions pas vous déranger, dit une voix masculine derrière elle.

Elle se retourna vivement vers l'entrée de son appartement, pour découvrir que la porte était grande ouverte.

Cette fois-ci tout à fait réveillée, elle se leva d'un bond, prenant soudain conscience que deux inconnus se trouvaient chez elle.

Un homme et un petit garçon.

— Allez Ash, reviens ici !

Le jeune garçon s'exécuta, visiblement à regret. Issa le suivit des yeux jusqu'à ce que son regard s'arrête sur l'homme dans l'entrée.

Et quel homme !

Finalement elle était peut-être bien encore en train de rêver…

— Je suis désolé, je n'avais pas prévu de débarquer ainsi chez vous, ajouta-t-il de sa voix profonde, je suis Hutch Kincaid, votre propriétaire.

Hutch Kincaid.

L'esprit toujours quelque peu embrumé, elle essayait désespérément de remettre un peu d'ordre dans ses pensées.

Hutch Kincaid était bel et bien le propriétaire de la maison dans laquelle elle louait l'appartement du premier étage. C'était son frère qui s'était occupé de lui trouver ce logement lorsqu'elle avait annoncé son retour dans son Montana natal, à Northbridge. Elle cherchait à acheter une maison et avait besoin d'un pied-à-terre en attendant.

Hutch occupait le rez-de-chaussée, mais il était absent lorsqu'elle avait emménagé, deux jours auparavant, ce qui expliquait qu'ils ne se soient pas encore rencontrés.

— J'ai trouvé le petit mot que vous aviez glissé sous ma porte, et je constate que votre serrure est effectivement cassée, poursuivit-il face à son silence. J'ai simplement frappé à la porte et elle s'est ouverte toute seule ! Ensuite Ash s'est précipité à l'intérieur avant que je puisse l'en empêcher.

Elle reporta son attention sur l'homme qui se trouvait dans son entrée.

Il était d'une stature plutôt impressionnante : les épaules larges et le torse puissant. Une vraie carrure d'athlète, mise en valeur par un simple jean ajusté et un polo vert anis.

Son visage était à la fois fin et très masculin, avec une mâchoire carrée, un long nez, plutôt fin, une délicieuse fossette sur le menton et des lèvres très sensuelles… Ses yeux étaient d'un bleu profond et ses cheveux châtain clair étaient savamment décoiffés. On n'aurait pas rêvé mieux pour venir vous réveiller !

— Ce n'est pas grave, finit-elle par balbutier, d'une voix encore ensommeillée. Entrez, je vous en prie !

Elle avait l'impression d'avoir été prise en faute, alors qu'elle dormait à poings fermés sur son canapé en plein dimanche après-midi.

Dès qu'il entendit son invitation, le petit garçon, qui était sagement revenu auprès de son père, lui lâcha aussitôt la main pour revenir se planter au pied du canapé. Elle se leva pour saluer un peu plus dignement son propriétaire, mais elle se sentit aussitôt saisie d'un violent vertige : toute la pièce semblait tourner autour d'elle.

— Un instant, murmura-t-elle, gênée de se donner de nouveau en spectacle. J'ai la tête qui tourne, tout à coup.

— Prenez tout votre temps, répondit Hutch en se précipitant vers elle.

Il resta de l'autre côte de sa table basse, la main tendue vers elle au cas où elle aurait besoin de soutien.

Elle baissa les yeux vers la table basse sur laquelle elle avait déposé les différents feuillets récupérés chez son médecin. Les prospectus avaient des titres on ne peut plus explicites tels que :

LE SUIVI DE VOTRE GROSSESSE

JE VAIS AVOIR UN BÉBÉ

CE QU'IL FAUT SAVOIR LORSQU'ON ATTEND UN ENFANT…

On ne pouvait imaginer vendre la mèche plus clairement que cela !

Dire que le secret le plus important qu'elle ait jamais eu, celui qui risquait d'avoir le plus de conséquences sur sa vie tout entière venait de lui échapper en à peine quelques secondes…

Et la dernière chance qu'il n'ait pas distingué de quoi traitaient les feuillets en question s'évanouit lorsque le petit garçon pointa du doigt l'une des photos en articulant :

— Bébé !

— Et si tu venais avec moi au lieu de visiter l'appartement ? demanda Hutch à son fils.

— Non ! Zoli.

Le garçonnet ne pouvait imaginer l'épreuve qu'elle traversait. Elle avait découvert avec stupeur qu'elle était enceinte et lorsqu'elle l'avait annoncé au père de son enfant, celui-ci avait pris la fuite face à cette paternité inattendue. Mais pourquoi l'enfant répétait-il ces deux syllabes en la regardant ?

— Il veut me dire quelque chose ?

Hutch Kincaid sourit.

— Il vous trouve jolie, je pense !

Elle sourit à son tour. Son malaise s'estompait enfin et elle parvenait à y voir clair. Elle observa un instant le petit garçon qui, malgré son jeune âge, ressemblait comme deux gouttes d'eau à son père. Elle tenta un timide :

— Merci ?

— Rien-Rien.

— C'est censé vouloir dire « de rien », traduisit son père d'un ton amusé. Je ne vous ai pas présenté mon fils,

Ash. Il a deux ans et demi, et des idées bien tranchées, comme l'atteste son goût pour les jolies femmes !

Elle se redressa et détailla du regard son propriétaire. Il était extrêmement séduisant, d'autant plus qu'il affichait un large sourire, qui faisait naître de charmantes fossettes sur ses joues.

Quelles curieuses pensées venaient occuper son esprit, songea-t-elle. D'autant plus curieuses qu'elle n'était absolument pas dans une situation propice à nourrir le moindre fantasme envers quelque homme que ce soit.

Aussi séduisant soit-il !

— Excusez-moi, je n'ai pas l'habitude de dormir ainsi en plein après-midi, mais j'avais vraiment du sommeil en retard, mentit-elle à moitié.

La vérité était que depuis quelques jours elle aurait pu dormir tout le temps et que ces siestes étaient devenues quotidiennes.

— Ne vous inquiétez pas, je comprends tout à fait, répondit-il en baissant les yeux vers les feuillets de la table basse, lui signifiant ainsi qu'il avait parfaitement saisi la situation.

Elle pensa alors à quelque chose qu'elle n'avait pas envisagé tout de suite.

Même si elle ne le connaissait pas directement, sa famille et celle de Hutch Kincaid étaient très liées et puis de toute façon, à Northbridge la moindre nouvelle faisait le tour de la ville en moins de temps qu'il n'en fallait pour le dire.

Elle n'avait pas d'autre choix que de prendre le taureau par les cornes.

— Ecoutez, je suis enceinte, c'est vrai, et comme vous l'aurez noté, je suis célibataire…

Qu'est-ce qui lui prenait de s'adresser ainsi à lui ?

Il fallait dire qu'elle n'était jamais à l'aise lorsqu'elle rencontrait quelqu'un pour la première fois. Elle avait toujours été la reine des gaffes en séries, alors aujourd'hui qu'elle se retrouvait pour la première fois à devoir faire face à une situation réellement complexe, elle n'aurait pas dû être surprise de se retrouver à ce point maladroite.

Elle remua la tête, dans le vain espoir de se libérer du malaise qui s'emparait d'elle.

— En fait ce que je veux vous dire, c'est que personne n'est au courant. Enfin, je voulais dire personne, ici, n'est encore…

Il leva la main d'un geste calme, comme pour apaiser son trouble grandissant.

— Je comprends parfaitement et je n'en parlerai à personne, soyez rassurée.

Soulagée, mais toujours aussi embarrassée, elle saisit d'un geste les feuillets et les fourra sous un coussin du canapé, afin de ne plus les avoir sous les yeux. Puis, cherchant une échappatoire qui lui permettrait de retrouver un peu de dignité, elle demanda :

— Vous permettez que j'aille me rafraîchir un instant, pendant que vous jetez un coup d'œil à la serrure ?

— Bien sûr !

Elle s'esquiva aussitôt.

Lorsqu'elle entra dans la salle de bains, elle commença par refermer la porte et s'y appuyer, les yeux fermés, maudissant la timidité maladive dont elle avait toujours souffert et qui l'avait une fois de plus fait se comporter de façon ridicule.

Ridicule, enceinte et célibataire… Elle cumulait !

Et dire qu'on parlait toujours de l'importance de la première impression !

Oh ! et en prime, elle venait de se rendre compte qu'elle ne s'était pas même présentée, alors qu'il l'avait fait dès le départ… Elle manquait vraiment aux règles élémentaires de politesse !

Poussant un long soupir, elle se redressa. A sa droite se trouvait le lavabo et de l'autre côté le placard à linge qui était caché par la porte lorsqu'elle était ouverte.

Elle ouvrit la porte et farfouilla dans le linge.

L'appartement était petit : une seule chambre, une salle de séjour-cuisine et cette petite salle de bains, mais elle l'aimait bien. Tout y avait été refait à neuf, et il avait même été meublé. Il ne lui était resté qu'à apporter ses affaires personnelles, qu'elle avait rangées ces deux derniers jours.

Elle sortit une serviette et un gant de toilette et se tourna vers le lavabo.

Lorsqu'elle appliqua le gant humide sur son visage, elle attendit un instant de ressentir l'énergie revenir en elle. Cette énergie que la grossesse semblait lui avoir ôté.

Elle en venait à se demander s'il ne s'agissait pas en fait d'une sorte de réponse psychologique face à la situation compliquée dans laquelle elle se trouvait. Dormir pour s'échapper…

Pourtant, les feuillets sur la grossesse parlaient aussi d'une plus grande fatigue et de besoins de sommeil accrus, elle ne l'avait pas inventé.

Elle sécha son visage et se regarda dans le miroir.

Un teint de pêche. Elle avait déjà lu cette expression au sujet des femmes enceintes, et elle eut la bonne surprise de découvrir qu'en effet, sa peau d'habitude si claire semblait s'être parée d'une teinte rosée qu'elle ne lui connaissait pas.

C'était bien là l'un des rares avantages de sa condition.

Quoiqu'il y avait aussi le fait que son décolleté, autrefois simple bonnet A, s'était rapidement métamorphosé en un généreux bonnet B, dont elle n'avait aucunement matière à se plaindre !

Malgré la fatigue, elle nota que ses traits n'étaient pas tirés, et ses yeux n'arboraient pas de cernes ou poches disgracieuses. Une autre bonne nouvelle, se réjouit-elle.

En revanche, lorsqu'elle tourna la tête, elle découvrit que la fine barrette qui relevait ses cheveux s'était ouverte, et que le canapé y avait imprimé un faux pli redoutable. Ses fins cheveux remontaient bizarrement derrière son oreille, lui donnant l'allure de quelqu'un qui sort du lit.

Elle se recoiffa avec soin, remit en place la barrette rebelle et jeta un dernier coup d'œil à son reflet.

Etait-elle en train de se faire belle pour son charmant propriétaire ?

Non, pas exactement, on peut souhaiter être présentable, sans pour autant vouloir chercher à séduire, tout de même, décida-t-elle en se passant une fine couche de gloss sur les lèvres… Et puis, un peu de mascara aussi, pour avoir un regard plus vif et non l'œil somnolent d'un loir réveillé en pleine sieste.

Quant à ses vêtements… Evidemment, il s'agissait d'une tenue d'intérieur, et elle regretta fugacement de n'avoir pas enfilé un autre jean, un peu plus près du corps.

Non pas qu'elle se préoccupait de ce qu'il pourrait penser de son corps, c'était totalement hors de propos.

Son T-shirt à manches courtes était bien un peu fripé, mais son col en V avait l'avantage de mettre en valeur son tout nouveau décolleté, seule preuve visible pour l'instant de sa grossesse.

Restait qu'elle ne savait expliquer pourquoi ces pensées lui traversaient l'esprit. C'était absurde et elle s'en rendait compte, mais ne pouvait s'en empêcher.

Cette nouvelle poitrine donnait indubitablement une tout autre allure à son T-shirt. C'était une considération objective, et cela n'avait rien à voir avec le séduisant jeune père qui se trouvait chez elle. Cela lui permettait en outre de renforcer sa confiance en elle-même et ça, c'était loin d'être inutile !

Bon, présentable, elle voulait juste être présentable et c'était à peu près le cas.

« Alors sors d'ici et file rejoindre ton propriétaire ! »

Elle inspira profondément et se rappela de se montrer un peu plus avenante, afin que sa timidité ne soit pas mal interprétée.

Enfin, elle redressa le menton et ouvrit la porte de la salle de bains.

Elle distingua aussitôt Hutch Kincaid juste à côté de la porte. Il lui tournait le dos, alors qu'il cherchait à remettre en place la poignée de la porte.

Elle devait reconnaître qu'il n'en était pas moins impressionnant. Son jean à lui n'avait rien d'avachi, vu comme il le mettait en valeur…

Et si elle relevait les yeux, le long de sa taille fine, de son dos musclé et surtout de ses épaules larges et puissantes… Non, rien à redire… Et puis il avait de solides biceps qu'elle distinguait grâce aux manches courtes de son polo.

Elle devait reconnaître qu'il frôlait la perfection, tout du moins physiquement, mais cela ne changeait rien pour elle. Rien du tout.

— Je viens de me rendre compte que je ne me suis pas présentée, déclara-t-elle lorsqu'il se redressa. Vous devez savoir que je m'appelle Issa McKendrick, mais je ne voulais pas paraître malpolie !

— Itta ? prononça le petit garçon occupé à jouer avec un tournevis aux pieds de son père.

— Issa, corrigea-t-elle en articulant exagérément.

— Itta ! confirma-t-il, catégorique.

— Vous n'en tirerez pas mieux, précisa Hutch en glissant son tournevis dans la poche arrière de son jean.

Une main sur chaque poignée de porte, il manipulait vigoureusement le mécanisme d'avant en arrière. Elle se laissa distraire une nouvelle fois par la puissance de ses bras. Des images bien plus suggestives lui venaient à l'esprit sans qu'elle puisse les contrôler.

Tout cela finissait par la mettre mal à l'aise, même s'il n'avait pas idée des pensées inconvenantes qui traversaient son esprit. Elle s'efforça de poursuivre la conversation poliment pendant qu'il travaillait.

— Vous savez que j'ai bien connu votre frère Chase, autrefois ? dit-elle. Il a passé tant de temps à la maison que j'avais l'impression qu'il faisait partie de notre famille !

— Oui, j'en ai entendu parler. Il n'a pas eu la chance d'être adopté en même temps que nous. Nous avons entendu dire qu'il n'avait pas été très heureux auprès de son père adoptif. Mais je n'avais aucun souvenir de lui avant de le revoir.

— J'imagine que ce n'était pas évident à vivre…

Pour nous ce fut une réelle surprise de découvrir qu'il avait des frères et sœurs biologiques.

Les parents biologiques de Hutch avaient tragiquement péri dans un accident de voiture alors que lui et son jumeau, Ian, avaient à peine deux mois. Il y avait trois autres enfants qui se retrouvaient orphelins : leur grande sœur, Shannon, leur frère Chase et une demi-sœur plus âgée prénommée Angie. Cette dernière était retournée vivre auprès de son père et les trois plus jeunes enfants avaient été adoptés dans deux familles différentes, alors que Chase s'était retrouvé dans un foyer à Northbridge. C'est ainsi qu'il avait fait la connaissance de celui qui allait devenir son meilleur ami : Logan, le demi-frère d'Issa.

Angie, qui était plus âgée au moment du drame, avait gardé le souvenir de ses frères et sœurs et avait ensuite mené des recherches qui lui avaient permis de les retrouver. C'était à cette époque qu'elle leur avait révélé leurs liens de sang. Quelque temps plus tard, elle avait appris qu'elle était atteinte d'une maladie incurable et elle avait fait appel à eux pour élever son fils.

— Quand je pense que pendant toutes ces années, Chase a eu des frères et sœurs dont il ignorait l'existence…, dit-elle d'un ton pensif.

— Maintenant, c'est lui qui prend soin de Cody, depuis le décès d'Angie, ajouta Hutch.

— Oui, j'ai du mal à imaginer Chase s'occupant à plein temps de son neveu… C'est vraiment formidable ce qu'il fait. Il se trouve que j'étais présente au moment de Noël, et j'ai donc rencontré Shannon et Cody à ce moment-là. J'ai alors appris qu'ils vous avaient retrouvé, ainsi que votre frère jumeau…

— Ian, précisa-t-il.

— Oui, c'est ça, Ian. Je ne l'ai pas encore rencontré, cela ne fait que deux jours que je suis en ville, car je viens juste d'arriver et…

Et voilà qu'elle était lancée dans une tirade dont elle ne trouvait plus la sortie… Elle n'était décidément pas douée pour les rapports humains ! Il fallait dire qu'elle s'était entre-temps rendu compte qu'il avait des yeux de la même couleur que Chase. Elle avait toujours trouvé que Chase avait des yeux magnifiques…

Hutch lui facilita la tâche en reprenant la conversation où elle l'avait laissée.

— Nos deux familles se sont rapprochées dernièrement, il faut dire.

La sœur de Hutch, Shannon avait épousé Dag, le frère d'Issa, au printemps dernier. Malheureusement, elle-même n'avait pu participer à la cérémonie de mariage en raison d'intempéries qui avaient cloué son avion au sol.

— Je suis venu à Northbridge pour la première fois à la fin mars, pour le mariage de Shannon. Depuis, j'ai fait des allers-retours, mais à part Logan et Dag, que je vois souvent, je n'ai pas eu l'occasion de rencontrer d'autres membres de votre famille.

— Oh ! L'occasion se présentera sûrement, Northbridge est tout petit ! Et donc, Ash et vous vivez juste en bas ?

— Pour le moment, oui, mais je compte louer cette maison sous la forme de plusieurs appartements à des étudiants à partir de la rentrée prochaine, en espérant que d'ici là, j'aurai trouvé à acheter la maison de mes rêves. C'est votre cas aussi, d'après ce que Dag m'a expliqué ?

— Oui, votre appartement me permet de prendre le temps de visiter des maisons dans le secteur.

— Alors comme ça, vous avez décidé de revenir vous installer dans la ville de votre enfance ?

— En effet, oui, répondit-elle sans entrer dans les détails.

— Northbridge est une ville pleine d'atouts, reprit Hutch. Je suis vraiment tombé sous le charme immédiatement, et pour le moment, je dois dire que je n'y trouve aucun défaut. D'ailleurs je viens d'acquérir l'ancienne boutique d'équipements sportifs pour y ouvrir un magasin de ma chaîne.

Hormis son lien avec Chase, le meilleur ami de son frère et son partenaire en affaires, elle ne connaissait que deux choses au sujet de Hutch Kincaid…

Elle savait que son frère jumeau et lui avaient été élevés par l'ancienne superstar du football américain, Morgan Kincaid, qui avait ensuite fondé la Kincaid Corporation, une entreprise tentaculaire dont l'activité allait de l'entraînement d'équipes sportives à la gestion d'hôtels et de résidences locatives en passant par des concessions automobiles.

La seconde chose qu'elle savait à son sujet, c'était qu'il avait eu lui-même une brillante mais furtive carrière en tant que footballeur avant de lancer une chaîne de magasins d'équipements sportifs.

— Comment s'appelle votre magasin ? demanda-t-elle.

— Stores. C'est le cinquième magasin que j'ouvre dans ce créneau. Nous avons un site internet si cela vous intéresse, une bonne part de nos ventes a lieu sur le web.

— Trop cool !

Trop cool ? C'était bien ce qu'elle venait de dire ? Pff, si elle essayait d'avoir l'air à la page, c'était raté ! Elle détourna le regard pour se concentrer sur Ash afin de faire diversion.

— Et toi, jeune homme, est-ce que tu aimes le sport ? demanda-t-elle d'une voix à peu près aussi ridicule que sa dernière remarque.

— Veux gâteaux !

— Je n'ai pas de gâteaux, malheureusement.

— Non, non, non, intervint Hutch amusé, tu n'as pas besoin de gâteaux ! Excusez-le, les petits garçons de deux ans et demi ne sont pas exactement une référence en matière de règles de courtoisie !

Il lâcha la poignée de porte qu'il avait manipulée dans tous les sens et se tourna vers elle.

— Je crois que je vais devoir m'avouer vaincu avec cette porte en revanche… Impossible de la remettre d'aplomb. Je vais devoir racheter une serrure et vous l'installer, cela ne vous dérange pas si je repasse plus tard ?

Curieusement, la pensée de le revoir avait une sorte d'effet euphorisant sur elle, sans bien qu'elle puisse définir pourquoi. En même temps, cela venait compenser l'état de somnolence quasi-permanent dans lequel elle se trouvait depuis qu'elle était enceinte.

Mais encore une fois, elle devinait que l'excitation qu'elle retirait de la perspective d'une nouvelle visite n'était pas exactement la réponse adaptée, dans sa situation…

— Est-ce que cela vous ennuie si je repasse ce soir ? poursuivit-il. Il faudrait que je passe à ma boutique et que je fasse dîner Ash, mais si vous le voulez bien, je passerai après ?

— Bien sûr, aucun problème, répondit-elle en espérant que sa voix ne paraissait pas trop enthousiaste. Je n'ai rien de prévu ce soir.

Pourvu qu'elle n'ait pas l'air totalement désespérée non plus…

Elle ne l'était pas, au fond. Elle n'avait pas particulièrement besoin de présence, et encore moins d'un homme auprès d'elle. Elle n'avait d'ailleurs aucune attente désespérée de quelque ordre que ce soit… A moins que retrouver une contenance puisse en faire partie !

Et puis elle se mit à imaginer Hutch Kincaid, faisant quelques courses en ville par cette belle journée de juin… rencontrant des gens, des connaissances à elle. Et s'il divulguait son secret ?

— Vous resterez discret à mon sujet, n'est-ce pas ? lui rappela-t-elle.

Occupé à réunir les pièces de la serrure, il leva vers elle un regard interrogateur, comme s'il ne voyait pas de quoi elle voulait lui parler.

— Vous savez, ce que vous avez vu sur la table basse, les feuillets ?

Elle n'arrivait même pas à dire simplement les choses…

— Oh ! oui, bien sûr ! dit-il en saisissant tout à coup ce à quoi elle faisait référence. Vous voyez bien que j'ai déjà tout oublié ! Je n'en parlerai à personne, vous pouvez me faire confiance. Cela ne regarde personne en dehors de vous.

— Merci ! répondit-elle reconnaissante avant de se

tourner vers Ash. Peut-être que lorsque tu reviendras il y aura quelque chose pour toi, cela te ferait plaisir ?

— Moi z'aime les gâteaux !

— Ne vous sentez pas obligée surtout !

— Ne vous inquiétez pas, je verrai ce que je peux faire.

Hutch se tourna vers son fils à son tour.

— Il est temps d'y aller, jeune homme. Tu me donnes les pinces et le tournevis ?

Le garçonnet se releva, les outils à la main, mais au lieu de les lui tendre, souleva exagérément son T-shirt, avant de se contorsionner pour essayer d'atteindre sa poche arrière afin de les y glisser, imitant en cela son père.

Ce dernier le laissa faire, amusé, mais les retira ensuite de son dos en lui expliquant combien cela pouvait se révéler dangereux en cas de chute.

Puis il tendit l'index de sa main droite à son fils qui le saisit de son poing potelé.

— Tu veux bien dire au revoir à Issa ?

— Arvoir Itta !

— Au revoir, Ash.

— Nous passerons vers 19 heures.

— D'accord.

— Et votre secret est en sécurité, ne vous inquiétez pas, ajouta-t-il à mi-voix.

Elle détailla ses traits à la recherche d'une certaine forme de désapprobation ou de jugement, mais ne vit rien de la sorte dans son regard bleu.

— Merci, répondit-elle, rassurée.

Il hocha la tête en direction du trou dans la porte.

— Vous pouvez toujours fermer la porte, ça ne sera

pas bien pire que ça ne l'était avant. Je vais fermer à clé la porte principale, en attendant. Cela vous épargnera d'autres visites surprises !

— D'accord, merci beaucoup.

Refermant la porte derrière eux, elle ne put s'empêcher de se baisser pour observer, par le trou laissé par l'ancienne serrure, son propriétaire s'éloigner le long du couloir.

Elle se redressa aussitôt, honteuse du ridicule extrême de la situation. Elle était enceinte ! Elle attendait le bébé d'un autre homme… Mieux valait ne pas se mettre dans une situation plus compliquée encore.

Même si Hutch Kincaid était indubitablement séduisant. Et très sexy.

Et apparemment très gentil aussi.

Cela ne changeait rien.

- 2 -

— Une dernière bouchée, Ash et ensuite nous irons réparer la porte d'Issa.

— Itta ! répéta le garçonnet en glissant une frite pleine de ketchup dans sa bouche.

Il avait à peine avalé la moitié de son assiette malgré l'insistance de son père. Chaque bouchée semblait gagnée de haute lutte, alors Hutch avait fini par se contenter d'une demi-portion.

— Essaie de fermer ta bouche quand tu manges, mon chéri, conseilla-t-il.

— Oui papa ! clama l'enfant en ouvrant toute grande sa mâchoire.

Hutch sourit. Il était sans doute trop jeune pour assimiler les règles de savoir-vivre.

Il tendit à son fils une tasse à bec remplie de lait et se leva pour débarrasser les reliefs de leur repas.

Iris aurait sûrement voulu lui apprendre à bien se comporter à table. En revanche, il doutait que la mère d'Ash eût approuvé que leur repas du dimanche soit composé d'hamburgers et de frites.

Au moins avaient-ils mangé à table, assis tous les deux. Ce n'était pas trop mal. En tout cas c'était toujours mieux que les premiers temps après son décès. Même s'il n'était pas élu père de l'année, il pouvait affirmer qu'il faisait vraiment de son mieux et que c'était à lui qu'il consacrait la majeure partie de son énergie.

Il se demanda à partir de quel âge on pouvait commencer à inculquer des bonnes manières à un enfant. Quand est-ce qu'ils se trouvent en capacité d'intégrer certaines règles de bienséance à leur quotidien ?

Pour ce qui était des fast-foods, c'était bien parce qu'ils rentraient tout juste d'une semaine à Denver où il avait dû s'occuper de vendre la maison dans laquelle ils avaient vécu avec Iris. Sans compter qu'il avait dû passer chez la nouvelle locataire et s'occuper de changer sa serrure. Où aurait-il bien pu trouver le temps de faire des courses et de préparer un repas frais ?

D'ailleurs, il avait déjà cinq minutes de retard.

Il jeta un coup d'œil en direction de son fils tout en lavant son verre. La tasse à bec n'avait pas bougé.

— Bois un peu de lait, Ash, si tu veux devenir grand et fort !

— Fort comme papa !

— Oui, fort comme papa ! D'ailleurs, fais-moi voir un peu tes muscles !

Ash plia ses petits bras à la façon d'un superhéros, afin de mettre en valeur ses biceps.

— C'est pas mal, mais à mon avis, tu as encore besoin d'un peu de lait !

Ash avala plusieurs gorgées.

Hutch n'arrivait pas à déterminer la limite entre l'encouragement et la pression qu'il exerçait sur son fils. Il avait lui-même souffert d'être soumis avec son frère à cette pression par son propre père. Ce dernier était un athlète, l'un des plus grands qui soit, et cela n'avait pas été évident à vivre. Il espérait ne pas reproduire cela, même s'il ne pouvait s'empêcher parfois d'utiliser ce genre d'incitations pas vraiment très honnêtes auprès de son fils.

Après tout, il faisait de son mieux pour être un bon père. Il voulait s'inspirer des bons côtés de l'éducation qu'il avait reçue, sans tomber dans certains travers dont il avait souffert. Et puis il voulait aussi élever son fils comme sa femme l'aurait souhaité.

— Papa, 'gade !

Il se retourna. Ash avait fini son lait et espérait lui en montrer les effets sur sa musculature.

— Oh ! On dirait que ça fonctionne déjà, bravo !

Hutch rinça l'évier avant d'humidifier une serviette, puis il avança vers son fils en annonçant :

— Laisse-moi te rafraîchir !

— Non ! s'écria Ash, comme chaque fois qu'il s'agissait de lui nettoyer le visage.

— Allez, Issa nous attend et on ne peut pas y aller alors que tu as du ketchup partout sur les mains et le visage !

— Itta zoli ! rappela le garçonnet, que la mention d'Issa rendait soudain plus coopératif.

— C'est vrai qu'elle est jolie, confirma Hutch en passant le linge humide sur le visage de son fils.

Il fallait reconnaître qu'il n'avait guère cessé de songer à elle depuis cet après-midi.

La Belle au bois dormant, voilà ce qu'elle évoquait pour lui.

Lorsque Dag, le frère d'Issa, s'était présenté pour louer l'appartement en son nom, il lui avait décrit une jeune femme calme et tranquille, plutôt timide. Hutch s'était réjoui de voir arriver une locataire méticuleuse et sérieuse. Dag avait omis de lui préciser que sa sœur était aussi ravissante !

Non pas que cela fasse partie des prérequis pour accéder à la location… Cependant, s'il avait été informé de cela auparavant, au moins n'aurait-il pas été foudroyé sur pied en débarquant chez elle.

Elle lui avait fait l'effet d'une apparition, à tel point qu'il avait eu du mal à en croire ses yeux, l'espace d'un instant.

Ses cheveux blonds comme les blés et une peau de porcelaine étaient les deux premières choses qui lui avaient sauté aux yeux.

Et puis la délicatesse de ses traits.

Il visualisait son fin nez retroussé, sa bouche généreuse et ses pommettes hautes. Le sourire léger qui était apparu sur ses lèvres alors qu'elle dormait encore et qui avait creusé deux charmantes fossettes au creux de ses joues…

Et puis elle avait ouvert les yeux, et il avait été saisi par ce bleu profond, un bleu nuit, comme un saphir qui contrastait avec la clarté lunaire de sa peau.

Elle était d'une beauté à couper le souffle, et en même temps il émanait d'elle une telle simplicité…

Mais de toute façon, cela ne faisait aucune différence.

Car, aussi éblouissante fut-elle, il n'était pas du tout ouvert à une rencontre.

Il était veuf depuis un an et demi, et si pour certains il était temps pour lui d'envisager de refaire sa vie, de son côté, il ne voyait pas les choses ainsi.

Il avait d'autres priorités. Ash en particulier. Etre père célibataire était un sacré défi, et mieux valait y consacrer toute son énergie sans se laisser distraire par une femme.

Sans oublier que la femme en question semblait avoir elle-même un certain nombre de problèmes à gérer… Entre autres une grossesse qu'elle n'avait révélée à personne. Quant au futur père, il ne faisait visiblement pas partie du tableau, quelle qu'en soit la raison.

En tout état de cause, Issa McKendrick serait une voisine agréable, le temps de leur résidence commune. C'était exactement ce qu'il lui fallait : une personne discrète et agréable.

Il souleva son fils de son rehausseur.

Agréable à regarder, aussi. Comme une sculpture ou une photographie. Une belle femme.

Oui, cela ne faisait aucun doute, Issa McKendrick était une très belle femme.

— Itta donne à papa. Ash manze gâteaux !

— Je crois que je me suis fait avoir !

Hutch éclata de rire.

— Je le crois aussi !

En prévision de leur passage, Issa avait été acheter quelques petits gâteaux pour le garçonnet. Elle les avait disposés simplement dans une assiette à dessert sur la table basse.

Hutch de son côté avait essayé de mettre son fils à contribution en lui demandant de lui faire passer les outils dont il avait besoin.

— Lorsque vous aurez terminé, il y a quelques biscuits qui vous attendent, avait proposé Issa.

L'intérêt d'Ash s'était alors tourné vers la table basse. Il avait ensuite mis en œuvre un plan des plus habiles, qui consistait à attirer Issa en lui tendant les outils pour qu'elle les fasse passer à son père. Elle avait trouvé cette attitude plutôt charmante et dans l'espoir de se montrer un peu plus accueillante, avait participé de bonne grâce à ce petit jeu. Ce qu'elle n'avait pas vu venir, c'était qu'une fois enrôlée, Ash avait décrété qu'elle pouvait parfaitement le remplacer pour aider son père, tandis que lui irait se servir quelques biscuits !

— Comment un enfant aussi jeune peut-il se montrer aussi machiavélique ? demanda-t-elle, amusée.

— Lorsqu'il s'agit de friandises, il se montre sans pitié. Ash, tu peux prendre un petit gâteau, mais un seul, d'accord ?

Puis il s'approcha d'elle pour lui chuchoter à l'oreille :

— Le connaissant, il va croquer une bouchée d'un premier biscuit, avant de déclarer qu'il ne l'aime pas, puis en goûter un deuxième et ainsi de suite afin d'être sûr de ne pas en laisser un seul intact !

— Je n'aurais peut-être pas dû choisir un assortiment, dans ce cas !

— A cet âge, il est vraiment difficile de résister à une telle tentation.

— Je me rends compte que je ne connais pas grand-chose aux enfants, répondit-elle, incapable de masquer un certain abattement.

Lui en revanche connaissait bien son fils, car ce dernier se livrait précisément au petit manège qu'il avait anticipé.

— J'avais dit un seul, Ash !

— Mais z'aime pas çui-là ! expliqua le garçonnet en saisissant un troisième biscuit avec candeur.

— Je crois qu'il serait plus prudent de retirer l'assiette, suggéra Hutch.

— Je les ai achetés pour lui, vous savez, et vu les petites bouchées qu'il prend, je pense qu'à la fin, il n'en aura guère mangé plus d'un.

— Si vous le prenez comme ça, je décline toute responsabilité ! lança-t-il en riant. Est-ce que vous pouvez maintenir ça en place ?

Elle quitta des yeux le garçonnet pour observer son père, qui tenait à deux mains les nouvelles poignées chacune d'un côté de la porte.

— Si vous refusez de les maintenir, je vais devoir tout mesurer de nouveau, expliqua-t-il face au manque de réaction de son interlocutrice.

— Oh oui, bien sûr ! répondit-t-elle en s'empressant de prendre sa place.

Elle n'avait pu s'empêcher d'imaginer ses larges mains sur les siennes au moment où elle aurait pris place.

Elle le vit se diriger vers la table basse où il s'empara de l'assiette tant convoitée.

— Non ! s'écria le garçonnet.

— Ash, tu peux en prendre un seul, répéta-t-il d'un ton calme et posé.

— Z'en veux un pas pareil ! réclama Ash.

— Tiens, tu peux finir celui-là.

Ash étudia avec circonspection le biscuit qui lui était tendu, avant d'observer son père qui plaçait l'assiette en haut de l'étagère.

L'espace d'un instant, elle se demanda s'il n'était pas en train de concocter un plan d'attaque de la bibliothèque pour récupérer l'assiette, mais Hutch anticipa ce risque en prévenant :

— Ash, tu n'y penses même pas, tu manges ce biscuit et puis c'est tout !

Le jeune garçon sembla finalement se résoudre à cette option.

Elle réprima un sourire qui aurait pu offenser son jeune hôte et échangea un regard de connivence avec Hutch qui revenait à la porte.

— Vous voulez bien me les tenir pendant que je fixe le système ?

— Bien sûr, répondit-elle, sentant ses joues rosir face à cette bien innocente proposition.

Les hormones, certainement…

A moins que ce ne soit le temps passé comme professeur auprès d'adolescents à l'esprit souvent mal tourné.

Quoi qu'il en soit, il fallait qu'elle arrête de rougir à tout bout de champ, sinon il allait très vite se rendre compte de quelque chose.

Elle profita pourtant encore de ces quelques instants où son attention était focalisée sur la serrure pour le détailler à son aise. Elle était contente d'avoir résisté à la tentation de se changer avant sa venue. Elle aurait certainement été aussitôt démasquée. Et puis d'ailleurs, lui-même portait toujours la même tenue, donc elle n'avait pas de regret à avoir.

Il fallait dire que même sans une tenue particulière, il arrivait à capter son attention, et ce malgré toutes ses bonnes résolutions !

Il faudrait peut-être déjà qu'elle commence par penser à autre chose, mais c'était particulièrement difficile, alors qu'il était en train de travailler tout près d'elle et qu'elle pouvait sentir son parfum. Cette odeur lui rappelait celle d'une plage, au lever du soleil. Comment faire pour penser à autre chose ?

Heureusement, il lui permit de changer d'idée en engageant la conversation.

— Je n'avais jamais entendu votre prénom auparavant. Issa, c'est très original.

— En fait, il s'agit du diminutif d'Isadora.

— Vraiment ? C'est tout aussi original, remarquez ! Votre frère s'appelle Dag, mais je ne connais pas les prénoms du reste de vos frères et sœurs.

— Il y a ma sœur Tessa — pour Theodora, en fait, et puis Zeli, mais là, ce n'est pas un diminutif. Notre mère voulait que nous ayons des prénoms avec des origines anciennes. Elle aimait tout ce qui faisait un peu sophistiqué. Mais vos prénoms ne sont pas des plus communs, non plus.

— Hutch correspond à Hutchenson, mais comme ce sont mes parents biologiques qui l'ont inscrit sur mon acte de naissance, je ne peux pas vous expliquer les raisons de ce choix. En revanche Asher était le prénom du grand-père de la maman d'Ash.

— Ah d'accord, dit-elle, gênée d'avoir abordé ce sujet.

De quoi pouvait-elle bien parler maintenant qu'ils abordaient le sujet délicat de leurs familles ?

Une fois encore il lui sauva la mise en relançant la conversation.

— Votre frère m'a dit que vous êtes enseignante, c'est bien cela ?

— Je l'étais tout du moins, oui. J'enseignais la chimie dans un lycée de Seattle, mais il y a un peu plus d'un an, j'ai accidentellement inventé quelque chose et… En fait, c'est compliqué à expliquer…

Pour vous souhaiter la bienvenue :

Passions

Les bonnes raisons de s'abonner :

- Vos romans Passions **directement chez vous**
- Vos romans en **avant-première**
- Une **remise** systématique **de 5%** par rapport au prix public
- Vous êtes libre, vous ne vous engagez pas !

*J'accepte de recevoir ensuite chaque mois 3 livres de la collection Passions, au prix exceptionnel de 6,75 € le volume double (au lieu de 7,10 €), auxquels viennent s'ajouter 2,95 € de participation aux frais d'envoi. Je n'ai aucune obligation d'achat et je peux retourner les livres, frais de port à ma charge, sans rien vous devoir, ou annuler tout envoi futur. Il en sera ainsi tous les mois tant que je le souhaiterai.

T

ECOPLI

20g
Validité
permanente

HARLEQUIN
AUTORISATION 59031
59789 LILLE CEDEX 9

SA au capital de 1 120 000 € - R.C. Paris. Siret 31867159100069/APE 5811Z - Internet : www.harlequin.fr -

DÉTACHEZ SELON LES POINTILLÉS ET POSTEZ AUJOURD'HUI MÊME.

Elle craignait de l'ennuyer avec ses histoires, pourquoi se vanter de quelque chose qui n'était qu'un accident ?

— Vous avez inventé quelque chose, vraiment ?

— Eh bien dans sa version pour enfants, c'est un jeu qu'on a appelé Gob-o-Goo…

— Oui, je vois ce que c'est, j'en ai vu dans un magasin de jouets, c'est une sorte de pâte à modeler ?

— Voilà, une pâte à modeler qui ne sèche pas et peut être remodelée à l'infini. En plus elle n'est pas toxique pour les enfants, même s'ils venaient à en manger !

— Et vous dites que vous l'avez inventée de façon accidentelle ?

— Oui, c'est la vérité. J'essayais de préparer un cours sur les accidents chimiques domestiques et j'ai mélangé pour voir du bicarbonate de soude avec d'autres composants que j'avais chez moi et… Ta-dam !

— Ce n'est pas possible, ne me dites pas que c'était aussi simple que cela ?

— Pourtant, c'est le cas. Au départ, il y a eu une réaction un peu… mousseuse, et puis tout s'est stabilisé. On aurait dit un nuage doux, onctueux et je n'ai pas pu résister à l'envie de le prendre entre mes mains et de le malaxer.

Cette dernière phrase la fit rougir de nouveau. Elle avait ressenti cette même envie irrépressible de poser ses mains sur les épaules de Hutch alors qu'il s'était penché devant elle pour visser la serrure… Heureusement, elle avait réussi à résister à cette pulsion.

— C'était une texture absolument géniale, et j'ai tout de suite imaginé comment un enfant pourrait s'amuser avec. Pour résumer, après quelques tracasseries administratives, j'ai fini par obtenir un brevet et la Gob-o-Goo est née. Un ami à moi, qui travaille auprès d'une entreprise de jeux pour enfants, a acheté le concept et l'a commercialisé.

— Quelle aventure, ce n'est pas banal comme parcours !

— C'est surtout un coup de chance, je me sens même gênée d'en tirer le moindre profit !

— Mais tout à l'heure, vous avez parlé d'une version pour enfants, est-ce que cela veut dire qu'il y en a une autre version ?

Ainsi il prêtait réellement attention à ce qu'elle lui racontait…

— En fait, il s'agissait une nouvelle fois d'un coup de chance. J'avais une boule de pâte à la main et mon téléphone a sonné. Inconsciemment, je me suis mise à la pétrir tout en parlant et j'ai eu l'idée d'en faire une sorte de balle antistress, et puis je me suis souvenue d'une personne de ma famille qui s'était cassé le bras et qui faisait de la rééducation avec une balle d'une matière assez proche pour retrouver de la force dans les bras, mais elle trouvait la balle trop ferme et trop grosse pour ses mains. C'est comme cela que j'ai pensé que ma pâte pourrait servir avantageusement pour ce genre d'usages.

— C'est formidable ! Est-ce que votre idée a pu être mise en pratique ?

— Oui, j'ai modifié le brevet et depuis on l'utilise pour de nombreux dispositifs de rééducation.

— Je suis vraiment impressionné.

Elle aussi était impressionnée, mais plutôt par la taille de ses biceps et la largeur de ses épaules…

— Il n'y a pas de quoi, lorsqu'on sait que tout cela était

accidentel… Je n'en tire aucun mérite, j'ai simplement eu de la chance. L'avantage, c'est que cela m'a permis d'arrêter de travailler et de revenir à Northbridge et c'était la meilleure chose qui pouvait m'arriver, car je ne me serais pas vue rester à Seattle…

Elle décida de s'arrêter là, et d'éviter de relater le tour compliqué qu'avait pris sa vie sentimentale et qui l'avait contrainte à déménager.

— Sans compter que grâce à cela, je vais pouvoir acheter une maison prochainement, ajouta-t-elle, ce qui est vraiment une bonne chose.

— Moi, je pense surtout que vous êtes bien trop modeste. Ce n'est pas donné à tout le monde de vivre de ses inventions !

— Je suis simplement consciente de la part de chance qui est en cause !

— C'est bon, vous pouvez lâcher.

Elle eut l'impression d'entendre ces mots dans le lointain, et ne réagit pas tout de suite, absorbée qu'elle était à détailler son visage.

C'est alors qu'une petite voix répéta d'un ton ferme :

— Papa a dit lâcher !

Elle n'avait pas prêté attention au garçonnet qui avait finalement abandonné l'assiette de biscuits, et sa petite voix aiguë la tira de sa torpeur. Heureusement qu'il était là ! Elle lâcha aussitôt les poignées et recula d'un pas.

Si seulement il suffisait de s'écarter un peu de lui pour mettre un terme au trouble qui s'emparait d'elle… Mais ce n'était pas le cas, elle s'en rendit compte aussitôt.

Il fit quelques essais avec cette nouvelle serrure, puis finit par s'enfermer dehors avant de rouvrir la porte sans encombre.

— Voilà qui est fait, vous allez pouvoir verrouiller votre porte et maintenir vos voisins encombrants à distance !

Ce n'était pas tant les voisins que les pensées encombrantes qu'elle aurait aimé éloigner, songea-t-elle en lui souriant.

Il lui tendit un des deux jeux de clés dont il disposait.

— J'en garde un pour les cas d'urgence, ou si jamais vous vous enfermiez dehors.

Elle tendit la main vers ses clés et ne put s'empêcher de noter qu'elles étaient encore chaudes de ses mains.

— Moi aussi ze veux les clés ! réclama Ash.

Hutch fouilla dans ses poches et lui tendit un imposant trousseau.

— Voilà pour toi, mon grand, mais attention à ne pas les perdre !

Ash saisit les clés et s'attacha à les fourrer dans ses poches, imitant encore une fois son père.

— Maintenant, mon chéri, nous allons laisser Issa tranquille et descendre préparer ton bain avant d'aller se coucher.

— Veux un gâteau.

— Non, c'est fini les gâteaux, au bain et au dodo, maintenant.

— Non, pas bain, pas dodo !

— Bien sûr que si, chenapan !

— Veux pas !

— Et que dirais-tu après le bain d'un dernier petit gâteau avec ton lait pendant que je te lirai l'histoire de *Thomas le Petit Train* ?

— Gâteau d'Itta ?

Hutch se tourna vers elle.

— Vous nous permettez de vous prendre un dernier biscuit ?

— Bien sûr, vous pouvez même prendre toute…

— Chuuuut ! s'exclama-t-il, un doigt sur les lèvres, pour l'interrompre.

— Veux socolat !

— Un biscuit au chocolat pour ce jeune homme, annonça-t-elle en se dirigeant, amusée, vers l'assiette en haut de l'étagère.

Elle le lui tendit.

— Qu'est-ce qu'on dit, Ash ?

— Marci.

— Avec plaisir, jeune homme.

— Allez, tu peux descendre ton biscuit à la maison, mais n'oublie pas qu'il faut le garder pour après le bain.

— Arvoir Itta !

— Au revoir, Ash.

Elle regarda, attendrie, le garçonnet entamer la descente de l'escalier avec son biscuit précieusement serré entre ses petites mains, et elle se tourna vers Hutch, qui s'attardait sur le pas de la porte.

— Shannon m'a dit que vous seriez présente au dîner chez Meg et Logan, demain, et elle me disait que nous pourrions y aller ensemble. Qu'en dites-vous, c'est idiot de prendre deux voitures, non ?

Elle n'avait pas songé qu'il serait présent lui aussi, même si c'était assez logique, après tout. Chase et Hadley seraient présents avec Cody. Viendraient aussi Ian et Jenna, ainsi que Shannon et Dag.

— Comme vous le voulez, je ne veux pas vous contraindre à modifier vos projets. Vous comptiez peut-être partir directement de votre boutique ?

— Non, je prévois justement de repasser ici pour permettre à Ash de faire une petite sieste en fin d'après-midi, mais cela dépend aussi de vous. Je ne voudrais pas que vous ayez l'impression que vous allez devoir partager vos loisirs avec nous sous prétexte que nous cohabitons !

Elle se sentait gênée par son invitation dont elle n'arrivait pas à déterminersi elle était sincère ou s'il s'en faisait une obligation. Ce genre d'échanges avait le don de la mettre mal à l'aise.

— Est-ce que vous êtes sûr de vouloir de moi ? demanda-t-elle avant de se rendre compte du double sens de ses propos et de se reprendre en balbutiant. Dans votre voiture, je veux dire…

Mais c'était encore pire et maintenant, il avait saisi son embarras, comme l'attestait le petit sourire au coin de ses lèvres. Sur le ton de la confidence, il répondit :

— Dag m'avait prévenu que vous étiez plutôt timide et réservée, et je ne voudrais pas vous mettre mal à l'aise en ayant l'air d'insister.

Ce cher Dag… Son petit frère avait toujours eu le don de raconter à ses amis ce qu'elle aurait préféré qu'il taise… Les choses ne changeaient pas, malgré les années.

— C'est vrai que je suis plutôt réservée avec les gens que je ne connais pas, mais nous avons fait connaissance aujourd'hui, après tout. Vous connaissez tout mon parcours d'expérimentatrice domestique et, de mon côté, je n'ignore plus rien de votre carrière de footballeur reconverti dans le marketing !

Il sourit largement.

— Oui, vous avez raison, nous sommes presque

deux vieux amis, je suppose que cela nous autorise à partager une voiture !

Elle pensa au trajet avec lui… De quoi parleraient-ils ? Elle se sentait déjà tendue à cette perspective. Et puis il y avait son secret, qu'il lui faudrait garder pendant toute la soirée, alors que l'un et l'autre savaient. Mais elle y penserait plus tard.

— Alors c'est d'accord, conclut-elle. Mais vous n'êtes pas obligé de conduire, je peux prendre ma voiture si vous préférez.

— Oh ! je vais peut-être vous épargner d'avoir à faire connaissance dès maintenant avec l'enfer des sièges autos pour enfants. Mieux vaut éviter d'avoir à l'installer et prendre ma voiture où il est déjà fixé.

— Ah oui, le siège auto, bien sûr, je n'y avais pas pensé… Dans ce cas, faisons comme cela, c'est vous qui m'emmenez !

— Rendez-vous demain soir vers 18 heures ?

— Parfait. Je vous retrouverai en bas.

— A demain !

— A demain, répéta-t-elle, en se maudissant de n'avoir rien de plus original à lui dire.

Pourtant, il ne tourna pas les talons comme elle s'y était attendue. Il resta là, sur le pas de sa porte, le regard braqué sur elle, comme absent.

— Bon, je ferai mieux d'y aller, dit-il tout à coup, comme s'il sortait d'une rêverie. Et si vous avez le moindre souci avec votre serrure, vous savez où me trouver !

Curieusement, elle eut l'impression de lire un certain trouble dans son regard, même si, objectivement, elle ne voyait pas ce qui pouvait lui causer ce genre d'émotion.

Elle se sentit en tout cas soulagée de ne plus être la seule à se montrer mal à l'aise.

— Je sais où vous trouver, répéta-t-elle.

On aurait dit qu'il avait du mal à partir et cela la fit sourire intérieurement.

Finalement, il secoua brièvement la tête.

— Bien, à demain alors.

— A demain.

Une demi-seconde s'écoula avant qu'il ne se mette en marche, comme au ralenti, puis elle le regarda descendre l'escalier au bout du couloir. Il ne se retourna pas.

Elle se sentait pourtant tout émue de ce qu'elle avait perçu comme un certain trouble de sa part au moment de lui dire au revoir. Elle ne savait pas ce que cela pouvait signifier, mais elle se sentait tout à coup beaucoup plus légère.

Et presque à l'aise avec l'idée de partager sa voiture demain soir pour se rendre chez son demi-frère.

Un dîner qu'elle se surprenait soudain à attendre avec impatience.

- 3 -

— Oh ! C’est du vin ?

— Du vin, oui, mais pas n’importe quel vin, Issa ! Celui-ci vient du petit vignoble de Napa que tu aimes tant, précisa Logan en la voyant hésiter.

Issa, Hutch et Ash venaient de rejoindre leurs hôtes au traditionnel barbecue du lundi soir chez les Mackey et McKendrick.

Elle n’avait pas pensé au fait qu’on pourrait se demander pourquoi elle ne buvait plus la moindre goutte d’alcool, soudainement. En temps normal, elle aurait accepté avec grand plaisir ce verre de vin, d’autant plus qu’il lui aurait permis de se détendre et de profiter de façon plus conviviale de la conversation avec les convives présents. Ses frères et sœurs la connaissaient assez pour le savoir. D’ailleurs Logan avait délibérément choisi le vin en fonction de ses goûts. Tout cela rendait son hésitation d’autant plus suspecte.

Pourtant, il était hors de question de boire un verre d’alcool, même si elle ne parvenait pas à inventer la moindre excuse valable…

Peut-être devrait-elle accepter le verre, et se contenter d’une gorgée avant de discrètement répandre son contenu dans quelque pot de fleur en espérant ne pas se faire remarquer ?

— En fait, Issa s'est engagée à me servir de chauffeur ce soir, intervint Hutch providentiellement.

— Ah bon ? Mais c'est bien ta voiture que j'ai vue devant la maison, dit Hadley d'un ton intrigué.

Heureusement, personne ne les avait vus descendre de voiture.

— C'est à cause du siège auto, lança Issa dont le cerveau se remettait finalement à fonctionner. C'est vraiment trop compliqué à changer de voiture…

— Tant pis pour le vin, ce sera pour une prochaine fois dans ce cas-là, intervint Meg. Que dirais-tu d'un thé glacé ou d'une citronnade ? Et pour toi, Hutch, une bière ?

— Oui, une blonde bien fraîche ! lança-t-il fortement, faisant ainsi rire l'assistance qui passa à autre chose.

Issa soupira de soulagement.

— Je peux me servir, dit-elle en saisissant le pichet de citronnade sur la table de la cuisine.

— Eh bien profitons-en pour tout sortir dans le jardin, suggéra Meg.

Dehors, Chase était préposé à la préparation du barbecue, en compagnie du reste des invités — Shannon, Dag, Jenna Bowen. Cette dernière avait grandi à Northbridge avec Issa. Il y avait aussi Ian, facile à identifier du fait de sa ressemblance avec Hutch.

Tout le monde salua les nouveaux arrivants aux bras chargés de victuailles et breuvages divers. Logan, Meg et Hadley fermaient la marche.

— Issa, tu ne connais sans doute pas Ian, le frère de Hutch ? Ian, je te présente ma sœur, Issa.

Tous deux se saluèrent cordialement, et Issa évita soigneusement le sujet des ressemblances, songeant que c'était une remarque à laquelle ils devaient être plus qu'habitués.

— Il y a aussi Abby que tu ne dois pas connaître, poursuivit Jenna, la fille de ma sœur…

— Et ta fille adoptive, maintenant, ajouta Ian.

La sœur de Jenna, J.J., était tombée enceinte alors qu'elle était encore lycéenne et Ian et Jenna avaient décidé d'adopter Abby.

— *Notre* fille adoptive aussitôt que l'administration aura mis à jour les dossiers, corrigea Jenna.

— J'ai eu beaucoup de peine en apprenant les tristes événements de l'année dernière, dit Issa.

Jenna avait perdu ses parents l'année précédente, et Issa n'avait pas eu l'occasion de lui présenter ses condoléances. A vrai dire, elles ne s'étaient pas revues depuis le lycée.

Jenna la remercia de ses pensées et d'un signe de tête indiqua le bac à sable où se trouvait la petite Abby. Issa regarda la fillette en souriant.

Il fallait bien le reconnaître, elle se sentait obligée de manifester un certain intérêt pour cette enfant, après ce que Jenna lui en avait dit.

Ash était auprès d'elle, il ne s'était pas embarrassé avec les salutations et, à peine arrivé, s'était rué dans le jardin pour retrouver le bac à sable et ses petits camarades. Issa reconnut sa nièce, la petite Tia, de trois ans ainsi que Cody, le neveu de Hutch, âgé de vingt mois, qu'elle avait déjà rencontré lors de son arrivée à Northbridge. La ravissante petite fille aux cheveux bouclés devait donc être Abby.

— Quel âge a-t-elle ?

— Dix-sept mois, répondit Ian.

— Elle est mignonne.

Elle ne savait jamais quoi dire aux parents qui lui présentaient leurs enfants et dont elle lisait la fierté dans le regard. Devait-elle s'étendre davantage, poser des questions ?

Elle n'était décidément pas très douée pour tout ça !

Comme Jenna la remerciait du compliment, elle en déduisit qu'elle pouvait passer à autre chose et revint vers les adultes.

Déjà, les groupes se formaient, les hommes se rapprochant du barbecue, tandis que les femmes regagnaient les tables installées dans l'herbe.

A la demande de Hadley, elle prit place à côté de sa demi-sœur. La conversation se porta rapidement sur le mariage prochain d'Ian et Jenna, mais Issa avait l'esprit ailleurs, et le regard aussi. Rapidement, elle se surprit à étudier Hutch et Ian.

Ils étaient assis côte à côte, face à elle, à proximité du barbecue. Si leur ressemblance frappante n'avait pu lui échapper, elle s'attachait maintenant à rechercher leurs différences.

Elle ne distingua d'abord que de petits détails qui lui permettaient de les différencier.

Les yeux d'Ian étaient plus clairs que ceux de Hutch, par exemple, qui semblaient plus mystérieux, plus profonds.

Leurs cheveux étaient coupés de la même façon, plutôt court sur les côtés et un peu plus long sur le dessus, mais ceux d'Ian étaient plus clairs, plus blonds que ceux de son frère, et sans doute un peu plus apprêtés. Hutch arborait un style ébouriffé qui n'était pas pour lui déplaire.

Il y avait aussi d'imperceptibles différences de style. Ian était habillé assez formellement et semblait plus grave que son frère. Il avait l'allure d'un homme d'affaires quand Hutch portait un jean et un T-shirt à manches longues retroussées. En même temps, sa tenue semblait tout de même plus adaptée à un barbecue.

Hutch n'avait rien d'un homme d'affaires, maintenant qu'elle y songeait, ni dans son apparence, ni dans sa façon de s'exprimer.

Il n'y avait pas de doute possible, si elle avait dû choisir entre les deux hommes, ce qui était évidemment totalement hors de propos, elle aurait choisi Hutch.

Décontracté, drôle, calme, voilà ce qui lui venait à l'esprit spontanément. Il semblait facile à vivre et toujours de bonne humeur. Et puis avenant, sociable… Son exact opposé, en quelque sorte !

Mais elle ne savait que trop que c'était là une raison de plus pour se montrer prudente.

Par le passé elle avait eu tendance à être attirée par des hommes qui compensaient sa timidité et lui offraient un camouflage derrière lequel elle était heureuse de se réfugier.

Le revers de la médaille avait été qu'elle s'était enfermée dans ce comportement plutôt discret, voire effacé, tandis que ses compagnons avaient eu tendance à accentuer leurs propres défauts. Des défauts souvent bien plus graves qu'une simple timidité.

Elle refusait de risquer de nouveau de rencontrer ce genre d'hommes. Le principe du yin et du yang, qui s'opposent et se complètent, n'était pas pour elle. Elle avait déjà donné et elle savait combien cela pouvait se révéler désastreux.

Cela avait beau être une conviction récemment acquise, cela n'en restait pas moins une conviction à laquelle elle voulait se cramponner.

A cet instant, Ash se mit à pleurer, car il avait reçu du sable dans les yeux. Elle se tourna aussitôt vers Hutch pour observer sa réaction et le vit traverser la pelouse en de longues enjambées de félin, pour aller prendre le garçonnet dans ses bras et le consoler.

— Je sais que ça fait mal, mon grand, tu as le droit de pleurer !

Elle s'étonna tout d'abord qu'il n'essaie pas d'apaiser ses larmes, songeant que sa compassion ne risquait pas de débarrasser Ash du sable qui le gênait, puis elle comprit qu'au contraire c'était là la solution : les larmes nettoieraient ses yeux, bien sûr !

Un instant plus tard, le bambin était reparti retrouver ses jeux, comme si de rien n'était.

Elle était complètement bluffée. Si elle ne l'avait vu de ses yeux, elle n'y aurait pas cru. Sa réaction première aurait été de courir à la salle de bains, pour nettoyer le visage de l'enfant à grande eau. Les larmes avaient été bien plus rapides et efficaces. Elle se promit de se rappeler cet épisode le jour où un accident similaire lui arriverait.

Cela renforçait encore davantage sa théorie du yin et du yang : non seulement Hutch avait des qualités sociales dont elle se sentait dépourvue, mais en plus, il avait une aisance et une expérience auprès des enfants dont elle manquait cruellement.

Pourtant elle savait que se retrouver avec un homme extraverti ne l'avait jamais rendue plus sociable, cela avait simplement masqué sa timidité. De la même manière qu'être avec quelqu'un qui savait se montrer un bon parent ne ferait pas d'elle une mère parfaite automatiquement ! Cela pourrait tout au mieux masquer ses lacunes, ce qui serait pire que tout.

Elle n'avait d'autre option que de devenir la bonne maman qu'elle souhaitait devenir.

Cela faisait une nouvelle raison de ne pas commencer à s'arrêter sur chaque petit détail séduisant de son visage, à l'image de ces fossettes charmantes qui se creusaient lorsqu'il se mettait à rire.

Et si ces raisons n'étaient pas suffisantes, elle en avait une dernière à ajouter : elle était enceinte !

Elle avait parfois du mal à intégrer cette nouvelle réalité, qui était encore trop récente pour que son cerveau l'ait enregistrée. Pourtant, c'était bel et bien le cas…

Quel homme prêterait attention à une femme enceinte d'un autre homme ?

C'était difficile à imaginer.

Comment se faisait-il qu'elle soit en train de penser à ce genre de choses ?

Hutch Kincaid était son propriétaire, il avait eu la gentillesse de venir réparer sa porte et lui avait proposé de l'emmener en voiture pour participer à une soirée commune. C'était pourtant simple.

Il n'y avait rien dans tout cela qui pouvait donner prétexte à de tels questionnements existentiels sur la possibilité ou l'éventualité, ou même la moralité d'une liaison avec lui.

Pourtant à cet instant, il se remit à rire et de nouveau elle ne put détourner le regard de lui.

Il était tellement beau.

Même si cela ne comptait pas vraiment.

Même si cela n'était pas important.

Elle se répéta pour la énième fois que Hutch Kincaid était juste la personne avec qui elle était amenée à cohabiter en ce moment. Juste quelqu'un avec qui elle avait des connaissances en commun, et des liens familiaux lointains par alliance. Juste un homme des plus séduisants, mais rien de plus qu'un homme.

Et de son côté, elle était simplement une future mère célibataire. « Mère » étant le mot-clé, car il n'y avait sans doute pas de répulsif plus puissant envers la gent masculine que le fait d'être enceinte... Cela avait même eu cet effet sur le concepteur en personne...

Cette situation avait l'avantage de la protéger d'elle-même en cas de faiblesse passagère !

C'était mieux ainsi.

Sa vie était déjà suffisamment compliquée.

Et pourtant...

Elle ne pouvait s'empêcher de ressentir une certaine tristesse à l'idée d'être ainsi indésirable.

En particulier quand il s'agissait de Hutch Kincaid.

— Merci de m'avoir couverte pour le verre de vin, lui dit-elle une fois installée dans sa voiture.

— De rien, tant que cela me permet d'avoir un chauffeur personnel !

Il avait pris place sur le siège passager et s'était tourné vers elle en passant son bras gauche autour de l'appui-tête. En fait, il avait d'abord voulu se tourner pour surveiller Ash, qui était installé dans le siège auto à l'arrière, mais maintenant que celui-ci dormait, son attention semblait centrée sur elle.

— Je n'avais pas du tout réfléchi à cette histoire de

boire ou pas de l'alcool… Si vous n'étiez venu à mon secours, j'aurais sans doute été démasquée. Merci encore.

— Je vous en prie, c'était un plaisir. En revanche je vous ai trouvée plutôt en retrait toute la soirée, est-ce que cela vous a déstabilisée à ce point ?

— Oh ! Pas besoin de cela, je suis toujours plutôt discrète dans ce genre de soirée.

— Votre fameuse timidité, se rappela-t-il. Mais comment faisiez-vous lorsque vous vous retrouviez devant une classe entière d'adolescents ?

— Quand j'étais stagiaire, cela m'a coûté un certain nombre de cours ânonnés d'une voix tremblotante… Mais les travaux pratiques m'ont bien aidée, en détournant l'attention de moi et en braquant les projecteurs sur la discipline à la place.

— Pourtant ce soir il n'y avait guère que la famille et quelques proches, souligna-t-il.

— Je suis loin d'être l'intrépide de la famille… Je crois que j'ai tiré cela de mon enfance, quand ma mère nous traitait comme une collection de poupées qu'elle était fière de montrer à tout le monde. J'ai pris l'habitude de me fondre dans la masse et de laisser mes frères et sœurs occuper le devant de la scène… J'ai tendance à retrouver ce genre de réflexes lorsque je suis avec eux.

— Je vois ce que vous voulez dire, j'ai moi aussi eu le sentiment d'être exposé au regard des autres. J'espère au moins qu'Ian et moi n'avons pas participé à votre gêne ?

Dans un sens, la présence de lui et son frère et les rêveries qui en avaient découlé avaient bien contribué à son trouble, mais ce n'était certainement pas ce qu'il entendait par sa question !

— Oh non, le plus difficile pour moi a été la présence de tous ces enfants… Des enfants, des enfants et encore des enfants…

— Qu'est-ce qui vous gêne avec les enfants ?

— Ils me rappellent combien je suis ignorante en la matière… Je ne sais pas leur parler, ni m'en occuper, j'ignore ce qu'ils attendent, ce dont ils ont besoin…

Il sourit avec bienveillance.

— A vous entendre je devine que vous appréhendez de devenir maman ?

— Je suis terrorisée, vous voulez dire ! Mais si vous me posez la question, c'est que ce n'est pas trop visible à l'œil nu ! plaisanta-t-elle pour tenter de dédramatiser.

— Qu'est-ce qui vous inquiète en fait ?

— Tout ! Je n'ai jamais vraiment été portée sur les enfants, je ne me suis jamais particulièrement occupée de mes petits frères ou de Zeli. Je ne connais vraiment rien aux enfants, à vrai dire.

— Mais vous êtes enseignante, tout de même.

— Oui, au lycée, où ce ne sont déjà plus vraiment des enfants. Je peux leur parler, tenter de les raisonner, mais un bébé, un jeune enfant comme Ash… Je ne sais pas m'en occuper, les nourrir, les changer, les laver… Leur apprendre à marcher, à parler, à se laver les dents, à devenir propres… Je ne sais même pas dans quel ordre tout cela est censé avoir lieu !

— Vous ne souhaitiez pas avoir d'enfant ?

— Pas particulièrement. Je n'avais en tout cas pas prévu d'en avoir maintenant. Je me disais que si l'envie de devenir mère se faisait sentir, je la reconnaîtrais et m'adapterais… Mais ce n'était pas le cas. Ce qui m'arrive est un accident, et si j'ai fini par décider de ne pas interrompre cette grossesse, pas une heure ne passe sans que je me demande si ce n'est pas une erreur. D'ailleurs, je ne vous cache pas que cette soirée me fait de nouveau douter.

Elle s'interrompit soudain, remarquant qu'elle mobilisait la parole depuis de longues minutes, ce qui ne lui arrivait jamais en temps normal. Qu'est-ce qui lui prenait de raconter sa vie à cet homme qu'elle ne connaissait que très peu, finalement ? Comment en était-elle arrivée à lui parler de sa vie intime à ce point ?

Pourtant, quelque chose la poussait à continuer.

— J'ai passé la soirée à vous regarder tous, ce soir, vous occuper de vos enfants et j'ai été impressionnée par ce que j'ai vu.

— Il vous reste tout de même un peu de temps pour vous préparer, suggéra-t-il doucement.

— Je ne suis pas sûre que le temps suffise.

Il tourna la tête vers la banquette arrière et contempla Ash un instant. Le silence se fit dans l'habitacle et sembla s'étirer, jusqu'à ce qu'il lui demande :

— Que diriez-vous d'un cours accéléré ? Cela vous redonnerait-il confiance ?

— Un cours accéléré ? répéta-t-elle sans bien comprendre de quoi il lui parlait.

— Un cours d'initiation à la parentalité, disons ! Même si je suis loin d'être un expert, je peux vous parler de mon expérience, vous prêter les livres qui m'ont aidé à progresser. Et puis il y a Ash, vous pourriez passer du temps avec lui et découvrir le monde merveilleux des bambins !

Elle était touchée de la générosité de son offre, touchée de l'aide qu'il lui offrait alors qu'elle se sentait tellement emplie de doutes et de questions, et tellement isolée, aussi.

Elle tourna le regard vers lui un court instant.

— Vraiment ?

Il haussa les épaules comme pour lui signifier que c'était peu de choses.

— Je vous propose un marché. L'agent immobilier avec qui je suis en contact m'a donné une liste de propriétés en vente afin que je puisse me faire une idée avant de décider si je souhaite en visiter…

— Est-ce qu'il s'agit de Martha Pinkell ? demanda-t-elle. Elle m'a donné une liste à moi aussi, sans doute la même que la vôtre !

— Encore mieux, dans ce cas, nous pourrions découvrir les lieux ensemble. J'allais vous demander de me guider dans Northbridge que je connais à peine et en échange je vous promets de vous donner tous les tuyaux possibles concernant l'éducation et le soin des jeunes enfants !

— Vous risquez d'être déçu, car je ne suis plus vraiment revenue à Northbridge depuis que je suis partie faire mes études…

— Oui, mais vous êtes tout de même une fille du pays. Regardez, Jenna disait que vous ne vous étiez pas vues depuis des années et pourtant vous avez repris la conversation là où vous l'aviez laissée sans la moindre difficulté. Peut-être que cela vous aidera à renouer avec les gens que vous n'aviez plus revus de longue date ? A moins que ce ne soit trop vous demander ?

Elle devait reconnaître que l'idée de lui faire découvrir la ville et de revoir ses anciennes connaissances la stressait beaucoup, mais elle était bien décidée à saisir la chance qui lui était offerte.

— Eh bien, si vous n'espérez pas de moi que je vous fasse rencontrer le tout-Northbridge, mais juste faire connaissance avec quelques personnes de mon enfance, alors marché conclu !

— Marché conclu, répéta-t-il.

Etait-ce bien un marché, dans le fond ? se demanda-t-elle en garant le monospace dans l'allée, à côté de sa voiture aux proportions plus modestes.

Elle coupa le contact et aussitôt Ash émergea du profond sommeil dans lequel il était plongé.

— L'est où Zaza ? marmonna-t-il d'une voix ensommeillée.

— Zaza ? répéta Issa.

— Son lion en peluche qui lui sert de doudou, expliqua Hutch en sortant de voiture pour aller ouvrir la portière arrière. Ne t'inquiète pas mon grand, tu vas aller retrouver Zaza dans un instant.

Elle le regardait faire et se demanda si elle ne se mettait pas en danger en acceptant sa proposition. Il était le genre d'homme auquel elle était sensible, elle ne le savait que trop bien.

Elle remonta, pensive, l'allée qui menait à l'entrée de la maison qu'ils partageaient.

N'était-ce pas être sensible à quelqu'un que de sentir ainsi son parfum dans la voiture, de remarquer la longueur de son bras étendu sur le dossier du siège ?

Sans parler du fait qu'elle s'était fait la réflexion en conduisant que ses mains tenaient le volant qu'il avait l'habitude de tenir, ou changeaient de vitesse au même levier, qu'elle était assise dans le même siège. Elle avait apprécié cette sorte d'intimité qu'elle créait avec lui.

Etait-il donc judicieux de passer plus de temps en sa compagnie ?

Elle s'arrêta pour maintenir la porte ouverte pour Hutch qui portait son fils.

D'un autre côté, ses conseils lui seraient d'une grande aide, et lui permettraient au moins d'apprivoiser sa peur. Et puis Ash était là, se surprit-elle à songer en regardant le garçonnet s'affaler sur l'épaule de son père et se rendormir aussitôt. Il serait leur chaperon. Un chaperon de deux ans et demi, mais un chaperon tout de même.

Elle les précéda le long du couloir, lui tenant les portes pour lui épargner d'avoir à se contorsionner, jusqu'à ce qu'ils arrivent au pied des marches qui menaient à son appartement.

— Merci, murmura-t-il. Alors à demain ?

Elle chercha dans son regard la réponse. Ses yeux étaient si bleus qu'elle eut envie de s'y perdre un moment. Elle s'entendit répondre :

— D'accord.

Il y eut ce large sourire sur ses lèvres.

Maintenant son fils d'une main, il lui tendit l'autre.

Elle mit quelques secondes à réagir, comme si elle ne s'attendait pas à ce qu'il lui serre la main, mais plutôt la prenne par la taille…

C'était pourtant bien une poignée de main qu'il suggérait. Rien d'autre qu'une courtoise poignée de main.

Elle glissa sa main dans la sienne. Le contact de sa paume, la chaleur de sa peau. Ses yeux bleus, toujours.

Et puis elle s'imagina qu'il l'attirait contre lui pour l'embrasser.

Elle ne devrait pas s'attarder. Il fallait qu'elle s'en aille au plus vite.

Bien sûr, il ne fit rien de ce qu'elle s'était imaginé, et se contenta de lui serrer la main tout à fait sobrement. Elle se sentit soulagée de le voir aussi à l'aise avec elle.

Au moins ne soupçonnait-il rien des pensées qui l'habitaient.

— Que diriez-vous de nous retrouver demain après-midi ? suggéra-t-il à voix basse. J'ai du travail dans la journée, mais si vous étiez libre vers 4 h 30 ou 5 heures, nous pourrions aller repérer quelques maisons, et peut-être même dîner ensemble ensuite ?

— Oui, ça me va parfaitement. Où voulez-vous que nous nous retrouvions ?

— Je repasserai ici vous chercher.

— C'est parfait ! répondit-elle en se répétant qu'il ne s'agissait pas d'un rendez-vous galant, mais bien d'un échange de services.

Elle les laissa finalement, et gravit les marches qui la séparaient de son appartement avant de se retourner pour ajouter :

— Et encore merci pour le verre de vin !

— Ce n'était vraiment rien.

Pourquoi est-ce que sa voix lui avait semblé plus grave ? Pourquoi n'avait-il pas poussé la porte de son appartement ? Etait-il resté là à la regarder monter l'escalier ?

Elle ne trouva aucune réponse dans le discret « bonne nuit » qu'il murmura.

— Bonne nuit, répondit-elle en tournant les talons à son tour.

En l'entendant fermer sa porte elle se demanda s'il y avait la moindre chance qu'il ait pu imaginer lui aussi un baiser d'au revoir. Ou s'il avait regretté de ne pas l'avoir embrassée en la regardant gravir les marches ?

Non, tout cela était franchement ridicule, se répéta-t-elle avec fermeté.

Les femmes enceintes ne rêvent pas qu'un quasi inconnu les embrasse au pied de l'escalier, tout de même !

Oui, Hutch était un inconnu, quelqu'un qu'elle venait de rencontrer et qui ne faisait pas encore partie de sa vie. C'était peut-être un futur ami, voilà par où elle devait commencer.

Et elle devait chasser les idées stupides qu'elle se faisait à son sujet, à commencer par celle de l'embrasser.

Car même si cela avait traversé l'esprit de Hutch, il ne l'avait pas fait.

Et il ne le ferait pas.

Et elle ferait mieux de s'y faire.

Il en allait de même avec un certain nombre de nouvelles réalités auxquelles elle ferait mieux de commencer à s'habituer.

- 4 -

— Matin, papa !

Un matin comme les autres avec Ash.

Le réveil sonnait, donnant au bambin le signal qu'il attendait pour investir le lit paternel. Hutch ne savait pas s'il guettait, éveillé, la sonnerie qui l'autorisait à venir le rejoindre ou si elle le réveillait aussi, mais le rituel était à peu près immuable. Ash escaladait la barrière de sécurité de son lit et se précipitait dans sa chambre pour lui grimper dessus.

Il avait fini par imposer à son fils qu'il attende la sonnerie du réveil pour le rejoindre, car il était loin de se réveiller d'aussi joyeuse humeur que le garçonnet qui ne ratait jamais une sonnerie.

Hutch chercha à grappiller quelques minutes de tranquillité supplémentaires en maintenant les paupières fermées.

Ce matin-là, ce n'est pas à son fils qu'il songeait, mais bien à Issa McKendrick… D'ailleurs, c'était bien simple, depuis la veille, elle n'avait cessé d'occuper ses pensées.

Il savait d'ailleurs que ce n'était pas près de s'arrêter, vu qu'ils devaient passer la journée ensemble.

Non pas qu'il redoute de passer du temps avec elle, bien au contraire… Il avait trop envie de sa présence pour que ce soit une bonne chose. Il cherchait les ennuis et s'en rendait compte, mais ne parvenait à s'en empêcher.

C'était de l'inconscience pure. Il devait se concentrer sur Ash, et son rôle de papa solo était suffisamment exigeant pour qu'il s'y investisse pleinement. Et puis il y avait son nouveau magasin, son déménagement en projet.

Le moment n'était pas venu de fréquenter quelqu'un. Pas plus Issa qu'une autre.

D'autant qu'elle était enceinte.

C'était vraiment le summum.

Pourtant, il ne savait par quel mécanisme bizarre, il semblait oublier aussitôt tous ces arguments raisonnables, son visage apparaissait dans ses pensées et il se retrouvait en train de penser à ses cheveux blonds, à sa peau claire ou aux courbes de son corps…

Et puis il brûlait d'envie de l'embrasser. C'était tellement fort qu'il avait du mal à y croire.

Cela faisait deux soirs de suite qu'il ressentait cela. Au moment de lui dire bonne nuit, il s'était senti envahi par l'envie irrépressible de déposer un baiser sur ses lèvres. Jamais auparavant il n'avait éprouvé cela.

Même pour Iris…

Il fallait dire que c'était Iris qui l'avait embrassé la première, avant même qu'il ne puisse penser à elle avec cette intensité. Par la suite, bien sûr, il avait adoré embrasser Iris. Il l'avait tant aimée.

Mais ce qu'il ressentait pour Issa était différent. C'était quelque chose qu'il avait du mal à définir.

Peut-être était-ce parce que rien n'était possible entre eux… Elle semblait dans une situation délicate, d'une part et puis visiblement, elle n'était pas le moins du monde en recherche d'un homme.

A moins qu'elle n'attende le père de son bébé ?

Elle avait l'air d'avoir tiré un trait sur cette option-là aussi. D'ailleurs, lorsque son frère avait loué son appartement, il avait évoqué une rupture à Seattle qui poussait sa sœur à revenir s'installer à Northbridge pour un nouveau départ… Cela semblait indiquer que la page était bel et bien tournée.

Donc, elle était enceinte, et de son côté à lui, il devait affronter ses propres fantômes. Il ne se passerait rien entre eux. Point.

A moins que ce ne soit cela, justement.

Le fait que de toute évidence rien ne soit possible entre eux libérait ses propres fantasmes.

De toute façon, rien de tout cela ne changeait quoi que ce soit. Cette fille n'était pas pour lui, et c'était très bien ainsi.

Au moins, tant qu'il ne mourait d'envie de l'embrasser.

Et pour l'instant, il arrivait à peu près à se contrôler.

Il suffisait qu'il reste sur ses gardes.

Il enfouit son visage dans le creux de son coude et se rappela la baby-sitter de quinze ans qui venait chez lui lorsqu'il avait dix ans. Il avait immédiatement été sous le charme de cette adolescente, mais elle était tellement hors d'atteinte qu'il s'était contenté de la couver du regard à bonne distance… Ce serait la même chose avec Issa.

Sauf que lorsqu'il avait salué Issa les deux soirs précédents, elle ne se trouvait pas à bonne distance, mais bien à portée de main… Une main qu'il lui avait tendue afin de déclarer leur marché conclu, alors qu'en fait il souhaitait simplement sentir le contact de sa peau contre la sienne.

Et il n'avait plus dix ans, non plus. Embrasser une fille ne lui semblait plus un Everest lointain et insurmontable. Et puis il y avait eu ce moment incertain où elle s'était approchée de lui pour le saluer et où il aurait si facilement pu s'avancer encore un peu plus, comme il en rêvait.

Mais, encore une fois, c'était impossible.

Son réveil sonna une nouvelle fois, le tirant brutalement de ses rêveries. Ash, qui attendait cela avec impatience, l'éteignit avec dextérité.

— A y est papa !

— Oui, mon chéri, c'est l'heure, tu as raison, reconnut-il à grand-peine.

Ce n'était pas la seule évidence désagréable à laquelle il devrait s'habituer aujourd'hui.

Il faudrait qu'il lutte à chaque instant contre ce désir qui le taraudait.

— Vous ne pouvez pas ne pas aimer cette ville !

Issa s'amusait de l'enthousiasme de Hutch.

Ils avaient fait le tour des propriétés listées par l'agence immobilière avant de s'arrêter pour dîner en ville, dans le pub local — Chez Adz — avant de redescendre Main Street en traversant le modeste campus universitaire de la ville.

Hutch avait promis une glace à Ash s'il terminait les légumes de son assiette, ce qui les mena jusqu'à la boutique du glacier.

Un cornet à la main, ils avaient traversé South Street pour rejoindre le jardin public. Le garçonnet était occupé à savourer son dessert assis dans un bac à sable, tandis qu'ils s'étaient installés sur un banc à proximité des balançoires et du kiosque. En guise de fond sonore, on percevait les notes de musique d'un groupe qui devait répéter non loin de là.

C'était une belle soirée de début juin, qui sentait déjà un peu l'été. La douceur du temps avait incité les habitants à sortir plus nombreux et à apprécier le moment. Il y avait de nombreux enfants qui jouaient autour d'eux et elle se dit qu'il était bon d'être ici, même si elle ne lui avait pas vraiment répondu lorsqu'il lui avait demandé ce qu'elle pensait de la vie à Northbridge.

— Alors, reconnaissez que c'est agréable ! insista-t-il comme s'il avait lu dans ses pensées.

— Oui, ça l'est.

— Je ne sais pas pourquoi, mais je ne vous sens qu'à demi convaincue.

— Non, ce n'est pas ça, j'aime bien Northbridge, assura-t-elle.

Au fond d'elle, elle se dit qu'elle appréciait surtout sa compagnie.

— Est-ce que Seattle vous manque ?

— J'aimais bien Seattle, reconnut-elle, mais ici, c'est chez moi et même si je suis contente d'être revenue, ça reste la ville où j'ai grandi. C'est sans doute pour cela que j'ai du mal à m'émerveiller comme vous. Une promenade sur Main Street, échanger avec les gens, prendre une glace dans le parc… Pour moi, ça reste une soirée d'été à Northbridge.

— Vous savez, j'ai grandi dans une résidence très select, qui possédait son propre club de golf entre autres. Le simple fait de se balader aurait sans doute attiré les suspicions des services de sécurité. C'était un monde tellement élitiste, tellement fermé… Cela n'a rien à voir avec l'esprit d'une petite ville comme Northbridge.

— C'est sûr, mais vous seriez surpris de découvrir qu'ici tout le monde connaît tout le monde, avec ses bons et ses mauvais côtés, et c'est l'un des désavantages des petites communautés : le manque d'intimité.

— Oh ! Ça existe partout, j'ai connu la même chose là où j'ai grandi. La rumeur régissait nos vies, elle pouvait défaire quelqu'un en moins de temps qu'il n'en faut pour le dire. Est-ce là la raison de votre silence ? Vous craignez que la nouvelle de votre grossesse ne fasse le tour de la ville ? Que risqueriez-vous si cela se savait ?

— Oh ! Cela se saura et tout le monde aura quelque chose à en dire. Il y aura des soupçons, certains essaieront de fouiner dans ma vie, mais je ne redoute pas les jugements. Simplement, pour le moment, je préfère que cela ne se sache pas car ma situation est… embarrassante. Je voudrais éviter que ma famille le sache tant que… Je ne sais pas… tant que je ne m'y suis pas faite moi-même, peut-être. Au moins quand j'aurai bien assimilé cette grossesse, je saurai affronter les réactions, j'espère.

Il hocha la tête.

— Dimanche vous disiez que les choses étaient compliquées pour vous à Seattle, est-ce pour cela que vous en êtes partie ?

— Oui, il fallait qu'une page se tourne pour de bon, je n'avais pas d'autre option. Partir était la meilleure solution, croyez-moi.

— J'imagine que vous faites allusion à la personne avec qui…

— Oui, conclut-elle sans lui laisser le temps de finir sa question et sans lui fournir plus d'informations.

Il était temps de changer de sujet.

— Vous disiez avoir grandi dans une résidence très privée, où était-ce ?

— Juste à côté de Billings. Mon père jouait dans l'équipe de football américain du Kansas, mais mes parents avaient grandi dans le Montana et tous deux avaient souhaité y rester. Mon père alternait entre les deux régions pendant la saison et les entraînements, mais notre famille vivait à l'année à Billings.

— J'ai du mal à croire que vous préfériez Northbridge à Billings et votre résidence de luxe !

— Ne vous méprenez pas, je ne suis pas en train de dire que je regrette tout ce dont j'ai eu la chance de bénéficier, la piscine, l'accès aux terrains de tennis, les voiturettes pour arpenter la propriété, le home-cinéma… Non, la vie n'était pas déplaisante pour nous, loin de là, et pourtant je préfère Northbridge et je crois que c'est l'endroit idéal pour élever Ash.

— Je suis étonnée d'entendre que vous préférez élever votre fils différemment de la façon dont vous avez été vous-même élevé, alors que vous y avez été heureux.

— J'ai aimé certains avantages de mon éducation, en effet, précisa-t-il.

— Il y avait donc d'autres aspects moins positifs à votre goût ?

Hutch haussa les épaules.

— Mon père était souvent absent, mais quand il rentrait, j'avais presque l'impression qu'il était trop présent d'un coup, en tout cas pour Ian et moi, car pour Lacey c'était une autre histoire.

— Qu'est-ce que vous voulez dire par « trop présent » ?

— Eh bien, il tenait à ce que ses fils fassent perdurer l'héritage sportif de la famille et il nous a collé un ballon entre les mains dès que nous avons été en mesure de le tenir. Ensuite, il nous a inscrits dans des clubs, obtenant même des dérogations pour que nous entrions avant l'âge prévu.

— Je vois, j'imagine que cela vous a fait progresser rapidement ?

— Oui, mais nous n'avions pas non plus le choix de faire autre chose. Notre père ne pouvait nous imaginer jouer à autre chose qu'au football américain. Il nous a entraînés pensant toute notre enfance et ensuite toutes nos années d'adolescence, une fois que nous avons intégré les circuits traditionnels.

— Cela ne vous plaisait pas ? Vous n'aimiez pas le football ?

— Ce n'était pas une option ! En fait, j'aimais jouer, j'adorais jouer au football, mais pour moi c'était simplement un jeu, contrairement à mon père.

— Je comprends, c'est ce qui lui a permis de bâtir son empire.

— Oui, mais là encore, je n'avais pas particulièrement envie d'en faire toute ma vie. Je ne veux pas investir quelque chose à ce point, contrairement à lui. Je refuse qu'une activité vienne envahir tout mon espace vital et toute ma relation avec mon fils.

— Northbridge n'empêchera pas forcément cela.

— C'est vrai, mais je trouve que le rythme est plus détendu et me permettra de ne pas perdre trop de temps en trajets par exemple. Et puis lorsqu'il entrera à l'école, je pourrai l'accompagner à pied, j'aime bien cette idée. C'est important de trouver des moments pour échanger avec son enfant.

— J'ai entendu dire que votre père allait créer ici un camp d'entraînement pour son équipe de football, c'est bien cela ?

— Oui, les Monarchs.

— Logan me disait que c'était un événement pour le monde du football local. Et si Ash venait à être contaminé par le virus avec la présence de votre père ?

— Non, je ne suis pas inquiet. Ce n'est pas comme si j'étais anti-football ! Si Ash se découvre une passion pour ce sport, alors aucun problème, ce sera son choix. Ce dont je veux m'assurer, c'est que rien ne me détourne de ma priorité : prendre soin de mon fils.

— Vous croyez que le football comptait plus pour votre père que vous ?

— Lui vous dirait le contraire, mais c'est ce que je pense, oui. Ian, lui, s'est plié aux désirs de papa et s'est investi dans le sport comme il l'attendait, mais moi, je n'ai jamais réussi…

— Pourtant, c'est bien vous qui avez terminé dans une équipe professionnelle et pas Ian, non ? C'est plutôt contradictoire !

— Oui, à la fin de nos études à la fac, c'est moi qui ai reçu une offre de la NFL. C'était terrible, car Ian s'est toujours entraîné plus sérieusement que moi, mais j'avais une main un peu plus sûre et je courais plus vite que lui malgré cela. Je ne sais pas à quoi c'était dû, c'était juste ainsi. Ce que je sais, c'est qu'Ian et papa auraient préféré que ce soit mon frère qui soit sélectionné.

— Comment est-ce que cela se fait ?

— Papa aurait préféré parce qu'Ian se serait attaché à faire exactement ce qu'il lui aurait dit. Il aurait été obéissant et travailleur comme papa l'aurait voulu, et comme il l'avait été lui-même.

— Mais ce n'était pas votre caractère, devina Issa.

— Voilà, et j'ai déçu mon père. Il a essayé de toutes ses forces de me changer, en me comparant sans cesse à Ian, en nous mettant en compétition tous les deux. A la fin, j'ai quand même fini par l'emporter sur mon frère, car je le dépassais un peu en capacités physiques, mais c'était vraiment dommage car il aurait pu faire la grande carrière que papa espérait.

— N'aviez-vous pas autant envie que lui que votre père soit fier de vous ?

— Peut-être, mais j'étais plus rebelle que mon frère à l'époque. Je remettais en question l'autorité paternelle et surtout cette façon d'être si stricte, droite, sans nuance. En réaction, j'ai fait l'exact contraire de ce qu'il me conseillait. J'ai fait la fête, j'ai bu de l'alcool, je me couchais au petit matin et je profitais de l'attention féminine que m'apportait mon statut de joueur.

Elle ressentit un curieux pincement au cœur en l'entendant évoquer les femmes qui avaient croisé son chemin, mais elle s'appliqua à masquer toute réaction.

— Et votre père ?

— Il prône des valeurs très traditionnelles : il s'est marié très jeune, a fondé une famille, donnait aux bonnes œuvres et travaillait dur…

— Tout cela est tout à fait admirable…

— Oui, en effet.

— Mais vous ne semblez pas vraiment admiratif, pourtant…, observa-t-elle.

— Ce n'est pas ça, mais ce que je lui reprochais était en quelque sorte le revers de la médaille. Il nous a entraînés, mes frères et moi, dans des choses qui n'étaient pas vraiment faites pour nous.

— Ah oui, comment cela ?

— Eh bien il voulait soutenir l'adoption de façon publique, puisque c'était par ce moyen qu'il avait fondé sa propre famille avec notre mère. Ils nous avaient adoptés, Ian et moi, mais aussi notre jeune sœur, Lacey, et il voulait inciter d'autres familles à offrir des foyers à des enfants qui n'en avaient pas.

— Là encore, je n'y vois rien que de très louable, souligna-t-elle, dubitative.

— Oui, oui, bien sûr, mais pour nous cela passait par des parades à répétition dans des galas de charité, des interviews et des photos dans les magazines. Nous étions constamment sous les projecteurs pour représenter comme il se doit la famille exemplaire du grand footballeur Morgan Kincaid.

— Je comprends mieux. Est-ce que cela a été difficile à vivre pour vous ?

— Eh bien, comme toutes les étiquettes, elle n'était pas évidente à porter, et elle m'a suivi pendant toute ma carrière de footballeur. Les journalistes passaient leur temps à me comparer à mon père, trouvant que j'étais bien son digne héritier dès que je réussissais, mais commentant mes erreurs de façon plus cruelle, évoquant l'absence de lien génétique entre nous, par exemple. Ian aussi a eu droit à ces commentaires douloureux.

— Quelle honte !

— Je n'ai jamais trop aimé porter la bannière d'enfant adopté, telle qu'on nous la faisait porter lorsque nous étions enfants. Mais une fois adulte, c'est devenu insupportable. Sans parler d'Ian, qui le vivait particulièrement mal. Il se sentait investi de la mission de faire honneur au grand Morgan Kincaid. C'est sans doute pour cela qu'il s'est toujours entêté à essayer de faire plaisir à notre père. C'est pour cela que je pense qu'il aurait été préférable qu'il fasse carrière à ma place.

— Croyez-vous que votre père a regretté que vous soyez plus doué que votre frère, finalement ?

— Non, je ne pense pas qu'il l'ait regretté, même s'il n'était pas en accord avec les décisions que je prenais alors qu'Ian aurait sans doute suivi ses conseils scrupuleusement. Tout cela a mené à des disputes familiales mémorables, car toute la famille prenait parti pour un camp ou l'autre dans ces cas-là. Mais depuis peu, nous avons fini par apaiser ces tensions.

Elle aurait aimé en savoir un peu plus, mais n'osa pas s'aventurer sur un terrain trop personnel et se cantonna au registre du football.

— Finalement, est-ce que vous avez acheté un ballon de football américain à votre fils ? demanda-t-elle sur le ton de la plaisanterie.

— Pas vraiment, je lui ai juste donné un petit ballon en mousse avec lequel il s'amuse à laver ses voitures, c'est vous dire qu'il n'est pas conditionné ! Evidemment, lorsque mon père est venu nous voir il y a deux ou trois mois, il a offert en guise de premier cadeau à Ash un vrai ballon homologué par la NFL !

Premier cadeau ?

— Vous voulez dire qu'Ash n'a rencontré son grand-père pour la première fois qu'il y a quelques mois de cela ?

— Oui, à cause des disputes dont je vous parlais, justement. Quant au ballon, je l'ai rangé sur une étagère en attendant qu'Ash soit en âge de s'en servir, si jamais ça l'intéresse un jour.

— Pas de pression, surtout, si j'ai bien compris !

— Voilà, surtout pas. S'il veut jouer, très bien, et s'il ne veut pas, très bien aussi. Et si jamais j'ai un autre enfant un jour, surtout pas de compétition entre eux. Je voudrais qu'il puisse grandir ainsi, expliqua-t-il en le pointant du menton. A son rythme, libre de faire ses propres expériences, quelles qu'elles soient. Oups, mis à part celle-là ! Non, Ash, non !

Elle ne comprit qu'au bout d'un moment pourquoi Hutch s'était précipité vers le bac à sable : il venait de repérer son fils prêt à avaler le cornet de sa glace rempli de sable !

Ash protesta lorsque son père le lui retira des mains, mais Hutch fit diversion en le prenant dans ses bras, un peu comme un footballeur attrape son ballon pour le caler sur son flanc, et le porta la tête à l'envers pour le plus grand plaisir du bambin qui riait aux éclats.

Ensuite Hutch jeta discrètement le cornet dans la poubelle avant de venir la rejoindre sur le banc.

— Je passe un bon moment, mais je crois que je vais être obligé d'abréger cette soirée, j'en suis désolé, lui annonça-t-il en maintenant son garçon sur ses genoux.

— Oui, j'imagine qu'il est bientôt l'heure pour Ash d'aller au lit.

— D'abord au bain, précisa Hutch.

— Pas le bain ! supplia Ash qui avait entendu le supplice que lui prévoyait son père.

— Oh que si ! répondit son père en se levant avec elle, avant de faire tourner Ash comme une toupie pour le faire rire de nouveau.

Ce faisant, il se dirigeait tranquillement vers sa voiture, un large sourire aux lèvres, qui semblait indiquer qu'il prenait autant de plaisir que son fils à chahuter ainsi.

— J'ai l'impression que vous vous imaginez que la vie ici est forcément paisible et détendue, reprit-elle une fois tout le monde installé dans la voiture sur le chemin du retour. J'ai peur que vous ne soyez un peu trop optimiste à ce sujet, il n'y a pas de potion magique qui garantisse la sérénité, ici à Northbridge !

Il lui envoya un regard en coin. Un regard bleu profond.

— Ah vraiment ? interrogea-t-il, taquin. En tous les cas l'atmosphère est tout de même différente, plus détendue. J'ai l'impression d'une grande famille et j'aime cela. Sans oublier que maintenant Ian et Jenna sont installés ici et je me dis que ce serait enfin l'occasion pour mon frère et moi de mettre nos rivalités de côté, d'enfin nous connaître et de voir nos enfants grandir ensemble. Il y aura les visites de mon père à prendre en compte, bien sûr, mais si elles ne sont que ponctuelles, nous devrions y arriver !

— C'est vrai que ce serait une bonne chose, pour vous deux. Quel dommage que la compétition vous ait empêchés de grandir comme deux frères, d'autant plus que vous êtes jumeaux, vous auriez pu être très unis.

— J'ai bon espoir que nous arrivions à nous retrouver, d'autant qu'ici nous nous voyons très souvent. C'est encore quelque chose que je dois à Northbridge : ce sens de la communauté. Ici, Ash a pu connaître sa famille et la rencontrer régulièrement et c'est quelque chose qui compte pour moi. Je veux être sûr qu'il se sente appartenir à une communauté élargie. Dans les grandes villes, c'est l'individualisme qui prime.

Elle était impressionnée par la clarté de son projet éducatif. Elle avait l'impression que chaque décision dans sa vie était sous-tendue par ses choix de vie pour son fils, et le sens que cela donnerait à son éducation. Cela lui donna tout à coup le vertige. Elle était tellement déconnectée de tout cela alors qu'elle allait devenir maman elle-même ! Elle se rendait bien compte qu'elle n'avait jamais réfléchi de façon aussi profonde à ce qu'elle souhaitait offrir à son enfant comme cadre de vie, ni au sein de quelle communauté elle aurait voulu qu'il grandisse…

— Est-ce que vous avez toujours su comment vous souhaitiez élever vos enfants ? demanda-t-elle finalement d'une voix émue.

Sans doute le ton incertain de sa voix trahit-il ses doutes et le malaise qui s'installait en elle, car il quitta un instant la route des yeux pour lui adresser un sourire réconfortant.

— Bien sûr que non ! Je ne me suis même jamais posé la moindre question avant de devenir père. D'ailleurs, même après sa naissance, je ne me suis pas vraiment senti investi de ce rôle.

— Ah bon ?

— Oui, cela peut paraître un brin macho, mais pour moi c'était le rôle de ma femme. Avant qu'Iris ne décède, je faisais en gros ce qu'elle me disait et cela s'arrêtait là.

— Ah vous me rassurez, cela signifie que j'ai encore le temps de savoir à peu près ce que sera mon rôle de maman !

— Bien sûr ! Et si j'y suis arrivé, alors tout le monde peut y arriver, conclut-il d'un ton un peu sombre tout en garant son monospace.

Elle descendit de voiture pendant que Hutch détachait son fils, puis faisait le tour du monospace pour ouvrir le coffre.

— Je m'occupe de votre achat compulsif ! lança-t-il, moqueur.

En passant devant un magasin d'antiquités, elle était tombée en arrêt devant un portemanteau de bois sculpté. Elle avait décidé de l'acheter puis de se le faire livrer, mais il avait insisté pour le charger à l'arrière de son véhicule afin de l'installer aussitôt.

— Allez, Ash, si nous allions ouvrir la porte pour ton papa ? proposa-t-elle en tendant la main au garçonnet.

Elle ne savait pas s'il accepterait de saisir sa main, mais eut la bonne surprise de le voir accourir jusqu'à elle, et ensemble ils se dirigèrent vers l'entrée où ils maintinrent la porte ouverte pour Hutch.

Une fois dans le hall d'entrée, il déposa son encombrant chargement et ouvrit sa propre porte.

— Je vais aller déposer le portemanteau là-haut, chez Issa, mon chéri, expliqua-t-il à son fils. Toi tu vas rentrer à la maison et préparer tout le monde pour le bain, d'accord ? Je reviens tout de suite.

— Tout le monde ? répéta Issa.

— Oui, Ash n'est pas un grand amateur de bains, sauf s'il peut jouer à la bataille d'eau avec des petits bonshommes en plastique ! Et moi pendant ce temps, je le savonne en douce, mais ce n'est pas une mince affaire, car je suis aussi capitaine du bateau de la baignoire et plongeur professionnel.

— Oh ! Je vois, ça m'a l'air très compliqué !

— Oui, et très humide aussi, mais à ce prix-là j'évite les crises de larmes ! Les distractions sont souvent les meilleures armes des parents en détresse !

— C'est la leçon numéro un ?

— On peut dire ça comme ça, si vous voulez, répondit-il en chargeant de nouveau le portemanteau et attaquant la volée de marches. A ce propos, je voulais vous proposer quelque chose : demain, mon frère fête son enterrement de vie de garçon…

Elle le suivait en tâchant de ne pas laisser son regard s'égarer le long de ses jambes athlétiques ou de son dos puissant.

— Son enterrement de vie de garçon ? répéta-t-elle en arrivant à hauteur des poches arrière de son jean particulièrement ajusté.

— Je ne vais pas pouvoir y emmener Ash, poursuivit-il tandis qu'elle le contournait pour lui ouvrir sa porte d'entrée. Et je me suis dit que ce serait peut-être l'occasion pour vous de le garder le temps d'une soirée ?

— Oh ! Je ne sais pas trop ! répondit-elle aussitôt.

— Il aura mangé, pris son bain et mis son pyjama, rassurez-vous. La seule chose que vous aurez à faire sera de jouer avec lui une petite demi-heure et ensuite de le mettre au lit. Cela implique en gros de lui lire une histoire et de brancher sa veilleuse. Cela me semble un bon départ pour prendre vos marques, non ?

— Est-ce que j'aurai des couches à changer ou des biberons à donner ?

Il éclata de rire.

— A vous écouter, on a l'impression qu'il s'agit d'armes de destruction massive ! Non, rassurez-vous, pas de biberons ni de couches, mais vous feriez mieux de commencer à vous faire à cette idée.

Il plaça le portemanteau à côté de la porte avant de se tourner vers Issa.

— Je vous propose cette soirée, histoire que vous vous fassiez une idée de ce que ça représente de passer du temps avec lui. Pour ce qui est des couches, Ash est propre la journée et n'en porte plus, mais en cas d'accident je lui en mets des légères qui s'enfilent toutes seules pour la nuit. Il l'aura déjà quand vous arriverez, donc pas de souci pour vous de ce côté-là. En revanche, vous devrez lui proposer de passer aux toilettes avant de se coucher.

— Et s'il ne se sent pas bien, ou s'il n'a pas envie de passer aux toilettes ?

Il sourit de plus belle.

— Ne faites pas ces yeux effrayés, tout se passera bien, et vous risquez même de bien vous amuser, car il est plutôt drôle dans son genre !

Elle n'avait pas dû apparaître totalement convaincue car il haussa finalement les épaules avant d'ajouter :

— D'accord, dans ce cas, nous pouvons passer l'après-midi ensemble afin que vous ne vous sentiez pas trop effrayée à l'idée de vous retrouver seule avec lui ?

Elle aimait bien Ash et d'après ce qu'elle avait pu constater, il était plutôt débrouillard. Et puis, si tout ce qu'elle avait à faire était de jouer avec lui, lui lire une histoire et attendre le retour de Hutch pendant qu'il dormait, elle devrait pouvoir s'en tirer. Peut-être que cette première étape lui permettrait de se sentir plus en confiance auprès des enfants. Et puis il pouvait encore lui en apprendre beaucoup à leur sujet…

— C'est d'accord, finit-elle par répondre, malgré ses hésitations.

— Dans ce cas-là, je vous propose de nous retrouver demain à 15 heures ? Ensuite vous pourrez prendre le temps de vous reposer de cette terrible épreuve avant de revenir pour le baby-sitting lui-même !

Il plaisantait bien évidemment, mais au fond d'elle-même, elle se sentait tellement stressée qu'elle devinait que ce serait sans doute pour elle une véritable épreuve, qui lui demanderait d'être en pleine possession de ses moyens avant de revenir affronter Ash pour la soirée.

— Une chose encore, ajouta-t-il, nous sommes à Northbridge et donc la fête a lieu chez Adz, je ne serai donc vraiment pas loin. Un simple appel sur mon téléphone portable et j'accours à la rescousse !

Cela finit de rassurer Issa.

— D'accord, répéta-t-elle d'une voix un peu plus assurée.

Juste un peu.

— A y eeest ! lança Ash depuis le rez-de-chaussée.

— Ah, il est prêt, traduisit Hutch. La bataille peut commencer. J'arrive mon chéri, tu peux commencer à te déshabiller !

— Oui, oui ! répondit la petite voix.

— Je suppose qu'il est en fait en train de se dévêtir

au milieu du hall d'entrée, ajouta Hutch à l'attention d'Issa.

Elle sourit en imaginant le garçonnet en train de se déshabiller au milieu du couloir. A moins que ce ne soit le sourire de Hutch…

Elle s'étonna qu'il soit encore chez elle alors que son fils l'avait appelé.

A cet instant, il tendit la main vers elle et lui saisit le bras avec douceur.

— Tout se passera à merveille, vous verrez.

— Vous devriez déjà apprendre à Ash comment composer le numéro des urgences, au cas où, plaisanta-t-elle.

Il sourit.

— C'est faisable, si vous y tenez !

Du pouce, il caressa légèrement le haut de son bras.

Il essayait de la rassurer, de la réconforter, rien de plus, tâcha-t-elle de se convaincre. C'était un geste amical et bienveillant, voilà tout.

Simplement, sa main était si chaude et si douce et son contact lui donnait la chair de poule sans qu'elle puisse bien expliquer ce qu'il se passait.

Et puis il se tenait si près qu'elle sentait son parfum. Un parfum qui lui montait à la tête.

Et puis ses yeux.

Ses yeux bleus comme le ciel et qui semblaient l'observer si intensément. Elle se serait presque sentie déshabillée par ce regard si elle n'avait décidé que c'était ridicule.

« Il se montre juste amical.

Et puis je suis enceinte.

Il ne va pas m'embrasser. »

Et pourtant…

Pourtant il ne partait pas. Il ne lâchait pas son bras, et ne cessait de l'effleurer de son pouce. Cela ne ressemblait plus à un simple geste de réconfort.

Est-ce qu'elle s'imaginait tout cela parce qu'elle avait envie qu'il l'embrasse ?

Elle avait envie qu'il l'embrasse, oui.

Elle releva légèrement le menton, peut-être était-ce une façon de l'inciter discrètement à le faire. Et puis elle croisa son regard et ne détourna pas les yeux cette fois.

Alors ce fut lui qui battit en retraite.

Il serra une dernière fois son bras avant de le lâcher, et de se redresser. C'est à ce mouvement qu'elle constata qu'il s'était bel et bien incliné vers elle.

— Je vous attendrai demain à 15 heures, vous n'aurez qu'à descendre.

— Très bien, répondit-elle en cherchant à effacer toute trace de trouble de sa voix. Merci d'avoir monté mon portemanteau.

— Avec plaisir.

Il leva une main en l'air pour lui adresser un curieux salut avant de tourner les talons pour redescendre l'escalier.

— Ash, ramasse tes vêtements et rentre à la maison, l'entendit-elle déclarer une fois en bas.

Pour la deuxième fois, l'image du garçonnet prenant au pied de la lettre les instructions de son père la fit sourire. Mais ce sourire ne suffisait pas à chasser la sensation de regret qui s'insinuait en elle.

Elle avait eu tellement envie de ce baiser.

Mais pas lui.

Pourtant il avait été tenté l'espace d'un instant, elle en avait la certitude.

C'était une sorte de consolation.

Mais pas assez pour ne pas se sentir rejetée.

- 5 -

— Papa ! Caussmar ! Caussmar !

Les cris perçants du petit Ash firent paniquer Issa.

Elle était seule avec lui qui dormait depuis une bonne heure — à peine le temps de nettoyer le carnage de biscuits trempés dans du lait, de remettre les coussins à leur place sur le canapé-trampoline, d'enlever le dentifrice qui lui avait servi à nettoyer la salle de bains pendant les deux minutes où elle avait eu le dos tourné, de ramasser les innombrables jouets répartis sur le sol pendant qu'ils cherchaient à localiser Zaza, le doudou avec lequel Ash souhaitait dormir, et remettre en ordre l'étagère de livres pour enfants parmi lesquels il avait voulu choisir avec soin celui qu'elle lui lirait ce soir…

Et voilà qu'il réclamait son père et répétait ce mot bizarre.

Elle resta pétrifiée un court instant, doutant de ce qu'elle devait faire. Elle était presque une étrangère pour lui, ne risquait-elle pas de l'effrayer davantage encore en déboulant dans sa chambre ?

Elle avait suivi les indications que Hutch lui avait données pendant l'après-midi, même si Ash s'était comporté assez différemment en l'absence de son père, en se montrant bien plus exubérant que lorsqu'il était là.

Rien ne s'était déroulé comme prévu, finalement,

et les consignes avaient été loin de couvrir toutes les éventualités ou de traduire tous les néologismes du garçonnet.

Cauchemar !

Bien sûr, c'était un cauchemar... Mais que fallait-il faire pour réconforter un enfant en proie à un cauchemar ?

— Tout va bien Ash, s'écria-t-elle depuis le salon, espérant que sa voix suffirait à le réconforter.

Ou bien à lui rappeler que son père n'était pas là...

— Caussmar ! répondit la voix tremblotante du petit garçon.

— J'arrive ! dit-elle sans bien savoir ce qu'elle ferait une fois dans sa chambre.

Elle avait laissé la porte de sa chambre entrouverte, comme Hutch le lui avait recommandé, et n'eut donc qu'à la pousser légèrement pour entrer dans la pièce éclairée par une veilleuse.

— C'est Issa, tu te rappelles ? Ton papa n'est pas encore rentré.

— Caussmar ! répéta-t-il sur le même ton, comme si sa présence ne le perturbait pas davantage.

— Tu as fait un cauchemar ? interrogea-t-elle en avançant jusqu'à son lit.

— Des monstes..., ajouta-t-il d'une petite voix.

— Un cauchemar avec des monstres ?

— Oui.

Pauvre petit, si attendrissant dans son lit, avec son pyjama en pilou, ses petits yeux tout ensommeillés et ses joues mouillées de larmes. Sa lèvre inférieure retroussée tremblait à chaque sanglot.

Elle s'assit sur le coin du lit, à côté de la barrière de sécurité et caressa le pied du garçonnet.

— Tout va bien, regarde, il n'y a pas de monstres ici.

Loin d'être rassuré par ce qu'elle venait de lui dire, il sortit de sous sa couette et rampa jusqu'à elle pour grimper sur ses genoux.

— Oh ! ne put-elle s'empêcher de lancer, surprise de sa réaction.

Pendant quelques instants, elle se contenta d'observer l'enfant, les mains suspendues en l'air comme si elle risquait de le blesser en le touchant.

Pourtant elle ne pouvait ainsi rester les bras levés.

Se sentant terriblement maladroite et aussi un peu ridicule, elle finit pourtant par poser ses mains sur l'enfant.

Ce dernier ne sembla pas sentir ses hésitations, car il se blottit plus encore.

— Très bien, murmura-t-elle, peut-être plus pour elle-même que pour lui.

Hutch lui avait bien parlé des stratégies mises en œuvre par son fils à l'heure du coucher afin de repousser le moment fatidique, mais elle sentait qu'en l'occurrence cela n'avait rien à voir avec le fait de réclamer un verre d'eau ou de demander à retourner faire pipi pour la troisième fois.

Il semblait apaisé par son simple contact. Il avait glissé deux doigts dans sa bouche et donnait tous les signes d'un endormissement proche.

Maintenant, elle se demandait ce qu'elle devait faire vis-à-vis de son père. Etait-ce là un motif pour l'appeler ? Hutch lui avait dit qu'il avait coutume de dormir d'une traite, ce qui n'avait pas été le cas…

D'un autre côté, la crise était passée et elle redoutait

de le faire rentrer précipitamment pour tomber sur son fils profondément endormi.

Elle n'avait pas particulièrement envie de faire état de son incompétence à surveiller un enfant de deux ans et demi le temps d'une soirée…

Elle prit donc la décision de patienter un peu et parvint même à se détendre. Machinalement, sa main caressa le dos de l'enfant, comme elle avait vu son père le faire auparavant.

Elle se rappela qu'elle avait assisté à des pleurs d'Ash, le soir du barbecue, lorsqu'il avait reçu du sable dans les yeux. Ce n'était donc pas la première fois, finalement.

Elle se remémora comment Hutch avait réconforté son fils ce soir-là, en lui frottant doucement le dos et se rendit compte qu'en quelques secondes ce dernier s'était profondément endormi tout contre elle.

Elle baissa la tête tout doucement pour s'en assurer.

Oui, il dormait, là dans ses bras.

Un sentiment de soulagement l'envahit.

Suivi par une nouvelle question… Et maintenant ?

Elle n'osait bouger, ne serait-ce que d'un millimètre. Elle respirait à peine, craignant de le réveiller et qu'il ne se remette à pleurer.

Curieusement, il était assez plaisant de sentir ce petit corps abandonné dans ses bras, en toute confiance. Elle ne voulait surtout pas qu'il se sente abandonné si elle le posait sur son lit.

Alors elle décida de jouer la carte de la sécurité.

Elle resterait ici, sans bouger d'un pouce, jusqu'à ce que son père rentre.

— Vous voilà !

Issa n'avait jamais été aussi heureuse de retrouver quelqu'un qu'au moment où la tête de Hutch se glissa dans l'entrebâillement de la porte… Et ce n'était pas uniquement dû au fait que ce qu'il portait le rendait totalement irrésistible !

Elle l'avait entendu rentrer et l'appeler à mi-voix dans tout l'appartement. Elle avait dû se mordre les lèvres pour ne pas répondre et attendre en silence qu'il la trouve, toujours assise sur le lit d'Ash, qui était profondément endormi dans ses bras.

— Je commence à fatiguer, murmura-t-elle. Cela fait plus d'une heure que je suis là, je ne sens plus mes mains et mon dos est complètement endolori.

Il parut perplexe l'espace d'un instant, puis avança jusqu'au bord du lit et la libéra en faisant glisser son fils de ses bras.

Elle se releva, remuant ses mains, prises de fourmillements et étirant son dos tandis qu'il replaçait son fils sous sa couette.

Il hocha ensuite la tête en direction de la porte et une fois tous deux sortis, referma derrière eux.

— Que s'est-il passé ? demanda-t-il à voix basse, tandis qu'ils regagnaient le séjour.

— Il s'est réveillé en criant quelque chose comme « caussmar », et en vous réclamant.

— Un cauchemar.

— Oui, d'après ce que j'ai compris, une histoire de monstres.

— Ah, cela lui arrive de temps à autre.

— Je ne savais vraiment pas quoi faire.

Debout au milieu du séjour, elle finit de lui raconter comment Ash s'était retrouvé dans ses bras et pourquoi elle avait décidé de rester une heure durant à lutter contre les fourmis et les crampes sans oser se lever.

Alors qu'elle ne s'y attendait pas, il tendit les mains vers elle en proposant :

— Je suis sûr que je peux venir à bout de vos contractures, vous allez voir !

Cela avait beau être purement thérapeutique, elle trouvait l'idée de se faire masser par lui particulièrement… troublante.

— Si vous voulez, dit-elle, n'osant pas refuser de peur de trahir son trouble.

Elle se rendit alors compte qu'elle n'avait pas vraiment choisi la tenue adéquate : son fin chemisier était complètement froissé après avoir servi d'oreiller pendant plus d'une heure.

C'est alors qu'elle sentit ses larges paumes se poser sur son dos.

Et cela chassa aussitôt toutes ses préoccupations.

La chaleur de ses mains, la fermeté de son toucher, le bien-être ressenti à son contact chassaient toutes les pensées parasites de son esprit.

Elle sentait ses pouces qui remontaient le long de sa colonne endolorie, tandis qu'il redressait ses épaules en les tirant vers lui doucement. Elle retint de justesse le gémissement qui montait dans sa gorge, mais ne put s'empêcher de fermer les paupières et de basculer la tête vers l'avant pour lui laisser le champ libre.

Il était tellement doué qu'elle parvenait presque à faire abstraction de l'émoi sensuel qu'elle ressentait.

Presque.

Mais lorsqu'elle sentit ses mains descendre vers ses

reins, elle sut qu'il fallait qu'elle mette un terme à son massage de toute urgence.

— Je me sens beaucoup mieux, je vous remercie, dit-elle en s'écartant.

Lorsque le contact de ses paumes cessa, elle se sentit soudain comme en manque et le désir de le sentir encore la troubla profondément.

Quant à lui, il semblait n'avoir rien remarqué de son trouble.

— Si vous n'êtes pas à cinq minutes près, j'ai rapporté des donuts à partager.

— Des donuts ? répéta-t-elle, surprise.

Cela ne ressemblait pas exactement à ce que l'on rapportait habituellement d'une soirée d'enterrement de vie de garçon !

D'ailleurs, elle remarqua qu'il était encore tôt pour rentrer d'une telle soirée.

— Je suis passé devant le fast-food qui vend des donuts et je n'ai pas pu résister, expliqua-t-il en pointant un sachet en papier posé sur la table basse. Venez donc vous asseoir un instant avec moi.

Si elle avait été quelqu'un de plus avisé, elle l'aurait poliment remercié avant de tourner les talons, mais elle ignora ce que la sagesse lui soufflait et prit place en face de lui sur le canapé comme il le lui suggérait.

Elle ne parvenait à se défaire de la sensation délicieuse de ses mains sur son dos.

Au moins était-elle à bonne distance de lui, songea-t-elle pour se rassurer.

— Pourquoi êtes-vous rentré si tôt ? demanda-t-elle en mordant dans un beignet.

Il haussa les épaules.

— Un enterrement de vie de garçon dans une petite ville, ça tourne vite court, après quelques bières, j'ai décidé de rentrer.

Tout de même, 10 heures du soir, même pour Northbridge, cela faisait un peu tôt…

— Etiez-vous inquiet de savoir Ash seul avec moi ? demanda-t-elle alors.

— Non, répondit-il, j'étais simplement content de rentrer à la maison.

Content de la retrouver ? Est-ce qu'elle interprétait mal ce qu'il était en train de lui dire ?

D'un autre côté, Ash était couché, donc ce n'était pas vraiment pour profiter de son fils qu'il était rentré. Et puis c'était lui qui avait insisté pour qu'elle le garde… S'il n'avait pas eu confiance, il n'aurait probablement pas mis autant d'énergie à la faire accepter.

Peut-être qu'elle ne se trompait pas, finalement.

Mais quelqu'un d'avisé éviterait de se lancer dans de tels raisonnements en face de la personne concernée !

Alors elle essaya d'éviter.

Elle commença par replonger dans le sac de donuts, afin de masquer l'émotion qui devait se lire sur son visage. L'émotion et… l'espoir ?

— Alors comme ça…, commença-t-il, un vague sourire aux lèvres.

Elle leva les yeux vers lui.

— Comme ça, reprit-il en masquant finalement son sourire, vous êtes restée plus d'une heure dans cette position inconfortable, de crainte de le réveiller ? Est-ce qu'il a été très dur à coucher ?

Elle jeta un coup d'œil à tout ce qu'elle n'avait pas eu le temps de ranger avant qu'Ash ne se réveille. Le jeu de construction, les petits soldats qui flottaient toujours dans l'aquarium, son déguisement de Spiderman…

— Il était en pleine forme, j'ai cru qu'il ne s'endormirait jamais, commença-t-elle, hésitant à dresser la liste de tout ce qui s'était passé de travers. C'est surtout au moment de son cauchemar que c'est devenu compliqué, comme je ne savais pas comment le réconforter, je n'ai pas voulu courir de risques et, une fois qu'il s'est rendormi, j'ai tout fait pour éviter de le réveiller.

— Et quand je vous vois sélectionner les donuts au chocolat, j'en déduis que vous avez été mise à rude épreuve, je me trompe ? plaisanta-t-il.

— Vous avez raison, si je pouvais en avaler une plaque entière, je n'hésiterais pas !

— Je suis désolé que vous ayez passé une soirée difficile, Ash est généralement adorable.

— Ce n'est pas sa faute, je ne dois pas être très douée avec les enfants…

— Je suppose que cette soirée ne vous a pas rendue plus sûre de vous, comme je l'espérais…

Elle réfléchit un instant.

— D'un autre côté, j'ai réussi à m'en tirer et vous avez retrouvé un petit garçon endormi, même si c'était sur mes genoux ! C'est déjà mieux que rien…

— Vous avez surtout réussi à affronter un cauchemar, ce qui n'est pas rien pour un galop d'essai. J'aurais dû vous prévenir pour ces mauvais rêves, même si cela n'arrive pas si souvent que cela. Est-ce que vous vous êtes inspirée de ce que faisait votre mère lorsque vous en faisiez un ?

— Ma mère ? Pas vraiment non, et cela vaut mieux pour Ash ! Ma mère était du genre à dormir avec un masque pour être sûre qu'aucun rayon de lumière ne viendrait la réveiller, alors ses enfants…

— Ah, je comprends.

— Oh c'est du passé… En fait c'est surtout Hadley qui s'occupait de nous, même si elle n'était elle-même qu'une enfant. Nous avions deux chambres : une pour les filles et une pour les garçons. C'est Logan qui s'occupait de nos frères. Alors si quelqu'un faisait un cauchemar, on lui suggérait de se rendormir très vite et de laisser dormir les autres !

— Je vois, dit-il d'une voix grave.

— En tout cas, ne vous inquiétez pas, ce n'est pas ce que j'ai fait avec Ash. Le pauvre avait l'air si triste, cela m'a fendu le cœur. Je lui ai montré qu'il n'y avait pas de monstres autour de nous et c'est lui qui a décidé de la suite en s'installant sur mes genoux et après, nous vous avons attendu !

— En tout cas, cela prouve que vous avez un instinct maternel, même si vous ne le tirez pas de votre propre enfance.

Elle hocha la tête.

— Je ne sais pas si j'ai le moindre instinct, mais c'est sûr que je n'ai rien appris auprès de mes parents.

— Et votre père, est-ce qu'il était un peu plus attentif que votre mère ?

— Mon père travaillait et regardait la télévision, c'est tout ce dont je me souviens, tandis que ma mère se focalisait sur l'image qu'elle pouvait donner. Elle jardinait, elle recevait ses amies pour le thé, elle faisait du shopping, allait chez le coiffeur et la manucure, et cela occupait le plus clair de son temps. La seule chose que je peux dire pour sa défense est qu'elle ne nous a pas traités comme elle a pu traiter Logan et Hadley. Nous étions les *vrais* McKendrick, même si cela ne nous attirait guère plus d'affection…

— Vous étiez sa collection de poupées, dit-il.

— Oui, ou quelque chose de ce genre, en effet. Elle nous habillait élégamment pour nous faire parader en ville. Interdiction d'avoir une mèche de cheveux de travers lorsque nous allions à l'église ou quelque part où nous serions visibles. Elle sortait la tenue du dimanche en toute occasion, chaussures vernies, robes et gants en dentelle pour les filles, costumes pour les garçons…

— Et vous pensez que c'est de là que vous est venue votre timidité ?

— Je ne sais pas si c'est venu de là ou si c'était préexistant, mais la vérité est que je me sentais horriblement mal à l'aise lorsque ma mère nous faisait ainsi parader. Ensuite, derrière le rideau, c'était Hadley qui s'occupait de nous. Elle n'avait que trois ans de plus, mais elle a été capable de tout faire très tôt.

— Et votre père ne lui a jamais demandé de mieux traiter Hadley et Logan ?

— C'était ma mère qui commandait à la maison, mon père était complètement dépassé, expliqua-t-elle en haussant les épaules.

— Cela me paraît tellement incroyable, depuis que je suis devenu papa… Je sais qu'il y a des parents défaillants, ou des beaux-parents en l'occurrence, je l'ai suffisamment entendu, mais je n'arrive pas à imaginer que quelqu'un qui partagerait ma vie pourrait maltraiter mon fils avec mon assentiment silencieux.

— Peut-être que le fait que ma mère ne soit guère plus aimante avec ses propres enfants a joué… Non pas que j'excuse son geste par le fait qu'elle ne soit pas leur mère biologique... En tout cas, par son comportement, elle nous aura appris à nous serrer les coudes entre enfants. Logan et Hadley se sont tellement occupés de nous que nous les considérions avec plus d'affection que nos propres parents. J'ai toujours considéré que ma famille se limitait à mes six frères et sœurs, en excluant mes parents qui étaient de lointains figurants.

— Et j'imagine que vous refusez de jouer ce rôle pour vos enfants ?

— Bien sûr, il est hors de question pour moi d'être ce genre de parent, mais ce qui me fait peur, c'est que je ne sais pas quelle autre mère je peux devenir.

— Eh bien, ce soir, je peux vous dire que vous étiez le genre de mère qui sacrifie son propre bien-être pour celui d'un enfant. Ce n'est pas rien.

Elle se rembrunit.

— J'aimerais recevoir ce compliment pour ce qu'il est, mais je crains que ce ne soit pas le cas. Si je dois être honnête, j'ai réagi ainsi parce que j'étais terrorisée qu'il puisse se réveiller de nouveau sans que je sache quoi faire.

— Peut-être, mais en tout cas, ce que vous avez fait a contribué au bien-être d'Ash, et à votre détriment, souligna-t-il. Au fait, comment va votre dos ?

Et si elle disait qu'il était toujours endolori, est-ce qu'il lui ferait un nouveau massage ?

C'était tentant.

Trop tentant.

Elle devait résister à la tentation. D'ailleurs, le mieux serait de rentrer avant que cela ne s'aggrave.

— Pas trop mal, merci, répondit-elle. Je pense que

ce qu'il me faut maintenant, c'est m'allonger sur un matelas bien ferme et il n'y paraîtra plus !

Tout à coup, elle se sentit embarrassée par ce qu'elle venait de dire. Ne risquait-il pas de prendre cela pour une invitation ?

— Je veux dire que je ferais mieux de remonter chez moi me coucher, reprit-elle, rougissante.

Il souriait et elle sut qu'il avait saisi son embarras à une étincelle dans son regard. Il lui tendit le sachet de beignets.

— Vous voulez les emporter ?

— Non merci, sinon je vais les finir ! Gardez-les plutôt pour Ash, il sera content d'y goûter.

— Vous voyez, encore une fois vous songez à ce qui pourrait lui faire plaisir avant vous, exactement comme le ferait une maman aimante.

Elle lui savait gré de ses efforts pour la rassurer, mais au fond d'elle, elle doutait sérieusement de ses motivations réelles. Sa première pensée avait été de préserver sa ligne, ensuite seulement avait-elle songé au plaisir d'Ash. Non, son chemin sur la voie de la maternité serait encore long, elle en était convaincue. Ce qui l'inquiétait le plus était de ne pas être prête à temps.

Le serait-elle jamais ?

Elle se leva pour se diriger vers la porte et il l'accompagna.

— Eh bien, finalement, on peut dire que vous avez eu votre baptême du feu !

— Mon baptême ?

— Votre première expérience auprès d'un jeune enfant, je voulais dire. Maintenant que vous vous êtes jetée à l'eau, que diriez-vous de poursuivre dès demain ? J'emmène Ash à la ferme de Jenna demain après-midi. Elle vient d'acheter un poney et je lui ai promis qu'il pourrait le monter. Ensuite nous pourrions dîner ensemble pour que vous vous fassiez une idée de comment se passe un repas complet avec Ash ?

Elle repensa à la séance cookies-verre de lait du soir qui avait été un désastre et fronça les sourcils. Elle n'en avait pas parlé à Hutch.

Et elle n'avait pas vraiment envie de le faire.

Pas plus qu'elle ne voulait laisser s'échapper une occasion de le voir demain.

Tout cela n'était vraiment pas bon signe.

— A quelle heure ? s'entendit-elle demander alors qu'elle n'avait pas encore décidé si elle acceptait ou pas. J'ai un rendez-vous au cabinet médical demain à 15 heures.

— Eh bien, de mon côté je travaille jusqu'à 14 heures. Mais j'y pense, pourquoi est-ce que je ne passe pas vous chercher pour vous déposer à votre rendez-vous ? Si quelqu'un nous voit, nous dirons qu'Ash a une visite de routine avec son pédiatre, il se trouve dans les mêmes locaux. Ensuite nous pourrons filer chez Jenna.

— Vous me proposez de me couvrir une nouvelle fois ? demanda-t-elle en levant les yeux vers son visage.

Cet homme était vraiment trop parfait pour être honnête…

Il haussa ses larges épaules, l'air modeste.

— Ce n'est vraiment rien.

Pour elle, c'était vraiment important, au contraire, de savoir que quelqu'un se préoccupait d'elle, se montrait attentif et attentionné et lui permettait de se sentir moins seule dans sa situation compliquée.

— En tout cas, je tiens à vous dire combien je suis touchée par votre geste.

— Je vous assure que cela ne me dérange pas.

Elle eut l'impression que sa voix se faisait plus grave tout à coup, et cela rendit leur échange plus intime. Il était plus proche, il fallait dire, et leurs regards qui se croisaient accentuaient leur trouble. Et puis elle avait du mal à ne pas s'absorber dans son regard, elle ressentait même la tentation de s'y noyer, pour cesser de penser, cesser de se faire du souci.

Elle sortit de sa torpeur en sentant la pression de sa main sur son bras.

— Vous vous en êtes très bien sorti avec Ash, ce soir, que vous le croyiez ou non, insista-t-il.

Elle se dit qu'il aurait sans doute changé d'avis s'il était rentré avant qu'elle n'ait eu le temps de nettoyer le carnage dans la cuisine.

Pourtant elle n'en parla pas. D'ailleurs à cet instant précis, elle se moquait bien de ce qu'elle était capable ou non de faire en tant que mère, ou future mère. Non, là elle ne voyait plus que ses yeux bleus et sa main sur sa peau.

Elle songeait à ce qu'elle avait ressenti lorsqu'il l'avait massée un peu plus tôt. Elle se rappela qu'elle avait eu envie qu'il poursuive son massage et l'étende à tout son corps.

Combien elle en avait eu envie.

Combien elle avait eu envie qu'il l'embrasse et la serre dans ses bras si forts.

Oui, car tout cela était présent à son esprit.

Cet homme avait-il un pouvoir sur elle ?

A cet instant précis, elle cessa de se questionner, car il s'avançait vers elle. Il se pencha et l'embrassa. C'était un simple baiser sur la joue, léger, qui ne prêtait pas à confusion. Un baiser d'ami.

Et pourtant, cela suffisait à la mettre au comble de l'émoi !

— Merci pour le baby-sitting, ajouta-t-il en serrant son bras une dernière fois avant de le relâcher.

— Je vous en prie, murmura-t-elle, en ouvrant la porte comme si la fuite était sa seule issue. A demain !

— Je passerai vous chercher un peu avant 15 heures.

— D'accord.

Comme elle gravissait les marches qui la séparaient de son appartement, elle se retrouva à se demander ce qui était en train de leur arriver.

Parce qu'il était quand même rentré bien tôt de la soirée de son frère.

Parce qu'il n'était pas obligé de lui masser le dos, alors qu'ils ne se connaissaient que depuis quelques jours.

Parce qu'il l'avait embrassée, très platoniquement, certes, mais embrassée tout de même.

Et elle, que lui arrivait-il ?

Pourquoi un tel trouble provoqué par un simple massage dans le dos ?

Pourquoi un tel plaisir à partager des moments en sa compagnie, à songer que peut-être il était rentré plus tôt pour être avec elle ?

Et puis, il y avait ces nuits où elle s'était imaginée en sa compagnie. Ces nuits à rêver qu'elle était entre ses bras, à rêver de baisers fougueux…

Ce petit baiser de rien de tout avait provoqué en

elle le même émoi, le même désir que ses rêves les plus fous, et en même temps la même frustration à se retrouver toute seule.

Et puis il y avait cette tendance extraordinaire à oublier qu'elle était enceinte aussitôt qu'elle se retrouvait auprès de Hutch…

Elle entra chez elle sans plus de réponses.

La seule chose qui la suivait était la sensation persistante de ses lèvres sur sa peau. La chaleur et la douceur de ses lèvres, et puis aussi le contact plus âpre de son menton sur sa joue.

La sensation persistante de ce baiser et le désir plus profond, plus intense d'un autre baiser, un vrai baiser.

Un baiser de cet homme dont elle ne savait pas grand-chose.

Un baiser de cet homme dont elle ferait mieux de s'éloigner très vite.

- 6 -

— Le papa et le grand frère peuvent entrer aussi, si vous le souhaitez.

L'espace d'un instant, Issa se demanda de quoi lui parlait cette infirmière, jusqu'à ce qu'elle saisisse que le papa en question était Hutch et le grand frère, Ash.

Gênée, elle jeta un regard en direction de Hutch qui était resté assis dans la salle d'attente lorsqu'on avait appelé son nom.

Il lui adressa un sourire tranquille, semblant totalement à l'aise avec la maladresse de l'infirmière et proposa :

— Je peux jouer le soutien moral, si vous le voulez ?

— Oh non, ça ira ! lança Issa en entrant dans la salle de consultation. Ce n'est pas le papa, c'est juste un ami avec son fils.

— Ah, pardon, dit l'infirmière. Qu'il est mignon !

Parlait-elle du père ou du fils ?

— Les deux sont charmants, d'ailleurs, ajouta l'infirmière comme si elle venait de lire dans ses pensées. Est-ce que le papa est célibataire ?

Issa prit aussitôt en grippe cette jeune femme bien trop curieuse à son goût.

— Où est-ce que je vais ? demanda-t-elle en changeant sèchement de sujet.

— Oups, visiblement il ne s'agit pas juste d'un ami,

marmonna l'infirmière en percevant son ton glacé. Asseyez-vous, je vais récupérer votre dossier.

Elle referma la porte, laissant Issa seule et rouge comme une pivoine.

Rouge… de colère face à l'intérêt évident que portait cette infirmière à Hutch ? Ou d'embarras d'avoir été aussi facilement démasquée ?

« Visiblement il ne s'agit pas juste d'un ami. »

Ses mots résonnaient dans le silence de la salle vide.

A peine amis en fait. Il ne s'était rien passé qui puisse suggérer plus que de l'amitié entre eux. Quant au bisou échangé la veille, il était tellement chaste qu'il ne laissait aucun doute sur la nature de leur relation.

Une chose en revanche était claire, c'était qu'elle ne nourrissait pas les mêmes pensées pour ses autres amis de sexe masculin. Pas les mêmes émois en leur présence. Pas le même désir.

Aurait-elle ressenti le même besoin violent d'arracher les yeux d'une autre femme qui aurait manifesté son intérêt pour un ami à elle ? Au contraire, si cet ami avait été libre, elle aurait sans doute encouragé cela.

Alors qu'à l'heure qu'il était, elle brûlait de retourner en salle d'attente pour s'assurer que l'infirmière n'était pas allée voir Hutch.

Lequel s'était offert de l'accompagner jusque dans sa consultation pour la soutenir, se rappela-t-elle.

Franchement, il n'y avait vraiment rien à jeter chez lui. Il était vraiment adorable. Trop pour qu'elle le pousse dans les bras d'une infirmière un peu trop vulgaire.

Et si elle lui plaisait, à lui, cette infirmière curieuse et déplaisante ? Et si Ash s'attachait à elle ? Qu'est-ce qui pourrait interdire à Hutch de s'éprendre d'elle, et de l'épouser et de vivre heureux le restant de ses jours auprès d'elle ?

Pourquoi est-ce que cette idée était tout bonnement insoutenable ?

Insupportable !

Qu'est-ce qu'il lui arrivait à la fin ? Voilà qu'elle se retrouvait en train d'imaginer des scénarios improbables, alors même qu'elle attendait en salle de consultation de rencontrer l'obstétricien qui l'aiderait à mettre au monde le bébé qu'elle attendait d'un autre homme que celui sur lequel elle projetait ses fantasmes ridicules… Elle avait totalement perdu la raison, ce n'était pas possible autrement !

Elle était en train de devenir folle.

Une chose devenait claire, en tout cas, c'était le fait qu'elle ne pouvait plus nier l'attirance qu'elle ressentait pour Hutch. Plus la peine de faire semblant, elle éprouvait un réel désir à son égard, et comment aurait-il pu en être autrement ? Il était beau à tomber, gentil, drôle, attentionné, aimant envers son fils. Un si bon père et sans doute un formidable amant, tant il était sexy et charmant à la fois. Bref, impossible de se voiler la face…

Pourtant, il y avait bien quelque chose qu'elle s'efforçait de chasser de son esprit malgré la réalité et l'inéluctabilité de la chose : sa grossesse et le bébé qui allait naître dans quelques mois. Cela pouvait sembler difficile de ne pas y penser, et pourtant, elle l'oubliait régulièrement.

Peut-être était-ce lié au fait qu'elle ne se sentait pas enceinte. Son ventre était toujours plat, elle n'avait pas de nausées, ni même le sentiment que quoi que ce soit avait changé en elle, dans son corps comme dans son esprit.

Elle n'était pas non plus transfigurée par un instinct maternel farouche qui aurait pris possession d'elle. Non, à part un peu de fatigue et une taille de soutien-gorge en plus, elle ne ressentait rien d'extraordinaire. Elle était toujours la même.

Et peut-être était-ce là le problème. Si elle s'était sentie devenir une maman, progressivement, ou si elle avait ressenti une transformation de son corps, peut-être aurait-elle été plus attentive au bouleversement en train de se produire dans sa vie qu'à la présence de Hutch Kincaid !

Mais les faits étaient les faits, et il occupait son esprit, jour et nuit.

Et pourtant, elle devrait bien se résoudre à admettre qu'elle ne serait jamais qu'amie avec lui.

D'ailleurs, lui-même n'imaginait certainement pas autre chose, comme l'attestait le chaste baiser déposé sur sa joue la veille au soir.

Un baiser sage et sans passion.

Un baiser si frustrant.

Mais c'était ainsi que leurs relations se poursuivraient : platoniquement.

D'ailleurs, elle pourrait commencer par proposer à l'infirmière de lui présenter Hutch.

Elle pourrait, oui.

Pourtant, lorsque cette dernière revint en salle de consultation pour prendre sa tension, elle ne fit rien de la sorte. Elle se montra à peine coopérative, distante, voire ostensiblement hostile.

Et extrêmement jalouse à l'idée que cette jeune

femme, visiblement sans attaches, ait toute liberté de jeter son dévolu sur lui si elle le désirait.

Tandis qu'Issa était pieds et poings liés.

— Tout va bien ? demanda Hutch tandis qu'ils quittaient le centre médical.

— Oui, je n'en suis qu'à mon deuxième mois, mais jusque-là, tout va bien. Ce n'était guère plus qu'une prise de contact et une analyse de sang, car ils ont reçu mon dossier de Seattle. Rien de nouveau pour aujourd'hui.

Et elle n'avait pas vraiment envie de disserter sur le sujet, à vrai dire.

Il sembla comprendre cela sans qu'elle n'ait besoin de le formuler car il changea de sujet aussitôt.

— Ian vient de m'appeler pour me prévenir qu'il quittait plus tôt le travail aujourd'hui, et il nous propose de rester dîner avec Jenna et lui, ce soir, à la ferme.

— Oh ! Dans ce cas-là, vous pouvez me déposer à la maison dès maintenant, je ne voudrais pas m'immiscer dans un repas de famille.

Il finit d'attacher Ash dans son siège auto et fit le tour pour venir s'asseoir devant, à côté d'elle.

— Vous êtes toujours aussi nerveuse à l'idée de passer une soirée avec quelques amis ?

Il était terriblement perspicace…

— Ce n'est pas cela, mais je ne connais pas vraiment Jenna. Même si nous avons grandi à Northbridge toutes les deux, cela fait des années que nous ne nous sommes pas vues, je ne sais pas vraiment de quoi nous pourrions parler pendant le dîner.

— Et puis vous ne connaissez pas mon frère, et vous allez vous retrouver lâchée dans l'arène d'un dîner avec des étrangers qui vont vous questionner sans ménagement !

Elle rougit. Elle savait qu'il la taquinait et ne s'en formalisa pas, mais elle devait reconnaître qu'il avait visé juste.

— Ils se sont sans doute sentis obligés de m'inviter puisque nous avions prévu de visiter ensemble leur ferme, c'est ce que je veux dire, mais rien ne vous oblige à me supporter toute la soirée en prime !

— Vous plaisantez, j'espère ? De toute façon, l'invitation est venue alors qu'ils savaient déjà que vous seriez avec nous cet après-midi. Peut-être même qu'ils nous invitent uniquement parce que vous êtes présente !

— Je suis sûre que ce n'est pas le cas !

Il la fixa un instant avant de reprendre d'un ton plus grave :

— La vérité, c'est que mon frère et moi faisons tous les deux de gros efforts pour restaurer notre relation, qui a été mise à mal par des années de compétition. Mais il nous reste du chemin à parcourir, et je me demande en quelle mesure il n'a pas sauté sur l'occasion de votre présence pour nous inviter. Je le soupçonne d'être plus à l'aise avec une quatrième personne à table. En tout cas, moi, je me sentirais plus détendu si vous veniez.

Son sourire était tellement désarmant qu'il ne laissait aucun doute sur sa sincérité.

— Vraiment ? demanda-t-elle à mi-voix.

Il hocha la tête en guise de réponse avant d'ajouter :

— Je vous promets de ne pas rester trop tard, d'autant que j'ai encore un peu de comptabilité à terminer ce soir, et avec Ash à coucher, nous aurons une excuse toute trouvée pour nous échapper juste après dîner.

Décidément, elle ne s'était pas trompée sur lui… Très bel homme, gentil, sexy, avenant, drôle, prévenant… Et puis surtout, il se montrait à l'aise dans les situations qui la mettaient en défaut. Elle savait que cela avait toujours représenté un attrait important à ses yeux et que la situation devenait vraiment périlleuse. La seule issue qu'il lui restait maintenant était de s'enfermer chez elle à double tour et de ne plus jamais le fréquenter… Ou de le précipiter dans les bras de l'infirmière aguicheuse…

— Et puis, cela peut vous donner une nouvelle occasion de vous occuper d'Ash et de voir évoluer leur fille, Abby, qui a huit mois de moins. Vous pourriez apprendre à changer une couche avec Jenna par exemple ? poursuivit-il, visiblement décidé à la convaincre.

— Oh là ! Ne nous emballons pas ! répondit-elle en riant de son insistance.

— Dans tous les cas, je comptais dîner avec vous ce soir. Donc si vous ne voulez pas rester avec eux, je déclinerai leur invitation et nous pourrons faire autre chose.

Elle réfléchit un instant au choix qui s'offrait à elle. Il avait raison, dans le fond, une soirée avec son frère et sa belle-sœur lui donnerait l'occasion de faire connaissance, de voir les enfants évoluer…

— C'est bon, vous avez gagné, restons dîner avec Ian et Jenna, conclut-elle.

Elle espérait que le côté dîner entre jeunes couples avec enfants ne la ferait pas trop se sentir à l'écart.

Et en même temps, elle se sentait secrètement flattée de l'intérêt qu'il avait démontré à ce qu'elle soit présente. Il avait même été prêt à décliner l'invitation de son frère pour rester avec elle…

— Super ! s'exclama-t-il. Je les appelle pour les prévenir que nous arrivons et que nous resterons dîner. D'ailleurs nous pourrions nous arrêter pour acheter un dessert quelque part.

Nous, nous, nous…

Il fallait surtout qu'elle garde les idées froides à ce sujet. Il se montrait amical et chaleureux. Ils étaient contents l'un et l'autre d'avoir rencontré quelqu'un avec qui ils partageaient un même isolement et une amitié était en train de naître. Il ne fallait pas aller chercher plus loin.

Et pourtant, au fond d'elle-même, elle savait qu'elle jouait avec le feu et qu'il était urgent qu'elle arrête de se croire assez forte pour résister si les choses venaient à se compliquer.

Elle repensa à la jalousie qu'elle avait éprouvée face à l'infirmière. Et l'espace d'un instant, elle se sentit ridiculement heureuse d'être là, assise avec lui dans sa voiture.

C'était elle qui allait passer la soirée avec Hutch.

Pas l'infirmière.

Et elle ne pouvait s'empêcher de s'en réjouir, aussi enfantin que ce soit et malgré leur situation compliquée qu'elle se devait de ne pas oublier.

Ash passa un après-midi mémorable à la ferme. Il découvrit les cochons, caressa le nez des vaches, poursuivit les poules, grimpa sur le poney, offrit des carottes aux chevaux et s'attacha même les faveurs du chat de la maison en lui frottant le cou.

La seule déception pour le garçonnet fut d'apprendre

qu'il n'y avait pas de singes à la ferme. A plusieurs reprises, il répéta :

— L'est où, les sinzes ?

Issa était attendrie par l'éveil de ce petit garçon, et sa faculté à s'émerveiller de tout. Graduellement, elle remarqua que Hutch se mettait en retrait pour la laisser prendre ses marques avec lui. Au bout d'un moment, elle se rendit compte que cela faisait au moins une demi-heure qu'il n'était pas intervenu pour donner un conseil ou prévenir d'un danger.

Rapidement, elle constata qu'elle-même s'amusait beaucoup avec Ash. Elle adorait ses commentaires si candides, et appréciait de le voir de plus en plus confiant en sa présence. Et puis elle découvrait qu'elle savait aussi se montrer patiente, attentive, vigilante. Elle entrevoyait une autre façon d'être auprès de ce petit bonhomme.

Elle arrivait à anticiper les drôles d'idées qui pouvaient lui passer par la tête, comme se glisser sous une clôture pour s'approcher des cochons, ou sauter à pieds joints dans la boue pour aller récupérer une carotte tombée à terre. Chaque fois, elle réagit rapidement et évita les accidents.

Un peu plus tard, elle accompagna son geste pour offrir une carotte au cheval sans risquer de se faire mordre et lui expliqua patiemment comment tendre la main bien à plat.

Elle évita un drame lorsqu'il se précipita sur le chat endormi avec l'intention de le prendre dans ses bras, et lui montrant plutôt comment le caresser en gardant ses distances afin de ne pas risquer de se faire griffer.

A la fin de la visite, elle se sentait enfin à son aise

en compagnie des enfants. Elle avait l'impression d'en avoir mieux saisi le rythme et les goûts et d'être capable de répondre à leurs besoins. Un peu plus tard, alors qu'Ash et Abby jouaient devant la terrasse où les adultes s'étaient installés pour se rafraîchir, elle songea combien Hutch s'était montré habile en lui laissant l'initiative, tout en l'accompagnant.

Puis vint le dîner et elle perdit le peu de confiance en elle qu'elle avait commencé à gagner pendant cet après-midi auprès des enfants.

Hutch justifia le temps qu'elle passait avec son fils par une histoire de pari perdu qui l'obligeait à s'occuper d'Ash toute la soirée. Ils installèrent le garçonnet entre eux à table et elle se chargea de lui donner à manger tandis que Hutch discutait football avec Ian.

Mais sa mésaventure de la veille, lorsqu'elle s'était retrouvée avec des biscuits écrasés partout et un verre de lait à moitié renversé, semblait la poursuivre.

Etait-ce le grand air qui lui avait ouvert l'appétit, ou les lasagnes qui lui plaisaient particulièrement, en tous les cas, elle semblait aller toujours trop lentement pour lui. Elle ne put l'empêcher de plonger les deux mains dans son assiette de pâtes et ressortir ses petits poings serrés pleins de fromage fondu, de sauce tomate et de viande hachée. En moins de trente secondes, il en avait plein le visage, et avait constellé la nappe, le sol, les assiettes environnantes, avant de saisir à pleines mains son gobelet en plastique, qui lui échappa et se répandit dans la sauce.

Elle se félicita d'être habillée d'un T-shirt à manches courtes, car elle avait de la tomate jusqu'aux coudes. Son pantalon, quant à lui, était heureusement recouvert par la nappe qui lui offrait une certaine protection. Tout le reste, dans un rayon de cinquante centimètres autour d'Ash, était constellé de lasagnes.

Finalement Ian se tourna vers elle, et constatant la lutte acharnée qu'elle livrait pour lui faire manger ses lasagnes sans trop de dommages, se mit à rire et demanda à son frère :

— Sacré pari qu'elle a dû perdre pour que tu lui infliges une soirée lasagnes !

Ce n'est qu'alors que Hutch pivota sur sa chaise et constata l'état des lieux. Il éclata de rire.

— Je reconnais que là c'est un peu cruel ! Je vais prendre le relai, Issa !

Jenna leur tendit un rouleau de papier absorbant pour nettoyer le champ de bataille. Puis elle nourrit Abby à son tour avant d'aller la changer. Issa observa avec quelle aisance la jeune mère s'occupait de sa fille.

Lorsqu'ils remercièrent leurs hôtes un peu plus tard, en s'apprêtant à rentrer, elle ne put s'empêcher de se dire qu'elle ferait une mère absolument catastrophique. Comment faisaient-ils pour être aussi calmes et détendus ?

Un peu plus tard, sur le chemin du retour, elle s'ouvrit à Hutch de ses doutes. Il se contenta de lui sourire, puis répondit :

— C'est simplement une question de temps et de pratique, croyez-moi !

Elle aurait aimé le croire.

De retour à Northbridge, il s'arrêta au magasin pour récupérer des papiers administratifs dont il devait s'occuper le soir même.

En se garant dans le vaste parking totalement vide, il lui expliqua qu'il avait acquis non seulement les locaux commerciaux et les bureaux, mais aussi le petit immeuble voisin qui était inoccupé. Il avait en projet de tout regrouper pour ajouter une aile à son commerce.

— Voulez-vous venir jeter un œil ? suggéra-t-il en descendant de voiture.

Elle n'hésita pas un instant et descendit de voiture tandis qu'il détachait Ash de son siège.

— Salle de zeu ! s'exclama le bambin en se précipitant vers l'entrée.

Elle tourna vers Hutch un regard interrogatif.

— Vous allez découvrir la partie de mon magasin que je préfère, expliqua-t-il en ouvrant la porte. C'est une salle de jeux pour les enfants qui peuvent s'initier à différents sports pendant que les parents font leurs courses.

— Oh ! C'est très bien pensé ! En prime, vous fidélisez même les plus jeunes clients !

Dans un vaste espace se trouvaient réunis tous les types de balles et ballons imaginables, ainsi que des petits clubs de golf, des raquettes en plastiques des battes diverses, le tout dans des matériaux souples et colorés qui les rendaient attractifs et sans danger même entre les plus petites mains.

Ash connaissait bien les jeux et avait visiblement ses préférences : il se précipita vers le trampoline et se mit à sauter dessus comme il l'avait fait sur son lit la veille avec elle.

— Il adore jouer ici, commenta Hutch.

— En tout cas, c'est vraiment très ingénieux, et puis cela permet aux parents de faire leurs courses tranquillement, tout en permettant aux enfants de s'essayer à de nouvelles activités.

— Oui, c'est l'intérêt, et puis je voulais aussi insister sur le choix personnel de l'enfant, ses goûts. Les voir s'amuser reste un grand plaisir pour moi.

— Comme quoi, votre frère n'est pas le seul à avoir le sens des affaires !

— Peut-être, mais disons qu'Ian a certainement ce talent de façon bien plus naturelle que moi. Pour vous dire la vérité, sans ma femme rien de tout cela n'aurait existé. C'est elle qui a développé tout le concept et je ne suis qu'une caution avec un nom un peu connu et une image à transmettre.

— Je comprends, mais pourtant, maintenant que vous êtes malheureusement seul maître à bord, vous semblez vous en tirer très bien.

— Peut-être, mais je sais que je dois tout à Iris. Sans elle je ne me serais jamais lancé, je crois. Je ne suis pas un entrepreneur-né. Je crois surtout que je manque d'esprit d'initiative.

— Vraiment, j'ai du mal à le croire pour vous avoir côtoyé quelques jours, je vous trouve très organisé et surtout très efficace.

— Oui, maintenant que tout est sur des rails, j'arrive à suivre le rythme, mais pour lancer le projet, il m'a fallu toute l'énergie et l'intuition d'Iris… et voilà le résultat !

— C'est une belle réussite en tout cas, insista Issa, qui le trouvait étonnamment négatif.

— Oui, vous avez sans doute raison, soupira-t-il.

— Une fois ce magasin inauguré, vous en serez à cinq enseignes, c'est bien cela ?

— C'est exact. Est-ce que vous êtes partante pour une visite guidée ?

— Je vous suis !

Laissant Ash sautiller sur le trampoline, ils déambulèrent dans le vaste espace ouvert. Les rayons commençaient à se garnir, même si tous les stocks n'étaient pas encore en place.

Comme elle n'était pas particulièrement sportive elle-même, elle était plus intéressée la plupart du temps par Hutch que par ce qu'il lui montrait !

Il faut dire qu'il était particulièrement à son avantage dans son polo blanc, qu'il avait réussi à garder propre malgré la débâcle des lasagnes ! La forme près du corps de son haut mettait en valeur ses larges épaules et ses biceps musclés sans être trop moulant et elle avait du mal à ne pas le déshabiller du regard !

Son jean lui aussi n'avait d'autre choix que de s'adapter à ses jambes d'athlète. Il était usé juste comme il fallait et tombait à merveille sur ses reins.

Tout cela fit qu'elle profita de la visite guidée avec un large sourire aux lèvres, qui ne devait rien aux équipements sportifs que son guide lui faisait découvrir.

— Et voilà un banc de musculation pour les pectoraux, expliqua-t-il, en interprétant de travers le sourire qu'elle lui adressait. Vous voulez l'essayer ?

— Oh ! pourquoi pas ? répondit-elle, prise de court. Je ne suis pas sûre d'être capable de le faire bouger !

— Il suffit de régler la masse à l'arrière pour qu'elle soit adaptée à votre force, vous allez voir. Asseyez-vous simplement comme ça…

Il prit place sur le banc matelassé, faisant reposer son dos sur le dossier pour lui montrer la position adéquate.

— Ensuite, vous placerez vos mains ainsi, poursuivit-il en saisissant le manche suspendu devant lui, et vous n'aurez plus qu'à tirer vers votre sternum, en maintenant bien vos coudes contre votre corps.

Il exécuta le mouvement décrit sous ses yeux et une fois encore, elle eut beaucoup de mal à se concentrer sur ses explications et non sur lui.

Il se tenait bien droit, ses biceps saillaient sous les manches courtes de son polo et dès qu'il commença à réaliser les exercices, elle n'eut d'yeux que pour ses pectoraux.

Très vite elle se trouva obnubilée par l'envie de placer ses mains sur son torse pour sentir ses muscles rouler sous ses paumes.

— A vous de jouer, lança-t-il en se relevant du banc. Je vais mettre le poids au minimum pour être sûr que vous ne vous fassiez pas mal.

Elle le remplaça, cherchant de toutes ses forces à se concentrer sur ce qu'il lui expliquait et non pas sur la sensation de chaleur qui persistait sur le matelassage du banc.

Elle saisit le manche en serrant bien ses coudes comme il le lui avait montré.

C'est alors qu'elle se demanda si elle avait bien fait de choisir un T-shirt décolleté, car sa poitrine nouvellement rebondie semblait mise particulièrement en avant !

Elle ne pouvait cependant pas faire grand-chose pour cacher ses courbes si féminines !

C'est alors qu'il revint se placer face à elle après avoir réglé les masses à l'arrière.

Et elle vit son regard.

Cela ne dura pas plus d'un dixième de seconde, mais elle perçut son regard et la lueur nouvelle qui venait de s'y allumer.

Un frisson parcourut son corps et elle sentit sa poitrine se tendre encore davantage.

Elle nota un sourire sur ses lèvres, mais ne sut comment l'interpréter. Se moquait-il d'elle ?

— Ne tirez pas simplement avec vos bras, précisa-t-il doucement, essayez de bien faire appel à vos muscles pectoraux.

Avait-elle seulement de tels muscles ?

Elle préféra ne pas lui poser la question pour éviter de se ridiculiser davantage et ne pas attirer une nouvelle fois son attention sur cette partie de son anatomie.

Mais lorsqu'il vint se placer tout contre elle pour l'aider à affirmer son mouvement en tenant ses mains, elle retint son souffle. Elle sentait la peau de son avant-bras contre le sien, sa chaleur, son souffle doux dans son cou…

Elle oublia aussitôt qu'elle était sur un banc de musculation.

Elle se laissa emporter par la sensation de leurs peaux en contact, par ses mains chaudes et puissantes autour des siennes. Il y avait son odeur, la sensation de son torse effleurant son dos… Elle avait envie de fermer les yeux et de se laisser bercer par son lent mouvement de va-et-vient.

C'est alors qu'il lâcha prise et se recula d'un pas.

Elle se sentit horriblement frustrée, mais fit de son mieux pour ne rien laisser paraître.

Elle inspira profondément, dans l'espoir vain que cela contribuerait à lui éclaircir les idées. Ensuite elle s'essaya à l'exercice qu'il lui avait indiqué et qu'il avait réalisé sans le moindre effort juste avant.

— Je ne suis vraiment pas douée ! s'exclama-t-elle

en découvrant que la charge était bien plus lourde qu'elle ne l'avait imaginé.

Il se mit à rire, et elle aima entendre son rire grave, même s'il était à ses dépens.

— Essayez encore, mais ne vous contentez pas de tirer sur la poignée, utilisez vos muscles !

— Je crains de les avoir oubliés chez moi, ce soir, je n'avais pas prévu que j'en aurais besoin, plaisanta-t-elle avant de se concentrer pour essayer une nouvelle fois.

Elle réunit toutes ses forces cette fois-ci et en poussant un gémissement parvint finalement à soulever les anneaux de fonte.

Il éclata de rire une nouvelle fois et posa les mains sur les siennes de nouveau.

— Je ne suis pas sûr que vous deviez faire ces mouvements s'ils vous demandent autant d'effort, c'est peut-être dangereux.

Elle était entièrement d'accord avec lui tant qu'il restait tout près d'elle et qu'elle sentait le contact de sa peau sur la sienne.

— Moi, c'est de forces mentales que je dispose pour enseigner la chimie, pas de muscles !

— C'est une bonne chose, sourit-il sans cesser de la regarder droit dans les yeux.

C'est alors, au moment où elle s'y attendait le moins, qu'il s'avança et l'embrassa. Un délicieux et sensuel baiser. Un vrai baiser. Un baiser doux et chaud dans lequel elle était prête à s'abandonner tout entière.

Et c'est ce qu'elle fit en sentant ses lèvres s'entrouvrir sous les siennes.

Oublié le sage baiser de la veille, celui-là était tellement plus passionné, plus doux et sensuel.

Et pourtant bien trop court.

Elle rouvrit les yeux.

— Je crois que je n'aurais pas dû faire ce que je viens de faire, déclara-t-il d'une voix rauque qui ne semblait pourtant pas teintée de remords.

Ce dont elle se réjouit car tout ce qu'elle espérait était qu'il recommence ce baiser interdit. Elle ne désapprouva donc pas et plaisanta en souriant :

— Voilà ce qui se passe lorsque les chaperons sont occupés sur leur trampoline !

Il sourit et serra doucement son bras avant de se reculer d'un pas, mettant ainsi quelque distance entre eux.

— D'ailleurs il est plus que temps que notre chaperon aille rejoindre son lit, à moins que vous ne comptiez pratiquer encore quelques mouvements ? dit-il en hochant la tête vers le banc de musculation.

« Seulement si chacun d'eux est accompagné d'un baiser. »

Bien sûr, elle se garda d'exprimer à voix haute un tel vœu.

— Je vais laisser la machine se reposer, je ne voudrais pas l'abîmer en forçant un peu trop, il faut tout de même que vous puissiez la vendre.

— Vous avez raison, je crois d'ailleurs qu'il a déjà été mis à rude épreuve, je vais sans doute devoir le solder à moitié prix, poursuivit-il sur le même ton plaisant.

Elle se tourna vers lui pour descendre du banc, mais il ne recula pas lorsqu'elle mit pied à terre. Et elle se retrouva là, tout contre lui, et ni l'un ni l'autre ne semblait disposé à mettre un terme à cette situation potentiellement gênante. Pendant quelques secondes, ils restèrent ainsi et elle se prit à rêver qu'il l'embrasse de nouveau.

Elle crut qu'il allait le faire l'espace d'un instant.

Mais rien ne se passa.

Il lui adressa un sourire, un sourire qui semblait dire qu'il était très tenté, lui aussi.

— Je crois qu'il vaut mieux que je ne vous amène pas dans mon bureau, dit-il alors. Qu'est-ce que vous diriez de rester un moment avec Ash pour une démonstration de bowling, pendant que je monte récupérer les papiers dont j'ai besoin ?

Elle brûlait d'envie de lui demander ce qu'il se passerait si elle le suivait jusqu'à son bureau, mais elle se garda bien de le faire. Elle inspira doucement et fit oui de la tête en luttant contre la déception. Ils se séparèrent finalement.

Il grimpa l'escalier qui menait à son bureau et elle rejoignit Ash dans l'espace enfants.

Le garçonnet se montra très coopératif pour lui faire découvrir le jeu de bowling, saisissant la balle de plastique pour la faire rouler dans le couloir jusqu'aux quilles alignées en deux rangs.

Du premier coup, il envoya dans le décor toutes les quilles et une musique victorieuse retentit aussitôt.

— Tu es très doué, le complimenta-t-elle en applaudissant tandis qu'il préparait le jeu pour un autre lancer.

Pourtant, elle ne regarda pas ce tir, car elle eut soudain la sensation d'être observée et se retourna pour regarder au niveau du premier étage.

Hutch se trouvait là, debout derrière la fenêtre de ce qui devait être son bureau. Il la regardait, un drôle de sourire aux lèvres. Puis son regard se dirigea vers Ash et il changea aussitôt.

Sans bien savoir pourquoi, elle se demanda si la vue de son fils ne lui provoquait pas des regrets quant à ce baiser échangé un peu plus tôt.

En découvrant ce regard, elle eut le sentiment qu'il n'y aurait pas d'autre baiser.

En tout cas, pas d'autre baiser ce soir, c'était une certitude.

- 7 -

Elle disposait de sa soirée du vendredi pour elle. Plusieurs choix s'offraient à elle. A commencer par Dag et Shannon qui l'avaient invitée à dîner avec quelques amis à eux. Cependant, comme elle ne connaissait pas les amis en question, elle avait choisi de décliner l'invitation, poussée par sa timidité habituelle.

Il y avait aussi ce film qui venait de sortir et que son amie Neily Pratt lui avait proposé d'aller voir en compagnie de son mari, Wyatt Grayson. Comme elle ne le connaissait pas non plus, elle avait choisi là encore d'éviter cette nouvelle rencontre.

Elle avait aussi la possibilité d'aller se promener en ville, afin de profiter de cette belle et chaude soirée, mais une nouvelle fois, cela aurait impliqué des rencontres qu'elle préférait éviter.

C'est pourquoi cela se termina comme bien souvent lorsqu'elle avait le choix, par une soirée en solitaire, cloîtrée dans son propre appartement.

Après tout, elle avait de quoi s'occuper avec les dépliants sur la grossesse récupérés chez l'obstétricien et un nouveau livre sur le même sujet. Peut-être que si elle se plongeait pour de bon dans ce genre de littérature pour femmes enceintes, elle finirait par concevoir que sa grossesse était bel et bien réelle. Peut-être arriverait-elle enfin à se sentir enceinte.

Et ensuite seulement pourrait-elle lutter contre l'attirance de midinette qu'elle ressentait à l'égard de Hutch.

Voilà quelle était son ambition pour cette soirée du vendredi.

Car il était impossible qu'une femme enceinte s'entiche ainsi d'un homme qui n'était pas le père de son enfant.

Aucune femme enceinte ne devrait permettre à un homme qui n'était pas le père de son enfant de l'embrasser comme il l'avait fait la veille.

Et aucune femme enceinte ne devrait espérer aussi ardemment que l'expérience se renouvelle !

Les seules envies autorisées à ce stade étaient celles de fraises ou autre bizarreries alimentaires.

Pourtant elle se consumait de désir à l'idée d'un autre baiser de sa part, c'était une réalité contre laquelle elle ne pouvait rien… Et encore si elle n'avait rêvé qu'à quelques baisers, cela n'aurait pas été trop grave…

Et voilà qu'elle se retrouvait une fois encore bien loin des problématiques de grossesse sur lesquelles elle avait prétendu se concentrer. Non, c'était bien Hutch qui occupait toutes ses pensées.

Elle se surprenait même à tendre l'oreille à chaque bruit dans le couloir, espérant que ce soit lui qui rentre.

Ash et lui avaient été passer la soirée chez Jenna et Ian afin de discuter des derniers préparatifs de leur mariage, qui avait lieu le lendemain.

Bon sang, pourquoi n'arrivait-elle pas à le chasser de son esprit ? Pourquoi ne se sentait-elle pas enceinte alors qu'elle avait eu son rendez-vous du deuxième mois ?

Pourquoi n'envisageait-elle pas de devenir maman au lieu de se rêver entre les bras de Hutch ?

Finalement, elle abdiqua et rangea ses saines lectures dans un tiroir, puis se dirigea vers sa chambre pour choisir une tenue pour le mariage.

Elle avait le choix entre trois robes.

Hutch serait présent, bien évidemment, mais ils ne seraient pas ensemble.

Est-ce que cela avait quelque chose à voir avec le choix de sa robe ?

A cet instant même, elle entendit le bruit de la porte en bas.

Elle s'immobilisa. Son cœur battait la chamade. C'était tout à fait ridicule et elle en avait conscience. De toute façon, ils n'allaient pas se voir maintenant, son retour ne changeait rien.

Pourtant, le simple fait de le savoir à un étage en dessous la mettait en émoi. Les bruits de portes, d'eau qui coulait, sa voix ou celle d'Ash, lui donnaient l'impression d'une présence qu'elle ne distinguait que parce que tout était silencieux chez elle et qu'elle tendait désespérément l'oreille, mais c'était tout de même quelque chose.

Elle avait tellement envie de le voir.

Si seulement elle n'avait pas sorti ses poubelles un peu plus tôt, elle aurait pu se servir de ce prétexte pour descendre ?

Et si elle en profitait pour jeter tous les feuillets sur la grossesse qui l'ennuyaient profondément ?

Et alors qu'elle élaborait mille scénarios plus rocambolesques les uns que les autres, elle entendit deux coups frappés à sa porte.

Elle sut avec certitude qu'il s'agissait de Hutch et une pensée lui vint aussitôt : *lui ouvrir et cesser de lutter. On ne peut se battre éternellement contre ce que l'on ressent. Un jour, bientôt, tout changerait et elle se sentirait enceinte pour de bon et tout rentrerait dans l'ordre, mais ce jour n'était pas encore là, et il fallait profiter de l'instant présent.*

Et tandis qu'elle se dépêchait de regagner la porte, elle sentait monter en elle la certitude qu'il fallait se laisser porter par les événements. Elle avait droit à un peu de légèreté, un peu de bonheur et Hutch pouvait lui offrir tout cela, et bien plus encore.

Arrivée devant la porte, elle s'arrêta. Elle portait un vieux jean, et un T-shirt rouge tout simple. Ses cheveux étaient relevés à la va-vite en une queue-de-cheval et elle ne s'était pas maquillée, à part un vague coup de mascara. Elle savait qu'elle n'en avait pas le temps, mais elle aurait eu envie de se changer, de se maquiller un peu ou de se recoiffer, au moins.

Si elle filait à la salle de bains maintenant, il s'imaginerait qu'elle était sortie ou qu'elle dormait et s'en irait.

Elle ne voulait pas courir ce risque.

Elle passa en vitesse la main dans ses cheveux puis ouvrit la porte.

Et Hutch se tenait devant elle.

Il était très élégant, habillé d'une chemise blanche et d'un pantalon gris clair. Son col de chemise était entrouvert et ses manches retroussées et il tenait à la main une assiette avec une pâtisserie au chocolat.

— Gâteau triple-chocolat ! annonça-t-il en souriant. Nous avons testé les desserts ce soir et j'ai réussi à sauver celui-là pour te le faire goûter.

— Ah, voilà un homme qui sait parler aux femmes, plaisanta-t-elle en faisant mine de n'être conquise que par la douceur qu'il lui offrait. Qu'as-tu fait d'Ash ?

— Il tombait de sommeil ce soir et m'a offert une excuse pour m'éclipser du dîner afin de t'offrir le dessert ! dit-il en brandissant de sa main gauche l'écoute-bébé qu'elle n'avait pas repéré. Je l'ai mis au lit et avec cet engin je peux l'entendre respirer à un kilomètre de distance !

— Nous pouvons laisser ma porte ouverte pour être sûrs de l'entendre, dit-elle en s'écartant du passage pour le laisser entrer… Est-ce que je peux t'offrir un thé ou un café ?

— Ce ne sera pas nécessaire, j'aurai simplement besoin d'une cuillère.

Elle alla prendre deux cuillères dans la cuisine avant de revenir vers lui.

— Tout le monde a eu l'air de se délecter en goûtant à ce gâteau, j'espère que nous ne serons pas déçus !

Il déposa l'écoute-bébé sur la table et la rejoignit sur le canapé, posant le dessert sur la table basse.

Tous deux s'installèrent de biais sur le canapé, le gâteau entre eux.

— Comment s'est passée la dégustation ? demanda-t-elle en plongeant sa cuillère dans les couches de chocolat fondant qui la faisaient saliver à l'avance.

— C'était pas mal, répondit-il succinctement, sauf que j'ai regretté que tu ne sois pas là au moins une bonne centaine de fois !

Il avait déclaré cela très simplement, comme si c'était une évidence qu'elle lui avait manqué. Mais pour elle, c'était loin d'être aussi anodin. Elle préféra garder le silence, baissant les yeux timidement vers son dessert.

L'un comme l'autre, ils reconnurent que ce gâteau était absolument exquis et avait mérité tout le bien qu'on en avait dit.

— Et toi, as-tu passé une bonne soirée ? demanda-t-il entre deux bouchées.

— Calme ! Je suis restée ici, j'ai lu un peu et me suis reposée, rien de bien précis. Ce gâteau est vraiment le meilleur moment de la soirée, et ta compagnie aussi.

— Est-ce ainsi que l'on doit te séduire, avec du chocolat ?

— Hum, laisse-moi réfléchir… Si je me fonde sur les trois hommes qui ont partagé ma vie…

— Trois, seulement ? J'ai un peu de mal à te croire ! Tu n'essayes pas de me cacher la vérité ? l'interrompit-il, interloqué.

— Tu oublies ma timidité maladive !

— Ah, c'est vrai que la timidité n'aide pas à faire des rencontres, je l'admets.

— Figure-toi que lorsque je suis arrivée au lycée, j'ai eu un faible dès la première année pour un de mes camarades de classe, mais je ne lui ai adressé la parole pour la première fois qu'en troisième et dernière année.

Il éclata de rire.

— Ah oui, c'est un problème ! Et ici, à Northbridge, tu ne le côtoyais pas en dehors du lycée ? Tu devais le connaître depuis toujours ?

— Non, il est arrivé l'année ou nous sommes entrés au lycée, mais même si nous nous étions connus au bac à sable, je ne suis pas sûre que cela aurait changé grand-chose… A part à mes frères, je parlais très peu aux garçons.

— Et est-ce que ce garçon et toi aviez seulement partagé un gâteau, un jour ? plaisanta-t-il.

— Oui, au bal du lycée. Je me souviens d'une assez banale tarte aux framboises…

— Ah, pas de chocolat ? Quelle erreur !

— Absolument, confirma-t-elle, amusée de cet échange surréaliste. Qui peut sérieusement imaginer me séduire avec une tarte aux framboises ?

— Dans ce cas, il ne compte pas. Qui d'autre ? interrogea-t-il, se prenant au jeu.

— Il y a eu un garçon à la faculté, je l'ai connu en première année.

— J'espère qu'il ne t'a pas fallu deux ans pour lui adresser la parole cette fois-ci ?

— Non, il m'a emprunté mes notes dès le deuxième mois de cours, et ensuite cela a été assez rapide, car lui n'était pas timide. D'ailleurs, aucun de mes trois prétendants ne l'était et j'imagine que cela faisait partie de ce qui m'attirait. J'ai toujours été attirée par des personnalités radicalement différentes de moi.

— D'accord, mais revenons-en au cœur du sujet : y avait-il seulement un gâteau impliqué dans ces histoires ? dit Hutch en maintenant le ton de la discussion léger.

— Cette fois-ci, oui, car il aimait le chocolat autant que moi, et nous avons partagé de nombreuses douceurs ensemble : des gâteaux, des cookies, des brownies, des mousses, tout ce que nous pouvions trouver. Il fallait dire qu'il avait un sacré appétit, et une personnalité tout aussi démesurée.

— Etait-il sumo, ou quelque chose de ce genre ?

Elle se mit à rire.

— Non, il était extrêmement mince au contraire, mais il mangeait comme quatre. J'ai fini par le quitter car il terminait toujours mes desserts après avoir englouti les siens !

Il ouvrit des yeux horrifiés comme si elle venait de lui parler d'un crime inqualifiable. Se rendant compte qu'ils arrivaient au bout de leur propre dessert, il posa sa cuillère.

— Tu peux prendre la dernière bouchée, je ne voudrais pas commettre la même erreur que ce mufle que tu viens de me décrire.

Elle avala la dernière cuillérée en riant.

— Je me sacrifie, puisque tu insistes !

Il sourit avant de reprendre plus sérieusement.

— Comment est-ce que cela s'est terminé entre vous, réellement ?

— Rien de bien exceptionnel, comme avec mon premier petit ami du lycée : j'ai eu mes examens et j'ai déménagé et l'avantage de sortir avec des garçons faciles à vivre et pas trop compliqués, c'est que les ruptures sont tout aussi simples. Nous savions que nos histoires arrivaient à leur terme et nous nous sommes séparés sans drames ni larmes.

— Et après la fac ?

Elle s'assombrit.

— Il y a eu David.

— Le troisième et dernier, si je ne m'abuse ?

Elle devinait à quoi il faisait référence.

— Oui, David est le grand responsable… et irresponsable à la fois ! Avec lui il n'y avait du chocolat que si je pensais à en acheter. Ce n'est donc pas ainsi qu'il m'a séduite, mais peut-être est-ce ainsi que je me suis frayé un chemin jusqu'à son cœur, en revanche.

Sa voix avait perdu la nuance légère et badine de leurs échanges antérieurs et Hutch ne manqua pas de le remarquer.

— Tu n'es pas obligée d'en parler si tu ne le souhaites pas. Dans le cas contraire, je suis prêt à t'écouter, cela pourrait te faire du bien d'en parler.

Elle avait du mal à croire qu'il soit passé la voir ce soir pour évoquer sa vie sentimentale. Il était certainement curieux au sujet du père de son bébé… Tout le monde le serait bientôt. En même temps, elle était touchée qu'il n'ait cessé de penser à elle ce soir et pour rien au monde elle n'aurait écourté sa visite en refusant de répondre à ses questions.

— En fait je travaillais avec la sœur de David, Deana, qui était secrétaire au lycée où j'enseignais. David l'a accompagnée pour les fêtes de Noël de l'établissement, il y a trois ans, et elle nous a présentés. Il était exactement le genre de personne qui attire mon attention : extraverti, charismatique, jovial. Mon exact opposé, mais tout le portrait de mes ex…

— Tu y vas un peu fort en disant que c'est ton exact opposé ! Je ne te laisserai pas critiquer ma charmante locataire dont je ne pense que du bien ! s'exclama-t-il en riant.

Elle rit aussi, pour masquer son embarras, même si elle restait très sensible à ses compliments.

— Disons en tous les cas que David attirait toujours l'attention. C'était le premier qu'on invitait pour mettre de l'ambiance dans une fête, exactement comme mes précédents petits amis. Et de mon côté, j'étais celle qui restait en retrait, et je crois que c'est ce qui lui a plu.

— Il aimait que tu restes en retrait ?

— Oui, ainsi je ne lui faisais pas d'ombre, je n'essayais pas de me retrouver sous les projecteurs à sa place et je crois que c'est ce qui lui plaisait chez moi.

— Peut-être aussi qu'il te trouvait tout simplement charmante et ravissante et…

Elle sentit le rouge lui monter aux joues. Est-ce qu'il pensait seulement ce qu'il disait ? Elle avait du mal à le croire, tant cela faisait longtemps qu'elle n'avait reçu le moindre compliment.

— En tout cas, David était réellement charismatique, au point que tout le monde paraissait terne à côté de lui. Il savait raconter les histoires comme personne, se souvenait du moindre détail, de tous les prénoms, des anecdotes… Il vous faisait vous sentir important, il paraissait passionné par ce que vous lui racontiez et pouvait disserter sur n'importe quel sujet… C'est un vrai charmeur, un séducteur avec un grand S. Et avec lui devant, moi je pouvais rester dans son sillage, invisible.

— Tu veux dire que tu as choisi tes hommes pour occuper à ta place le devant de la scène ?

— Oui, c'est à peu près ça, reconnut-elle. Ils m'offraient une compagnie et un prétexte à la fois.

— Je vois, mais qu'entendais-tu lorsque tu as dit que c'était toi qui rapportais le chocolat ?

— C'est compliqué. En fait, David est le genre de personne que tout le monde apprécie tellement qu'on lui pardonne instantanément ses défauts.

— Qui étaient ?

— Eh bien, il se disait musicien, mais ça ne marchait

pas vraiment pour lui. Il gagnait un peu d'argent lorsque des amis l'embauchaient pour animer une soirée, ou donnait parfois des cours particuliers de piano, mais en dehors de cela…

— De quoi vivait-il ?

— De la générosité de sa famille, de ses amis, et très vite, il a vécu à mes crochets. Il promettait toujours qu'il allait chercher un travail, qu'il était sur le point de décrocher un poste, mais ça n'arrivait jamais et il mettait cela sur le compte d'un manque de chance. Et comme tout le monde l'avait à la bonne, il se faisait inviter au restaurant, payer un verre…

— Vous ne viviez pas ensemble ?

— Si, jusqu'à ce que nous nous séparions, et chaque fois que nous nous remettions ensemble, il revenait.

— Cela arrivait souvent ?

— Oh que oui… Chaque fois que j'essayais de l'inciter à se conduire comme un adulte, à se trouver un vrai travail, à prendre ses responsabilités. Il me reprochait d'exercer trop de pression et il finissait par claquer la porte pour se retrouver à dormir sur le canapé chez un ami…

— Et pourtant, il arrivait à t'amadouer de nouveau ?

— Oui, comme je te le disais, il sait se montrer tellement charmant, tellement persuasif. Lorsqu'il revenait, c'était avec des promesses plein la bouche…

— Tu pensais qu'il allait changer ?

— Oui, il décrochait un petit boulot, alors j'y croyais, je le laissais revenir… Et puis je tenais à lui, et j'avais vraiment envie que cela fonctionne.

— Mais ce n'était pas le cas ?

— Non, il ne gardait jamais les emplois qu'il décrochait. J'ai mis longtemps à arrêter d'essayer de le faire grandir, à arrêter de croire à ce qu'il me promettait.

— Et que s'est-il passé ?

— C'est là que j'ai obtenu mon brevet pour la Gob-o-Goo…

— Ce qui était plutôt une bonne surprise, non ?

— Oui, en théorie, sauf qu'à cette époque je ne supportais plus les mensonges de David, j'avais tiré un trait sur sa capacité à se prendre en main. Et puis j'ai entrevu les retombées financières de mon invention et c'est à cette époque que j'ai surpris David en train d'expliquer à un ami qu'il venait de gagner le gros lot, qu'il était tiré d'affaire.

Il hocha la tête.

— Il n'avait décidément aucun scrupule…

— C'était il y a six mois de cela et cette discussion a été la goutte d'eau qui fait déborder le vase. J'ai compris ce que je représentais à ses yeux et j'ai mis un terme à notre relation.

— C'était la meilleure chose à faire, insista-t-il. Mais…

Il s'interrompit, l'air déconcerté.

— Et comment se fait-il que tu sois enceinte de deux mois, alors ?

Elle rougit aussitôt.

— Ce n'est pas la partie de l'histoire dont je suis le plus fière, pour tout te dire.

— Un moment de faiblesse ?

Il avait prononcé ces mots avec une telle simplicité, une telle absence de jugement qu'elle se sentit le courage de poursuivre son récit.

— David a déménagé et a recommencé à occuper

les canapés et chambres d'amis de ses connaissances, laissant la plupart de ses affaires chez moi en attendant de se trouver un vrai logement.

— J'imagine qu'il n'avait pas de quoi payer un loyer, pourtant ?

— Non, mais un ami lui a proposé de partager un appartement, en échange d'un peu de bricolage et d'entretien. Et il est venu récupérer ses affaires à ce moment-là.

— C'est là que vous vous êtes revus ?

Elle acquiesça.

— A cette époque, je ne faisais rien d'autre que travailler ou rester cloîtrée chez moi. Cela faisait quatre mois que c'était ainsi, depuis qu'il était parti en fait. Les amis que j'avais à Seattle étaient tous mariés ou en couple, je n'avais aucune famille sur place, et pour ce qui est de sortir toute seule…

— Je vois, tu préférais rester à la maison ! Tu devais te sentir très seule…

— En effet, et puis David est arrivé, avec une bouteille de vin pour me remercier d'avoir gardé ses affaires pendant ces quelques mois. Nous avons trinqué et il a su se montrer tellement charmant, une fois encore, que je me suis laissé embobiner… Et voilà où j'en suis maintenant.

Elle avait maintenant du mal à le regarder dans les yeux. Le regard baissé, elle concentra son attention sur un fil de la couture de son pantalon.

— Est-ce qu'il est au courant ?

— Oh oui ! Bien sûr qu'il est au courant. Je lui ai parlé de mes doutes dès le lendemain, puisque ce bébé n'était pas dans nos projets… Il s'est mis en colère. Je crois qu'il avait vraiment projeté de se remettre avec moi, afin de profiter de mes ressources, et nous ne nous sommes pas quittés en bons termes. Deux semaines plus tard, j'ai découvert que j'étais effectivement enceinte. J'ai considéré qu'il avait le droit de savoir et je l'ai appelé…

Elle s'interrompit, se remémorant amèrement leur conversation.

— Cela s'est mal passé ?

— On ne changera jamais David… Il a commencé par essayer d'utiliser cette grossesse pour se remettre avec moi. Mais je lui ai dit que c'était trop tard, que notre histoire était finie, mais que s'il voulait s'investir auprès de son enfant, je ne l'en empêcherais jamais.

— Je crois que je devine sa réaction…

— Il est devenu fou de rage. Lui qui n'a aucune idée de ce que signifie être responsable, ne serait-ce que pour lui-même… Tu imagines pour un enfant… Alors il m'a demandé de mettre un terme à ma grossesse.

— Et ce n'était pas ce que tu envisageais…

— Ce n'était pas possible pour moi. Même si je suis loin d'être une mère dans l'âme, même si je n'ai aucune notion de ce que peut-être l'instinct maternel… Je ne sais pas, j'ai eu la certitude que ce bébé n'était pas arrivé pour rien. J'ai souhaité le garder, ce n'était pas une décision par défaut, même si je suis totalement terrifiée à l'idée de ne pas savoir m'en occuper.

— Et qu'a-t-il dit lorsque tu lui as annoncé ton désir de poursuivre ta grossesse ?

— Il était complètement hors de lui et m'a annoncé que si je le gardais, je pouvais tirer un trait sur lui à tout jamais.

— Quelle surprise ! marmonna-t-il en haussant les épaules avec dédain.

— Comme tu le dis. Mais au moins ai-je eu la certitude absolue que je n'avais plus rien à voir avec lui. Aucun regret à avoir. Comme il était en contact avec un ami avocat, il m'a demandé de signer un document dans lequel il déclarait renoncer à tous ses droits parentaux sur l'enfant à venir et de mon côté je m'engageais à ne jamais le poursuivre dans ce sens. Et c'est là la fin de l'histoire. De notre histoire, en tout cas.

— C'est cette page tournée pour de bon qui t'a incitée à quitter Seattle ?

— Exactement.

— Et te voilà de retour à Northbridge.

— En fait, j'avais déjà ce projet avant de tomber enceinte. J'avais envie de retrouver ma famille, même si nous avons des relations un peu distendues…

— J'imagine que le fait d'être enceinte a accentué cette envie de proximité, n'est-ce pas ?

— Oui, c'est sûr.

— Et pourquoi n'en avoir encore parlé à personne, dans ce cas ?

Elle leva les yeux au ciel.

— Je suis sûre qu'ils sauront se montrer à l'écoute et qu'ils me soutiendront, mais je me sens tellement honteuse de ce qui s'est passé, et d'avoir fait un bébé avec un homme aussi peu fréquentable…

— Tu es tellement dure avec toi-même ! Après tout, tu as commis une erreur de jugement, cela arrive à tout le monde, non ?

Elle appréciait le ton réconfortant et chaleureux sur

lequel il lui parlait. Cela lui faisait tellement de bien de se sentir soutenue et écoutée.

Elle leva finalement les yeux de la couture de son jean pour plonger son regard dans le sien.

— Je pense à quelque chose, proposa-t-il soudain, que dirais-tu si je t'accompagnais pour aller leur parler ?

Elle sourit pensivement.

— Merci, c'est vraiment gentil, mais je crois que c'est quelque chose que je dois faire par moi-même, une fois que j'aurai réuni le courage nécessaire.

Il hocha la tête.

— Tu sais que tu as le droit de changer d'avis, en tout cas, je reste à ta disposition.

— J'imagine déjà la scène… Si j'annonce que je suis enceinte en ta présence, tout le monde commencera par s'imaginer que tu es le père.

— Nous venons juste de nous rencontrer, mathématiquement, ça ne peut pas être moi le père, ils n'auront qu'à faire le calcul !

— Bien sûr, mais j'ai peur qu'ils se fassent de fausses idées tout de même.

— Tu crois qu'ils seraient capables de sortir leurs fusils de chasse ?

Elle éclata de rire.

— On ne sait jamais, mieux vaut tout envisager !

— Je suis prêt à courir le risque quand même ! En tout cas, si le jour venu tu as besoin de soutien moral, je serai ton homme.

Son homme ?

Il venait déjà de se montrer plus présent à ses côtés que le véritable père de son enfant, songea-t-elle en soupirant.

A cet instant, il tendit le bras vers elle et effleura sa joue de son pouce, un doux sourire aux lèvres.

— En tout cas je t'ai bien entendue dire que tu désirais garder ce bébé. C'est la première fois que tu en parles en ces termes.

— Oui, c'est vrai. Tout cela est encore tellement irréaliste pour moi. J'ai encore du mal à croire que je suis vraiment enceinte, que je vais bel et bien avoir un enfant, devenir maman…

Il acquiesça d'un hochement de tête.

— C'est vrai qu'on a du mal à imaginer que tu es enceinte en te regardant. Je te vois et il n'y a que toi face à moi. Je comprends que tu aies du mal à prendre conscience de ce chamboulement dans ton corps, c'est très courant, tu n'as pas à te culpabiliser.

— Ce qui me fait le plus peur, c'est de ne pas être à la hauteur une fois que mon bébé sera là, de ne pas être une bonne mère…

— Je suis sûr que ton enfant sera comme Ash et te trouvera aussi formidable que mon fils !

Elle sourit.

— Ash me trouve formidable, tu crois ?

— Je ne crois pas, j'en suis sûr ! Ce soir nous avons été acheter un jouet dans un magasin, en prévision de la soirée où je ne serai pas trop disponible pour m'occuper de lui. Sais-tu ce qu'il a choisi ? Une poupée aux cheveux blonds qui est censée te ressembler et il l'a appelée sa poupée-Itta !

— Je ne te crois pas !

— C'est pourtant la vérité, mon fils promène partout cette poupée qui est ta réplique. Alors si ce n'est pas de l'amour, je ne sais pas ce que c'est !

Elle éclata de rire, alors qu'il ne la quittait pas des yeux.

— Et je ne vois pas comment il pourrait en être autrement… Tu es formidable.

— Tu dis cela alors que j'ai mangé la dernière bouchée du gâteau ? plaisanta-t-elle pour éviter d'avoir à relever ce qu'il venait de dire et qui lui allait pourtant droit au cœur.

— C'est vrai, cela te fait un défaut majeur, concéda-t-il. Rappelle-moi de le retenir contre toi !

— Ne compte certainement pas sur moi pour te rappeler mes défauts, répliqua-t-elle aussitôt.

Et comme leurs regards se croisaient, les sourires se firent plus songeurs, plus tendres, alors qu'il laissait sa main s'attarder un instant sur sa joue avant de glisser jusqu'à la base de son cou.

Sans que leurs regards ne se quittent, elle sentit ses doigts effleurer sa nuque en un léger massage. Et contrairement à la veille où il l'avait surprise par un baiser totalement inattendu, à cet instant, elle sut que ça allait arriver.

Comme au ralenti, elle le sentit s'approcher d'elle.

Elle pensa l'espace d'une seconde qu'elle pouvait s'écarter et fuir ce baiser.

Mais elle avait déjà pris la décision de rester et de se laisser emporter par la vague, la déferlante d'émotion qui s'annonçait. Elle savait que tout cela n'aurait qu'un temps et elle préférait savourer chaque seconde tant que c'était encore possible.

Alors elle se pencha doucement à sa rencontre, et lorsque leurs lèvres s'effleurèrent, elle ferma les paupières et se laissa embarquer dans ce baiser, si doux et tendre. Et si sensuel à la fois.

Une sensualité qui l'emporta rapidement sur la tendresse. Sans attendre, leurs lèvres s'entrouvrirent et leurs bouches se goûtèrent avec avidité.

C'était si bon, tellement plus fort que le merveilleux baiser de la veille, tellement plus envoûtant encore… Elle n'en revenait pas.

Il se montrait à la fois audacieux et tendre, langoureux et intrépide et, en retour, elle répondait avec ardeur à son baiser.

La veille, elle avait deviné ses pectoraux musclés lorsqu'il lui avait fait une démonstration sur le banc de musculation, et s'était imaginée posant les mains sur son torse… Ainsi lorsqu'il la serra contre lui, c'est tout naturellement que ses paumes trouvèrent leur place contre son torse.

Et c'est là qu'elle se rendit compte que malgré le pouvoir évocateur de l'imagination, la réalité était mille fois plus troublante encore !

Elle sentait aussi sa main sous sa nuque qui resserrait son étreinte tandis que leur baiser se faisait plus torride encore, et leurs souffles, haletants.

Elle aurait voulu que cet instant ne s'arrête jamais, même si cela signifiait ne plus jamais reprendre son souffle !

Ses mains passèrent de son torse solide à son cou, ses doigts se glissant dans ses cheveux tandis que son corps s'approchait du sien. Elle sentait les pointes de ses seins tendues par le désir, et brûlait d'envie de sentir son corps tout contre le sien, mais il était encore un peu trop loin…

C'est alors, au moment où Issa sentait le désir s'emparer de tout son corps, où elle était sur le point de se laisser emporter totalement, qu'il calma le jeu.

Elle le sentit se redresser, et son baiser se fit plus doux, plus tendre, jusqu'à ce qu'il interrompe le contact entre leurs lèvres, déposant, comme à regret, quelques chastes baisers sur sa bouche, avant de se reculer franchement.

Elle retira ses mains, mais lui ne la lâcha pas tout à fait. Il restait là, face à elle, songeur.

Au bout de quelques secondes il l'attira contre lui, faisant reposer sa tête sur son torse.

— Demain a lieu le mariage, murmura-t-il d'une voix rendue rauque par le désir. Il faut que je sois debout aux aurores et la journée va être longue. Je crois que je ferais mieux d'y aller.

Pourtant il restait là, son cœur dans sa poitrine battait à tout rompre, preuve, s'il en était besoin, que ce baiser avait eu sur lui le même effet que sur elle.

Il pencha la tête pour embrasser ses cheveux avant d'ajouter :

— Je te verrai demain lors de la cérémonie, mais je me demandais si tu accepterais d'être ma cavalière pour la suite du mariage ?

— La réception, tu veux dire ?

— Voilà, la réception, répéta-t-il. Je te l'ai dit, j'ai passé la soirée à penser à toi au lieu de me concentrer sur l'organisation du mariage. J'ai tout de suite songé que la seule chose qui m'importait c'était d'être avec toi pour cette soirée.

Elle sourit, bien cachée contre son torse.

— A moins que tu n'aies d'autres projets, précisa-t-il face à son silence.

Trop occupée à sourire pour lui répondre, elle se ressaisit aussitôt.

— J'ai prévu de venir avec Dag et Shannon, et nous devons retrouver le reste de la famille sur place.

— Pourquoi ne pas nous donner rendez-vous après la cérémonie, je te raccompagnerai à la maison ? Ash et moi serons en smoking, si cela peut te convaincre d'accepter. Et même si je ne sais pas comment me va le mien, je peux te dire que le sien lui va à ravir !

Elle sourit de nouveau.

— On m'a dit qu'il était impossible de dire non à un homme en smoking !

— Alors tu acceptes d'être ma cavalière ?

— Eh bien, pourquoi pas ?

— Tu m'aideras à m'occuper d'Ash pendant la soirée, si tu le veux bien ? proposa-t-il, comme pour lui offrir un prétexte acceptable.

— D'accord.

Il déposa un nouveau baiser sur sa tête, son souffle chaud la fit frémir une dernière fois, avant qu'il ne se relève. Il fit quelques pas pour aller récupérer son écoute-bébé resté sur la table, tandis qu'elle se redressait en le suivant du regard.

— S'il te plaît, dit-il lorsqu'il la vit sur le point de se lever, ne me raccompagne pas. Cela ne ferait que me rendre les choses plus difficiles qu'elles ne le sont déjà.

Et si elle le rejoignait maintenant, est-ce qu'il l'embrasserait encore ?

La tentation était grande…

Mais elle résista pourtant et le suivit simplement du regard tandis qu'il se dirigeait vers la porte.

— A demain, lança-t-il. Tu me reconnaîtras aisément,

je serai l'homme dont le petit garçon a une poupée à ton effigie !

— A demain.

Il leva la main avant de sortir et de refermer la porte derrière lui.

Aussitôt, elle tomba à la renverse sur son canapé, comme terrassée par l'émoi de ce baiser torride.

Un baiser qu'elle comptait emporter jusque dans son lit où elle pourrait le revivre à son gré autant de fois qu'elle en aurait envie.

- 8 -

— Que fait mon garçon avec une poupée dans les mains ? lança Morgan Kincaid.

Par ce bel après-midi de mariage, les hommes s'étaient regroupés dans une salle annexe de l'église afin de s'habiller, juste avant la cérémonie qui verrait Ian Kincaid et Jenna Bowen s'unir pour le meilleur et pour le pire.

Le père d'Ian et Hutch, qui avait déjà enfilé son smoking, fit comme à son habitude une entrée fracassante. La vision de son petit-fils avec son nouveau jouet favori ne semblait pas l'enchanter.

— Laisse-le tranquille, papa. Il a choisi cette poupée, elle lui plaît, ce n'est pas la peine d'en faire toute une histoire. Il trouve qu'elle ressemble à notre voisine, Issa McKendrick, et comme j'ai l'impression qu'il a un faible pour elle, il ne se sépare plus de sa poupée !

A cette précision, Morgan Kincaid s'adoucit et se mit à rire, visiblement rassuré par les arguments de son fils.

— Ce garçon a bon goût, alors, car je viens de la rencontrer en arrivant. Si elle parlait un peu plus, ce serait vraiment une super poupée !

Hutch avait beaucoup de mal avec le machisme exacerbé de son père, mais il savait qu'il devait prendre sur lui, car il était trop tard pour espérer le changer.

— Issa est une jeune file discrète et c'est tout à son honneur. Je ne lui souhaite pas d'être une pin-up qui correspondrait à tes critères ! D'ailleurs, elle parle tout à fait librement lorsqu'elle est en bonne compagnie, si cela peut te rassurer !

— Ah oui ? Eh bien, tu devrais peut-être toi aussi acheter une poupée comme celle de ton fils, car il n'a pas l'air d'être le seul à avoir été charmé par la nouvelle locataire !

— A moins que Hutch ne préfère la version originale ? suggéra Ian pour taquiner son frère. Après tout, ils vivent déjà sous le même toit !

— Nous commençons seulement à faire connaissance, corrigea Hutch en s'adressant au reflet de son frère dans le miroir. Nous sommes amis, ou en train de devenir amis, pour être plus précis.

Bien sûr, il omettait volontairement les deux baisers échangés ces derniers jours. Des baisers un peu plus qu'amicaux. Mais il était incapable d'en parler, pour la bonne et simple raison qu'il avait même du mal à se les avouer à lui-même. Faire comme si de rien n'était constituait la seule échappatoire face à une réalité si troublante.

Comment avait-il pu se laisser aller à l'embrasser ? A deux reprises, de surcroît ! Pour une raison mystérieuse, il semblait dépossédé de toutes ses facultés de résistance face à Issa.

Non, décidément, mieux valait garder pour lui ces baisers inavouables.

— Fais attention à ce que tu fais, fiston. Si nous essayons d'imposer notre patronyme dans cette ville, c'est pour l'associer à une réussite, pas pour faire la une des magazines people parce que tu as joué les séducteurs !

— Ne te fais pas de souci, je ne suis pas le genre de Casanova que tu sembles décrire.

— J'ose espérer que tu as changé, en effet, marmonna Morgan en ajustant sa boutonnière.

— En revanche, il y a décidément des choses qui ne changent jamais, souffla Hutch à son frère, en prenant garde que son père n'entende pas.

— Ne fais pas attention, tu sais bien comment il est, répondit Ian à mi-voix.

— Oh ! oui, je ne le sais que trop bien.

— Est-ce qu'il a mis le doigt sur quelque chose, en revanche ? Issa et toi vous n'éprouveriez pas des sentiments l'un pour l'autre, par hasard ?

— Toi aussi tu te fais du souci pour l'honneur de notre nom ? répliqua Hutch, en évitant par cette question de répondre à son frère.

— Je ne me fais pas de souci, je m'intéresse à toi et à ta vie !

Il n'était pas évident de retrouver des relations saines et pacifiées après plus de six années de compétition et de rivalités fraternelles. Au fond de lui, Hutch savait que son frère faisait de sincères efforts dans ce sens, et c'était important à ses yeux de ne pas perdre cet objectif de vue. Il devait absolument faire abstraction des commentaires de leur père, qui s'obstinait à jeter de l'huile sur le feu.

— J'aime beaucoup Issa, mais cela ne va pas plus loin, et ce n'est certainement pas parce que je crains d'entacher le nom des Kincaid ! J'ai mes propres raisons pour me tenir à distance avec elle.

Et c'était là toute la vérité, même s'il avait tendance à oublier tout cela lorsqu'il se trouvait en sa compagnie. Sa présence auprès de lui semblait d'ailleurs lui faire oublier toutes ses réserves… Il lui suffisait de se plonger dans ses yeux bleu saphir pour la désirer de façon irrépressible.

— Tu as tes raisons, répéta Ian. J'imagine que tu fais référence à Iris…

Curieusement, pour la première fois depuis le décès d'Iris, ce n'était pas elle qui était à l'origine de son tourment. Cela faisait un an et demi qu'elle l'avait quitté et Hutch avait croisé le chemin de quelques jeunes femmes depuis, mais il avait toujours eu le sentiment qu'Iris le couvait de son regard. Et aucune de ces prétendantes n'avait résisté à la comparaison, jusqu'à ce jour…

Avec Issa, pourtant, c'était différent.

Il n'avait même pas été tenté de comparer les deux femmes. D'une certaine façon, elle était totalement elle-même dans sa présence à lui. Pas d'échelle, pas de mise en perspective, elle était Issa, et c'était tout. Et quand il était avec elle, il ne pensait qu'à elle.

Et c'était bien ainsi.

Pour la première fois depuis un an et demi il n'avait pas cette impression désagréable de chercher à retrouver quelque chose qui s'était enfui et ne cessait de lui échapper.

Non, là, il vivait quelque chose de neuf, c'était de l'inédit, enfin, et c'était tellement bon.

Comme si une deuxième chance s'offrait à lui.

Mais il allait trop loin déjà, car tout cela n'existerait jamais.

— Non, cela n'a rien à voir avec Iris, répondit-il

finalement à son frère. Je dois penser à Ash avant tout, il faut que je fasse attention à lui. Il est ma priorité absolue et je refuse que quiconque me détourne de cela.

— Je te comprends, assura Ian. Pourtant, tu dois aussi vivre ta vie, ta vie d'homme et pas seulement de père.

— Je ne suis pas d'accord, je dois d'abord et avant tout être un père exemplaire pour Ash et Issa de son côté a sa propre vie à mener.

Il s'obligea au silence, car il ne pouvait risquer de révéler le secret de la grossesse d'Issa. Révéler qu'il y aurait bientôt un autre enfant qui aurait besoin d'un père.

Car même si c'était quelque chose qu'il oubliait régulièrement, dont ils ne parlaient pas, rien n'effaçait cette réalité : Issa attendait un enfant.

Cela changeait sacrément la donne.

Son bébé allait finir par venir au monde, et il aurait des besoins, une vie à construire… Il ne pouvait l'ignorer, car cela n'était pas compatible avec sa vie auprès de son fils, qui avait besoin de toute son attention.

— Si une femme devait devenir la belle-mère de mon fils, je ne prendrais certainement pas cette décision à la légère. Issa m'a raconté comment sa mère s'était comportée avec ses beaux-enfants, Logan et Hadley, et je ne peux imaginer que quelque chose comme cela arrive à Ash.

— Bien sûr, reprit Ian, mais Issa n'est pas comme sa mère et de loin !

— Oui, mais tout de même… Je préfère être prudent. Je ne voudrais pas qu'Ash s'attache à quelqu'un qui finirait par lui tourner le dos.

Ian hocha la tête en direction du garçonnet qui était occupé à faire voler sa poupée comme un superhéros.

— Tu crois qu'il ne s'est pas déjà attaché à elle ?

— Oui et non, il l'aime bien, c'est pour ça qu'il a voulu la poupée, mais il n'a pas besoin d'elle au quotidien, elle ne fait pas vraiment partie de sa vie, c'est juste une charmante voisine avec qui nous partageons quelques sorties.

Hutch songea alors combien elle avait su se montrer respectueuse du rythme d'Ash et ne jamais interférer dans leurs relations. Sa présence ne le rendait pas moins attentif à son fils. Ils avaient spontanément fait du petit garçon leur priorité commune, puisqu'elle passait du temps à s'occuper de lui.

Et le temps passé avec elle la veille, par exemple, n'avait rien ôté à son fils au bout du compte, puisqu'il aurait dormi de toute façon, et qu'il l'avait surveillé même en étant à l'étage au-dessus.

Qu'avaient-ils fait de mal, finalement ?

Cette question le saisit.

Après tout, ces instants partagés avec Issa n'avaient rien de répréhensible. Alors pourquoi se sentait-il si terriblement coupable ?

Dernièrement, il s'était perpétuellement senti déchiré entre le désir de passer plus de temps auprès d'elle et cette culpabilité d'avoir tellement envie de la voir. Il s'en voulait aussi de ces baisers échangés. Etait-ce réellement un problème, après tout ?

Ils respectaient leur engagement : elle passait du temps avec Ash afin de gagner en confiance quant à ses capacités à s'occuper d'un jeune enfant, et de son côté, il profitait de sa compagnie pour découvrir la ville de Northbridge et s'y faire une place.

Et si au-delà de ces avantages bien concrets, il trouvait un peu de plaisir à passer du temps auprès d'une femme qui l'aidait à oublier le chagrin de la perte et la douleur du deuil qu'il traversait ? Etait-ce là une mauvaise chose ?

Ian avait raison sur un point : il ne pouvait vivre qu'en tant que père. N'avait-il pas le droit de vivre un peu sa vie à lui ?

Juste un petit peu.

Peut-être que dans ce cas, il pouvait envisager de prendre les choses comme elles venaient, sans plus se tracasser perpétuellement ? Cesser de s'en vouloir et se laisser porter par les événements…

— Je dois dire qu'Issa est une très belle femme, dit Ian en finissant de mettre ses boutons de manchette. Papa a au moins raison sur un point : Ash a très bon goût !

— C'est vrai, reconnut Hutch en nouant son nœud papillon noir.

Il venait de faire la paix avec lui-même, avec ce qu'il ressentait pour elle, et avait décidé de cesser de se faire la guerre.

— A quoi est-ce que cela sert d'avoir une fille, si elle ne danse pas avec vous ? lança Morgan.

Issa grinça des dents en entendant les propos que le père d'Ian et Hutch adressait à leur jeune sœur, Lacey.

— Quelle charmante façon de m'inviter à danser, papa, rétorqua Lacey. C'est vrai que je ne te sers pas à grand-chose par ailleurs.

— Oh ! Ne prends pas la mouche, reprit l'ancienne gloire du football américain. Je plaisante !

Lacey se tourna vers Hutch et Issa.

— Le pire, c'est qu'il ne se rend vraiment pas compte

de ce qu'il dit… Il croit vraiment que c'est juste une plaisanterie, conclut la ravissante sœur de Hutch. Allez, papa, allons danser !

En soupirant, elle se leva de la table qu'elle partageait avec Issa, Hutch, Ash et Morgan Kincaid.

— Avant que vous n'y alliez, je voudrais vous saluer tous et vous souhaiter une bonne nuit, intervint Hutch, il est temps que j'aille coucher Ash. Lacey, je t'appelle demain, avant que vous ne repartiez. Et toi, papa, vu que tu repars ce soir, je te dis à la prochaine !

— Oui, nous nous reverrons à ma prochaine visite, et peut-être que d'ici là tu auras mis un ballon de football entre les mains de ton fils à la place de sa poupée, répondit le vieil homme en guise d'au revoir.

— Issa, j'ai été ravie de vous rencontrer, ajouta Lacey tout en remuant la tête face aux commentaires d'un autre âge que tenait son père. J'espère que nous aurons l'occasion de nous revoir lorsque je repasserai par Northbridge. Peut-être pourrons-nous déjeuner ou dîner ensemble ?

— Avec plaisir !

Issa avait vraiment apprécié la compagnie de la jeune femme, si simple et décontractée. Elle avait même réussi à vaincre ses réticences habituelles qui l'empêchaient de faire connaissance simplement avec des inconnus.

Au moins avait-elle pu dialoguer avec la jeune femme, car la compagnie de Morgan Kincaid avait été un calvaire pour elle. Elle n'avait pas osé lui parler de la soirée et avait eu beaucoup de mal à supporter ses remarques déplaisantes.

Ce dernier inclina la tête en adressant un courtois mais sobre au revoir à Issa.

— C'était un plaisir de vous rencontrer, monsieur Kincaid…, dit-elle d'une voix à peine audible.

Bien entendu, elle n'avait pu se résoudre à l'appeler par son prénom, comme il le lui avait lourdement suggéré toute la soirée. Cet homme était décidément trop impressionnant, et trop réactionnaire à son goût.

Comme il emmenait sa fille vers la piste de danse, Hutch se tourna vers elle.

— Peut-être veux-tu rester un peu plus ? J'aurais sans doute dû te poser la question plus tôt, mais j'ai eu l'impression que tu n'étais pas vraiment mécontente de quitter cette soirée et mon père !

— Ne t'inquiète pas, ça me convient parfaitement comme ça, fit-elle en ignorant sa remarque sur son père. J'ai pu discuter avec beaucoup de monde et je vois bien qu'Ash est épuisé.

Le garçonnet avait demandé à grimper sur les genoux de sa voisine de table au moment du dessert, où il avait avalé son gâteau et la moitié de la part d'Issa avant d'abdiquer et de somnoler durant le restant de la soirée, la poupée tant critiquée entre les bras.

— Allons-y avant la fin du bal, dit Hutch en prenant son garçonnet dans les bras.

Ash se laissa soulever par son père avant d'enfouir son visage dans le creux de son cou, et de fermer les yeux pour de bon aussitôt.

— N'oublie pas les chocolats, rappela-t-il en pointant du doigt les petits sachets individuels prévus pour les convives en souvenir de la cérémonie.

Issa saisit leurs trois sachets par les rubans satinés aux couleurs de la décoration de la salle.

En chemin, ils s'arrêtèrent pour saluer et remercier les

mariés et leur adresser tous leurs vœux de bonheur. Issa en profita pour féliciter Jenna pour la robe magnifique qu'elle avait choisie.

Le mariage avait été une réussite. L'église avait été parée de fleurs bleues et blanches, et de nombreuses bougies l'éclairaient. La mariée portait une robe bustier en satin et mousseline, avec une taille Empire et des strass sur le devant et la traîne. Il y avait quatre demoiselles d'honneur, deux vêtues de robes couleur chocolat, et deux en bleu clair. Elles étaient accompagnées des deux fillettes de la famille — Tia et Abby, la fille adoptive de la mariée — vêtues de robes à pois elles aussi assorties, en bleu et brun.

— C'était vraiment un beau mariage, répéta Issa alors qu'ils rejoignaient la voiture.

— Oui. Un *vrai* mariage, d'après ce que m'a dit Ian, en faisant référence au mien, beaucoup moins académique… Sans doute que c'est ainsi qu'Iris se serait mariée, si c'était lui qu'elle avait épousé.

Ian et Iris, se marier ensemble ? Que voulait-il dire par là ?

Tandis qu'il attachait Ash dans son siège auto, elle prit place à l'avant de la voiture, perplexe. Est-ce que la remarque qu'il venait de faire lui donnait le droit de le questionner ?

Bien sûr, elle était maintenant curieuse d'avoir le fin mot de l'histoire, en savoir un peu plus sur sa défunte femme, et cette histoire avec Ian qu'il évoquait à demi mots, mais elle n'osait toujours pas aborder le sujet.

Pourtant, Hutch l'avait fait, à sa façon.

— Tu voudras essayer de mettre Ash au lit, ce soir ?

— Oh je pense que ce ne sera pas bien difficile,

même pour moi qui suis totalement débutante en la matière, il dort déjà à moitié !

Elle regrettait presque qu'il ait ainsi changé de sujet, même si elle était prête à saisir n'importe quel prétexte pour rester un peu plus longtemps en sa charmante compagnie.

— Justement, le but est de le maintenir dans cet état de veille sans le réveiller complètement, même si comme tous les enfants, il dispose d'antennes bioniques qui lui permettent de sentir l'approche d'un lit à des kilomètres à la ronde !

— Dans ce cas-là, je ne suis certainement pas la personne qu'il te faut ! Je n'ai aucune expérience avec les enfants bioniques !

Il sourit avant d'ajouter :

— Tu vas très bien t'en sortir, comme d'habitude, mais en cas de souci, tu sais que je serai là pour te chuchoter quelques conseils !

Et c'est ainsi qu'il la guida une fois rentrés. Il lui expliqua comment déshabiller Ash en douceur et le glisser dans son pyjama sans même qu'il ne frémisse d'une paupière.

— Tu ne diras rien à son dentiste, mais nous allons sauter l'étape brossage des dents, ce soir, murmura-t-il en passant devant la salle de bains.

Elle porta l'enfant endormi jusqu'à son lit où elle le déposa légèrement.

Elle évita la crise diplomatique en lui tendant son doudou mais aussi sa nouvelle poupée, qu'il réclama alors même qu'il semblait toujours profondément endormi. Elle se surprit même à déposer un baiser sur son front avant de se redresser en faisant glisser tout doucement son bras encore coincé sous sa nuque. Sur la pointe des pieds, elle quitta ensuite la chambre, en croisant les doigts pour qu'aucun bruit ne vienne réveiller le garçonnet.

Sans un mot, elle suivit Hutch jusque dans le séjour, où il lui adressa un sourire victorieux.

— C'était parfait ! dit-il en retrouvant une tonalité de voix normale après quelques minutes passées à chuchoter. Nous avons bien mérité de nous partager notre butin de chocolat de la soirée, et celui d'Ash en prime !

Elle se mit à rire.

— Tu veux dire que tous ces efforts pour ne pas le réveiller, c'était dans le but de lui subtiliser son sachet de chocolats ? Quelle cruauté !

— Il paraît qu'il y a une truffe au coulis de mangue qui est à se damner, si cela peut te convaincre que c'est bien un cas de force majeure !

Elle rit de nouveau et décida de profiter de ce petit extra de temps en sa compagnie en acceptant son invitation et se dirigea vers le canapé.

Elle avait choisi pour la fête de porter une robe longue, moulante au niveau de la poitrine, mise en valeur par une taille Empire et fluide jusqu'en bas des jambes. Une mousseline en guise d'étole sur les épaules venait habiller son décolleté en V, des plus avantageux, grâce à ses nouvelles mensurations.

Elle prit place dans un angle du canapé, se tournant vers le côté où Hutch prendrait place, aussitôt qu'il aurait fini de se mettre à l'aise. En attendant, elle profita du spectacle qu'il lui offrait alors qu'il ôtait sa veste, son nœud papillon et sa ceinture de smoking de soie.

Elle essaya de se faire discrète, mais elle trouva cela particulièrement sexy, en particulier lorsqu'il finit la manœuvre en enlevant ses boutons de manchette et retroussant ses manches.

Lorsqu'il se retourna vers elle, elle détourna les yeux, afin d'éviter de croiser son regard.

Il la rejoignit sur le canapé en lui tendant un sachet de chocolats au passage.

Elle dénoua le ruban de satin avec gourmandise, impatiente de découvrir son contenu. Pourtant, lorsqu'elle jeta un coup d'œil dans le petit sachet, elle ne put s'empêcher d'éclater de rire.

— Oh ! oh ! Je crois que nous sommes punis de notre tentative de subtilisation du sachet d'Ash, car il est rempli d'oursons de gélatine !

— Moi qui espérais avoir gagné quelques fines truffes, c'est raté, commenta-t-il en lui tendant en échange le troisième sachet. J'espère que le reste de notre récolte sera plus fructueux !

Cette fois-ci, elle découvrit les chocolats en question et ils goûtèrent ensemble le premier, reconnaissant unanimement qu'il était bien à tomber par terre.

Elle décida alors de tenter une question d'approche, afin de voir s'il était disposé à lui en dire un peu plus sur cette mystérieuse allusion à Ian et Iris.

— Alors comment était ton mariage, puisque tu disais qu'il était très différent de celui-là ?

Il sourit et prit un deuxième chocolat.

— Eh bien, il y avait simplement Iris et moi, dans une de ces chapelles de Las Vegas. Un couple d'inconnus nous servait de témoins. Fin de l'histoire !

— J'ai du mal à te croire, personne de votre famille, pas d'amis, pas de fête ?

— Non, rien de tout cela. Nous étions à Las Vegas à l'occasion du début de la saison de football. Nous avions parlé de nous marier et comme nous étions tous les deux en froid avec nos familles…

— J'ai un peu peur de commettre un impair, mais tout à l'heure tu as évoqué un mariage qui aurait pu avoir lieu entre Iris et Ian, et maintenant tu dis que vous étiez en froid avec vos familles respectives. Est-ce que tu as séduit Iris alors qu'elle était avec ton frère ?

— Non, jamais je ne ferais quelque chose de ce genre ! se défendit-il aussitôt. Il se trouve qu'Iris a bien été fiancée à Ian pendant un temps, mais c'est une très longue histoire…

— Si tu as envie de m'en parler, j'ai tout mon temps pour t'écouter, dit-elle pour l'encourager à poursuivre.

— Bon, bon, tu l'auras voulu ! plaisanta-t-il en s'étirant, comme pour se préparer à un long effort.

— Je suis prête à tout entendre !

— Je vais essayer d'aller à l'essentiel. Lorsque j'ai eu mon diplôme de fin d'études, mon père a négocié un poste de quarter-back dans l'équipe des Stingers du Dakota du Sud. Cette équipe était dirigée à l'époque par Dwayne Stinson, le frère aîné d'Iris. Un frère beaucoup plus âgé puisqu'il l'avait quasiment élevé tout seul…

— Et c'est ainsi que tu as rencontré Iris ?

— C'est ainsi que nous nous sommes tous connus. C'était le début de ce que mon père espérait être une fructueuse collaboration avec les Stingers. Il se voyait déjà sponsoriser l'équipe qui avait des difficultés financières à l'époque. Son rêve a toujours été de posséder sa propre équipe…

— Tu lui offrais cette perspective en mettant un pied dans la porte, si je comprends bien ?

— J'étais le premier pied dans la porte, et Ian a été le second lorsqu'il a rencontré Iris, qu'ils ont commencé à sortir ensemble et se sont finalement fiancés. Mon père y voyait une autre façon d'atteindre son but.

— Ian et Iris sortaient ensemble, répéta-t-elle, estomaquée. Est-ce que tu étais déjà amoureux d'elle ?

— Non, pas du tout. Je la connaissais et je l'appréciais, mais à mes yeux elle était avant tout la sœur de mon entraîneur et la petite amie de mon frère. A l'époque ce qui m'intéressait, c'était surtout de m'amuser.

— En faisant la fête ?

— Voilà, en faisant un peu trop la fête, en buvant un peu trop souvent…

— Si Iris et Ian ne se sont pas mariés alors qu'ils étaient fiancés, que s'est-il passé ?

— Sept ou huit mois avant la fin de mon contrat, Iris a rompu leurs fiançailles.

— Vraiment ? Pour quelle raison ?

— Encore une fois, je vais essayer de faire court, mais en gros, Iris était un peu perdue à l'époque entre faire un choix de carrière ou poursuivre ses études. Elle avait commencé plusieurs filières mais les avait toutes abandonnées l'une après l'autre. Alors, elle s'est dit qu'elle travaillerait avec son frère, dans le service de communication de l'équipe, mais Dwayne a refusé tout net.

— Il a dit non à sa propre sœur ?

— A ses yeux, elle n'était pas assez fixée sur ce

qu'elle voulait faire de sa vie, il considérait qu'elle finirait par abandonner, comme elle avait abandonné le reste. Sans oublier que, financièrement, les Stingers n'étaient pas dans une situation très florissante. Il ne voulait pas prendre le risque de la payer sur des fonds qu'il n'avait déjà plus depuis longtemps, et en prime risquer de la voir claquer la porte du jour au lendemain parce qu'elle trouvait que les couleurs de l'équipe ne lui allaient pas au teint, je cite !

Elle ouvrit de grands yeux.

— Je n'arrive pas à croire que c'est ainsi qu'il lui a présenté les choses !

— Pourtant, c'est bien ce qu'il lui a dit, mot pour mot. Iris a alors essayé de convaincre Ian de monter au créneau pour elle, mais ce dernier a fini par reconnaître qu'il était un peu du même avis que son frère.

— Il a pris le parti de Dwayne plutôt que celui de sa fiancée ?

— Et c'est pour cela qu'elle l'a quitté, conclut-il en hochant la tête.

— C'est à ce moment que tu es entré en jeu ?

— Non, pas tout à fait. Iris s'est faite très discrète pendant quelque temps. Je n'avais aucune nouvelle d'elle, jusqu'au jour où j'aurais dû signer ce fameux contrat qui enthousiasmait tant mon paternel. Un contrat qui était plutôt à l'avantage de Dwayne que du mien, mais dont mon père imaginait tirer profit pour lui par la suite, ce qui n'a jamais été le cas en trois ans passés au sein de l'équipe ! Bref, ce jour-là, Iris a déboulé chez moi.

— Elle était désespérée, j'imagine.

Il éclata de rire.

— Oh que non ! Plutôt bien décidée à en découdre,

au contraire. Elle m'a totalement bluffé en m'expliquant comment j'étais en train de me faire avoir, combien le contrat était sous-évalué par rapport à ce à quoi je pouvais prétendre et m'a offert ses services en tant qu'agent, me promettant de me faire signer un contrat à ma mesure, que ce soit avec les Stingers ou une autre équipe.

— Et je devine que tu as décidé de ne pas prendre le parti de son frère ?

— Elle était tellement convaincante, expliqua-t-il d'une voix teintée d'admiration. Et puis, je dois reconnaître que je commençais à en avoir assez de servir de faire-valoir à mon père, qui n'hésitait pas à me faire signer des contrats au rabais pour satisfaire ses propres ambitions. J'ai donc décidé de faire confiance à Iris et elle est devenue mon agent.

— Je veux bien croire que cela a causé un certain remous dans vos familles respectives !

— Exactement, mon père et son frère étaient fous de rage. Ian n'a pas forcément approuvé, même si ça allait encore tant que nous n'étions pas ensemble.

— C'est arrivé plus tard ?

— Oui, au départ, notre relation était strictement professionnelle. Mais il fallait la voir en action, elle était impressionnante. Et puis du jour où elle m'a permis de signer un contrat d'enfer avec une autre équipe, j'ai commencé à la regarder d'un autre œil.

— C'est alors que tes relations avec Ian se sont détériorées ?

Il fit échapper un soupir, comme s'il regrettait encore ce qui s'était passé.

— Oui. Il faut dire qu'il avait droit aux reproches

constants de mon père au sujet de cette rupture qui contrariait les projets paternels, donc il n'était pas forcément très bien disposé à ce sujet, et puis il m'en a voulu d'avoir une liaison avec son ex, même s'ils n'étaient plus ensemble. Au final, tout le monde s'est fâché et Iris et moi nous sommes retrouvés seuls.

— D'où votre mariage en tête à tête à Vegas…

— Voilà.

— Et comment le viviez-vous, tous les deux ?

Il haussa les épaules.

— Ce n'était pas vraiment ainsi que nous imaginions les choses dans nos rêves les plus fous, mais c'était ça, ou nous soumettre aux désirs des autres, ce que nous ne voulions plus revivre…

— Et vous êtes restés brouillés longtemps avec vos familles ?

— Près de six ans. Jusqu'au mariage de Dag et Shannon en mars dernier, en fait.

— La naissance d'Ash n'a pas réussi à vous réconcilier ? J'ai du mal à le croire !

Hutch fit non de la tête.

— Hélas… Iris espérait que cela permettrait une trêve, au moins avec son frère. Elle lui a envoyé un faire-part de naissance, mais il le lui a retourné encore cacheté. Nous avons bien saisi le message. Pour lui nous étions des parias… Cela m'a dissuadé de tenter l'expérience avec ma propre famille. Nous avons décidé de continuer à mener notre barque comme bon nous semblait.

— C'est là que vous avez lancé le concept de magasins de sport ?

— Nous avions créé le premier magasin lorsque

Iris est tombée enceinte. Lorsqu'elle a projeté d'avoir un enfant, elle a commencé à se faire du souci pour moi, redoutant une blessure qui mettrait un terme à ma carrière. De mon côté, je me refusais à devenir le même genre de père que celui que j'avais connu. C'est là qu'est née l'idée des magasins de sport.

— Est-ce que tu as eu des nouvelles de ton père ou de ton frère à cette occasion ?

— Non, aucune, même si je m'attendais un peu à ce que mon père s'élève contre l'usage que je faisais de son patronyme, mais il n'a pas réagi.

— C'est incroyable, tout de même !

— Tu sais comment ça se passe dans ces histoires de brouilles familiales, personne ne veut tendre la main le premier et il devient difficile de se réconcilier au bout d'un moment.

— Pourtant Iris et toi étiez heureux ?

— Oui, nous étions heureux, dit-il d'une voix que la douleur rendait grave. Je crois que nous nous suffisions l'un à l'autre et c'est pour cela que nous arrivions à vivre sans avoir besoin de nos familles. Nous étions suffisamment heureux pour nous contenter de notre petit univers.

— Et ensuite ?

Il inspira profondément, comme pour se donner le courage de poursuivre.

— Ensuite, il y a eu l'accident de ski qui lui a coûté la vie et qui a tout détruit dans la mienne…

Elle garda le silence. Elle ne voulait pas qu'il se sente obligé de continuer à lui parler s'il ne le souhaitait pas.

— Ce fut une période très difficile, et je n'ai pas su faire face…

— Je crois que chacun fait comme il peut face à des drames tels que celui-là, murmura-t-elle.

— Non, je n'ai vraiment pas été à la hauteur, insista-t-il. J'ai commencé par dormir plusieurs jours d'affilée, puis ne plus dormir du tout pendant plusieurs nuits de suite. Je me suis assommé de bières et de tout ce que je trouvais qui me permettait d'oublier. Je ne mangeais plus, ne me rasais plus, j'agressais tout le monde. Mais ce dont je suis le moins fier, c'est que je n'arrivais pas à m'occuper d'Ash, il a fallu que des amis prennent le relai pour prendre soin de lui à ma place.

— Tu n'en étais plus capable.

— Peut-être, mais j'aurais dû l'être, ajouta-t-il, visiblement toujours aussi rongé par le remords. Au lieu de cela, pendant des mois je n'ai pas vraiment été son père. Je n'arrivais même plus à penser à lui. Je ne pensais qu'à moi, à moi et à ma douleur. Parfois, je n'étais même plus sûr de chez qui il était, ou de qui s'occupait de lui ce jour-là.

— Pourtant, il semble équilibré aujourd'hui, tu n'as pas à te culpabiliser autant maintenant, tenta-t-elle en le voyant si bouleversé.

— Toi qui parlais de ta crainte d'être une mauvaise mère, je peux t'assurer que les quelques maladresses que tu pourrais commettre par inexpérience n'auront jamais rien à voir avec le type de père que j'ai été après le décès d'Iris. Heureusement que mes amis ont été présents et ont pris soin d'Ash. Je suppose que c'est grâce à eux qu'il s'en est tiré.

— Sans doute aussi parce que tu es maintenant un père formidable. La douleur t'a fait perdre contact avec ton fils, je pense que c'est quelque chose que l'on peut comprendre, non ?

Il sourit avec amertume et lui serra le bras pour la remercier de ses paroles.

— Iris n'aurait sans doute pas dit la même chose, et c'est pour cela que j'ai fini par émerger de ma torpeur. Un matin je me suis réveillé, incapable de dire où se trouvait Ash ou depuis combien de temps je ne l'avais pas vu, et j'ai imaginé combien Iris aurait été folle de rage de savoir cela. Elle qui n'abandonnait jamais aurait voulu que je me batte pour reprendre le contrôle de ma vie. Elle aurait tellement voulu que je sois présent pour Ash dans ces moments si douloureux. J'étais tout ce qu'il lui restait, je ne pouvais pas me laisser abattre.

— Alors tu as repris ta vie en main ?

Une main qu'elle espérait qu'il laisserait autour de son bras encore quelques instants…

— J'ai cessé de me complaire dans ma détresse, et je me suis ressaisi, oui. Cela m'a demandé un peu de temps, surtout pour apprendre tout ce que je ne connaissais pas et que je laissais entre les mains d'Iris par facilité, et en particulier l'éducation d'Ash. Là encore, mes amis se sont montrés très présents et c'est comme cela que je suis devenu un père digne de ce nom, poursuivit-il en lui serrant encore une fois le bras. Je sais ce que c'est que de se retrouver seul et désarmé face à un enfant.

— C'est sans doute pour cette raison que tu m'aides aujourd'hui à faire face à mes propres difficultés. C'est une façon de te racheter, peut-être ?

— Sans doute, oui, tu as raison.

— Et vos relations familiales, comment ont-elles

évolué après le décès de ta femme ? Personne ne t'a proposé le moindre soutien à cette époque ?

— Au départ, ils n'en ont rien su. J'étais tellement ivre de douleur que je me suis enfermé à double tour tout seul. Je n'ai pas même publié de faire-part de décès et je me suis assuré que les funérailles aient lieu dans la plus stricte intimité. J'ai simplement prévenu son frère, parce que je ne m'imaginais pas le lui cacher.

— Quelle a été sa réaction ?

— Cela a été très dur pour lui et il a nourri de nombreux regrets. Il a eu beaucoup de mal à dépasser cette culpabilité, et à cesser de regretter le temps perdu à se faire la tête. Et puis il m'a rappelé car il souhaitait faire la connaissance d'Ash.

— Est-ce que tu as accepté ?

— Oui, et depuis nous avons renoué des liens, ce qui fait qu'Ash le connaît. Finalement, c'est lui qui m'a fait repenser aux relations avec ma famille. Je me suis dit que mon père commençait à vieillir, qu'il pourrait arriver quelque chose à Ian, et que je risquais de me retrouver avec le même genre de regrets que ceux qu'il nourrissait vis-à-vis d'Iris. C'est à cette époque que j'ai eu des nouvelles de Chase et Shannon et que j'ai appris des détails de mon passé que j'ignorais, des frères et des sœurs que je ne connaissais pas. C'est alors que j'ai reçu l'invitation au mariage de Shannon et Dag, et je me suis dit que c'était un signe et j'ai décidé de saisir la balle au bond… Depuis, j'essaie de laisser le passé derrière nous et de penser à l'avenir…

Il avait dit cela comme s'il concluait son récit, mais elle n'était pas sûre que cette page soit vraiment tournée.

— Est-ce que tu y es arrivé ? Est-ce que la douleur

est derrière toi, maintenant, ou est-ce que tu prends sur toi jour après jour ?

— Non, je vais bien, vraiment, répondit-il en la fixant intensément du regard.

Il eut un curieux sourire à cet instant et elle songea que c'était une façon de clore la conversation, puis il reprit :

— Je me demandais, justement, où tu étais lors du mariage de Dag et Shannon, demanda-t-il. Je suis sûr que je t'aurais remarquée si tu avais été là.

Elle saisit le compliment au vol, même si elle faisait mine de ne pas l'avoir entendu.

— Oh ! Le jour du mariage de mon frère, j'étais assise sur mes valises dans l'aéroport de Seattle, dans l'espoir qu'on finirait par pouvoir décoller. Une tempête avait cloué au sol tous les avions et je n'ai finalement pas pu venir.

— Peut-être nous serions-nous rencontrés ce jour-là, si cela n'avait pas été le cas ?

Si elle l'avait rencontré ce jour-là, peut-être que toute sa vie en aurait été changée. C'était quelques jours avant qu'elle ne retrouve David et passe cette dernière nuit avec lui. Cette nuit où elle avait conçu son enfant…

Si seulement…

— Les choses auraient sans doute été différentes, s'entendit-elle répondre sobrement.

— Oh ! Rien n'est moins sûr, on nous aurait sans doute présentés l'un à l'autre et tu m'aurais ajouté à la liste des inconnus que tu préférais éviter, et peut-être n'aurions-nous guère échangé plus d'un mot ou deux… Et je n'aurais pas eu l'occasion de faire ta connaissance.

C'était une façon de voir les choses.

— Oui, mais aurait-ce été une grande perte après tout ? lança-t-elle sur le ton de la plaisanterie.

— Je crois que ça l'aurait été. En tout cas, je suis heureux que cela ne se soit pas produit.

Sa main qui était restée sagement sur son bras le temps de cette discussion remonta alors jusqu'à sa nuque où elle s'attarda en un léger et délicieux massage.

Elle chercha dans son regard une réponse, ou la trace du souvenir de sa femme disparue dont il venait de lui parler, mais elle ne trouva ni l'un ni l'autre.

Elle n'y lisait que du désir, un désir sensuel et brûlant.

Pour elle.

Pour elle seule.

Elle eut juste le temps de s'en rendre compte avant qu'il ne s'avance pour l'embrasser.

Et elle l'embrassa aussi en retour, en se demandant si elle en éprouverait des remords, cette fois-ci. Mais ce ne fut pas le cas.

Pas de remords ni de regrets d'aucune sorte.

Il avait aimé sa femme, il n'y avait aucun doute à ce sujet, mais elle avait aussi acquis la certitude qu'il avait mené de front sa guerre contre les souffrances du deuil et qu'il l'avait gagnée.

Et sa présence auprès de lui en était la preuve la plus vivante qui soit.

Son bras s'enroula autour d'elle, la serrant contre son corps avec une fougue inattendue. Elle sentit ses seins tendus se plaquer contre son torse puissant et le plaisir qu'elle en conçut la sidéra par son intensité.

Etait-elle devenue particulièrement sensible ? Etait-ce leur baiser si fougueux qui lui faisait cet effet inconnu d'elle jusqu'à ce jour ?

Elle se raccrocha à ses épaules larges et solides avant de laisser ses mains glisser le long de son dos. Arrivée à hauteur de ses reins, elle ne put s'empêcher de tirer sur le tissu de sa chemise, jusqu'à ce qu'elle puisse se frayer un passage contre sa peau. Ses mains se faufilèrent sous le frais tissu blanc et vinrent se poser contre la peau nue de son dos.

Elle ne savait pas vraiment ce qui l'avait poussée à rechercher la chaleur de sa peau sous ses doigts ainsi, une sorte d'instinct aurait-elle dit.

Un instinct qui lui faisait désirer de nouvelles caresses de sa part en retour… Cette idée la fit frémir et se cambrer tout contre lui.

Comme si elle avait été douée de télépathie, elle sentit sa main à lui remonter légèrement le long de son flanc en une sensuelle caresse. L'anticipation la fit retenir son souffle jusqu'à ce que sa large paume vienne se poser sur son sein.

Il lui fallut toute sa volonté pour ne pas laisser échapper un soupir de plaisir. Un plaisir tellement intense qu'elle en avait la tête qui tournait.

Une nouvelle fois, elle se cambra, resserrant encore leur étreinte, lui laissant deviner combien elle appréciait ses caresses et ce baiser qui n'en finissait plus de l'enivrer.

Mentalement, elle imagina qu'elle commençait à se déshabiller, et à le déshabiller à la suite, tant elle brûlait de sentir ses mains directement sur sa poitrine.

Et si elle commençait par déboutonner sa chemise et la lui enlever ? Et si cela ne suffisait pas à lui faire comprendre de quoi elle avait envie, il ne lui resterait qu'à dégrafer elle-même son bustier pour lui !

Oh oui, se débarrasser de ces vêtements qui les séparaient, cela lui semblait tout à coup la chose la plus importante qui soit.

Et puis elle parvint à réfléchir un quart de seconde.

Elle avait décidé de se laisser porter par les événements, mais peut-être que ce qui était sur le point d'arriver n'était pas une bonne chose, dans le fond…

Son corps ne semblait pas de cet avis, c'était certain et le désir qui l'habitait était plus fort que tout ce qu'elle avait pu ressentir jusqu'à ce jour.

Mais ne devait-elle pas regarder au-delà du désir ?

Ash se trouvait dans la pièce juste à côté, et puis leurs situations personnelles à tous les deux étaient tellement complexes. Il y avait tant de raisons de penser qu'il ne fallait pas poursuivre sur cette voie. Même si leurs corps hurlaient le contraire.

Et si jamais Ash se réveillait et venait à les surprendre ?

Sans compter que la dernière fois qu'elle avait fait confiance à ses sensations, cela avait été la plus grande erreur de sa vie…

Elle ne pouvait courir le risque de se tromper une nouvelle fois aussi lourdement. Elle ne voulait jamais avoir à regretter quelque chose qu'elle ferait avec Hutch, et si elle avait le moindre doute, alors c'était le signe qu'il valait mieux s'abstenir.

Et cela, même si c'était la dernière chose qu'elle avait envie de faire à cet instant précis.

Alors elle ne déboutonna pas sa chemise, pas plus qu'elle ne la lui arracha, elle n'enleva pas son étole ou ne dégrafa pas son bustier…

Non, elle ne fit rien de tout cela. Elle s'autorisa

quelques secondes de plus de ce merveilleux baiser et de ses caresses envoûtantes.

Elle savait qu'elle ne pourrait résister très longtemps, aussi fit-elle appel à toute sa volonté pour retirer sa main de sous sa chemise, puis se redressa légèrement avant de poser sa paume à plat contre son torse. En même temps, elle se recula légèrement, mettant un terme à leur baiser.

Message reçu.

Il laissa sa main redescendre le long de ses flancs, puis se poser sur le canapé.

— Non ? demanda-t-il dans un souffle d'une voix qui trahissait sa déception.

Elle fit non de la tête, avant de laisser sa joue se poser sur son épaule.

— Et si Ash se réveillait et nous surprenait ? murmura-t-elle, en s'arrêtant au premier des arguments qui lui avait traversé l'esprit.

— Oui, tu as raison, confirma-t-il, la voix rauque.

— Et puis, je ne voudrais pas que nous regrettions quoi que ce soit…

Il ne dit rien, mais appuya sa tête contre la sienne avant de déposer un baiser sur sa joue. Un doux et tendre baiser.

Dans le silence qui suivit, elle se demanda s'il n'était pas lui aussi en train de se dire qu'il aurait pu être amené à regretter quelque chose si cela avait été plus loin entre eux.

Ou alors il respectait simplement sa volonté, même si c'était à contrecœur ?

Peu importait en tout cas, elle n'avait qu'une envie à ce moment précis : savourer cet instant de tendresse.

Alors elle ferma les yeux et se laissa bercer par les battements de son cœur.

Puis, avec un soupir résigné, elle se redressa et s'écarta de quelques dizaines centimètres sur le canapé.

Elle détailla son beau visage et se plongea dans ses yeux bleus qui la regardaient avec toute l'intensité de son désir pour elle et elle fut sur le point de jeter toutes ses bonnes résolutions aux orties et de se précipiter dans ses bras. Mais elle ne le fit pas et se leva avant de perdre toute volonté.

Elle marcha jusqu'à la porte d'entrée et il l'accompagna, se penchant pour saisir la poignée et lui ouvrir la porte avant de se glisser dans l'entrebâillement devant elle. Il lui saisit la main et resta ainsi face à elle quelques secondes.

— C'est toujours d'accord pour le festival des enfants demain ?

— Bien sûr, répondit-elle.

Ils avaient prévu cette activité avec Ash pendant la réception, et elle ne s'imaginait pas lui faire faux bond, même si cela aurait sans doute été beaucoup plus prudent après ce qu'il venait de se passer entre eux…

Comment allait-elle pouvoir le regarder en face, le jour suivant, alors qu'il serait avec son fils ? Elle ne pouvait ôter de son esprit les sensations partagées, les regards échangés et le contact de sa peau sous ses mains.

— Nous passerons te chercher avant midi, histoire de ne pas rater le défilé, est-ce que cela te va ? poursuivit-il, coupant court à ses questions.

— Parfaitement.

Voilà, rendez-vous était pris, elle pouvait y aller, mais

il ne lâchait pas sa main pour autant et, à en juger par son regard, il était tiraillé entre deux attitudes.

Et puis il se pencha doucement vers ses lèvres et l'embrassa une nouvelle fois. Un long baiser sensuel qui la fit fondre de nouveau.

Heureusement, il s'arrêta avant que cela n'aille trop loin et libéra sa main, s'écartant du passage en même temps pour la laisser libre de sortir.

— Je ne pense pas que nous aurions regretté quoi que ce soit, murmura-t-il à son oreille, la voix toujours aussi pleine d'émoi.

— Peut-être pas, mais je n'en étais pas totalement sûre, lui répondit-elle dans un souffle.

Et avant qu'il n'ajoute quoi que ce soit, elle sortit dans le couloir et gagna l'escalier, gravissant les marches le plus vite possible.

Une fois chez elle, elle ferma le verrou, comme pour s'empêcher de redescendre aussitôt le retrouver.

Le retrouver lui et aussi les sensations les plus incroyables qu'elle ait jamais ressenties entre les bras d'un homme.

- 9 -

— Est-ce que tu as vu ce qui vient de se passer ? s'exclama-t-elle, outrée. Le petit garçon aux cheveux roux vient de pousser Ash pour lui piquer son seau ! Celui-là, il va voir de quel bois je me chauffe !

— Oh là ! Doucement ! dit Hutch en la retenant par le bras et l'incitant à se rasseoir à côté de lui sur le banc.

Ils avaient passé une bonne journée au festival, où le défilé avait commencé sur les coups de midi. Issa s'était émerveillée devant la parade des enfants déguisés qui descendait Main Street jusqu'à la place de l'Hôtel de ville, à pied ou sur des tricycles, en poussette ou sur les épaules de leurs parents.

Sur la place, des activités avaient été prévues, avec des stands de jeux. Ensemble, ils avaient exploré chaque animation pour permettre à Ash de découvrir tout ce qui était proposé. Issa avait même réussi à prendre sur elle pour l'accompagner au terrarium où étaient exposés des araignées, serpents et autres animaux peu sympathiques à ses yeux, mais qui enchantaient les plus jeunes.

Vers 16 heures, ils avaient atterri au bac à sable du parc où son père lui avait permis de rester jouer un petit moment avant de rentrer à la maison. Issa et Hutch en avaient profité pour prendre une petite pause sur un banc, sans jamais quitter des yeux le garçonnet. C'est là qu'elle avait vu le petit garçon roux pousser Ash pour lui subtiliser son seau en plastique qu'il s'amusait à remplir de sable.

— Ce n'est pas juste, on ne peut pas le laisser se faire malmener ainsi !

— Je comprends ce que tu veux dire, et moi aussi j'ai du mal à ne pas intervenir lorsque je vois ce genre de choses, mais…

— Mais Ash est encore un bébé et ce garçon-là est plus grand et plus fort que lui !

— Pas tant que cela, il doit avoir à peine six mois de plus, estima-t-il. Je suis touché de ta réaction, mais je crois que nous devrions attendre une petite minute pour voir comment Ash s'en sort par lui-même !

Le garçonnet qui semblait d'abord intimidé par l'attitude de son voisin de bac à sable eut l'air de réfléchir quelques instants en l'observant. Le « grand » était maintenant occupé à remplir son seau pour faire un château de sable à côté de celui qu'avait fait Ash.

— C'est pas zentil ! lança-t-il finalement avant de saisir un autre seau qui se trouvait à côté et qui avait le mérite d'être encore plus grand que le premier.

Tournant le dos à son ennemi, Ash remplit son grand seau et le retourna, réalisant ainsi un château deux fois plus grand, ce qui sembla lui suffire en guise de compensation.

Le grand garçon pourtant ne se démonta pas et vint tenter de s'emparer du deuxième seau, mais cette fois-ci, Ash l'avait vu venir.

— Non ! C'est mon seau, c'est pas zentil de me le

piquer ! s'exclama-t-il, cramponné vigoureusement à l'anse de son jouet.

A cet instant, la mère du garçon aux cheveux roux s'interposa, et demanda à son fils de rendre le seau à Ash, puis de sortir du bac à sable.

Avec quelque difficulté, il lui tendit le jouet, et dut quitter le terrain de jeu en traînant les pieds.

— Tu avais raison, il a réussi à faire face tout seul, fit-elle remarquer une fois que l'enfant et sa mère se trouvèrent hors de portée de voix.

— En fait, cela ne marche pas à tous les coups, mais je préfère toujours lui laisser une chance de régler les conflits de lui-même. En tout cas, merci d'avoir voulu jouer les mamans ours ! plaisanta-t-il en lui donnant un léger coup d'épaule.

— C'était un peu ridicule de ma part, je m'en rends compte, maintenant.

— Non, pas du tout ! dit-il en levant les yeux vers la grande horloge qui ornait le fronton de l'hôtel de ville. Nous ferions bien de rentrer, maintenant, mais je me demandais ce que tu faisais d'ici deux heures ?

— Oh ! J'ai une lessive qui m'attend et un grand panier de repassage en retard, voilà mon excitant programme du dimanche soir !

— Crois-tu que tu pourrais faire ça en rentrant pour te libérer un peu de temps après ?

Elle était même prête à tirer un trait sur toutes ces tâches ménagères en échange d'une invitation de sa part, mais elle garda cela pour elle et répondit plus sobrement :

— Oui, certainement, pourquoi ?

— Je voulais te proposer de partager un autre moment d'éducation parentale !

Sans vraiment se l'avouer, sa proposition la déçut, même si, très vite, elle se reprit en songeant qu'il était beaucoup plus prudent d'avoir un chaperon auprès d'eux en la personne d'Ash ! Et puis elle trouvait de toute façon la présence de Hutch tellement agréable qu'elle aurait accepté n'importe quelle invitation de sa part !

— Bien sûr, pourquoi pas ?

— Et cela pourrait peut-être inclure quelques grillades à partager. Je peux les faire cuire sur mon barbecue et nous pourrions les manger chez toi avec… un accompagnement que je n'ai pas encore défini !

Elle saisit la balle au bond :

— Je pourrai préparer l'accompagnement pour compléter le dîner.

Il sourit largement.

— Un dîner, quelle bonne idée ! s'exclama-t-il comme s'il n'avait pas été lui-même à l'origine de la proposition. Est-ce que tu es partante ?

Elle se mit à rire.

— C'est effectivement une bonne idée !

Il lui faudrait faire un saut à l'épicerie ouverte le dimanche afin de faire quelques courses, mais cela ne la dérangeait pas le moins du monde s'il s'agissait de dîner avec Hutch.

Et Ash, bien sûr !

— Ash ! Nous y allons mon grand, il est temps de rentrer à la maison.

— Oui, z'arrive !

— Tout de suite, Ash !

— Oui, z'arrive dans une minute !

— Non, Ash, pas dans une minute, tout de suite !

Le garçonnet fit mine de n'avoir rien entendu et poursuivit son jeu, très absorbé. Finalement las d'avoir à appeler un bambin qui faisait la sourde oreille, Hutch entra dans le bac à sable où il souleva son fils et l'emporta vers la voiture malgré de véhémentes protestations.

Elle prit note mentalement combien il restait calme et n'élevait pas le ton, malgré les cris d'Ash.

Pourtant elle ne prêta guère plus d'attention à la scène, trop occupée qu'elle était à songer aux préparatifs qui l'attendaient.

Comment allait-elle réussir à faire ses courses, prendre une douche, se changer, préparer le repas et ranger son appartement en seulement deux heures ?

Elle eut finalement un peu plus temps que cela, puisqu'elle put suivre les opérations depuis sa fenêtre et constater qu'au bout de deux heures quarante, il mettait seulement ses grillades en route sur le barbecue du jardin.

Elle eut d'ailleurs bien besoin de ce temps supplémentaire pour finir de faire cuire ses pommes de terre au four, et aérer un peu sa salle de bains, pleine de vapeur après sa longue douche.

Puis elle rangea son sèche-cheveux et le fer à friser qu'elle avait utilisé pour obtenir de belles boucles retombant sur ses épaules. Elle remisa aussi le T-shirt et le jean qu'elle avait portés pendant la journée et auxquels elle avait préféré une petite robe grise à pois blancs. C'était sa robe préférée, avec ses manches courtes, un col en V assez avantageux et de gros boutons fantaisie sur le devant. Le haut était plutôt près du corps, mais la jupe, à hauteur du genou, était évasée.

Elle s'était mis un peu de mascara et du gloss sur les lèvres, mais n'avait pas eu besoin de fond de teint ou de blush, grâce à la mine radieuse qu'elle arborait depuis qu'elle était enceinte.

Comme il faisait très beau et qu'elle restait chez elle, elle en avait profité pour se passer de chaussures et appréciait de pouvoir marcher pieds nus en toute simplicité, après une longue journée passée à piétiner pour le défilé.

Lorsqu'elle entendit frapper à la porte, elle s'empressa d'aller leur ouvrir et eut la surprise de trouver Hutch seul, sans son fils.

— Qu'as-tu fait d'Ash ? demanda-t-elle en se penchant vers le couloir.

— Il est invité à dormir chez ta nièce ! Où plutôt ta demi-nièce, non, puisqu'il s'agit de la fille de Logan ?

— Tu veux dire qu'il n'y aura pas de cours pratique pour moi ce soir, alors ?

Il sourit plus largement encore.

— C'est ça la leçon de ce soir : le plaisir de souffler sans son enfant adoré lorsqu'il va passer la nuit chez des amis. Tout le monde a besoin de souffler une fois de temps en temps !

— Tu le savais depuis le début ! lança-t-elle d'un ton accusateur.

Il ne répondit pas, restant à l'observer le sourire aux lèvres.

Ce n'était pas comme si c'était une mauvaise nouvelle pour elle de découvrir qu'elle avait Hutch pour elle toute seule ce soir, ou d'apprendre qu'il lui avait caché ses manigances dans le but de dîner en tête à tête avec elle. Alors elle s'écarta finalement de bonne grâce du passage et l'invita à entrer et se mettre à l'aise, refermant la porte derrière lui.

Elle le suivit jusque dans la cuisine, constatant au passage que lui aussi s'était changé et avait certainement pris une douche à en juger par le léger parfum de savon qu'il dégageait. Ses vêtements, en revanche, étaient assez similaires à ceux qu'il portait un peu plus tôt : un jean et un T-shirt blanc à manches longues.

Une fois encore, elle trouva que les tenues décontractées lui allaient à merveille et le rendaient presque plus sexy que le smoking qu'il portait la veille.

— J'ai préparé des pommes de terre au four, annonça-t-elle, et différentes petites sauces pour les accompagner, ainsi qu'une salade et du pain italien. Malheureusement, je n'ai pas pu acheter de desserts, la pâtisserie était fermée.

— Ce n'est pas grave, j'ai eu mon compte de douceurs pour aujourd'hui entre la barbe à papa, les gaufres, la glace et les bonbons… Mais si jamais tu veux du dessert, j'ai de quoi faire dans mon réfrigérateur !

— Pas la peine ! Moi aussi j'ai mangé suffisamment de sucré pour le restant de mes jours. En revanche, l'odeur des grillades qui montait depuis le jardin a suffi à me mettre l'eau à la bouche.

Elle sortit ses pommes de terre et déposa la salade sur la table, avec un pichet de citronnade.

Ils se mirent aussitôt à table et goûtèrent à tous les plats en se complimentant mutuellement pour leurs contributions respectives. Elle revint sur la journée passée, avant de préciser :

— Je regrette d'avoir réagi aussi bêtement au bac à sable, je me rends compte que c'était un peu excessif.

— Tu t'excuses d'avoir voulu voler au secours d'Ash ? Tu regrettes de tenir assez à lui pour te mettre dans tous tes états ? Au contraire, je t'en remercie et j'en suis très touché. Et puis je crois que c'est un bon signe de ta capacité à être mère.

— Tu crois que parce que j'étais prête à aller reprendre un seau volé au péril de ma vie, cela veut dire que je suis prête à devenir maman ? fit-elle remarquer en riant.

— Moi j'y vois une forme d'instinct… Un instinct maternel, sans doute, alors même que tu t'en croyais dénuée. Ou du moins un instinct de protection envers un jeune enfant.

Elle n'avait pas considéré les choses sous cet angle, la seule chose qui lui était venu à l'esprit étant qu'elle s'était un peu ridiculisée avec sa réaction excessive.

— Une fois que tu auras quelques notions des soins que nécessite un nouveau-né — et l'hôpital dispense des cours lors de la préparation à l'accouchement — je suis sûr que tu seras parfaitement prête à affronter les joies de la maternité. En tous les cas, avec Ash, j'ai pu constater que tu as même réussi à contrôler ton appréhension face aux…

— Aux serpents ! termina-t-elle en réprimant un frisson. Et aux horribles araignées velues qu'il a voulu prendre dans la main !

— Je te souhaite d'avoir une petite fille, alors, parce que les garçons sont plutôt attirés par les bestioles de ce genre ! En tout cas, tu m'as bien aidé, en particulier lorsque tu as arrêté son geste juste avant qu'il n'enfourne ce vieux chewing-gum ramassé par terre !

— Oui, j'avais oublié cet épisode ! Lorsque je l'ai vu ramasser le chewing-gum, j'ai pensé qu'il voulait le jeter à la poubelle, et j'allais le féliciter lorsque je l'ai vu le porter à la bouche !

— Parfois je me demande si cet enfant est bien mon fils ! plaisanta Hutch. Et toi, comment te sens-tu après ces quelques essais avec lui ? Es-tu plus confiante, plus détendue ? Est-ce que tu commences à te sentir un peu plus à la hauteur ?

Elle essaya de réfléchir sérieusement à sa question. Elle ne pouvait pas vraiment dire qu'elle se sentait totalement rassurée quant à ses compétences, ni même assurée d'avoir un véritable instinct maternel, mais elle devait reconnaître qu'elle avait progressé dans ce sens.

— Un petit peu, oui. C'est vrai que j'ai beaucoup appris de vous deux, simplement en vous regardant évoluer ensemble.

— En tous les cas, je peux te dire qu'Ash t'adore.

Secrètement touchée par cette déclaration, elle sourit en se rappelant les moments de tendresse échangés avec le garçonnet.

— C'est vrai qu'il m'a spontanément pris la main à plusieurs reprises aujourd'hui.

— Et ta présence seule lui a permis de laisser la fameuse *poupée Itta* à la maison lorsqu'il a été temps de sortir à midi. D'ailleurs il l'a prise avec lui ce soir. Il va dormir avec le lion Zaza et toi cette nuit ! Quelle chance il a, ce petit galopin !

Elle rougit légèrement.

— En tout cas, poursuivit-il, je ne me fais guère de souci pour toi. Et pour ce qui est de la leçon de ce soir, elle consiste à apprendre à passer du temps loin de son enfant, et à ne pas passer ce temps libéré de haute lutte à ne parler que de lui ! Alors à partir de maintenant, il n'y a plus que toi et moi !

« Plus que toi et moi… »

C'était un concept particulièrement tentant tout à coup.

Visiblement, il avait tout prévu pour que cette soirée soit une sorte de tête-à-tête improvisé, même si cela avait demandé quelques cachotteries, c'était très innocent et très plaisant de sa part.

— D'accord, juste toi et moi !

Elle se leva pour débarrasser la table et, aussitôt, il s'offrit de l'aider à tout ranger dans la cuisine, puis il leur resservit un verre de citronnade avant de l'inviter à profiter du magnifique coucher de soleil rougeoyant que l'on pouvait distinguer par la fenêtre de son séjour.

Ils finirent par s'asseoir sur le canapé et il tourna vers elle un regard amusé.

— Et si nous jouions à *as-tu déjà* ?

— *As-tu déjà* ?

— Tu ne connais pas ce jeu ? Mais que faisais-tu quand tu étais adolescente ! s'exclama-t-il. C'est très simple, tu vas voir : je te pose une question commençant par *as-tu déjà*… et tu dois me répondre en toute honnêteté avant d'avoir le droit de me poser une question à ton tour.

— Je vois c'est un peu comme *action ou vérité*, mais sans la partie action !

— Voilà, ce qui fait que tu ne peux pas te défiler face à une question, souligna-t-il avec malice.

— Tu risques d'être déçu, je suis quelqu'un de plutôt terne et ma vie n'a pas grand intérêt !

— Etre discrète est une chose, mais je ne te laisserai pas dire que tu es terne !

— D'accord, mais combien de terribles secrets penses-tu me faire avouer ?

— J'imagine qu'il y en a tout de même quelques-uns, répondit-il, le regard suspicieux.

— Je veux bien essayer, mais je t'aurais prévenu. Si ça se trouve, tu vas finir par me supplier d'arrêter de jouer dans quelques minutes de peur de mourir d'ennui !

Il sourit en coin avant de lancer :

— As-tu déjà volé dans un magasin ?

Elle éclata de rire… Elle ne s'était pas attendue à ce genre de question.

— C'est bon, j'avoue, tu m'as eue… Oui, il paraîtrait que j'ai volé une paire de lunettes de soleil en forme d'étoiles violettes alors que j'avais quatre ans.

— Oh ! Tu avais très bon goût !

— Tout à fait. Je ne sais même pas comment quelque chose comme cela a pu autant me faire envie, mais le fait est que je les adorais. Bien sûr, ma mère a refusé de me les acheter, alors je les ai volées, et lorsque je les ai mises sur le chemin du retour…

— Oups, mais quelle idée ?

— Je n'avais que quatre ans, lui rappela-t-elle.

— Est-ce que ta mère t'a obligée à les rapporter et à confesser ton crime auprès des vendeurs du magasin ?

— Oh non, ma mère n'aurait jamais reconnu qu'un de ses enfants était capable de commettre ce genre de larcin de bas étage. Elle craignait trop la rumeur pour risquer cela. Alors elle m'a confisqué les lunettes, m'a crié dessus tant et si bien que je crois que j'aurais encore préféré la prison, et a finalement jeté les lunettes par terre avant de les piétiner… Et toi, as-tu déjà volé dans un magasin ?

— Jamais, répondit-il comme s'il en était particulièrement fier.

— Hum, dans ce cas c'est moi qui ai l'histoire la plus intéressante !

— C'est vrai ! reconnut-il en riant. Bon, alors as-tu déjà… été te baigner toute nue ?

Elle rougit instantanément.

— Oui, une fois, admit-elle.

— Alors, raconte !

— J'avais onze ans et j'étais invitée à passer la journée avec plusieurs camarades. C'était un été, il faisait très chaud et nous nous sommes retrouvés au bord d'un lac qui faisait partie de la propriété des parents d'une de mes amies. Nous avions envie de nous baigner et pour ne pas mouiller nos vêtements, quelqu'un a suggéré que nous fermions tous les yeux pour nous déshabiller.

— J'espère que tu n'as pas été la seule à fermer les yeux et à te déshabiller ?

— Non, mes amis ne m'ont pas joué ce sale tour ! Nous sommes tous allés nous baigner, mais pendant ce temps, un raton laveur est venu fouiner dans nos affaires et a presque tout emporté !

— Vous vous êtes fait voler vos vêtements par un raton laveur ?

— Oui, et nous avons dû rentrer tout penauds chez mon amie et demander à sa maman de nous trouver de quoi nous habiller… Je n'ai plus jamais recommencé ! Et toi ?

— Oui, ça m'est déjà arrivé, mais encore une fois, c'est toi qui as le récit le plus folklorique ! Remarque, nous avions aussi fait fort, car la police est venue nous déloger de la piscine de la résidence où nous avions plongé avec quelques copains alors que j'étais adolescent. Ils nous ont renvoyés chez nous avec une réprimande et la menace de prévenir nos parents !

— C'est là la différence entre nos modes de vie, chez moi nous sommes surpris par des ratons laveurs, dans ta résidence, on envoie la police !

Il sourit.

— Oui, c'est l'une des nombreuses différences… Nouvelle question : as-tu déjà embrassé un inconnu ?

— Oui.

— Vraiment ?

— Tu étais certain du contraire, n'est-ce pas ? Pour être précise, c'est plutôt un inconnu qui m'a embrassée, un soir dans un bar… J'imagine qu'il s'agissait d'un pari avec ses copains. J'ai été saisie tout à coup par les épaules, et il m'a collé un horrible baiser baveux, sans que j'aie le temps de réagir ! Et toi, as-tu déjà embrassé une inconnue ?

— Oui, moi aussi c'était un pari. J'étais au lycée et nous venions de faire un match de football et l'équipe en face avait une pom-pom girl absolument magnifique… Nous étions tous sous le charme. Un copain a parié que je n'étais pas capable de l'embrasser…

— Et tu l'as fait comme ça, sans te poser la moindre question ?

— Oui, à peu près… Sauf que mon père m'a vu et j'ai eu droit à une de ses mémorables leçons de morale… Enfin si on peut appeler ça comme ça, car la seule chose qui le préoccupait était que cette fille aurait pu porter plainte, et que ça aurait eu des retombées négatives sur lui…

— Tu crois qu'il exagérait ?

— Je croyais surtout qu'il n'avait pas vu que la pom-pom girl en question m'avait noté son numéro de téléphone sur un papier !

— Pour le coup, c'est toi qui l'emportes : j'ai eu droit à un baiser baveux alors que tu t'en es tiré avec un rendez-vous galant ! C'est vraiment trop injuste !

Amusé, il tendit la main vers une mèche de cheveux qui frôlait la joue d'Issa et la fit glisser délicatement derrière son oreille, effleurant son cou au passage.

— As-tu déjà été victime d'une obsession ? demanda-t-il, soudain plus grave.

— Je ne sais pas. Si tu veux parler d'une obsession du genre manger uniquement des gâteaux pendant des semaines, comme je l'ai fait lorsque j'étais gamine, oui !

— Non, je ne parle pas de gâteaux, je parle de quelque chose de bien plus fort, du genre de ce qui est en train de m'arriver dernièrement où je ne peux cesser de penser à toi. Tu m'obsèdes complètement, et cela ne m'était jamais arrivé par le passé.

— Et est-ce que c'est mal ? demanda-t-elle, mal à l'aise face à la gravité de son ton.

Qu'était-il en train de lui dire, était-ce une accusation ? S'était-elle mal comportée ?

— Oui, mais ce n'est pas ta faute. Tu es tout le temps dans mes pensées. Je n'arrive plus à me concentrer sur quoi que ce soit d'autre. Pour te donner une idée, ce matin, Ash a fini par me saisir le visage entre les mains pour que je le regarde dans les yeux alors que cela faisait six fois qu'il demandait ses céréales dans le vide.

Il lui fit la démonstration du geste, posant ses mains sur ses joues et plantant son regard bleu droit dans le sien.

— J'avais sorti son bol et puis j'ai été distrait par mes pensées et je me suis interrompu, puis j'ai attrapé la boîte de céréales et je me suis interrompu de nouveau, ensuite j'ai attrapé une cuillère, pause. Je me suis retrouvé devant le réfrigérateur et je pensais à ce baiser d'hier soir. Lorsque je suis revenu m'asseoir à côté de lui et qu'il m'a vu encore une fois absorbé dans mes pensées, Ash m'a saisi comme ça…

— Oui, en effet, cela ressemble bien à une obsession, murmura-t-elle en rougissant.

Il n'avait pas lâché son visage et elle leva les yeux pour plonger dans son regard. Elle étudia aussi son visage, les plis au coin de ses yeux, la petite fossette sur son menton, ses lèvres pleines et tellement tentantes.

— Peut-être faudrait-il prendre rendez-vous avec un médecin, pour t'inoculer un antidote ? Ou bien aller voir un psy et te guérir de cette obsession…, suggéra-t-elle à demi sérieuse.

— Je crois que la meilleure des thérapies pour moi est de passer du temps auprès de toi, et je préfère ça de loin à l'idée d'aller voir un quelconque médecin ! dit-il en inclinant la tête et en s'avançant comme au ralenti jusqu'à ses lèvres.

A l'instant où elle sentit sa bouche effleurer la sienne, ses paupières se fermèrent et ses lèvres l'accueillirent en répondant fiévreusement à son baiser.

Elle sentit ses mains se glisser dans ses cheveux, lui maintenant la tête renversée pour un délicieux baiser. Et comme la veille, avant qu'elle n'y mette un terme, ce simple baiser éveilla tous ses sens instantanément. Sa poitrine se tendit aussitôt contre le tissu de sa robe, et chaque frôlement lui provoquait des sensations décuplées. Elle n'espérait plus que le contact de sa main sur sa peau, sans la barrière de ses vêtements.

Leur baiser se fit fougueux lorsqu'elle glissa la main sous son T-shirt, remontant le long de son flanc jusqu'à ses pectoraux et lui prodiguant le massage qu'elle brûlait de recevoir.

Sans doute incité par son geste, il l'entoura de ses bras, posant une main en bas de ses reins et l'autre sur sa taille et la maintenant ainsi fermement contre lui. Lentement, elle sentit remonter cette main le long de ses côtes, tandis que l'anticipation lui coupait le souffle.

Enfin, il entoura son sein, et elle ne put retenir un faible soupir. Mais sa main restait désespérément sur sa robe et la privait de la chaleur de sa peau.

Elle caressa son flanc nu du bout des doigts et le sentit sourire tout en l'embrassant. Etait-il sensible aux chatouilles ?

En tout cas il sembla saisir le message, puisqu'il entreprit aussitôt de déboutonner le devant de sa robe, découvrant centimètre par centimètre son décolleté.

Lorsqu'elle expira — elle avait retenu son souffle sans même s'en rendre compte —, le tissu glissa aussitôt, dévoilant sa poitrine du même coup.

Un peu embarrassée de se retrouver ainsi dénudée, elle ferma les yeux et se laissa emporter par la sensation de ses caresses. Enfin, elle sentait le contact de sa peau contre la sienne, de ses larges paumes sur ses seins nus.

Elle soupira doucement lorsque se produisit ce contact tant espéré. Elle découvrait des sensations totalement inconnues, des sensations dont l'intensité était telle qu'elle sut que s'il l'avait ainsi caressée la veille, elle n'aurait pas été capable de mettre un terme à leur étreinte.

C'était pourtant ce qu'elle avait fait. Elle avait réussi à se convaincre que c'était la meilleure chose à faire, et puis la présence d'Ash dans la pièce à côté avait été l'argument qui lui avait permis de tenir bon.

Mais ce soir Ash n'était pas là.

Elle avait aussi eu très peur de regretter ce qu'elle ferait avec Hutch, de le regretter autant que lorsqu'elle l'avait fait la dernière fois…

Pourtant, juste avant de la laisser, le samedi précédent, il lui avait dit qu'il ne pensait pas que ce serait une erreur.

Et voilà qu'elle ne pouvait croire que c'en serait une, tant il lui procurait de plaisir…

Comment quelque chose d'aussi bon que le contact de ses larges mains de footballeur sur la peau délicate de sa poitrine, que ses doigts qui effleuraient la pointe de ses seins, pouvait être une erreur ?

Et puis de toute façon, elle se rendait compte qu'elle n'avait plus de contrôle sur ce qui était en train de se passer. Plus de contrôle sur les sensations incroyables qu'il faisait naître en elle.

Ce n'était pas un caprice à mettre sur le compte de la solitude ou de la vulnérabilité, comme cela avait pu l'être il y a deux mois de cela.

Non, ce qui était en train de se passer était bel et bien ce qu'elle avait envie qu'il se passe. Elle avait envie de lui, envie qu'il lui fasse l'amour, envie de découvrir chaque parcelle de sa peau et qu'il fasse de même.

Et si c'était bien ce qui était sur le point de se passer entre eux, elle avait maintenant la certitude qu'elle ne le regretterait pas.

Elle se recula, interrompant leur baiser le temps d'un instant, et souleva le bas de son T-shirt pour le lui enlever. Il l'y aida en l'interrogeant du regard.

— Tu avais raison, dit-elle à voix basse, cela n'aurait pas été une erreur hier et ça n'en sera pas une aujourd'hui, j'en suis sûre.

Il se mit à rire. Un rire de gorge, masculin et grave, qui l'encouragea à continuer de le dévêtir. Hutch de son côté chercha sa bouche pour continuer à l'embrasser tandis qu'elle se débattait avec son vêtement.

Lorsque leur baiser reprit, quelque chose avait changé. Il y avait dans cette nouvelle étreinte quelque chose de plus fougueux, de plus irrépressible. Quelque chose de plus sauvage aussi et d'autant plus excitant.

Il la caressait de façon plus assurée, alternant massage et frôlements, pressions et effleurements, juste assez pour lui faire perdre la tête.

C'est alors qu'il abandonna ses lèvres fiévreuses pour découvrir son cou et descendre doucement, comme prenant plaisir à la tourmenter, jusqu'au creux de sa gorge, puis vers sa poitrine.

Lorsqu'il saisit entre ses lèvres humides le bout de son sein, elle gémit de plaisir. Les caresses de sa langue étaient comme le frôlement du velours sur ses tétons.

Elle avait l'impression d'être parcourue de décharges électriques dans tout son corps.

Elle s'accrocha à ses larges épaules et sentit ses muscles rouler sous ses doigts. Ainsi arrimée à lui, elle s'abandonna au plaisir de ses baisers et laissa le désir embraser tout son corps.

Soudain, alors qu'elle s'y attendait le moins, pourtant, tout s'arrêta et il se releva brutalement, la laissant pantelante sur le canapé.

Ce n'était pas possible que tout s'arrête ainsi, elle ne pouvait l'imaginer et leva vers lui un regard interrogateur et inquiet.

Heureusement cela ne dura qu'une seconde, le temps qu'il lui fallait pour se pencher et la soulever du canapé comme si elle ne pesait pas plus qu'une plume.

— Mais qu'est-ce que tu fais ? s'écria-t-elle en se raccrochant à son cou.

Il ne répondit pas et se contenta de la bâillonner de ses lèvres en se dirigeant d'un pas assuré vers sa chambre. Là, il la déposa sur son lit où il l'embrassa une nouvelle fois avant de se relever.

Un peu troublée et surprise, elle ne sût d'abord ce qu'il convenait de faire : se couvrir ou se dévêtir, allumer la lumière ou laisser éteint… Et puis elle se laissa aller à profiter du spectacle qu'il lui offrait en se déshabillant devant elle.

Il commença par ses chaussures avant de faire glisser son jean le long de ses jambes athlétiques. La pénombre n'était pas complète grâce au clair de lune qui leur offrait une lueur tamisée idéale. C'est ainsi qu'elle le découvrit pour la première fois totalement nu, dans toute l'ardeur de son désir.

Cet homme avait un corps absolument parfait, longiligne et musclé à la fois, et ce qui le rendait plus beau encore à ses yeux, c'était l'évidence de son désir impétueux à son égard.

Il n'attendit guère plus longtemps et s'agenouilla sur son lit, avançant vers elle et faisant glisser sa robe jusqu'à ce qu'elle aille rejoindre son jean sur le sol. Elle ne portait qu'un minuscule string de dentelle, qu'elle ne garda qu'un bref instant, puis qu'il glissa aussitôt ses pouces sous les côtés de la fine lingerie pour lui faire rejoindre le reste de leurs vêtements sur le sol.

Elle remarqua alors qu'elle ne ressentait plus ni embarras, ni gêne face à cet homme. Elle se sentit même flattée de le voir prendre le temps de la dévorer des yeux, de découvrir son corps, avant de s'allonger lentement sur elle pour venir l'embrasser.

Elle laissa ses mains découvrir son dos jusqu'en bas de ses reins, avant de s'attarder un peu plus bas.

Il ne put s'empêcher de gémir de plaisir en sentant sa caresse se faire de plus en plus précise. Il cessa même de l'embrasser pour reprendre son souffle, avant de s'allonger sur le côté, à hauteur de sa poitrine qu'il couvrit de baisers fiévreux. De la main, il entreprit à son tour de découvrir son corps, partant de ses seins pour descendre jusqu'à son nombril.

Il l'attira alors tout contre lui, avant de saisir le haut de sa jambe pour la replier et la placer contre sa hanche, autour de lui. Ainsi positionné il pouvait enfin la caresser exactement comme il en avait envie.

Il commença par l'enlacer de ses bras, laissant ses mains s'attarder sur ses fesses à la peau si douce, remontant ses genoux contre lui pour se placer entre ses jambes en la maintenant solidement contre son corps.

C'était maintenant à son tour de la faire gémir de plaisir en effleurant du bout des doigts le creux de ses jambes. Encouragé par ses soupirs, sa caresse se fit plus intense, plus profonde.

Elle ne contrôlait déjà plus rien… Le plaisir l'envahissait par vagues à chacune de ses caresses, tout en lui laissant un goût d'inachevé, une sorte de frustration chaque fois qu'il éloignait ses mains pour caresser son dos, ses cuisses ou ses reins. Elle n'avait plus qu'une seule envie : qu'il lui fasse l'amour tout de suite !

Il dut sentir l'urgence de son désir, car à cet instant précis, il vint saisir sa main, entrelaçant leurs doigts avant d'étirer son bras sur l'oreiller derrière sa tête. Ainsi plaquée sur le dos, elle le vit se replacer au-dessus d'elle, la maintenant comme à sa merci. Cette idée lui procura un frisson de plus qu'elle sentit délicieusement courir le long de son dos. En un lent mouvement ascendant, il se glissa en elle, juste avant qu'elle ne ferme les yeux et ne se morde les lèvres pour étouffer un cri.

Elle sentit sa bouche qui se posait sur la sienne, et son corps qui ondulait contre le sien, si lentement qu'elle brûlait de l'attirer contre elle, plus vite, encore et encore, mais il la maintenait fermement et semblait vouloir faire durer le plaisir.

Puis, progressivement, il accéléra la cadence et elle put le suivre et onduler en rythme. Sentant les vagues d'un plaisir brûlant la saisir à chaque mouvement un peu plus, au risque de se laisser emporter par une déferlante gigantesque.

Et juste à l'instant où elle sentait naître cette appréhension, le plaisir ultime la saisit.

C'était bien une déferlante incontrôlable, car elle n'eut pour seul recours que de s'accrocher de toutes ses forces à ses épaules. Elle n'avait jamais ressenti de telles sensations et était presque effrayée par leur puissance.

Il la rejoignit alors dans cette jouissance, avec un gémissement grave, il s'abandonna, la serrant tellement fort qu'elle eut l'impression qu'ils ne formaient plus qu'un seul et même corps.

Ils s'enlacèrent alors, pantelants, pendant de longues minutes. Dans le silence de la nuit, leurs souffles s'unirent et leurs cœurs se mirent à battre à l'unisson, retrouvant progressivement un rythme plus calme.

Ils n'éprouvèrent pas le besoin de se parler, leurs corps s'exprimaient dans une communion parfaite et suffisante.

Finalement, il se redressa, s'appuyant sur ses coudes pour l'embrasser tendrement, légèrement.

— En effet, je ne vois rien qui puisse s'apparenter à une erreur, murmura-t-il. Je t'en prie, ne me dis pas que tu as des regrets !

Elle sourit et entrouvrit les paupières pour plonger dans son regard. Elle sentait son poids sur elle, sa chaleur, son souffle. Elle le sentait toujours en elle, au creux de son corps, et elle avait envie que ce moment dure toujours.

— Je ne vais pas te le dire, parce que ce serait un mensonge, répondit-elle. Pour tout te dire, la seule chose que je regrette, c'est de n'avoir pas l'énergie de recommencer encore et encore !

— Rien de tel qu'un petit somme pour recharger les batteries, tu vas voir ! suggéra-t-il, charmeur.

Il roula alors sur le côté, saisissant un oreiller pour le glisser sous sa nuque avant de l'inviter à poser sa tête sur son torse.

— Viens vite te reposer, pour reprendre des forces, lança-t-il en la serrant contre lui.

— Je suis impatiente de me réveiller, alors ! répondit-elle d'une voix engourdie.

Elle laissa ses paupières se fermer et le sommeil finir de s'emparer d'elle, blottie contre son corps. Les battements de son cœur s'accordèrent à sa respiration et c'est ainsi qu'elle s'endormit dans ses bras.

- 10 -

— L'est où Itta à moi ? demanda Ash à son père en arrivant chez lui le lundi soir.

— Oh ! C'est devenu ton Issa à toi ? demanda Hutch non sans une pointe de jalousie, même s'il s'agissait de son fils de deux ans et demi.

Ash ne répondit pas et grimpa dans la voiture où il attrapa sa poupée.

— Ah ! Je vois, tu voulais parler de cette Issa-là, pas de la vraie Issa.

Il prit son fils et sa poupée dans les bras et rentra à la maison. La confusion n'était guère surprenante, étant donné que la vraie Issa avait occupé toutes ses pensées depuis qu'il l'avait quittée en fin de matinée.

Ou plutôt après qu'il avait finalement — mais à contrecœur — réussi à la quitter, bien plus tard dans la matinée qu'il n'était prévu… Après avoir fait l'amour deux fois dans la nuit et encore une troisième fois ce matin. Après avoir pris le petit déjeuner en tête à tête avec elle. Après avoir réussi à grand-peine à réunir assez de volonté pour aller travailler et arriver plus en retard que jamais au magasin.

Et ce soir, après avoir dîné avec Meg, Logan, Chase, Hadley et les enfants, il rentrait enfin chez lui.

Issa avait prévu de dîner avec une vieille amie, ce

soir. Il n'arrivait pas même à se rappeler son nom. Tout ce dont il se souvenait était que lorsqu'elle lui avait annoncé son engagement pour ce soir, et qu'il avait pris conscience qu'il ne la verrait donc pas, il s'était senti abandonné. La première chose qu'il avait faite en arrivant était de lever les yeux en direction du premier étage pour essayer de voir si elle était rentrée. Mais il ne vit aucune lumière pour attester sa présence.

— Va voir Itta ? demanda le garçonnet tandis que son père le déshabillait.

— Non, mon chéri, il est tard. Je vais te donner un petit bain et on va aller au lit. Tu as eu une longue journée, aujourd'hui !

— Ash l'aime bien Itta, annonça-t-il en posant sa poupée à côté de la baignoire dans la salle de bains.

— Oui, papa aussi l'aime bien.

— L'est zoli !

— Oui, elle est très jolie, tu as raison.

— Té zoli, répéta Ash en acquiesçant vigoureusement, tout en saisissant son petit canard en plastique.

Son fils aussi pensait à elle, remarqua-t-il. Issa qui était belle, mais tellement plus que cela. Tout en elle forçait le respect. Tout en elle lui manquait, lorsqu'il n'était pas au plus près d'elle.

— Moi veux voir Itta !

— Oui, mon chéri, demain nous irons la voir, qu'est-ce que tu en dis ?

Mais demain semblait tellement loin…

Bien sûr, pour Ash c'était une éternité, mais ça l'était aussi pour lui qui ne pensait qu'à une seule chose depuis qu'il l'avait laissée : la retrouver. Etre avec elle, maintenant, et demain et tous les autres jours.

Il ne pouvait imaginer ne pas passer un jour auprès d'elle. Pas une nuit. Pas un instant.

Cette pensée avait cheminé en lui toute la journée durant, alors même qu'il avait tenté de ne pas y prêter attention, tant cela semblait surréaliste. Pourtant, maintenant que son fils abordait le sujet, il ne pouvait ignorer cela plus longtemps.

Il voulait qu'elle fasse partie de sa vie et non pas se contenter de sortir avec elle de temps à autre.

Et cette pensée lui donnait la sensation de trahir la mémoire d'Iris et faisait naître en lui une certaine culpabilité, même si sa femme n'était plus de ce monde et que rien ni personne ne pouvait la lui rendre. Au fond de lui, sa raison lui faisait prendre conscience du fait qu'Iris elle-même n'aurait pas voulu le priver du bonheur qu'il pouvait ressentir auprès d'Issa.

Il savait aussi qu'Iris avait une priorité, et que c'était leur fils et les personnes amenées à s'occuper de lui. Si Issa faisait partie de sa vie, elle ferait aussi partie de celle d'Ash, évidemment.

Est-ce qu'Iris aurait pu avoir quelque chose à redire sur Issa ? Il ne voyait rien qu'elle aurait pu lui reprocher. Elle était une personne généreuse, attentive aux autres, simple et gentille et Iris l'aurait certainement appréciée. Issa était sans doute le genre de belle-mère qu'Iris aurait souhaité pour Ash.

Bien sûr, elle avait encore des choses à apprendre, il en était conscient, ce n'était pas étonnant avec l'enfance qu'elle avait eue, mais elle était différente de sa mère, cela ne faisait aucun doute.

Il avait vu naître la relation entre son fils et elle et

il voyait combien elle s'était attachée à lui. Et réciproquement.

La veille, pendant le festival, il avait observé comment Ash allait la chercher pour lui prendre la main et comment en retour elle prenait plaisir à le guider, l'assister lorsqu'il voulait monter quelque part, le prémunir des dangers, et le tout avec patience, bienveillance et attention.

Il y avait eu aussi le petit incident du bac à sable, où elle avait voulu voler au secours de son fils malmené par un plus grand, ou bien le soir de l'enterrement de vie de jeune homme où elle était restée plus d'une heure dans son lit pour ne pas risquer de le voir se réveiller...

Iris aurait été reconnaissante de cette attention portée à son fils. Oui, tout cela lui faisait penser qu'Iris approuverait qu'Issa puisse devenir la belle-mère d'Ash.

D'ailleurs, il se rendait compte qu'au lieu de le priver d'une part d'attention paternelle, comme il l'avait redouté, la présence d'Issa lui offrirait davantage d'attention encore. Avec elle, son petit garçon aurait de nouveau deux parents, et ce serait une bonne chose.

D'un autre côté, il avait tendance à oublier un peu vite qu'elle avait sa propre vie et ses propres problèmes à gérer.

Elle était enceinte.

Elle portait l'enfant d'un autre.

Ce n'était tout de même pas rien.

En fait, il se rendait compte qu'il avait du mal à se représenter ce bébé qu'elle attendait comme étant d'un autre homme. C'était le bébé d'Issa et d'elle seule. Ce qui dans les faits n'était pas faux, étant donné que le père de ce bébé était totalement sorti de sa vie.

A vrai dire, il n'était pas préoccupé par le passé d'Issa.

C'était peut-être pour cette raison qu'il ne pensait pas non plus à Iris lorsqu'il était avec elle, et ce pour la première fois depuis son décès.

Sa femme avait disparu, pour toujours, et le père du bébé d'Issa était de l'histoire ancienne. Et lorsqu'il était avec elle, une nouvelle histoire s'écrivait. Quelque chose d'assez puissant pour laisser le passé à sa place et rendre le moment présent, l'avenir en construction plus importants que tout le reste.

Il n'oubliait pas que si elle venait à partager sa vie comme il le souhaitait, il devrait s'engager auprès de son enfant à venir, comme il attendait d'elle de s'engager auprès d'Ash.

Ce n'était pas un engagement qui se concevait à la légère et il le savait. Mieux que cela, il se projetait, s'imaginait dans ce rôle, en soupesait les conséquences.

Et même en faisant cela, il ne trouvait toujours rien à redire. Au contraire, il aspirait même à vivre tout cela auprès d'elle. Il avait envie de l'épauler, de partager son expérience. Il se sentait prêt à élever avec elle son enfant.

Sans oublier qu'ainsi Ash aurait la chance d'avoir un petit frère ou une petite sœur.

A propos d'Ash, il était temps de le sortir du bain, même s'il aurait sans doute été prêt à barboter encore des heures !

— Allez, je rince tes cheveux et on sort !

Une fois hors de l'eau, il le sécha et lui enfila son pyjama.

— Alors comme ça, tu aimes bien Issa ? demanda-t-il pour le plaisir de parler d'elle.

— Oui, z'aime beaucoup Itta, confirma le garçonnet.

— Est-ce que tu voudrais qu'elle vienne habiter

avec nous pour toujours ? Qu'on devienne une vraie famille tous les trois ?

— Oui ! Tout' suite ?

— Tout de suite, non, elle n'est même pas encore rentrée chez elle, mais peut-être bientôt.

Il avait lui aussi du mal à contenir son impatience d'être auprès d'elle pour de bon.

Ce qu'il ressentait pour elle, il avait tant craint de ne plus jamais le ressentir qu'il ne pouvait l'ignorer maintenant que cela se présentait à lui.

Il savait pour l'avoir perdu une fois qu'on ne pouvait laisser passer un tel amour.

Il ne pouvait la perdre après avoir perdu la mère de son fils.

C'était impensable.

— Ne me dis pas qu'Ash t'a mis à la porte ! plaisanta Issa en retrouvant Hutch assis sur les marches, alors qu'elle rentrait de sa soirée.

— Non, il m'a plutôt envoyé en mission pour te retrouver !

Il pivota pour faire reposer son dos le long de la rampe, laissant une place libre à côté de lui. De la main, il tapota sur la marche pour l'inciter à venir s'asseoir.

Elle était ravie de cette surprise, car depuis l'instant où il avait quitté son appartement, elle n'avait cessé de penser à lui. Elle avait même songé à annuler son dîner de ce soir, dans l'espoir de le retrouver…

— Tu as l'air bien sérieux, remarqua-t-elle en s'asseyant. Est-ce qu'il y a quelque chose qui ne va pas ?

— Au contraire, je voulais justement te parler de ce qui va bien, grâce à toi !

Et il lui ouvrit son cœur, lui révélant la vraie nature de ses sentiments. Des sentiments qu'il avait craint de ne plus jamais ressentir, des sentiments qui lui faisaient envisager un avenir, des sentiments qui lui donnaient envie de faire partie de cet avenir en étant auprès d'elle lorsqu'elle aurait son bébé, et puis pour l'élever, de la même façon qu'il souhaitait qu'elle soit auprès de lui pour Ash.

— Waouh ! murmura-t-elle lorsque le flot de ses paroles fut épuisé.

Elle n'avait peut-être même pas vraiment écouté ses derniers mots, tant elle était submergée par ses propres pensées, et ses doutes, aussi.

Cet homme si beau, si parfait, si attentionné venait de lui déclarer ses sentiments. Des sentiments qu'elle partageait, même si elle s'était interdit d'y penser, de crainte de n'être saisie de vertige.

Et voilà qu'il lui offrait le plus beau des cadeaux : partager sa vie, celle de son fils, un avenir commun, avec son bébé.

Et pourtant, cela éveillait aussi le doute en elle. Une sorte d'alarme s'était déclenchée.

Elle avait commis des erreurs dans le passé parce qu'elle avait choisi des hommes pour ce qu'ils lui apportaient et non par amour. Et voilà qu'elle rencontrait Hutch, le jeune papa parfait, juste au moment où elle remettait en question ses capacités maternelles…

Elle avait eu la tentation de lui sauter au cou en l'entendant parler, mais une petite voix la retenait en lui demandant ce qui motivait réellement son choix.

Sa grossesse et les multiples questionnements qui la taraudaient en ce moment lui faisaient peut-être perdre de vue son engagement premier : celui de ne dépendre de personne pour faire face à l'arrivée de ce bébé. Celui d'affronter les doutes et les difficultés quoi qu'il arrive.

Toute seule.

Et d'un autre côté, il y avait Hutch, qui s'offrait de l'aider à faire face, à affronter les difficultés. Hutch pour qui elle ressentait des sentiments tellement forts, mais peut-être trompeurs.

Elle ne pouvait s'engager si c'était uniquement pour ne pas devenir la maman célibataire et maladroite qu'elle redoutait de devenir. Ce serait malhonnête envers lui et envers son bébé.

Et à l'heure actuelle, elle n'était pas vraiment sûre de ce qu'elle ressentait.

— Je ne peux pas te laisser faire cela, répondit-elle finalement en tâchant d'oublier les mots si doux qu'il venait de lui adresser et qui lui avaient chauffé le cœur.

— Me laisser faire quoi ?

— Te laisser devenir un père pour cet enfant qui n'est pas le tien.

— Et si c'est ce que je souhaite ? En retour je te demande de devenir la mère d'un enfant qui n'est pas le tien : mon fils. Mon enfant deviendra aussi le tien. Peut-être pouvons-nous même imaginer avoir d'autres enfants ensemble, un jour ?

Il continua à lui dépeindre le portrait d'une famille, d'un avenir à recréer ensemble, à partager. Mais tout cela la rendait plus incertaine encore. Il lui parlait d'autres enfants alors même qu'elle n'était pas certaine de pouvoir s'occuper du sien.

Bien sûr, elle ferait tout ce qui était en son pouvoir pour être la meilleure des mères pour son enfant, mais s'il fallait qu'elle prenne en charge Ash ou d'autres enfants qu'il semblait appeler de ses vœux… Cela lui semblait tout à coup si compliqué.

Et si Ash souffrait de sa présence auprès de son père ? Et son bébé, comment comprendrait-il un jour que cet homme qui l'élèverait comme un père n'était pas vraiment son père ? Et si elle n'était finalement pas à la hauteur ? Comment est-ce qu'il réagirait ? Ne lui en voudrait-il pas ?

— Non ! s'exclama-t-elle soudain en l'interrompant dans la description de ce que pourrait-être leur avenir commun. Je dois prendre soin moi-même de mon enfant. C'est ce à quoi je me suis engagée lorsque j'ai décidé de le mettre au monde sans son père à mes côtés. Je ne suis pas sûre d'arriver à cela, alors je ne peux m'engager pour Ash et d'autres éventuels enfants en prime. Je ne peux pas.

— Mais puisque tu ne serais plus toute seule, justement ? Nous serions ensemble, des partenaires, des compagnons prêts à s'épauler.

— Je ne veux pas risquer de me reposer sur toi parce que je n'arrive pas à faire front, et j'aurais trop peur que tu puisses me le reprocher finalement et…

— D'accord, d'accord, inutile de te mettre dans cet état, dit-il d'une voix posée, cherchant sans doute à éviter qu'elle ne succombe totalement à la panique.

Il prit sa main, entremêla leurs doigts tendrement et la regarda droit dans les yeux.

— Pense à ce que nous venons de partager, à quel point c'était merveilleux. Tu as su faire face quand il a fallu s'occuper d'Ash, n'est-ce pas ? Tu as pu gérer les situations malgré ton inexpérience.

— C'était différent, j'étais là pour apprendre.

— Eh bien, tu as appris avec succès et pour moi cela a été un vrai réconfort de me sentir épaulé, d'avoir quelqu'un qui m'accompagne dans mon cheminement de parent, qui m'aide à le surveiller, qui me facilite la vie.

— Oui, mais une fois que mon bébé sera né, ce ne sera plus pareil. Et s'il devait y en avoir d'autres…

— Bien sûr, lorsque ton bébé arrivera, cela nécessitera des ajustements, j'en suis conscient comme toi.

— Des ajustements qui pourraient signifier moins de temps pour Ash, alors même que tu voulais lui consacrer toute ton attention.

— C'est ce que j'ai pensé au départ, avant de me dire que s'il devait avoir un peu moins d'attention de ma part, il gagnerait ton attention en plus en échange et c'est un équilibre parfait et tellement important pour un enfant. Nous serions complémentaires.

Elle ne savait plus quoi penser. Elle aurait tellement aimé voir les choses comme lui, mais elle n'y arrivait pas. Elle n'était pas capable d'affronter tout cela. Elle n'y arriverait pas.

Alors elle fit la dernière chose dont elle avait envie : elle retira sa main de la sienne et se leva.

— Je ne crois pas que ce soit une bonne idée, dit-elle d'une voix brisée par la douleur et le remords.

Hutch se leva lui aussi et la saisit par les épaules, plongeant son regard dans le sien, exactement comme il l'avait fait avant de l'embrasser.

Malgré tout, elle aurait eu envie de l'embrasser de toutes ses forces et de ne plus penser à rien… Mais elle savait que ce n'était plus possible. Pas après ce qu'il venait de lui dire.

Surtout pas après ce qu'elle venait de décider.

Et ses yeux se remplirent de larmes amères et brûlantes. Des larmes qu'elle tâcha de ravaler, pourtant.

— Tout cela n'a pas simplement à voir avec le fait d'être des parents, dit-il d'une voix grave. Il s'agit de toi et moi. Avant toute autre chose. Tu représentes tout à mes yeux, Issa. Tout.

Mais s'il ne s'était agi que d'eux, les choses auraient été plus simples, songea-t-elle.

Alors elle fit non de la tête, doucement, en le fixant de ses yeux rougis.

— Le problème est là pourtant. Nous ne pouvons pas nous engager dans ces conditions, dit-elle en se libérant de ses mains.

Aussitôt qu'elle eut tourné les talons, ses larmes se mirent à ruisseler sur ses joues. Elle gravit rapidement les marches sans même se retourner lorsqu'il l'appela.

Elle regagna son appartement et s'y enferma afin de laisser libre cours à son chagrin… et essayer d'ignorer ses appels derrière la porte.

- 11 -

— Maintenant dis-moi ce qui se passe.

La journée de mardi tirait à sa fin et Hadley avait renvoyé Chase et Cody chez eux. Une fois refermée la porte de l'appartement situé au-dessus du garage, elle se tourna face à Issa.

Le matin même, cette dernière avait pris une grande décision en appelant Logan pour lui demander si l'offre d'occuper l'appartement dont ils disposaient tenait toujours, en attendant qu'elle se soit trouvé une maison.

Elle n'avait pas expliqué la raison de cette demande inopinée et, si son demi-frère en avait sans doute attendu une, il n'avait pas osé la questionner. Il avait simplement répondu que, bien sûr, elle pouvait tout à fait emménager, puisque c'était la proposition qu'ils lui avaient faite dès le départ avec Hadley.

Comme Logan, Meg et Tia devaient partir à Billings passer la journée, Issa avait ensuite appelé Hadley pour lui demander si elle accepterait de l'aider à déménager ses affaires.

Cette fois encore, elle n'avait pas fourni d'explications, si ce n'était qu'elle souhaitait avoir terminé avant le retour de Hutch. Il n'en fallait pas plus à Hadley pour la soumettre à un interrogatoire en règle !

— Tes yeux sont rouges et gonflés, je sais que tu

as pleuré, et on dirait que tu n'as pas dormi de la nuit. Déjà, dès ton arrivée, tu as fait beaucoup de mystère sur ce qui t'amenait ici, et puis tu as refusé notre appartement, avant de nous appeler au petit matin pour nous le demander… Qu'est-ce qui t'arrive, Issa ?

Elle se laissa glisser dans le fauteuil à côté d'elle et reposa la tête sur le coussin, avant de se confier à la première personne en dehors de Hutch.

Elle commença par sa grossesse, et sa séparation d'avec David qui l'avait amenée à rentrer à Northbridge.

— Pourquoi ne pas nous en avoir parlé, enfin ? interrogea Hadley, stupéfaite.

— Tout cela était tellement humiliant, je m'en voulais de cette nuit passée avec David, c'était tellement stupide et…

— Et tu t'es rendu compte que tu étais humaine et qu'il t'arrivait de commettre des erreurs, comme nous tous !

— Je le sais bien, mais cette erreur-là a de telles conséquences…

— Un bébé ! C'est avant tout une bonne nouvelle, nous adorons les enfants, tout le monde se réjouira de cela !

Elle sourit tristement, touchée de la réaction positive de sa sœur.

— Sauf moi qui n'ai pas la moindre idée de comment on s'occupe d'un bébé… C'est pour cette raison que Hutch m'avait proposé de m'occuper d'Ash, histoire de me faire la main, en quelque sorte, en échange de quoi je lui faisais découvrir Northbridge, le temps qu'il trouve une maison.

— Ah, c'est pour cela que vous passiez tant de temps ensemble ?

— Pour cela et aussi parce qu'il s'est passé quelque chose entre nous…

Elle poursuivit le récit de sa rencontre avec lui et de ce qui avait précipité son départ la veille. Il était soudain devenu trop difficile de vivre si près de lui.

— Laisse-moi résumer ce que tu viens de me dire, reprit Hadley alors qu'Issa ne pouvait retenir ses larmes. Tu as refusé l'offre qu'il te faisait car tu redoutes de dépendre d'un homme, car tu penses que c'est cette même dépendance qui t'a mise dans cette situation ?

— J'ai peur d'accepter son offre pour une mauvaise raison, tu comprends ? C'est tellement facile d'accepter sa présence auprès de moi juste pour ne pas être seule.

— De toute façon, tu n'es plus seule, puisque nous serons tous auprès de toi, Issa. Ce qui s'est passé avec le père de ton bébé m'importe peu, ce qui compte c'est qu'un bébé arrive dans notre famille et que, tous, nous serons auprès de toi.

L'attitude de sa sœur, si généreuse, la bouleversa et ses larmes redoublèrent, l'obligeant à partir en quête de mouchoirs en papier dans la salle de bains. Lorsqu'elle revint prendre place auprès d'elle, Hadley reprit :

— Si j'ai toujours bien compris, en plus d'accepter Hutch pour une mauvaise raison, tu crains de ne pas être en mesure de t'occuper de ton bébé et d'Ash en même temps ?

— Voire d'autres enfants, comme il l'a suggéré…

Hadley éclata de rire.

— Qu'est-ce qu'il y a de si drôle ?

— Il n'a pas été très malin de te parler d'autres

enfants, je le reconnais, mais si on les oubliait un peu ces enfants hypothétiques, justement, parle-moi de Hutch, qu'est-ce que tu penses de lui ?

— Oh ! Il est formidable, répondit Issa. Je n'ai jamais ressenti cela pour qui que ce soit d'autre, il est drôle et gentil et généreux et adorable… Et puis tellement beau et sexy ! ajouta-t-elle sous le sourire amusé de sa sœur. Je n'attends qu'une chose, c'est d'être avec lui et quand il est là, je redoute le moment où il va partir…

— Bon, je crois que j'ai saisi !

Mais Issa n'en avait pas tout à fait fini.

— Avec lui, je me sens meilleure.

— Comment cela ?

— Je suis plus calme, plus détendue. Plus sûre de moi, aussi.

— Tu veux sans doute dire qu'il te permet d'exprimer ce qu'il y a de meilleur en toi ?

— Peut-être que c'est cela, oui. Mais à la différence des autres hommes avec qui j'ai été, je ne me cache pas derrière lui, au contraire, je me sens plus confiante pour être moi-même.

— Je l'ai remarqué, en effet. Il t'accompagne, mais ne t'écrase pas de sa présence. C'est rare de connaître cela, tu sais ?

Issa réfléchit un instant.

— C'est vrai que c'est agréable, comme sensation.

Et ce n'était pas la seule sensation agréable qu'il provoquait en elle !

— De la même façon, il est possible qu'il te permette de te révéler en tant que maman, tu ne crois pas ? Sans que cela signifie que tu te reposes totalement sur lui.

— Et quel genre de belle-mère serai-je pour Ash ? Je

repense tellement à ce que maman vous a fait endurer à Logan et toi. Et si je me révélais le même genre de marâtre ?

— Tu crois vraiment que tu en serais capable ? Tu t'imagines ignorer Ash du jour au lendemain ?

— Non, bien sûr, pas de façon consciente, mais si je suis totalement débordée et maladroite, qui sait comment je réagirais…

— Cela n'arrivera pas, parce que tu refuses que cela soit le cas et que tu fais tout pour que cela n'arrive pas. Et je suis certaine que tu t'en sortiras à merveille non seulement avec ton bébé, mais aussi avec Ash ou d'autres enfants, si jamais tu décides d'en avoir d'autres.

— Et tu ne penses pas que je me tourne vers Hutch juste pour ne pas être seule ? Pour avoir quelqu'un sur qui me reposer et ne pas porter toute seule cet enfant à venir ?

— Tu penses sincèrement que c'est cela qui t'attire chez lui ? Cela et pas le fait qu'il soit, laisse-moi me rappeler… « formidable et drôle et gentil et généreux et adorable et tellement sexy » ? Ce n'est pas le fait que tu aies tout le temps envie d'être avec lui, par hasard, qui te ferait accepter d'être avec quelqu'un qui fait ressortir ce qu'il y a de meilleur en toi ?

Hadley avait raison. Il était bien plus qu'un recours, qu'un tuteur qui l'aidait à affronter ce qui l'effrayait. Hutch lui plaisait parce qu'il était Hutch. Les sentiments qu'elle éprouvait ne s'adressaient pas au père de famille, mais bien à l'homme.

Leurs vies ne se limitaient pas à être parents, c'était ce qu'il avait essayé de lui faire comprendre la veille.

— Et comment vont se passer les choses s'il décide de s'occuper d'un bébé qui n'est pas de lui ?

— Est-ce que tu penses qu'il ne te disait pas la vérité quand il t'a affirmé que ce n'était pas un problème pour lui ? Et toi, comment vivras-tu le fait de devenir la belle-mère d'Ash ?

Les larmes cessèrent de rouler sur ses joues et elle réfléchit aux deux arguments qu'Hadley venait de lui opposer.

Elle savait qu'elle pourrait faire confiance à Hutch pour prendre soin de son bébé. Il l'avait déjà accompagnée à son rendez-vous de suivi de grossesse, s'était montré prévenant, attentif. Ne serait-il pas, de toute façon, un meilleur père que le père biologique de son bébé ? Le meilleur père qu'on puisse espérer…

Et pour Ash ? Elle s'était tellement attachée à lui ces derniers temps, il faisait déjà partie de sa vie, en fait.

— Tu as raison…, murmura-t-elle. J'ai été tellement stupide !

Hadley haussa les épaules.

— Je crois simplement que tu as pris peur, ce qui n'est pas compliqué à comprendre, dans ta situation. Quand les choses vont aussi vite, je comprends qu'on puisse perdre pied.

Elle venait de retrouver sa stabilité, son équilibre. Elle savait enfin ce qu'elle désirait : c'était cet équilibre partagé avec Hutch, justement. L'aider à prendre soin d'Ash au quotidien et accueillir son bébé en s'appuyant sur lui, afin de partager les bons moments et les plus durs. Avec ou sans enfants, tant qu'il était là, auprès d'elle, rien ne serait insurmontable.

— Tu crois que je peux redéménager, alors ? demanda-t-elle d'une petite voix.

— Bien sûr ! C'est même un ordre !

— Alors laisse-moi juste le temps de prendre une douche et de m'assurer que je n'ai pas trop l'air de quelqu'un qui n'a pas dormi depuis la veille et passé son temps à pleurer !

— Itta ! L'était où ?

La porte venait de s'ouvrir et Issa finit par entrer, après cinq longues minutes passées à réunir son courage pour frapper. L'heure de coucher Ash était passée depuis plus d'une demi-heure, aussi avait-elle imaginé qu'il serait déjà endormi, pourtant c'était lui qui avait accouru pour déverrouiller la porte.

Où était-elle ? Elle ne savait comment répondre à la question du garçonnet.

— J'étais avec ma sœur.

— Ze vas chercher quequchose, tu attends !

Il s'échappa à toutes jambes, la laissant seule dans l'entrée.

— Ash ? appela alors la voix de son père. Où es-tu ? Tu étais censé passer à la salle de bains et retourner dans ton lit, je te le rappelle !

Et il apparut, au bout du couloir, mais s'arrêta quand il la vit, comme s'il était victime d'une hallucination.

Après avoir passé une demi-heure avec des rondelles de concombre sur les yeux pour les faire dégonfler, Issa avait pris une douche puis enfilé son jean le plus moulant, assorti d'un chemisier bleu et d'un débardeur en dentelle blanche.

— J'ai frappé et Ash m'a ouvert aussitôt, expliqua-t-elle pour justifier sa présence dans son entrée.

Hutch se contenta de hocher la tête.

Il portait un jean et un T-shirt bleu ciel tellement immaculé qu'il devait l'avoir enfilé quelques instants plus tôt. Elle nota aussi qu'il s'était rasé de près et parfumé. Peut-être s'apprêtait-il à sortir ?

Et si c'était un rendez-vous galant ? Elle repensa à l'infirmière de l'autre jour.

Cette simple pensée lui serra le cœur et un torrent de jalousie l'envahit, associée à l'idée qu'elle avait peut-être commis l'irréparable.

Et s'il était déjà trop tard ?

A cet instant, quelqu'un se présenta à l'entrée : une adolescente, sans doute venue pour garder Ash, ce qui confirmait sa première hypothèse. Il avait prévu de sortir.

— Bonsoir, Tina, déclara-t-il, sortant finalement de son mutisme. Je crois que finalement, je ne vais pas avoir besoin de tes services, mais laisse-moi te dédommager pour le dérangement.

— Je ne voudrais pas t'empêcher de sortir si tu l'avais prévu, dit Issa en faisant mine de rebrousser chemin.

— Ce que j'avais prévu, c'était de partir à ta recherche, expliqua-t-il en tendant un billet à la jeune fille malgré ses protestations.

Finalement, l'adolescente saisit le billet et tourna les talons.

Ash arriva alors en courant, se précipitant avec une feuille de papier déchirée à la main.

— Rega'de, c'est Itta !

Issa saisit la page que lui tendait le garçonnet et

découvrit un dessin de princesse coloriée à grands traits hasardeux.

— Oh ! Tu as beaucoup travaillé pour colorier ce dessin, dis-moi, bravo.

— Pour toi !

— Pour moi ? Merci.

Hutch prit son fils dans ses bras.

— Dis donc, il me semble que tu devrais déjà dormir depuis un bon moment, toi, déclara-t-il au garçonnet.

— Nautre histoire ? tenta Ash à tout hasard.

— Certainement pas d'autre histoire, maintenant, il est temps d'aller dormir.

Hutch qui se montrait habituellement si patient envers son fils semblait étonnamment ferme, ce soir, et elle craignit d'y être pour quelque chose.

— Avec Itta, alors !

— Tu t'es déjà relevé trois fois de ton lit, alors maintenant ça suffit, plus de négociations ! Au lit !

Il le déposa au sol et Ash s'en alla en direction de sa chambre en traînant les pieds. Contre toute attente, pourtant, il entra dans sa chambre et monta dans son lit.

Issa et Hutch se retrouvaient finalement en tête à tête et il lui fit signe de terminer d'entrer et referma la porte derrière lui.

Avant de dire un mot, il leva l'index vers ses lèvres et lui fit comprendre qu'il voulait d'abord vérifier si Ash avait bien respecté la consigne.

Il prit donc le même chemin que son fils et revint après avoir tiré sa porte, visiblement satisfait de ce qu'il avait vu.

— Je t'avais laissé mes clés là-haut, sur le bar, si c'est pour cela que tu me cherchais, commença Issa.

Après avoir déménagé ses affaires, elle avait déposé ses clés sur le comptoir avant de glisser un mot sous sa porte pour lui signifier qu'elle quittait les lieux.

— Je me moque des clés, dit-il. C'est toi que je cherchais. Tu ne m'as pas laissé la moindre chance de m'expliquer.

— J'en suis consciente, je crois que j'ai paniqué et je le regrette.

Elle prit une profonde inspiration et décida que c'était à elle de prendre en main cette discussion. Alors elle lui dit qu'elle avait réfléchi à sa proposition, qu'elle en avait parlé avec Hadley, qui l'avait aidée à clarifier sa pensée et qu'elle s'était finalement rendu compte qu'elle avait tort.

— Bien sûr que je me sentirais rassurée à l'idée d'avoir ce bébé avec toi, mais pas parce que je pourrais me reposer sur toi, non, simplement parce qu'avec toi, je me sens plus forte, plus calme, plus courageuse… Mais pour en prendre conscience, il fallait que j'arrive à faire abstraction de ma grossesse, abstraction aussi d'Ash et d'éventuels autres bébés…

— Je me rends compte moi aussi que je suis allé un peu vite en besogne, je comprends que tu aies eu peur de ce que je te présentais.

— Lorsque Hadley m'a demandé ce que je déciderais si nous n'étions que tous les deux, j'ai compris mon erreur.

— Est-ce que les choses auraient été différentes ? demanda-t-il d'une voix douce.

— Je t'aime, Hutch, répondit-elle tout de go. Lorsque j'ai cherché à savoir ce que je ressentais, indépendamment de nos situations, de toutes les complications que nous devons affronter, j'ai compris que la seule chose qui comptait était que je t'aimais et que je voulais vivre avec toi, partager ta vie et que tout le reste allait couler de source. Non pas que je prenne le reste à la légère, car je ferai de mon mieux pour être la meilleure belle-mère qu'Ash…

— Tu le seras, trancha Hutch en venant la serrer contre lui.

Elle leva les yeux vers lui.

— Je sais que ce ne sera pas facile, et que je vais avoir un bébé…

— Nous allons l'avoir ensemble, si tu le veux bien. En tous les cas, c'est ce que je souhaite.

— C'est ce que je souhaite aussi, j'ai juste perdu pied et… j'ai eu tellement peur de faire le mauvais choix. Tu vas croire que je suis décidément bien angoissée, mais ce n'est pas le cas habituellement, je suis…

— Tu es calme, raisonnable et posée, je le sais, et c'est aussi ce que j'aime chez toi. Je comprends que tu te sois sentie sous pression. Tu sais, ton refus et ton départ précipité ont eu une vertu inestimable : celle de m'ôter jusqu'au dernier de mes doutes. J'ai senti de façon évidente que la seule chose qui me restait à faire était de partir à ta recherche pour te convaincre que j'avais raison, que nous étions faits l'un pour l'autre. Ensemble nous saurons soulever des montagnes, tu verras.

En silence, elle se blottit un peu plus entre ses bras et contre son torse rassurant, un sourire émerveillé lui montait aux lèvres.

— Vraiment ? murmura-t-elle juste pour entendre sa voix lui susurrer des mots si doux encore un peu.

— Tu es mon refuge, mon îlot… Lorsque je suis

avec toi plus rien n'est un problème, tout me paraît plus beau, plus vrai, meilleur. Même avec mon fils, je me rends compte que ta présence me fait apprécier plus encore chacun de ses progrès, chaque instant passé avec lui, parce que je les partage avec toi. Je sais que je peux m'en occuper seul, je l'ai fait pendant plus d'un an, mais c'est tellement plus plaisant et joyeux lorsque nous sommes ensemble.

— Je comprends… Je comprends que c'est toi qui cherches quelqu'un pour t'épauler, au fond ! lança-t-elle pour le taquiner.

— Je suis démasqué ! En fait je cherchais simplement une baby-sitter, prête à assurer le ménage, la cuisine, le repassage…

— Ah ah ! Nous y voilà ! s'exclama-t-elle en riant.

Il plongea son regard dans le sien et déclara, le sourire aux lèvres :

— Si tu m'en avais laissé l'occasion hier, je t'aurais dit que je t'aimais, plus que je n'aurais jamais cru pouvoir aimer. Je t'aurais dit que je voulais que tu deviennes ma femme. Et s'il faut que je mette un genou à terre pour te faire ma demande, pas d'hésitation, je suis prêt à tout.

— Je ne m'y connais pas vraiment, mais je suppose que je peux accepter même si tu restes debout, répondit-elle alors que ses yeux se remplissaient une nouvelle fois de larmes, de bonheur, cette fois.

Il l'attira tout contre lui et l'embrassa. Elle sut à cet instant qu'elle n'aurait pas pu vivre sans avoir jamais connu ce baiser-là. Sans avoir ressenti la solide étreinte de ses bras autour d'elle, ou la chaleur de sa peau contre la sienne.

Il y avait tant de choses qu'elle aurait pu ne jamais

connaître, comme le désir fulgurant qui s'emparait d'elle dès qu'il l'embrassait, ce désir qui prenait possession de chaque parcelle de sa peau.

Sa main effleura sa joue avant de descendre vers sa poitrine et elle sut ce qui allait se passer. Tout son corps n'attendait plus que ses caresses pour s'abandonner totalement.

Mais une pensée lui vint… Ash… Elle interrompit leur baiser pour lui murmurer :

— Et si Ash se réveillait ?

Il sourit et l'embrassa une fois encore.

— Ash dort, sinon il serait déjà là.

— Mais il pourrait se réveiller !

— Eh bien, nous trouverions à lui expliquer… Il va être dans la chambre d'à côté, ainsi que le bébé pour quelques années encore ! Je ne compte pas faire chambre à part jusqu'à ce qu'ils partent faire leurs études !

Alors il la prit par la main et l'emmena vers sa chambre où il ferma la porte soigneusement derrière eux.

— Demain nous pourrons faire installer un verrou si tu y tiens, mais en attendant… vivons dangereusement !

Elle éclata de rire juste avant qu'il ne pose ses lèvres sur les siennes. Il la guida jusqu'à son lit où elle s'allongea tandis qu'ils se déshabillaient mutuellement, explorant chaque partie de leurs corps mis à nu.

Non, elle n'aurait pas pu vivre sans le toucher de sa peau, sans ses mains sur elle, sans sa force pour la soulever.

Elle n'aurait pas pu vivre sans le contact de son corps contre le sien, sans le sentir se glisser en elle et lui couper le souffle.

Elle n'aurait pas pu vivre sans éprouver la passion,

le torrent tumultueux du plaisir qu'il éveillait en elle. Sans connaître une telle jouissance entre ses bras et se retrouver, le souffle court et le cœur battant.

— Je t'aime, Issa, déclara-t-il d'une voix grave.

— Moi aussi je t'aime.

Ils retombèrent alors sur le matelas, leurs corps entrelacés dans une harmonie parfaite, leurs respirations à l'unisson.

A cet instant très précis, alors que le sommeil l'envahissait, elle sut qu'elle était à sa place entre ses bras. Elle avait trouvé son chemin.

Auprès de cet homme.

Pour former une seule famille.

Plus forts et plus heureux que jamais.

Passions

— Le 1er janvier —

Passions n°371

Le secret de Lily - Kathie DeNosky

« Tu seras ma femme ». Ces mots, Lily Kincaid a tant rêvé de les entendre dans la bouche de Daniel Addison... Hélas, s'il les prononce aujourd'hui, c'est uniquement parce qu'elle porte son enfant, et non parce qu'il éprouve des sentiments pour elle. A quoi s'attendait-elle de la part de cet homme d'affaires intraitable, farouche rival de sa famille ? Comment a-t-elle pu seulement s'abandonner à ses caresses, et, pis, tomber follement amoureuse de lui ?

La tentation de Matt - Rachel Bailey

Matthew Kincaid n'a pas eu le choix. Pour sauver son petit Flynn, en attente d'une greffe, il a fait appel à Susannah Parrish, la mère biologique de l'enfant. Mais aujourd'hui qu'il l'a retrouvée, il est plus inquiet que jamais. Non seulement Susannah éveille en lui un désir brûlant, mais – et cela est bien plus grave – elle a conquis le cœur de Flynn. Aussi, afin d'éviter à son fils de souffrir quand elle repartira, Matthew décide de garder la jeune femme à distance. Même s'il brûle de la faire sienne...

Passions n°372

L'étreinte d'un milliardaire - Emilie Rose

Dès qu'elle rencontre son nouveau patron, Pierce Hollister, le fameux millionnaire qui vit en reclus, Anna sent l'inquiétude la gagner. Mais elle a désespérément besoin du travail de nounou qu'il lui offre, d'autant que ce poste lui permettra de prendre soin non seulement de l'adorable bébé de Pierce, mais également de son propre fils. Très vite, malgré la froideur manifeste de Pierce à son égard, Anna découvre chez lui une certaine... sensibilité. Et s'il n'était pas l'homme sans cœur qu'il s'ingénie à être ? Alors, peut-être, pourrait-elle s'abandonner au trouble qu'il lui inspire...

La fiancée scandaleuse - Teresa Hill

Le comble pour une créatrice de robes de mariées ? Se fiancer trois fois, sans jamais être conduite jusqu'à l'autel. Et Chloé est d'autant plus désespérée que ses déboires amoureux s'étalent non seulement à la une de la presse à scandales mais font fuir sa clientèle. A sa grande surprise, la solution à ses problèmes se présente sous les traits virils de James Elliott, l'homme qui l'a quittée un an plus tôt. Lassé de figurer sur la liste des célibataires les plus convoités de la ville, celui-ci lui propose en effet de faire semblant d'avoir renoué avec lui. Une idée plutôt séduisante – à ceci près que Chloé n'a jamais cessé d'aimer James...

Passions n°373

Une héritière à séduire - Fiona Brand

Enfin, Constantine Atraeus tient sa vengeance : il est sur le point de mettre la main sur la société des Perles Ambrosi. Pourtant, il veut plus, tellement plus... Et en tout premier lieu, ramener dans son lit Sienna Ambrosi, l'héritière du luxueux empire en faillite, la seule femme qui soit parvenue à briser ses défenses, pour mieux se servir de lui ensuite. Aujourd'hui, Constantine la tient à sa merci et, sûr de son pouvoir sur elle, il fait à Sienna une proposition implacable : il effacera sa dette si elle l'épouse. Un mariage de pure convenance, certes, mais qu'il compte bien agrémenter de torrides étreintes...

Sur la route de Paradise - Michelle Celmer

Paradise, 1632 habitants. Jamais Reily, en route pour vivre son rêve à Nashville, ne se serait arrêtée dans cette petite ville si elle n'avait pas perdu, en une heure, sa voiture et toutes ses économies. Résolue à repartir dès que ses finances le lui permettront, elle trouve un travail auprès de Joe Miller, l'homme le plus ténébreux qu'elle ait jamais rencontré, mais aussi un père dévoué à sa petite Lily Ann. Très vite, Reily s'attache à l'enfant – et à Joe, dont le regard plein de promesses éveille en elle un trouble intense. Désemparée par ces sentiments inédits, Reily n'a bientôt plus qu'une crainte : quitter celui qui pourrait bien être l'homme de sa vie...

Passions n°374

La trahison d'un prince - Christine Rimmer

Bonheur. C'est le mot qui danse dans l'esprit de Sydney depuis qu'elle a rencontré Rule Bravo-Calabretti, prince de Montedoro. Jusqu'à ce qu'elle découvre que l'homme qu'elle aime n'est qu'un menteur doublé d'un traître. S'il lui a fait la cour, s'il l'a embrassée, s'il l'a... épousée, ce n'est pas à la suite d'un coup de foudre, comme elle le croyait. Non, pendant tout ce temps qu'il a passé avec elle et son petit garçon, Rule lui a caché l'atroce vérité. Et le secret qu'elle vient de découvrir à son sujet risque bel et bien de changer leur vie à jamais...

Un délicieux contrat - Joan Hohl

Kate n'aurait jamais cru avoir l'audace de demander à un parfait inconnu de l'épouser. Mais Hawk McKenna possède une telle force qu'elle se sent immédiatement en sécurité auprès de lui. Et puis, il n'y a aucune ambiguïté entre eux : leur mariage sera temporaire et bientôt, Kate laissera Hawk à sa précieuse solitude. Pourtant, après quelque temps passé auprès de lui, dans son antre – ce ranch perdu au milieu des montagnes et des chevaux –, elle sent naître un sentiment étrange. Comme une crainte de voir leur union factice prendre fin...

Passions n°375

Juste une nuit... - Maya Banks

Pour Pippa comme pour Cameron Hollingsworth, le contrat était clair. Ni l'un ni l'autre ne souhaitait s'engager dans une relation amoureuse, mais le désir entre eux était si fort, si brûlant, qu'il leur était impossible de ne pas y succomber. Seulement voilà, Pippa fait bientôt deux découvertes qui risquent de bouleverser sa vie à jamais : bien malgré elle, elle s'est éprise de Cameron, qui ne lui a jamais rien promis d'autre que des ébats torrides. Et, surtout, elle est enceinte...

Un baiser au clair de lune - Crystal Green

Lorsqu'il croise le regard de Violet Osborne, à la faveur du clair de lune, Davis sent la colère le gagner – et le désir fondre sur lui. Ainsi, elle est de retour à St Valentine, celle qui lui a préféré sa carrière, et l'a quitté, sans un regard en arrière. Il pensait avoir tourné la page, et pourtant, la revoir fait immédiatement ressurgir la passion qu'elle suscitait en lui, alors même que tout les séparait déjà, autrefois... Alors, Davis prend une décision : même si Violet projette déjà de repartir, il ne la laissera pas faire. Car il est hors de question qu'elle lui échappe une seconde fois...

Passions n°376

Audacieuse Amanda - Cathy Yardley

Terriblement attirée par son nouveau voisin, le séduisant Scott Ferrel, Amanda rêve de le connaître de plus près – beaucoup plus près... Mais toutes ses tentatives de rapprochement se sont jusque-là soldées par des échecs, malgré l'étincelle de désir qu'elle voit briller dans ses yeux chaque fois qu'il la regarde. Comme s'il s'imposait de maintenir ses distances. Déconcertée, Amanda est presque sur le point de renoncer, lorsqu'elle découvre que Scott fait partie du mythique « Club des Joueurs », une société secrète qui réunit des hommes triés sur le volet, prêts à tout pour vivre des sensations fortes. Ainsi, il veut des sensations fortes ? Eh bien elle va lui prouver qu'elle peut lui en offrir d'incroyables...

Un rêve très sexy - Kathy Lyons

En acceptant un poste de professeur à Hawaï, sur une base de Marines, Christy n'imaginait que ça allait rendre sa vie aussi follement...excitante. Car, à en croire les rêves érotiques qui peuplent ses nuits – des rêves terriblement réalistes mettant en scène un soldat sexy en diable, prêt à satisfaire ses moindres désirs –, ce changement de décor a manifestement une influence sur sa libido. Et son trouble monte encore d'un cran le jour où, à peine sortie d'un de ces rêves torrides, elle découvre que son nouveau voisin sur la base est la copie conforme de l'amant de ses rêves...

Best-Sellers n°535 •thriller

Tourmentée - Pamela Callow

Hantée par la mort de sa jeune sœur, fragilisée par une rupture amoureuse mais décidée à aller de l'avant, Kate Lange se lance à corps perdu dans sa carrière d'avocate, en Nouvelle-Ecosse. Mais le meurtre horrible de Lisa, la petite-fille de l'une de ses clientes venue lui demander conseil au sujet de l'adolescente, ravive ses blessures secrètes : aurait-elle pu empêcher ce drame ? Est-elle responsable de cette mort – comme de celle de sa petite sœur, morte 15 ans auparavant dans un accident de voiture dont elle seule a réchappé ? Tourmentée par le poids de ses doutes, déterminée à faire la lumière sur le meurtre de Lisa, Kate décide de mener sa propre enquête. Quitte à risquer sa carrière en s'exposant aux critiques acerbes et au regard d'acier de l'intransigeant Randall Barrett, son directeur de cabinet. Et sans savoir que le danger est toujours là. Car le tueur, lui, a déjà repéré sa nouvelle proie...

Best-Sellers n°536 • *roman*

Le pavillon d'hiver - Susan Wiggs

Désemparée et démunie après l'incendie de sa maison, Jenny Majesky accepte la proposition de sa grand-mère : s'installer au pavillon d'hiver du lac des Saules, la propriété familiale où, adolescente, elle passait ses étés. Loin de tout, dans ce décor sauvage empreint de nostalgie, la neige et le silence font resurgir en elle un flot de souvenirs : le premier – et l'unique – baiser de Rourke, le garçon qu'elle aimait alors, et, plus tard, la douleur muette dans ses yeux quand Joey, son meilleur ami, l'avait demandée en mariage. Elle avait tant espéré, pourtant, que Rourke se déclare ou lui fasse un signe... avant d'épouser Joey. Depuis, les années ont passé. Les non-dits et la mort tragique de Joey ont achevé de les séparer ; Rourke multiplie les conquêtes éphémères et, bien que la côtoyant tous les jours dans la petite ville d'Avalon, semble tout faire pour l'éviter. Aussi, quelle n'est pas sa surprise, peu après son installation, de le voir se présenter à la porte du pavillon.

Best-Sellers n°537 • *thriller*

Pulsion meurtrière - Erica Spindler

Eté 1983. Une femme est retrouvée pendue dans une maison inoccupée de Thistledown, dans le Missouri, après s'être livrée à des jeux sulfureux avec son amant. Des jeux que trois adolescentes trop curieuses avaient pris l'habitude d'épier. Persuadées que le compagnon de la victime a cédé à des instincts pervers et meurtriers, elles le dénoncent à la police. Mais il est trop tard, et l'homme disparaît du jour au lendemain sans laisser de traces. Quinze ans après ce drame, il resurgit brutalement dans la vie des trois amies. Courriers menaçants, coups de fil anonymes : Andie, Julie et Raven replongent dans l'horreur d'un passé qu'elles avaient cru pouvoir oublier. Et cette fois, il ne fait aucun doute que la folie de l'assassin ne connaît plus de limites.

Best-Sellers n°538 • thriller

Et vos péchés seront pardonnés - Nora Roberts

Washington DC, 15 août… Une étudiante est retrouvée assassinée. Puis une autre. Rien de commun entre ces deux femmes, sinon l'arme du crime : une étole de soie blanche qui a servi à les étrangler. Et la « signature » manuscrite du meurtrier : « Ses péchés seront pardonnés ». Très vite, dans la presse, le tueur psychopathe est surnommé « Le Prêtre ». L'enquête policière piétine… Au troisième meurtre, Ben Paris et Ed Jackson, chargés de l'enquête, font appel à une psychiatre, Tess Court, pour qu'elle les aide à établir le profil psychologique du tueur. « Le Prêtre », un tueur en série qui met en scène ses crimes avec un soin méticuleux, choisit soigneusement ses victimes : jeunes, belles, et blondes. Malgré la surveillance policière, les crimes continuent… Qui est ce tueur de l'ombre ? Pourquoi ne commet-il pas la moindre faute malgré tous les pièges qui lui sont tenus ?

Best-Sellers n°539 • roman

La promesse de Beach Lane - Sherryl Woods

Depuis plusieurs années, Susie O'Brien est engagée avec Mack Franklin dans un jeu amoureux troublant et ambigu. Mais en dépit du désir manifeste qui crépite entre eux, elle persiste à dire que leur relation n'est pas vraiment sérieuse. Et, triste coup du destin, au moment où Susie sent enfin naître en elle une envie d'engagement et de vie commune, elle apprend qu'elle est atteinte d'une maladie grave. Heureusement, Mack, pour lui prouver son amour et son soutien inconditionnels, la demande en mariage. Mais Susie est gagnée par l'inquiétude quand une ancienne petite amie de Mack arrive à Chesapeake. Comment être à la hauteur de cette femme qui a tout pour elle et qui éprouve manifestement toujours des sentiments pour Mack, quand elle-même doit affronter l'épreuve la plus difficile de sa vie ?

Best-Sellers n°540 • anthologie

Magie d'hiver

Les cinq histoires réunies dans ce livre explorent la magie d'un hiver scintillant de givre, où les flocons de neige offrent un écrin précieux à la tendresse et à la passion. Au fil des pages, les plus belles plumes du roman féminin feront miroiter les mille et une facettes de l'émotion amoureuse. Emotion bouleversante pour Laura et Gabbe qui, bloqué comme elle par une tempête de neige, va aider la jeune femme à mettre au monde un enfant. Intense émotion pour Adelaïde et Maxim, qui, au soir d'un réveillon pour le moins inattendu, vont devoir apprendre à s'apprivoiser. Emotion profonde pour Tracy et Graham, parents adoptifs d'une jeune orpheline à qui ils vont réapprendre la confiance et l'amour. Quant à Savannah et Trace, c'est à une adorable vieille dame qu'ils vont devoir le bonheur de leur rencontre de Noël. Et si Katharine ne peut se résoudre au mariage de raison que lui propose Daniel, c'est parce qu'elle l'aime en secret. Mais en cette période de fêtes, tous les espoirs ne sont-ils pas permis ?

Best-Sellers n°541 • historique
L'ange du passé - Judith James

Angleterre, 17ème siècle

En pleine tempête, alors que la guerre civile fait rage, Elizabeth découvre un homme presque inconscient sur le seuil de sa modeste demeure. Ses vêtements ne laissent aucun doute sur son appartenance : c'est un soldat, un ennemi de surcroît. Aussi Elizabeth hésite-t-elle : en portant secours à cet inconnu, elle se mettrait en danger, elle et tous ceux qui partagent son foyer. Mais ses hésitations volent en éclat lorsqu'elle découvre le visage du jeune homme. Ce regard intense, ces traits séduisants ne sont autres que ceux de William de Veres, l'ami d'enfance dont elle était éperdument amoureuse, celui qui, alors qu'ils n'étaient que des adolescents, lui a promis de toujours veiller sur elle ! Bouleversée, Elizabeth décide de venir en aide à William, au risque de se voir accuser de trahison. Une décision qui va complètement bouleverser son existence…

Best-Sellers n°542 • historique
L'héritière de Boston - Kat Martin

Londres, 1859.

Venue à Londres pour faire annuler son mariage avec Rule Dewar, Violet Griffin est convaincue que son époux sera soulagé par sa requête. Après tout, si, sur son lit de mort, le père de Violet ne l'avait pas supplié de prendre soin de sa fille, jamais le séduisant Anglais n'aurait posé les yeux sur elle. La preuve : depuis qu'ils ont échangé leurs vœux trois ans plus tôt, Rule n'a jamais remis les pieds à Boston, préférant mener une vie de débauche en Angleterre, sans même prendre la peine de se montrer discret.

Et pourtant, contre toute attente, Rule Dewar ne se montre pas aussi coopératif que prévu. Pis encore ! il impose ses propres conditions à Violet : pour obtenir son accord, elle devra accepter de vivre sous son toit pendant trente jours…

Composé et édité par les

éditions HARLEQUIN

Achevé d'imprimer en France (Malesherbes)
par Maury-Imprimeur
en novembre 2012

Dépôt légal en décembre 2012
N° d'imprimeur : 176617